KB120734

불타는 소녀들

THE BURNING GIRLS

불타는 소녀들

C. J. 튜더 장편소설 | 이은선 옮김

디선
책방

닐, 베티 그리고 도리스.
키다리, 귀요미 그리고 털북숭이를 위해.

버닝 걸스

출처: 위키피디아

채플 크로프트라는 서식스의 작은 마을에서 볼 수 있는, 나뭇가지로 만
든 인형. *서식스의 순교자*, 즉 메리 여왕의 신교도 박해(1553~1558)로 화
형당한 여덟 명의 주민을 기념하기 위해 만든다. 여덟 명의 순교자 가운
데 두 명은 어린 여자아이였다. 해마다 처형 추모일 행사 때 버닝 걸을
태운다.

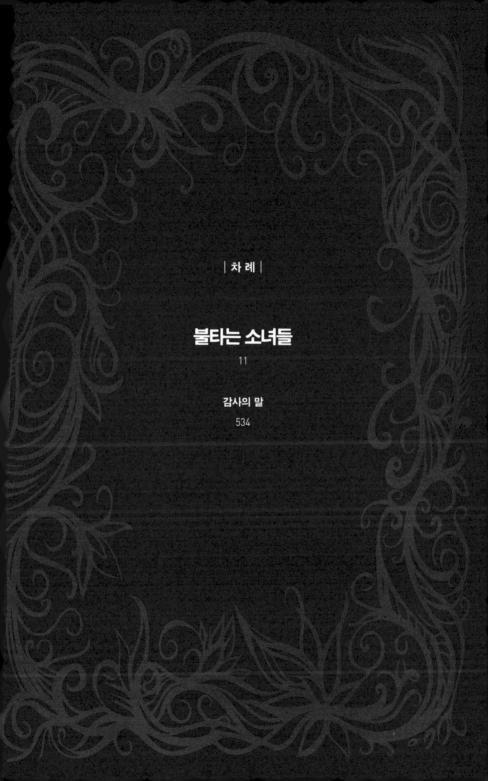

| 차 례 |

불타는 소녀들

나는 어떤 사람일까?

요즘 들어 그가 자주 스스로에게 하는 질문이었다.

나는 하느님을 섬기는 사람. 그의 종. 그의 뜻대로 행하는 자.

하지만 그걸로 충분했을까?

그는 백도제가 발린 조그만 집을 물끄러미 바라보았다. 기와지붕은 빨간색이고, 담을 타고 올라간 밝은 자주색 클레마티스는 희미해져가는 늦여름의 태양에 흠뻑 젖었다. 새들이 나무 위에서 재잘거렸다. 벌들은 덤불 사이에서 게으르게 윙윙거렸다.

여기에 악마가 있다. 여기, 가장 위험할 것 없어 보이는 이곳에.

그는 집 앞의 짧은 길을 천천히 걸어갔다. 공포로 배 속이 뒤틀렸다. 실제로 장에 경련이 나서 아픈 것처럼 느껴졌다. 그가 노크를 하려고 손을 들자마자 문이 열렸다.

"아, 주님, 감사합니다. 와주셨군요."

아이 엄마는 문간에 털썩 주저앉았다. 갈색 생머리가 두피에 들러붙었다. 눈에는 핏발이 섰고 피부는 칙칙하며 주름살이 파였다.

사탄이 집 안에 들어오면 이런 행색이 되지.

그는 안으로 들어갔다. 악취가 코를 찔렀다. 시큼하고 불결한 냄새였다. 어쩌다 이 지경에 이르렀을까? 그는 계단을 올려다보았다. 꼭대기의 어둠이 표독스럽도록 짙게 느껴졌다. 그는 난간에 손을 얹었다. 다리가 움직이기를 거부했다. 그는 눈을 질끈 감고 심호흡을 했다.

"신부님?"

나는 하느님을 섬기는 사람.

"앞장서시죠."

그는 계단을 올라가기 시작했다. 꼭대기에 다다라보니 문이 세개 있었다. 얼굴은 둔해 보이고 지저분한 티셔츠와 반바지를 입은 남자아이가 그중 한 곳에서 고개를 내밀었다. 검은 옷을 입은 인물이 다가가자 아이는 문을 닫았다.

그는 그 옆방 문을 열었다. 열기와 냄새가 어떤 실체처럼 그를 강타했다. 그는 한 손을 입에 대고 구역질이 나지 않도록 막았다.

피와 체액으로 침대가 얼룩덜룩했다. 침대 기둥마다 끈이 묶여 있다가 풀린 상태였다. 매트리스 한복판에 큼지막한 가죽 케이스가 입을 벌리고 있었다. 튼튼한 끈이 안에 든 물건을 고정시켰다. 묵직한 십자가, 성경, 성수, 모슬린 천이었다.

있어야 하는 것 중 두 개가 없었다. 그 두 개는 바닥에 놓여 있었다. 메스와 톱날이 달린 길쭉한 칼이었다. 둘 다 피로 번들거렸다. 좀 더 많은 피가 짙은 다홍색 망토처럼 시신 주변을 감싸고 있었다.

그는 침을 삼켰다. 입 안이 여름 들판처럼 바짝 말랐다. "오, 주여. 이게 다 무슨 일입니까?"

"말씀드렸잖습니까. 마귀가—"

"그만하세요!"

그는 침대 옆 테이블에서 무언가를 발견하고 그쪽으로 다가갔다. 검은색의 조그맣고 네모난 물건이었다. 그는 그 물건을 잠깐 동안 물끄러미 바라보다 문간에서 서성이는 아이 엄마 쪽으로 고개를 돌렸다. 그녀는 손을 맞잡고 비틀며 애원하는 눈빛으로 그를 바라보았다.

"저희 이제 어쩌면 좋을까요?"

저희. 이 일은 그의 책임이기도 했던 것이다.

그는 피투성이로 바닥에 놓여 있는 훼손된 시신 쪽으로 다시 고개를 돌렸다.

나는 어떤 사람일까?

"걸레하고 표백제 가져오세요. 당장."

사라진 아이들

경찰은 서식스에서 사라진 두 10대 소녀 메리 레인과 조이 해리스 수색 작전에 도움을 요청하고 있다. 동반 가출한 것으로 추정되는 두 여학생의 나이는 15세다. 조이는 5월 12일 저녁에 헨필드의 버스 정류장에서 마지막으로 목격됐다. 메리는 일주일 뒤인 5월 19일에 쪽지를 남기고 채플 크로프트의 자기 집에서 사라졌다.

경찰은 그들의 실종에 의혹을 제기하지는 않았다. 다만 두 여학생의 안부를 우려하며 가족들에게 연락해달라고 호소하는 중이다.

"혼날 일은 없을 거다. 가족들이 걱정하고 있어. 너희가 무사하다는 것만 알려주고 언제든 집으로 돌아와도 좋아."

조이는 호리호리하고 신장은 165센티미터이며 길고 밝은색 금발에 이목구비가 오밀조밀하다. 마지막으로 목격됐을 때 분홍색 티셔츠와 스톤 워시 청바지를 입고 던롭 그린 플래시 운동화를 신고 있었다.

메리는 매우 마른 체형에 신장이 170센티미터이며 검은색 머리를 짧게 잘랐고 마지막으로 목격됐을 때 헐렁한 회색 점퍼와 청바지를 입고 검은색 캔버스화를 신고 있었다.

아이들을 본 사람은 웰던 경찰서 01323 456723이나 범죄 제보 센터 0800 555 111로 연락해주기 바란다.

1

"이것 참 유감스러운 상황이란 말이지요."

존 더킨 주교가 자애롭게 미소를 짓는다.

그는 어떤 상황에서든 자애로운 분위기를 풍길 것이다, 심지어 똥을 쌀 때도.

존 더킨 주교는 노스 노츠 교구를 담당하는 가장 젊은 주교이자 연설의 귀재이며 호평을 받은 여러 신학서의 저자다. 그가 물 위를 걸으려고 시도한 적이 없다면 나는 오히려 웬일이냐고 할 것이다.

그런가 하면 밥맛이기도 하다.

나는 그걸 안다. 그의 동료들도 안다. 그의 보좌진도 안다. 내 생각에는 심지어 그도 알지 않을까 싶다.

안타깝게도 그를 그렇게 부를 사람은 없다. 일단 나는 절대 아니다. 오늘은 그렇다. 깨끗하게 손질한 그 반질반질한 손에 내 일자리와 집과 미래가 붙들려 있는 한은.

"이런 사건은 공동체의 믿음을 흔들어놓을 수도 있으니." 그는 말을 잇는다.

"교인들은 흔들리지 않았어요. 분노하고 슬퍼하고 있다면 모를까. 하지만 이 일로 우리가 이룬 모든 성과가 무너지도록 내버려두지는 않겠어요. 제가 가장 필요한 때에 그들 곁을 떠나지는 않을 거예요."

"하지만 지금이 정말로 당신이 가장 필요한 때일까요? 출석률이 떨어지고 있어요. 강좌가 취소되었고. 유소년부가 아예 다른 교회로 교적을 옮길지 모른다는 소문도 들리던데."

"폴리스 라인이 설치되고 경찰이 들락거리면 그렇게 될 거예요. 경찰을 좋아하는 사람들이 아니라서."

"그건 이해하지만—"

아니다, 그가 이해할 리 없다. 더킨이 도심 빈민가 근처에 가는 경우가 있다면 기사가 모는 차를 타고 회원제 헬스클럽으로 가던 도중에 길을 잘못 들었을 때뿐이다.

"분명 일시적인 현상일 거예요. 교인들의 신뢰를 다시 구축할 수 있다고 믿습니다."

반드시 그래야 한다는 말을 덧붙이지는 않는다. 나는 실수를 저질렀기 때문에 만회해야 한다.

"이제 기적을 보여줄 수 있다?" 더킨은 내 쪽에서 뭐라고 대꾸하거나 반박하기 전에 부드럽게 하던 얘기를 계속한다. "이봐요, 잭. 나도 당신이 스스로 판단하기에 최선의 길을 선택했다는 걸 알아요. 하지만 너무 깊숙이 관여했어요."

나는 뻣뻣하게 의자에 기대어 앉으며 골이 난 사춘기 아이처럼 팔짱을 끼고 싶은 충동을 참는다. "그게 저희가 해야 하는 일 아닌가요? 공동체와 끈끈한 관계를 구축하는 거요."

"교회의 명성에 누를 끼치지 않는 것이 우리가 해야 하는 일이지요. 요즘은 힘든 시기예요. 사방에서 교회가 무너지고 있어요. 신도 수도 점점 줄고 있고. 언론에서 이렇게 부정적인 관심을 기울이지 않더라도 우리는 충분히 힘든 싸움을 벌이고 있어요."

더킨의 진정한 관심사는 그거다. 언론. 홍보. 안 그래도 교회에 대한 언론의 평가가 좋지 않은데 내가 완전히 망쳐버렸다. 어떤 여자아이를 구하려다 사형을 선고함으로써.

"그래서요? 제가 사임하길 바라시나요?"

"천만에. 당신처럼 역량이 뛰어난 사제를 내보내는 건 안 될 말씀이지요." 그는 양손 끝을 뾰족탑 모양으로 한데 붙인다. 정말로 그렇게 한다. "그리고 보기에도 안 좋을 테고. 유죄를 인정하는 셈이니까요. 다음 행보를 신중하게 고민해야 해요."

분명 그럴 것이다. 가뜩이나 나를 여기로 보낸 것도 그의 발상이었으니. 나는 그의 소중한 전시품이다. 그리고 방치됐던 도심의 교회를 공동체의 중추로 변신시키며 훌륭한 솜씨를 발휘해왔다.

루비 사건이 벌어지기 전까지는.

"그래서 제가 어떻게 하면 좋을까요?"

"전근합시다. 세간의 이목이 덜 쏠리는 곳으로, 당분간. 서식스에 있는 채플 크로프트라는 조그만 마을의 교회에 갑자기 공석이 생겼다는군요. 후임을 정하는 동안 그곳을 임시로 맡을 교구사제가 필요해요."

나는 땅바닥이 움직이는 것을 느끼며 그를 빤히 쳐다본다.

"죄송하지만 그건 안 되겠는데요. 딸아이가 내년에 GCSE*를 보는데 이 나라 저 끝으로 집을 옮길 수는 없어요."

"당신을 거기 보내기로 웰던 교구의 고든 주교와 이미 이야기를 마쳤어요."

"뭐라고요? 어쩌다가요? 공석이라고 공지를 띄우셨나요? 그 일대에 저보다 알맞은 적임자가 분명 있을—"

그는 내 말을 일축하며 손사래를 친다. "우리 둘이 담소를 나누던 중에 당신 이름이 나왔어요. 그가 공석이 있다고 했고. 뜻밖의 타이밍이었다고 할까."

그리고 더킨은 빌어먹을 제페토**보다 배후 조종을 더 잘한다.

"좋은 쪽으로 생각하려고 노력해봐요." 그가 말한다. "경치가 아름다운 지방이잖아요. 공기는 상쾌하고 온 사방이 들판이고. 지역사회는 작고 안전하고. 당신과 플로에게 좋을 수 있어요."

"저희 모녀에게 뭐가 최선인지는 제가 알아요. 이건 아니에요."

"그럼 내가 단도직입적으로 얘기할게요, 잭 신부." 그가 나와 눈을 맞춘다. "나는 지금 우라질 부탁을 하는 게 아니에요."

더킨이 한 교구를 담당하는 가장 젊은 주교로 등극한 데에는 이

* 중등교육 자격시험.
** 피노키오를 만든 목수.

18

유가 있고 그건 자비로운 분위기와는 전혀 상관이 없다.

나는 무릎 위에서 주먹을 불끈 쥔다. "알겠습니다."

"좋아요. 다음 주부터 일을 시작합시다. 장화 잘 챙기고."

2

"하느님 맙소사!"

"또 불경스러운 단어 쓴다."

"알아요, 하지만―" 플로는 고개를 젓는다. "이건 뭐 거지 소굴도 아니고."

틀린 말은 아니다. 나는 차를 세우고 우리의 새 보금자리를 올려다본다. 우리의 영적인 보금자리라고 해야 할까. 실질적인 보금자리는 바로 옆집이다. 상당히 매력적일 수도 있었을 조그만 오두막인데, 걱정스러울 정도로 기울어서 벽돌이 한 장씩 슬그머니 빠져나가고 있는 듯한 인상을 풍긴다.

교회 자체는 작고 네모반듯하며 지저분한 황백색이다. 예배를 드리는 공간답게 생기지 않았다. 뾰족한 지붕도 십자가도 스테인드글라스도 없다. 전면에는 평범한 유리창 네 개가 달려 있다. 위아래로 두 개씩이다. 2층의 유리창 사이에 시계가 걸려 있다. 시계 주변에 화려한 글씨체로 이런 선언문이 적혀 있다.

"세월을 아끼라 때가 악하니라."

훌륭하다. 다만 '세월을'의 '을' 일부와 '아끼라'의 '끼' 일부가 떨어져 나와 '세월은 아기라'가 되었다. 누구의 아긴지 모르겠지만.

나는 차에서 내린다. 끈적끈적한 공기에 쪼그라든 옷이 몸에 들러붙는다. 주변이 온통 허허벌판이다. 마을 자체는 20여 채의 집과 주점, 잡화점, 마을회관으로 이루어져 있다. 들리는 소리라고는 새소리와 어쩌다 한 번씩 윙윙대는 벌 소리뿐이다. 벌 소리가 내 신경을 긁는다.

"좋아." 나는 두려움을 감추며 애써 밝은 목소리로 말한다. "가서 안을 좀 들여다보자."

"우리가 살 집부터 보는 게 아니고요?" 플로가 묻는다.

"먼저 주님의 집부터 봐야지. 주님 자녀들의 집은 그다음 차례야."

그녀는 눈을 부라린다. 그런 식으로 나더러 바보 같고 지긋지긋한 구제불능이라는 뜻을 전한다. 사춘기 아이들은 눈을 부라리는 것으로 여러 가지 이야기를 대신할 수 있다. 아이들이 열다섯 살이 되는 순간 대화가 벽 비슷한 것에 부딪히니 오히려 다행이라고 하겠다.

"게다가." 나는 말한다. "가구를 실은 트럭이 아직 M25 고속도로에 발이 묶여 있잖아. 교회에는 신도석이라도 있을 테니."

그녀는 문을 쾅 닫고 구부정한 자세로 툴툴거리며 내 뒤를 따라온다. 나는 그녀를 흘끗 쳐다본다. 삐죽빼죽한 단발로 자른 까만 머리, 코걸이(치열한 투쟁 끝에 학교에 갈 때는 빼기로 하고 뚫었다), 거의 언제나 목에 걸려 있는 묵직한 니콘 카메라. 영화 「비틀주스」에서 위노나 라이더가 맡았던 역할에 내 딸이 제격이라는 생각이 들 때가 종종 있다.

도로에서 교회까지 좁은 길이 한참 이어진다. 정문 바로 앞에 다 찌그러진 철제 우편함이 세워져 있다. 도착했을 때 아무도 없으면 이 안에 열쇠가 있을 거라고 미리 전해 들었다. 나는 뚜껑을 열고 안으로 손을 집어넣는다. 찾았다. 나는 사택용인 게 분명한 오래된 은색 열쇠 두 개와 톨킨의 판타지 소설 속에서 뭔가를 열 때 쓰임 직한 묵직한 쇠 열쇠 하나를 꺼낸다. 이것이 교회 열쇠일 것이다.

"이제 적어도 안에 들어갈 수는 있겠네." 나는 말한다.

"그러게요." 플로가 무표정하게 말한다.

나는 그녀를 무시하고 정문을 밀어서 연다. 진입로는 가파르고 울퉁불퉁하다. 양옆에 기우뚱한 비석들이 무성하게 자란 잡초 위로 고개를 내밀고 있다. 왼쪽에는 그보다 높은 기념탑이 서 있다. 음산한 회색 방첨탑이다. 바닥에 죽은 꽃다발처럼 보이는 것이 놓여 있다. 좀 더 가까이서 살펴보니 죽은 꽃다발이 아니다. 나뭇가지로 만든 조그만 인형이다.

"저게 뭐예요?" 플로가 그걸 빤히 응시하는 한편으로 카메라를 향해 손을 뻗으며 묻는다.

나는 기계적으로 대답한다. "버닝 걸스."

그녀는 쭈그리고 앉아 카메라로 사진을 몇 장 찍는다.

"이 마을의 전통 비슷한 거야." 내가 말한다. "인터넷에서 읽었어. 그걸 만들어서 서식스의 순교자들을 기념한대."

"누굴 기념한다고요?"

"메리 여왕의 신교도 박해 때 화형당한 마을 주민들. 어린 여자애 둘이 이 예배당 앞에서 죽임을 당했대."

그녀는 인상을 쓰며 일어선다. "그리고 사람들은 나뭇가지로 섬뜩한 인형을 만들어서 그들을 추모하고요?"

"그걸 만들어서 처형 추모일에 태운다고 하더라."

"「블레어 위치」 영화하고 너무 비슷한 거 아니에요?"

"시골이 원래 그래." 나는 경멸하는 눈빛으로 나뭇가지 인형을 마지막으로 흘끗 쳐다보고는 그 앞을 그대로 지나친다. "'기묘한' 전통이 난무하지."

플로는 노팅엄에 있는 친구들에게 보여주고 싶은지―황당한 시골 사람들은 이러고 산대―휴대전화를 꺼내 사진을 두어 장 더 찍고는 나를 따라온다.

나는 교회 문 앞에 다다라서 쇠 열쇠를 구멍에 넣는다. 조금 뻑뻑해서 힘껏 누르고 돌려야 한다. 문이 끼이익 열린다. 공포영화의 음향효과처럼 제대로 끼이익거린다. 나는 문을 좀 더 활짝 밀어젖힌다.

교회 안은 8월의 햇볕과 대조적으로 어두컴컴하다. 눈이 어둠에 적응하기까지 시간이 걸린다. 지저분한 유리창 사이로 비친 희미한 햇살이 허공을 떠다니는 두툼한 먼지구름을 비춘다.

구조가 특이하다. 예배실이 작아서 중앙의 제단을 마주 보고 신도석을 대여섯 개 배치할 정도밖에 안 된다. 양쪽의 좁은 나무 계단을 올라가면 발코니가 나오고 여기에 아래를 내려다볼 수 있는 신도석이 몇 개 더 놓여 있어서 조그만 극장 내지는 검투장 같다. 소방 점검을 무슨 수로 통과했는지 모를 일이다.

전체적으로 퀴퀴하고 오랫동안 방치된 공간의 냄새를 풍긴다. 몇 주 전까지 규칙적으로 쓰였을 텐데 이상한 일이다. 그런가 하면 여느 예배당과 교회처럼 답답한 동시에 썰렁한 느낌이다.

예배실 저쪽 끝에 노란색 바리케이드 두어 개로 차단된 조그만 공간이 있다. 한 바리케이드에 대충 만든 팻말이 걸려 있다.

'위험. 바닥이 울통불통하고 판석이 헐렁함.'

"아까 했던 말 취소할래요." 플로가 말한다. "여기 완전 거지 소굴이에요."

"이보다 더 심각할 수도 있었어."

"어떻게요?"

"나무좀, 습기, 딱정벌레의 창궐."

"나, 밖에 있을게요." 그녀는 몸을 돌려 씩씩대며 밖으로 나간다.

나는 뒤따라가지 않는다. 그냥 내버려두는 게 상책이다. 내가 무슨 말을 하건 별로 위로가 되지 않을 것이다. 그녀는 나 때문에 사랑하는 도시, 안정적으로 자리를 잡은 학교를 떠나 벌판과 쇠똥 냄새 말고는 아무것도 없는 곳으로 왔다. 그녀의 마음을 돌리려면 어느 정도 시간이 걸릴 것이다.

나는 나무 제단을 올려다본다.

"주님, 제가 여기서 뭘 하고 있는 걸까요?"

"어떻게 오셨습니까?"

나는 몸을 휙 돌린다.

어떤 남자가 내 뒤편에 서 있다. 가냘프고 얼굴에 핏기가 하나도 없는데, 심하게 M자인 헤어라인이 드러나도록 번들번들하게 빗어 넘긴 까만 머리 때문에 창백한 안색이 더욱 도드라진다. 따뜻한 날씨에도 불구하고 칼라 없는 회색 셔츠 위에 검은색 양복을 입었다. 흡사 재즈 클럽으로 놀러 가는 흡혈귀 같다.

"미안해요. 지금까지 기도의 응답을 직방으로 받아본 적이 없어서요." 나는 웃으며 손을 내민다. "잭이에요."

그는 의심스러워하는 눈빛으로 나를 계속 빤히 쳐다본다. "저는 이 교회의 관리인입니다. 어떻게 들어오셨죠?"

그 말을 듣고 나는 깨닫는다. 나는 사제복을 입지 않았고 그는 '브룩스 신부'가 오늘 온다고만 들었을 것이다. 물론 나를 인터넷으로 검색해봤을 수도 있지만 그는 요즘도 잉크와 깃펜을 쓸 것처럼 생겼다.

"미안해요. 잭 브룩스, 브룩스 신부예요."

그의 눈이 살짝 커진다. 뺨이 눈곱만큼 벌게진다. 솔직히 내 이름을 들으면 헷갈릴 만도 하다. 솔직히 나는 그런 반응을 즐긴다.

"아, 이런. 정말 죄송합니다. 그게—"

"예상했던 것과 다른가요?"

"네."

"이보다 더 키가 크고 날씬하고 잘생긴 사람이 올 줄 아셨나요?"

바로 그때 누군가가 외친다. "**엄마!**"

나는 고개를 돌린다. 플로가 눈을 동그랗게 뜨고 새하얗게 질린 얼굴로 문간에 서 있다. 내 머릿속에서 요란한 모성 경보가 울린다.

"왜?"

"여기 어떤 여자아이가 있는데…… 다친 것 같아요. 와서 보세요. 얼른요."

3

여자아이는 많게 보아야 열 살이다. 원래는 흰색이었을 것 같은 원피스를 입었고 맨발인데…… 온몸이 피범벅이다.

피 때문에 금발은 지저분한 적갈색이 되었고 얼굴에는 진홍색 줄무늬가 생겼고 원피스는 짙은 적갈색으로 물들었다. 그녀가 우리를 향해 비틀비틀 진입로를 걸어오자 피로 젖은 조그만 발자국이 남는다.

나는 그녀를 빤히 쳐다보며 여러 가지 가능성을 미친 듯이 떠올린다. 차에 치었나? 하지만 도로에는 차가 한 대도 보이지 않는다. 게다가 피가 정말이지 너무 많다. 무슨 수로 아직까지 서 있는지 모를 지경이다.

나는 조심스럽게 그녀에게 다가가 쪼그리고 앉는다.

"안녕, 꼬마 아가씨. 다쳤니?"

그녀는 고개를 들어 나와 눈을 맞춘다. 새파란 눈이 충격으로 반짝거린다. 그녀는 고개를 젓는다. 다치지는 않은 거다. 그렇다면 이 피는 다 어디서 난 걸까?

"그렇구나. 무슨 일이 있었는지 얘기해줄 수 있겠어?"

"걔를 죽였어요."

후덥지근하게 더운 날인데도 한기가 스멀스멀 내 등골을 타고 내려간다.

"누구를?"

"피파요."

"플로." 나는 조심스럽게 말한다. "경찰서에 연락해."

그녀는 휴대전화를 꺼내더니 믿기지 않는다는 듯이 전화기를 쳐다본다. "신호가 안 잡혀요."

젠장. 휘몰아치는 데자뷰로 속이 울렁거린다. 피. 여자아이. 두 번은 안 된다.

나는 문가에서 서성이는 재즈 클럽행 흡혈귀를 돌아본다. "성함을 못 들었네요?"

"에런입니다."

"안에 일반 전화가 있나요, 에런?"

"네. 사무실에요."

"가서 그걸로 연락해주시겠어요?"

그는 머뭇거린다. "저 아이— 제가 아는 아이예요. 하퍼스 농장 딸이에요."

"아이 이름이 뭐예요?"

"파피요."

"알겠어요." 나는 아이를 보며 걱정 말라는 듯 웃어 보인다. "파피, 도와주실 분이 곧 올 거야."

에런은 여전히 꼼짝하지 않는다. 충격 때문일까 아니면 마음의 결정을 내리지 못한 걸까? 어느 쪽이 됐건 도움이 되지 않는다.

"전화요!" 나는 그를 보며 으르렁거린다.

그는 교회 안으로 슬그머니 사라진다. 속도를 높이는 자동차 엔진 소리가 들린다. 고개를 들어보니 레인지로버가 모퉁이를 거칠게 돌아 나와 교회 정문 앞에서 타이어로 자갈을 긁으며 끼익하고 멈추어 선다. 문이 홱 하니 열린다.

"*파피!*"

옅은 갈색 머리의 건장한 남자가 뛰어내려 우리를 향해 진입로를 힘차게 걸어온다.

"아니, 파피! 온 사방을 찾아다녔잖아. 무슨 생각으로 그렇게 뛰쳐나간 거야?"

나는 허리를 펴고 일어선다. "이 아이의 아버님이신가요?"

"네. 제 딸이에요. 저는 사이먼 하퍼라고 합니다만—" 의미심장한 이름이라도 되는 듯한 말투다. "댁은 누구신가요?"

나는 혀를 세게 깨문다. "새로 부임한 브룩스 신부입니다. 무슨 일인지 설명해주실 수 있을까요? 따님이 피범벅인데요."

그는 인상을 쓴다. 나보다 나이가 몇 살 더 많은 것 같다. 몸집이 크지만 뚱뚱하지는 않다. 고집이 세어 보인다. 남들에게, 특히 여자에게 한 소리 듣는 상황에 익숙하지 않은 모양이다.

"어떻게 보일지 알지만 그런 거 아니에요."

"진짜요? 왜냐하면 보기에는 「텍사스 전기톱 연쇄살인사건」 비슷하거든요." 이건 플로가 한 말이다.

사이먼 하퍼는 짜증 섞인 눈빛으로 플로를 흘긋 쳐다보고 다시 내 쪽으로 시선을 돌린다. "진짜예요, 신부님. 오해하신 거예요. 파피, 이리 와—" 그가 손을 내민다. 파피는 내 뒤로 숨는다.

"따님 말로는 누가 죽임을 당했다고 하던데요?"

"네?"

"피파가요."

"이거야 원." 그는 눈을 부라린다. "어처구니가 없네."

"어처구니가 있는지 없는지 판단은 경찰에 맡기기로 하고—"

"*페파*예요, 피파가 아니라. 그리고⋯⋯ 페파는 돼지고요."

"네?"

"이거 *돼지* 피예요."

나는 그를 빤히 쳐다본다. 땀이 등줄기를 간질인다. 트랙터 한 대가 털털거리며 도로를 따라 천천히 지나간다. 사이먼 하퍼는 한숨을 쉰다.

"안으로 들어가서— 아이를 좀 씻길 수 있을까요? 이런 몰골로는 차에 태울 수가 없어서요."

나는 다 쓰러져가는 사택을 흘긋 쳐다본다.

"이쪽으로 오세요."

새 집에 처음으로 발을 들이는 순간, 기대했던 집들이는 아니다.

플로가 마당에서 플라스틱 의자를 두어 개 들고 오고 우리는 거기에 파피를 앉힌다. 내가 개수대 아래에서 깨끗해 보이는 행주와 반 병 남은 물비누를 찾는다. 그 안에는 손전등과 내 주먹만 한 거미도 있다.

"제가 차에 다녀올게요." 플로가 말한다. "거기에 물티슈랑 파피한테 입힐 만한 제 스웨트셔츠가 있을 거예요."

"생각 잘했네."

그녀는 종종걸음으로 다시 나간다. 태도에 문제가 있긴 해도 내가 보기에는 착한 아이다.

나는 수도꼭지에 행주를 대서 적시고 파피 옆에 쭈그리고 앉는다. 아이의 얼굴에 묻은 핏자국을 닦는다.

돼지 피라니. 어쩌다 이런 꼬맹이가 돼지 피를 뒤집어썼을까?

"심각해 보이는 거 압니다." 사이먼 하퍼가 회유하려는 투로 말한다.

"나는 함부로 판단하지 않아요. 그게 내 직업의 첫 번째 원칙이에요."

이것 역시 거짓말이다. 나는 파피의 이마와 귀에서 피를 닦아낸다. 스티븐 킹의 소설에서 도망쳐 나온 것 같았던 아이가 점점 평범한 모습으로 돌아간다.

"어떻게 된 건지 설명하겠다고 하셨죠?"

"제가 농장을 합니다. 하퍼스 농장요. 집안 대대로 이어진 가업이에요. 그 농장 안에 자체적으로 도살장이 있어요. 거기에 반대하는 사람들도 있다는 걸 알지만……."

나는 일어나지 않는다. "사실 저는 음식이 어디서 나는지 아는 게 중요하다고 생각해요. 제가 가장 최근에 맡았던 교구에서는 아이들 대부분이 고기는 맥도널드 빵 속에서 자라는 줄 알았어요."

"네…… 그러니까요. 우리 부부는 두 아이 모두에게 농사짓는 과정을 이해시키려고 애쓰고 있어요. 동물들을 감상적으로 대하지 않도록. 큰딸 로지는 항상 별문제가 없는데 파피는 좀…… 예민한 편이라서요."

나는 '예민하다'는 게 완곡한 표현임을 감지한다. 나는 파피의 머리를 매만져준다. 그녀는 그 새파란 눈으로 멍하니 나를 쳐다본다.

"엠마한테…… 그러니까 아내한테 그 녀석들 이름을 짓게 하면 안 된다고 얘기했는데."

"그 녀석들이라뇨?"

"돼지들요. 파피는 이름을 지어주면서 좋아했지만…… 그러다 보니 당연히 애착이 생겼죠, 특히 한 녀석에게."

"페파요?"

"네. 오늘 아침에 돼지들을 도축장으로 끌고 갔어요."

"아."

"파피는 원래 집에 없을 시각이었어요. 로지가 놀이터에 데려가기로 했는데…… 무슨 일이 생긴 모양이에요. 원래 계획보다 일찍 돌아왔더라고요. 정신을 차려보니 파피가 바로 옆에 서 있었고……."

그는 당황한 표정으로 말끝을 흐린다. 나는 그렇게 끔찍한 광경을 맞닥뜨린 아이를 상상해본다.

"그래도 아이가 어쩌다 피범벅이 됐는지 잘 이해가 안 가네요."

"아마…… 미끄러지는 바람에 넘어졌나 봐요. 아무튼 잠시 후에 아이가 뛰쳐나갔고 그다음은 신부님이 아시는 대로……" 그는 나를 쳐다본다. "제가 얼마나 속상한지 신부님은 상상도 못 하시겠지만 농장이 원래 그래요. 그게 우리가 하는 일이에요."

나는 일말의 연민을 느낀다. 행주를 헹구고 그걸로 파피의 얼굴에 남은 핏자국을 마저 닦는다. 그런 다음 청바지 주머니에서 머리끈을 꺼내 끈적거리는 파피의 머리칼을 하나로 높게 묶는다.

나는 아이를 보며 미소 짓는다. "그 안 어딘가에 꼬마 아가씨가 숨어 있을 줄 알고 있었지."

여전히 아무 반응이 없다. 조금 당혹스럽다. 하지만 충격을 받으면 그럴 수 있다. 전에도 본 적 있다. 도심에서의 신부 생활이 케이크 굽기와 자선 바자회만으로 이루어지는 것은 아니다. 문제가 많은 남녀노소와 숱하게 마주친다. 하지만 학대는 도심의 길거리에서만 벌어지는 것이 아니다. 나도 안다.

나는 사이먼을 돌아본다. "파피에게 다른 반려동물이 있나요?"

"작업견이 있긴 하지만 견사에서 키워요."

"파피에게 반려동물을 한 마리 키우게 하면 어떨까요? 햄스터처럼 이 아이가 돌볼 수 있는 작은 동물로요."

그는 잠깐 내 제안을 받아들일 듯한 분위기를 풍긴다. 하지만 이내 무표정해진다.

"고맙습니다, 신부님. 하지만 제 딸을 다루는 법은 제가 잘 안다고 생각합니다."

불타는 소녀들

내가 그렇지 않다는 증거가 여기 있지 않으냐고 지적하려는 찰나 플로가 물티슈와 잭 스켈링턴이 그려진 스웨트셔츠를 들고 부엌으로 다시 들어온다.

"이거면 될까요?"

나는 갑자기 피곤해지는 걸 느끼며 고개를 끄덕인다. "응."

우리는 문 앞에 서서 아버지와 딸—플로의 스웨트셔츠가 파피의 무릎께에서 나풀거린다—이 사륜구동 차에 올라타 멀어지는 것을 지켜본다.

나는 한쪽 팔로 플로의 어깨를 감싼다. "평화로운 시골은 개뿔."

"그러게요. 어쩌면 여기 생활도 흥미진진할지 모르겠어요."

나는 빙그레 웃다가 검은 옷을 입은 유령 같은 사람이 정사각형의 큼지막한 상자를 들고 오두막 쪽으로 걸어오는 것을 본다. 에런이다. 그에 대해 까맣게 잊고 있었다. 그는 도대체 지금까지 뭘 하고 있었던 걸까?

"경찰이 오고 있겠죠?" 나는 묻는다.

"아, 아뇨. 사이먼 하퍼가 차를 세우는 걸 보고 경찰에 연락할 필요가 없겠다고 생각했어요."

그렇단 말이지? 사이먼 하퍼가 이 마을의 유지인 모양이다. 작은 마을에는 대개 의사 결정권자 역할을 하는 집안이 있다. 그게 전통이라서. 아니면 공포의 대상이라서. 아니면 양쪽 다라서.

"그러다 생각이 났어요." 에런이 말을 잇는다. "신부님이 오시면 이걸 드려야 한다는 걸요."

그는 상자를 내민다. 앞면에 내 이름이 볼드체로 깔끔하게 붙어 있다.

"이게 뭔데요?"

"저도 모릅니다. 어제 교회 앞에 누가 두고 갔어요."

"누가요?"

"저도 못 봤어요. 환영 선물인가 보다 생각만 했죠."

"이전에 계셨던 신부님이 남기신 거 아닐까요?" 플로가 묻는다.

"그건 아닐 거야." 나는 말한다. "돌아가셨거든." 나는 무심하게 들릴 수도 있겠다는 생각을 하며 에런을 흘긋 쳐다본다. "플레처 신부님 소식을 듣고 안타까웠어요. 충격적이었겠어요."

"그랬죠."

"편찮으셨나요?"

"편찮으셨냐고요?" 그는 묘한 눈빛으로 나를 쳐다본다. "못 들으셨어요?"

"갑자기 돌아가셨다고 들었는데요."

"맞아요. 자살하셨거든요."

4

"왜 얘기 안 하셨어요?"

수화기 저편에서 웅얼대는 더킨의 목소리가 거의 들리지 않는다. "민감한…… 황이라…… 자세한…… 알리지 않는…… 생각했어요."

"그게 무슨 상관이에요. 얘기하셨어야죠."

"개인적으로…… 아니라…… 미안해요."

"또 누가 알아요?"

"몇 안 되…… 교회 관리인이…… 발견했고…… 교구회요."

그러니까 마을 주민 거의 전부가 안다는 뜻이다. 더킨이 다시 뭐라고 말을 한다. 내가 2층 침실 창밖으로 몸을 좀 더 내밀자—신호가 잡히는 곳이 여기뿐이다—기적적으로 막대가 세 개 뜬다.

"플레처 신부는 정신적인 문제가……. 다행히 그 일이 있기 전에 사임 의사를 밝혔기 때문에 공식적으로는 교구 담당 사제가 아니었……."

그러니까 다른 말로 하자면 교회의 문제가 아니라는 말이다. 더 킨은 공감 능력이 부족하기가 병적인 수준이다. 그가 지닌 능력을 교회가 아니라 정계에서 발휘하는 편이 낫지 않을까 싶을 때가 많지만 어쩌면 거기가 거기일지 모른다. 양쪽 모두 개종이 설교의 목표이니 말이다.

"미리 얘기를 하셨어야죠. 저의 운신에 영향을 미치는 사안인데. 교회와 신부에 대한 사람들의 태도에도 영향을 미치고요."

"그렇죠. 미안해요. 내가 간과했어요."

간과 같은 소리 하고 있네. 그는 내게 이곳으로 내려오지 않을 핑계를 하나 더 만들어주고 싶지 않았을 뿐이다.

"할 얘기는 이게 전부인가요, 잭?"

"사실 하나 더 있는데—"

상관없어야 한다. 죽음이 저세상으로 떠나는 통로에 불과하다면 정황은 문제될 게 없어야 한다. 하지만 그렇지가 않다.

"어떻게 죽었어요?"

그가 거짓말을 할까 말까 망설이고 있다는 것을 알 수 있을 만큼의 순간 동안—우리 둘이 알고 지낸 세월이 워낙 길다—정적이 흐른다. 잠시 후에 그가 한숨을 쉰다.

"교회에서 목을 맸어요."

플로가 거실에 무릎을 꿇고 앉아 상자에 담긴 물건들을 꺼내고 있다. 다행히 얼마 되지 않는다. 마침내 이삿짐 트럭이 도착했을 때 문신이 있는 젊은 남자 둘이서 우리의 세속적인 짐을 옮기는 데 걸린 시간은 20분이었다. 반평생 동안 모은 것치고 별게 없다.

나는 비좁은 거실에 간신히 들여놓은 낡은 소파에 털썩 주저앉는다. 사택의 모든 것이 작고 낮고 기우뚱하다. 제대로 열리는 창문이 하나도 없어서 견딜 수 없을 정도로 덥고, 부엌과 거실 사이 문지방을 건널 때는 잊지 말고 고개를 숙여야 한다(내가 거인족도 아닌데 말이다).

욕실은 녹황색이고 얼룩덜룩하게 곰팡이가 끼었다. 샤워기는 없다. 난방은 기름보일러와 장작 난로인데, 난로가 어찌나 구닥다리로 보이는지 안전 점검을 받지 않으면 돌아오는 겨울에 질식사할지도 모른다.

좋은 쪽으로 생각하자면 월세가 무료다. 갖은 노력을 기울이면 내 집처럼 만들 수도 있다. 하지만 지금 할 일은 아니다. 지금 당장은 뭘 좀 먹고 텔레비전이나 좀 보다가 자고 싶다.

플로가 고개를 든다. "오늘 벌어진 일 때문에 여기가 얼마나 쓰레기장 같은지 느끼지 못하게 된 건 아니겠지요."

"아니야. 하지만 오늘 저녁에는 너무 피곤하고 배가 고파서 우울해할 기운도 없다. 이 근처에 테이크아웃 음식점 같은 건 없겠지?"

"사실 옆 마을에 도미노 피자가 있긴 해요. 오는 길에 검색해봤어요."

"할렐루야. 신문물이다. 넷플릭스에서 뭐 하는지 볼까?"

"아직 인터넷 연결이 안 되었을걸요?"

젠장.

"그럼 공중파나 봐야겠다."

"그럴 수 있으면 다행이게요?"

"응? 왜?"

그녀가 소파 옆자리로 다가와 내 어깨를 감싸 안는다.

"여기 뭐가 문제게, 마이클?"

나는 「로스트 보이」*의 유명한 대사를 듣고 미소를 짓는다. 내가 문화적으로 미친 영향이 일부나마 남아 있는 모양이다.

"안테나가 없어. 안테나가 없다는 게 무슨 뜻인지 알아?"

"으아, 주여." 나는 고개를 뒤로 젖힌다. "진짜야?"

"네……."

"이게 무슨 시추에이션이니?"

"여기가 세계에서 으뜸가는 살인 도시는 아니기만을 바라야죠."

"흡혈귀, 그건 내가 상대할 수 있는데. 나한테 있는 무기가 십자 가거든."

"그리고 정체불명의 상자요."

상자. 플레처 신부의 죽음을 둘러싼 정황을 밝히지 않은 더킨 때문에 씩씩대느라 애초에 단초가 됐던 물건을 잊고 있었다. 나는 주변을 두리번거린다.

"어디다 뒀는지 모르겠네."

"부엌요."

---

* 조엘 슈마허 감독의 코미디 공포 영화.

플로는 폴짝폴짝 뛰어나가서 상자를 들고 와 내 옆에 털썩 앉는다. 나는 미심쩍어하는 눈빛으로 상자를 빤히 쳐다본다.

잭 브룩스 신부님.

"개봉할까요?" 플로가 가위를 요란하게 휘두른다.

나는 가위를 받아서 상자를 봉한 마스킹 테이프를 가른다. 안에 얇은 종이로 포장된 뭔가가 들었다. 그 위에 조그만 카드가 놓여 있다. 나는 카드를 끄집어낸다.

감추인 것이 드러나지 않을 것이 없고 숨긴 것이 알려지지 않을 것이 없나니. 이러므로 너희가 어두운 데서 말한 모든 것이 광명한 데서 들리고 너희가 골방에서 귀에 대고 말한 것이 지붕 위에서 전파되리라. (누가복음 12:2~3)

내가 플로를 흘끗 쳐다보자 그녀는 눈썹을 추켜세운다. "약간 멜로드라마 같네요."

카드를 내려놓고 얇은 종이를 벗기자 낡은 갈색 가죽 케이스가 나온다.

나는 케이스를 빤히 쳐다본다. 팔을 타고 아스스 소름이 돋는다.

"열어보실 거예요?" 플로가 묻는다.

안타깝게도 싫다고 둘러댈 적당한 핑계가 없다. 나는 케이스를 들어서 소파 위에 내려놓는다. 안에서 뭔가가 덜거덕거린다. 나는 걸쇠를 푼다.

"감추인 것이 드러나지 않을 것이 없고 숨긴 것이 알려지지 않을

것이 없나니."

빨간색 실크로 안감을 댄 케이스의 내용물은 끈으로 고정돼 있다. 가죽 장정의 성경, 몸을 가누지 못하는 예수가 달린 묵직한 십자가, 성수, 모슬린 천, 메스 그리고 톱날이 달린 큼지막한 칼.

"이게 뭐예요?" 플로가 묻는다.

나는 울렁이는 속을 달래며 침을 삼킨다. "구마의식 세트."

"우와." 그러고 나서 그녀는 미간을 찌푸린다. "구마할 때 칼도 쓰는 줄은 몰랐는데."

"원래는 쓰지 않아."

나는 손을 내밀어 뼈로 만든 칼자루를 잡는다. 닳았고 차갑고 반질반질하다. 나는 칼을 케이스에서 꺼낸다. 묵직하고, 삐죽삐죽하고 예리한 칼날이 불그스름한 갈색 얼룩으로 덮여 있다.

플로가 몸을 앞으로 숙인다. "엄마, 그거—"

"맞아."

이것이 오늘의 테마가 되어가고 있다.

피.

5

달빛. 달빛이 다를 수도 있나 싶겠지만 다르다.

그는 손가락을 내밀어 풀밭 위로 뚝뚝 흘러내리는 달빛을 손으로 받는다. 풀밭. 그것도 새롭다. 그 안에는 풀밭이 없었다. 부드러운 게 전혀 없었다. 심지어 침구마저 뻣뻣하고 따끔거렸다. 달빛은 항상 좁은 창문을 거쳐서 들어왔고 사방에서 어른거리는 빌딩에 일부가 가려졌다. 그렇게 들어온 달빛은 거칠게 꽂혔다. 콘크리트와 철제 위로.

여기에서는 달빛이 거침없이 자유롭게 흩어진다. 그 주위의 공원을 은빛으로 적신다. 그의 옆 풀밭 위로 살그머니 내려앉는다. 그러니 풀밭이 설핏하고 듬성듬성하며 쓰레기, 탄산음료 병, 담배꽁초로 어지럽혀져 있다 한들 무슨 상관일까? 그에게는 여기가 천국이다. 우라질 에덴의 동산이다. 오늘 밤 그의 침대는 벤치이고 럭셔

리한 침구는 어느 술꾼에게서 슬쩍한 골판지 상자와 침낭이다. 도둑이나 거지들에게는 신의가 없다. 하지만 그에게는 실크 시트와 오리털 베개를 갖춘 기둥 네 개짜리 침대 같은 이곳이 있다.

그는 자유의 몸이 되었다. 14년 만에. 이번에는 절대 다시 들어가지 않을 것이다. 그는 거기서 재활 치료를 받고 마침내 깨끗해졌다. 약물을 끊고 착한 아이처럼 굴었다.

아직 기회가 있어요. 상담사들이 그에게 했던 말이다. 새로운 인생을 시작할 수 있어요. 이건 과거의 일이 될 수 있어요.

두말하면 잔소리지만 모두 거짓말이다. 과거는 절대 완전히 청산할 수 없다. 과거는 내 일부분이다. 충직한 노견과도 같아서 뒤꽁무니를 쫓아다니며 항상 내 곁을 지킨다. 그러다 가끔은 엉덩이를 물기도 한다.

그는 혼자 빙그레 웃는다. 이 말을 들었더라면 그녀가 재밌어했을 것이다. 그녀는 그에게 말재주가 있다고 얘기하곤 했다. 그럴지도 모르지만 그는 주먹질과 발길질에도 재주가 있었다. 그는 화를 참지 못했다. 분노가 모든 것을 먹구름으로 뒤덮었다. 그에게서 말재주를 빼앗아, 귓전을 두드리고 목구멍을 채우는 시뻘겋고 짙은 안개로 바꾸어놓았다.

화를 잘 다스려야 해. 그녀는 말했다. 안 그럼 그 못된 년이 이겨.

감방에 밤이 찾아오면 그는 그녀가 옆에서 그의 머리칼을 쓸어 넘기고 속삭이며 달래고 있다고 상상하곤 했다. 수감 생활과 금단 증상을 버틸 수 있게 돕고 있다고 상상하곤 했다. 그는 어둠 속을 두리번거리며 그녀를 찾는다. 없다. 그는 혼자다. 하지만 조만간 달라질 것이다.

그는 침낭을 턱까지 끌어올리고 벤치에 머리를 기댄다. 포근한 밤이다. 야외 취침은 행복하다. 달과 별을 보며 내일을 기다릴 수 있다.

내일을 얘기한 그 노래가 뭐였더라? 딱 하루만 지나면 내일이라고 했나 그런데.*

그들은 가끔 그 노래를 불렀다.

우리도 애니처럼 고아였으면 좋겠다. 그녀는 입버릇처럼 말했다. 그럼 여기서 도망칠 수 있을 텐데.

그러면서 그녀는 그의 옆으로 파고들었다. 뼈만 앙상했던 팔다리와 비스킷 냄새가 났던 헝클어진 머리.

그는 미소를 짓는다. 내일이면, 내일이면 너를 찾으러 갈게.

---

* 뮤지컬 「애니」의 주제가 「투모로」다.

신부에게는 일요일 오전 예배가 일주일의 하이라이트다. 많은 신도를 끌어모을 수 있을지 여부가—많은 신도라 하면 두 자리 숫자를 말한다—일요일에 판가름 난다.

신도 대부분이 흑인이었던 예전 노팅엄의 교회에서는 일요일이라고 하면 완전 정장 차림을 의미했다. 모자, 양복, 여자아이들은 뽀글뽀글한 고수머리에 큼지막한 리본. *루비처럼.*

그래서 그날이 특별하게 느껴졌다. 그래서 *내가* 특별하게 느껴졌다. 내가 알기로 그 옷들은 유심히 들여다보면 살짝 허름하거나 허리가 타이트한 경우가 많았다. 우리 신도들은 그 도시에서 가장 가난한 지역 출신이었지만 그럼에도 노력을 기울였다. 일요일 아침에 복장을 제대로 갖추는 것은 자존심이 걸린 문제였다.

내가 맡았던 다른 교회에서도 일요일 아침이면 신도석에 말 그대로 놈팡이나 다름없는 인간이 앉아 있곤 했다. 그래도 이 업계에서는 찬밥, 더운밥 가리지 않는 법이다.

그럴 때면 당연히 의기소침해질 수 있지만 나는 항상 한 사람이라도 내 설교를 듣고 조금이나마 위안을 얻는다면 그걸로 된 거라고 마음을 다잡는다. 교회는 단순히 하느님을 믿는 사람만을 위한 곳이 아니다. 믿을 게 아무것도 없는 사람을 위한 곳이다. 외로운 사람들, 길을 잃은 사람들, 집이 없는 사람들. 그들의 피난처다. 나도 그렇게 교회를 찾았다. 아무 데도 갈 데가 없었을 때, 아무 데도 기댈 데가 없었을 때. 어떤 사람이 내게 손을 내밀었다. 나는 그 친절한 마음씨를 절대 잊지 않았고 이제 그걸 갚기 위해 노력하는 중이다.

이 마을의 신도들은 어떨지 잘 모르겠다. 작은 마을은 좀 보수적인 경향이 있다. 교회가 지역사회 안에서 더 중요한 역할을 한다. 하지만 신도들의 나이도 많은 편이다. 우습게도 틀니를 처음 장착하면서 믿음이 생기는 사람들이 얼마나 많은지 모른다.

내가 오늘 예배를 인도하는 건 아니다. 내 임기는 2주 뒤에야 공식적으로 시작된다. 오늘 아침의 주인공은 워블러스 그린의 러시턴 신부다. 우리는 이미 몇 차례 이메일을 주고받았다. 그는 친절하고 헌신적이며 과로에 시달리는 듯하다. 대부분의 시골 신부들이 그렇다. 그는 현재 시간을 안배해가며 세 군데 교회를 맡고 있기 때문에 크로프트 교회까지 담당하는 건 무리였다. 아니, 그의 표현을 빌리자면 다음과 같다.

"주님은 어디에든 계실지 몰라도 나는 동시에 네 군데에 존재하는 법을 아직 터득하지 못했어요."

내가 다소 다급하게 임명을 받은 이유가 여기에 있다. 하지만 그게 전부는 아니다.

나는 그 이상한 가죽 케이스를 보고 마음이 뒤숭숭해졌다. 간밤에 잠을 설쳤다. 정적이 계속 움찔하며 눈을 뜨게 했다. 멀리서 사이렌이 울리거나 창밖에서 술꾼들이 고함을 지르는, 위안이 되는 소리가 하나도 들리지 않았다. 그날 있었던 일들이 머릿속에 계속 떠올랐다. 얼굴에 피를 뒤집어쓴 파피. 톱날이 달린 칼. 루비의 얼굴. 파피의 얼굴로 합쳐진다. 그 둘을 연결하는 피.

내가 왜 여기 오겠다고 했을까? 내가 이루고 싶은 건 뭘까?

나는 결국 7시가 막 지났을 때 침대 밖으로 몸을 일으킨다. 어린 수탉이 밖에서 요란하게 울고 있다. 정말이지 경이롭다. 나는 커피를 끓인 다음 유혹을 이기지 못하고 부엌 서랍 속 행주 아래에 숨겨놓았던 롤링 박스와 담배를 꺼낸다.

플로가 담배를 끊으라고 계속 잔소리를 한다. 나도 노력하고 있다. 하지만 몸이 따라주지 않는다. 나는 식탁에서 몰래 담배를 말고 민소매 윗도리와 조깅 바지 위로 낡은 후드점퍼를 걸치고 뒷문 밖으로 나가 담배를 피우며 우울한 기분을 떨쳐버리려고 한다. 하늘은 흐리지만 벌써부터 덥다. 하루가 이제 막 시작됐다. 새로운 도전이 나를 기다린다. 내가 항상 고맙게 여기는 부분이다. 내일은 장담할 수 없다. 하루하루가 선물이니 현명하게 활용해야 한다.

물론 대부분의 신부들이 그렇듯 나도 항상 설교하는 대로 실천하는 건 아니다.

담배를 다 피우고 2층으로 올라가 미지근한 물에 몸을 씻는다. 그런 다음 머리를 말리고 대충이나마 몸단장을 한다. 내 머리는 아직 까만 편이다. 주름살은 많지 않지만 얼굴에 붙은 군살이 완충재 역할을 한다. 나는 아마 삶에 찌든 40대 중반의 여느 엄마처럼 보일 것이다. 판결: 이 정도면 됐다.

터덜터덜 다시 1층으로 내려간다. 놀랍게도 플로가 벌써 일어나 찻잔과 책을 들고 거실 소파에 웅크리고 있다. 보아하니 스티븐 킹 최신작이다.

"나 어때 보이니?"

그녀는 흘끗 시선을 든다. "지쳐서 너덜너덜해 보여요."

"고맙다. 그거 말고는?"

나는 청바지와 검은색 셔츠를 입고 로만칼라를 달았다. 사람들에게 내 정체를 알리되 아직 정식으로 일을 시작하지는 않았음을 보여주기 위해서다.

"검은색 괜찮겠어요?"

"형광색이랑 망사는 나중에 입으려고 아끼는 중인데."

"언제 입으려고요?"

"크리스마스이브?"

"조심스럽게 길들이세요."

"그럴 생각이야."

그녀는 미소를 짓는다. "근사해 보여요, 엄마."

"고맙다." 나는 망설인다. "너는 어때?"

"뭐가요?"

"괜찮니?"

"좋아요."

"진짜?"

"우리 이제 이거 안 하면 안 돼요, 엄마? 아뇨, 엄마 밉지 않아요. 네, 노팅엄을 떠나서 짜증 나요. 하지만 당분간이잖아요. 엄마 말마따나— 어쩌겠어요."

"가끔 보면 너, 너무 조숙할 때가 있더라."

"우리 둘 중 한 명이라도 그래야 하잖아요."

나는 가서 그녀를 두 팔로 꼭 끌어안고 싶다. 하지만 그녀는 다시 책에 코를 묻는다.

"오늘 아침에 올 거야?"

"가야 해요?"

"네가 알아서 해."

"사실 묘지에 가보려고 했거든요. 사진도 좀 찍고."

"알았어. 재밌는 시간 보내."

나는 불쑥 고개를 내미는 실망감을 애써 누른다. 그녀는 당연히 조그맣고 퀴퀴한 교회에서 건조하고 칙칙한 설교를 듣고 싶지 않을 것이다. 열다섯 살이지 않은가. 그리고 나는 아이들에게 신앙을 강요해봐야 아무 득이 없다고 생각한다.

우리 엄마는 그랬다. 나는 어렸을 때 제일 번듯한 옷을 입고 교회로 끌려갔던 걸 기억한다. 그때 나는 근질거리는 몸을 달래며 꼼지락거렸다. 신도석은 딱딱했고 예배실은 추웠고 새까만 사제복을 입은 신부를 보면 울음이 터졌다. 나중에 종교는 엄마에게 술과 머

불타는 소녀들

릿속에서 들리는 속삭임과 함께 버팀목이 되었다. 나에게는 역효과를 낳았다. 나는 기회가 생기자마자 거기서 도망쳤다.

신앙은 그걸 이해하거나 의심할 수 없을 만큼 어린 나이에 일방적으로 주입받는 것이 아니라 의식적으로 선택할 수 있어야 한다. 믿음은 가보처럼 대대로 물려주는 것이 아니다. 만질 수도 없고 절대적인 것도 아니다. 심지어 성직자에게도 그렇다. 결혼생활이나 육아처럼 끊임없이 노력해야 하는 것이다.

믿음이 흔들릴 때도 있다. 자연스러운 현상이다. 안 좋은 일이 벌어질 때도 있다. 신이 존재하는지, 존재한다면 왜 그렇게 못됐는지 궁금해지는 경우도 있다. 하지만 사실 안 좋은 일이 신 *때문에* 벌어지는 건 아니다. 신은 「트루먼 쇼」에 천상의 존재로 등장한 에드 해리스처럼 천국의 조정실에 앉아서 우리의 믿음을 '시험'할 방법을 고민하지 않는다.

안 좋은 일이 벌어지는 이유는 인생이 예측할 수 없는 무작위적인 사건의 연속이기 때문이다. 우리는 그 사건들을 헤쳐나가는 동안에 실수를 저지를 것이다. 하지만 신은 너그럽다. 적어도 내가 바라기로는 그렇다.

나는 부엌 의자에 걸쳐놓은 후드점퍼를 집어 들고는 거실 안으로 고개를 빼꼼 내민다. "그래. 난 이제 그만 가야겠다."

"엄마?"

"응?"

"그 케이스는 어떻게 할 거예요?"

사실 나도 잘 모르겠다. 인정하기는 싫지만 충격이 제법 크다. 플로에게 시인하기 싫을 만큼 큰 건 분명하다. *그게 어디서 났을까?*
누가 두고 갔을까? 그리고 두고 간 이유는 뭘까?

"잘 모르겠어. 에런하고 얘기를 좀 해야 할까 봐."

그녀는 인상을 쓴다. "그분은 섬뜩해요."

너무 가혹한 평가 아니냐고 한 소리 하고 싶지만 사실 섬뜩하긴
하다. 이유는 나도 잘 모르겠다. 나 같은 일을 하다 보면 괴짜와 아
웃사이더를 제법 만난다. 하지만 에런은 뭔가 다르다. 내가 잊고 싶
은 감정을 유발한다.

"그 얘긴 나중에 하자, 응?"

나는 후드점퍼에 팔을 넣는다.

"알았어요. 그리고 엄마?"

"응?"

"다른 옷 입어요. 그 옷은 담배 냄새가 코를 찔러요."

7

교회 안으로 들어가보니 에런이 예배실 뒤편에서 투실투실한 곱슬머리 신부와 대화를 나누고 있다. 9시 30분이고 신도들은 아직 보이지 않는다.

둘 다 고개를 홱 돌렸기 때문일까? 왠지 몰라도 두 사람이 내 얘기를 하고 있었던 듯한 느낌이 든다. 피해망상일 수도 있고 아닐 수도 있다. 그리고 그들이 내 얘기를 하는 게 이상한 일도 아니다. 나는 신참이지 않은가. 하지만 마음이 불편해지는 건 사실이다. 나는 억지로 미소를 짓는다.

"안녕하세요. 말씀 나누는 데 제가 방해한 건 아니죠?"

곱슬머리 신부는 얼굴을 환히 빛낸다. "브룩스 신부님. 저는 러시턴 신부예요. 브라이언이라고 불러주세요. 드디어 이렇게 만나뵙게 되었네요!"

그가 포동포동한 손을 내민다. 그는 땅딸막한데, 벌겋고 얼룩덜룩한 얼굴을 보면 인생의 낙을 얼마나 즐기는지 알 수 있다. 반짝이는 두 눈은 잠시도 가만히 있지 못하고 장난기로 넘실거린다. 로만칼라가 없었다면 나는 그가 술집 사장이나 터크 수도사*인 줄 알았을 것이다.

"우리는, 특히 저는 신부님이 와주셔서 정말이지 다행스럽게 생각합니다."

나는 그와 악수한다. "고맙습니다."

"그래, 지내시기는 어떤가요? 평가하기에는 아직 이른가요?"

"좋아요. 하지만 적응하려면 시간이 좀 걸리겠죠. 신부님도 잘 아시겠지만."

"사실 나는 잘 몰라요. 부제 시절부터 워블러스 그린에 있었기 때문에. 이제 30년이 다 됐죠. 얼마나 나태해 보이는지 나도 알아요. 하지만 나는 이 교구를 사랑하고 그리고—" 그는 무슨 음모를 꾸미듯 내 쪽으로 몸을 숙인다. "—바로 옆에 꽤 괜찮은 술집이 있거든요."

그는 이렇게 말하고 껄껄대며 웃는다. 웃음소리가 낮고 지저분하며 전염성이 강하다.

"그 때문이라면 신부님을 나무라지 못하겠는데요."

"노팅엄하고는 상당히 다를 거예요."

"그건 그렇죠."

---

* 로빈 후드의 동료로 쾌활하고 싸움을 좋아하는 수도사.

불타는 소녀들

"그래도 우리 딱한 촌놈들을 외면하지 말아줘요. 알고 보면 우리도 그렇게 형편없지는 않거든요. 그리고 요즘에는 신참을 위커맨*에 넣어서 태우지 않아요. 적어도 동지 이후로는 그런 적 없어요."

그가 다시 껄껄대며 웃자 안 그래도 벌건 얼굴이 더 벌게진다. 그는 주머니에서 손수건을 꺼내 이마를 훔친다.

에런이 헛기침을 한다. "오늘 설교 주제는 새로운 친구와 새로운 시작입니다." 그가 장례식에나 어울릴 법한, 그보다 더 냉랭할 수 없는 투로 말한다. "러시턴 신부님은 그 주제가 적절하겠다고 판단하셨어요."

"신부님에게 어떤 행동이나 말을 하도록 압력을 넣을 생각은 없어요." 러시턴은 덧붙인다. "그런 건 나중에 정식으로 하기로 합시다. 하지만 신부님이 계시니 좋네요." 그는 눈을 찡긋거린다. "신부님이 부임했다는 소식이 여기저기 전해졌어요. 다들 새로 부임한 여사제를 만나고 싶어 한답니다."

나는 긴장한다. "잘됐네요."

"자, 그럼 준비를 시작해봅시다." 러시턴은 손수건을 다시 주머니에 넣고 손뼉을 친다. "조만간 청중들이 도착할 테니까요!"

에런은 제단 쪽으로 걸음을 옮긴다. 나는 앞쪽 신도석에 앉는다.

"아." 러시턴은 무심한 척 몸을 반쯤 돌리지만 의도된 행동이라는 티가 난다. "에런한테 들었어요, 어제 사이먼 하퍼 부녀를 만났다고요."

---

* 고대에 켈트족이 인신공양할 때 썼던 장치. 고리버들로 커다란 사람 모양을 만들고 그 안에 산 제물을 넣어 태웠다고 한다.

두 사람이 그 얘기를 하고 있었던 모양이다.

"네. 엄청난 첫 만남이었죠."

그는 잠깐 멈추고서 신중하게 말을 고른다.

"하퍼 집안은 이 지역에서 몇 대째 살고 있어요. 가계의 역사를 따지면 서식스의 순교자들 시절로 거슬러 올라가는데…… 신부님은 그 순교자들에 대해서 들어보셨는지 모르겠습니다만."

"메리 1세 시대에 처형당한 신교도들이죠."

그가 얼굴을 환히 빛낸다. "대단하십니다."

"인터넷에서 검색했어요."

"아, 뭐, 앞으로 여기서 그들 얘기를 자주 듣게 될 거예요. 그때 화형당한 순교자들 중에 사이먼 하퍼의 조상이 있거든요. 묘지에 그들을 기리는 추모탑도 있고요."

"봤어요. 누가 빙 둘러서 버닝 걸을 눕혀놓았더군요."

그는 숱 많은 눈썹을 추켜세운다. "버닝 걸? 검색을 아주 *제대로* 하셨군요. 그걸 섬뜩하게 여기는 사람들도 있지만 우리는 여기 이 서식스에서 화형당한 순교자들을 아주 자랑스럽게 생각합니다!" 그는 또다시 껄껄대며 웃는다. 그러다 좀 더 심각한 표정을 짓는다. "아무튼 내가 하려던 말이 뭔가 하면 하퍼 집안사람들은 이른바 '지역의 충실한 일꾼'이라는 거예요. 여기서 아주 존경받는. 그들은 오랫동안 마을과 교회를 위해 많은 일을 했어요."

"어떤 식으로요?"

"기부도 하고 모금 활동도 벌이고. 또 지역 주민들을 많이 고용하고요."

돈. 나는 생각한다. *결국에는 모든 게 그걸로 귀결되지.*

"그 집에 찾아가볼까 생각하던 참이었어요." 나는 말한다. "파피가 괜찮은지 확인도 할 겸해서요."

"뭐, 하퍼 집안사람들과 가깝게 지내서 나쁠 건 없죠." 그는 영악한 눈빛으로 나를 쳐다본다. "그리고 궁금한 게 있으면 언제든 나한테 물어봐요."

나는 부엌 식탁 위에 놓여 있는 가죽 케이스를 떠올린다. 이상한 카드도. 러시턴이 뭔가 아는 게 있을까? 그럴지 모른다. 하지만 지금이 그 얘기를 꺼낼 만한 타이밍인지 잘 모르겠다.

"고맙습니다." 나는 미소를 짓는다. "생각나는 게 있으면 여쭤볼게요."

예배는 금세 끝난다. 예배실이 반 가까이 찬 이유는 아마 호기심 때문이겠지만 그래도 내게는 낯선 광경이다. 도시치고 출석률이 높다고 볼 수 있었던 예전 교회에서조차 신도석이 4분의 1이라도 차면 다행이었다. 그리고 여기 있는 신도들은 전부 나이가 많지도 않다. 40대의 까만 머리 남자가 맨 끝줄에 혼자 앉아 있고 함께 온 가족들도 보이는데 하퍼 가족은 없는 걸 보면 그들의 지원은 경제적인 면에 국한되는 모양이다.

예배 내내 나에게로 쏠리는 시선이 느껴진다. 나는 이해할 만한 현상이라고 속으로 되뇐다. 나는 못 보던 얼굴이다. 여자다. 그들이 보는 것은 내가 아니라 로만칼라다.

루시턴의 설교는 따뜻하고 열정적이다. 적재적소에 유머를 동원하고 성경에 지나치게 집착하지 않는다. 의아하게 들릴지 모르지만 사람들이 교회를 찾는 이유는 성경 말씀을 듣기 위해서가 아니다. 무엇보다 성경은 수천 년 전에 쓰였다. 그리고 조금 무미건조하다. 훌륭한 신부는 신도들의 일상과 관심사에 맞춰서 성경을 해석한다. 러시턴이 바로 그렇다. 내가 만약 사람들의 시선을 의식하지 않았다면 몇 군데 받아 적었을 것이다.

나는 신부가 된 지 15년이 넘었지만 아직도 배우는 느낌이다. 아무래도 여자로서 제대로 된 평가를 받기가 얼마나 힘든지 알기 때문일 것이다. 그게 아니라 누구나 성인이 되면 가끔 그런 기분이 드는 것일 수도 있다. 겉으로는 다들 어른인 척하지만, 한참 큰 옷을 끌고 다니며 누군가가 세상에 괴물은 없다고 얘기해주길 바라는 어린아이가 안에 숨어 있는 거다.

러시턴은 짧고 유쾌하게 예배를 마무리한다. 신도들이 이내 줄을 지어 빠져나가기 시작한다. 러시턴은 교회 입구에 서서 그들과 악수하고 잡담을 나눈다. 나는 끼어들고 싶지 않은 마음에 뒤에서 서성인다. 몇 명은 나에게 이사 잘했느냐고 묻는다. 또 몇 명은 교회에 새로운 얼굴이 보여서 좋다고 한다. 일부는 대놓고 나를 무시한다. 상관없다. 마침내 솜털 같은 백발노인이 맨 마지막으로 휘청휘청 지나가자 나는 안도의 한숨을 내쉰다. 첫 공개 대면이 끝났다. 러시턴은 자동차 열쇠를 꺼낸다.

"자, 11시 30분까지 워블러스 그린으로 건너가야 하니 우리는 내일 다시 만납시다."

"내일요?"

"교구회의가 있어요. 오전 9시에 여기 이 교회에서. 재미없는 행정적인 부분들을 점검하는 시간이죠."

"아, 그렇죠."

내가 깜빡한 모양이다. 아니면 아무도 얘기를 해주지 않았던지. 마치 더킨이 나를 치워버리지 못해 안달이 났나 싶을 정도로 워낙 순식간에 전근 발령이 내려졌다.

"나중에 좀 더 허물없이 만나서 커피 한잔합시다. 맥주면 더 좋고요." 러시턴이 말을 잇는다.

"그러시죠."

"좋아요. 내가 신부님 연락처를 알고 있으니 왓츠앱으로 연락할게요."

그는 다시 내 손을 잡고 힘차게 흔든다. "여기 생활에 적응을 아주 잘하실 거라고 믿습니다."

나는 미소를 짓는다. "이미 편하게 느끼고 있어요."

그는 밝은 노란색 피아트를 향해 총총히 걸어간다. 나는 손을 흔들고 다시 교회 안으로 들어간다. 에런은 기도서를 수거해 사무실 안으로 사라졌다. 에런의 업무 능력이 뭔지 잘 모르겠지만 조용히 사라졌다가 다시 등장하는 것이 그중 하나임이 분명하다.

나는 잠깐 그 자리에 서서 예배실을 눈에 담는다. 신도들이 떠나면 꿀 같은 휴식을 앞두고 천천히 내뱉는 숨처럼 항상 어떤 느낌이 남는다. 이 자리에 머물렀던 영혼들이 남긴 반향이다.

그런데 예배실에 사람이 있다. 앞쪽 신도석에 누군가가 앉아 있다. 나는 다들 간 줄 알았기 때문에 에런이 왜 남은 사람을 내보내지 않았는지 의아해한다. 신에게 면회 사절 시간이 있는 건 아니지만 하루 종일 문을 열어놓을 여력이 되는 교회는 거의 없다. 도심에서는 그랬다가는 술꾼, 약물중독자, 매춘부가 꼬일 것이다. 여기에서는 여우, 박쥐, 토끼가 꼬일 확률이 높겠지만.

나는 그 사람에게 천천히 다가간다. 그는 어두침침한 햇빛을 받고 앉아 있는 시커먼 그림자에 가깝다.

"안녕하세요?"

그는 돌아보지 않는다. 어린아이인가 싶게 체구가 작지만 아이를 깜빡하고 두고 가는 사람은 없지 않을까?

"괜찮으세요?"

그는 여전히 꿈쩍하지 않는다. 이제 보니 무슨 냄새가 난다. 희미하지만 착각의 여지가 없다. 연기 냄새다. 뭔가가 타는 냄새다.

"신부님?"

나는 펄쩍 뛰며 몸을 홱 돌렸다가 문 틈새로 들어오는 환한 빛기둥에 실눈을 뜬다. 에런이 내 뒤에 서 있다. 또다시.

"아우─ 그러지 좀 마세요!"

"네?"

"미안해요. 신경 쓰지 마세요. 저 아이는 누구인가요?"

"어떤 아이요?"

"저─"나는 앞쪽 신도석에 앉아 있는 인물을 가리키려고 몸을 돌린다.

나는 눈을 깜빡인다. 어떤 신도가 두고 간 검은색 외투만 등받이에 걸려 있을 뿐 신도석에는 아무도 없다. 모자가 위로 솟아 있어

희미한 햇빛 아래서 실눈을 뜨고 보면 사람인 줄 착각할 수 있을 것 같다.

에런이 입술을 이상하게 움직인다. 나는 잠깐 뒤에서야 그가 웃고 있다는 것을 깨닫는다.

"하트먼 부인의 외투일 거예요. 항상 깜빡깜빡하시거든요. 제가 나중에 가져다 드릴게요."

그는 걸어가 외투를 집어서 팔에 걸친다. 나는 뺨이 벌게지는 것을 느낀다.

"그렇군요. 고마워요. 미안해요. 언뜻 보기에……." 나는 말끝을 흐린다. 내 말이 한심한 변명처럼 들린다. 얼마간이라도 권위를 다시 세울 필요가 있다. "제가 하트먼 부인에게 외투를 가져다 드리면 어떨까요?"

그는 미간을 찌푸린다. "어, 피바디 레인 저 끝에 사시는데요. 하퍼스 농장 근처요."

내 귀가 쫑긋 세워진다. 나는 손을 내민다. "괜찮아요."

8

조앤 하트먼은 차 한 대가 간신히 지나갈 수 있을 만큼 좁은 길가의 하얗고 고풍스러운 시골집에서 살고 있다. 다행히 내가 오는 길에 만난 상대는 꿩 가족뿐이다. 녀석들은 밝은 주황색 눈으로 내 차를 노려보다가 뒤뚱뒤뚱 덤불 속으로 사라졌다.

"날개를 써. 하느님이 너희에게 날개를 주셨잖아!" 나는 중얼거린다.

나는 시골집 앞에 주차한 뒤 조앤의 외투를 챙겨 들고 차에서 내린다. 대문은 옆쪽에 있다. 나는 문을 열고 루핀과 접시꽃이 양옆으로 늘어선 진입로를 따라 걷는다. 나이 많은 신도들은 대개 문을 최소한 세 번 세게 두드려야 반응을 보인다. 그런데 이번에는 놀랍게도 손을 들자마자 문이 열린다.

조앤 하트먼이 백내장 때문에 부연 눈을 가늘게 뜨고 나를 올려다본다. 키는 에누리 없이 152센티미터인데, 밀가루처럼 하얀 머리에 자주색 원피스를 입고 지팡이에 한껏 기대고 있다.

"안녕하세요." 나는 인사하고 그녀의 기억을 환기해야 할지 모른다는 생각에 말을 잇는다. "저는—"

"알아요." 그녀는 말한다. "신부님이 와주길 바랐어요."

그녀는 몸을 돌려서 총총히 집 안으로 다시 들어간다.

들어오라는 뜻인 것 같다. 나는 등 뒤로 문을 닫고 그녀를 뒤따라간다.

안은 어둑어둑하고 기분 좋게 시원하다. 조그만 납틀 창문이 달렸고 벽은 두툼한 돌이다. 현관문을 열자마자 나오는 부엌은 천장이 워낙 낮아서 뒤틀린 나무에 내 머리가 쓸린다. 무광 석조 타일이 깔린 바닥에 오래된 레인지가 놓였고 무심한 고양이 한 마리가 다 찢어진 광주리에서 자고 있다.

조앤이 부엌을 지나 단차가 있는 거실로 내려간다. 이쪽에서 저쪽까지 집 뒤편을 따라 길게 이어지는 거실도 천장이 낮고 마당과 연결된 곳에 프렌치 도어가 달려 있다. 한쪽 벽면을 오롯이 차지한 거대한 책장에는 책등이 너덜너덜한 책들이 빽빽하게 꽂혀 있다. 그 밖의 다른 가구는 움푹 꺼진 소파와 큼지막한 커피테이블 옆에 놓인 등받이가 높은 의자뿐이다. 커피테이블 위에 셰리주 한 병과 잔 두 개가 놓여 있다. 두 개가.

신부님이 와주길 바랐어요.

조앤은 등받이가 높은 의자에 앉는다. 나는 외투를 쥔 채 어색하게 서 있다.

"쉬시는 데 방해해서 죄송하지만 이걸 교회에 두고 가셨어요."

"고마워요. 아무 데나 두세요. 셰리주 한 잔만 따라주시겠어요? 신부님도 한 잔 드시고요."

"말씀은 감사하지만 저는 운전을 해야 해서요."

나는 셰리주를 한 잔 가득 따라서 조앤에게 건넨다.

"앉으세요." 그녀가 움푹 꺼진 소파를 가리키며 말한다.

나는 흐물흐물한 벨루어 소파를 쳐다본다. 앉으면 절대 일어나지 못할 게 분명하다. 그럼에도 자리에 앉는다. 그러자 무릎이 턱까지 올라온다.

조앤은 셰리주를 한 모금 마신다. "그래, 여기 생활은 어떠세요?"

"아, 좋아요. 다들 잘해주시네요."

"노팅엄에서 오셨다고요?"

"네."

"상당히 다르겠네요?"

캐묻는 듯한 그녀의 눈빛을 백내장도 가리지 못한다. 나는 생각을 바꾼다. 조금 끙끙대며 몸을 앞으로 숙여 셰리주를 약간 따른다.

"익숙해지겠죠."

"플레처 신부님에 대해서 들으셨나요?"

"네. 정말 슬픈 소식이에요."

"그이는 내 친구였어요."

"그렇다면 제가 조의를 전해야겠네요."

그녀는 고개를 끄덕인다. "보시기에 교회는 어때요?"

나는 망설인다. "제가 예전에 있었던 교회하고는 많이 달라요."

"사연이 아주 많은 교회예요."

"오래된 교회들은 대부분 그렇죠."

"서식스의 순교자들이라고 들어본 적 있으세요?"

"글로 읽었어요."

그녀는 아랑곳하지 않고 말을 잇는다. "남녀 합해서 여섯 명의 신교도 순교자들이 한데에서 화형을 당했죠. 애비게일과 매기라는 여자아이 둘은 교회로 피했어요. 하지만 밀고한 사람이 있었답니다. 아이들은 붙잡혀서 고문당하고 교회 바로 앞에서 죽임을 당했어요."

"엄청난 사연이네요."

"기념탑 옆에 놓인 나뭇가지 인형 보셨어요?"

"네, 순교자들을 기념하기 위해 그 인형을 만든다면서요?"

그녀의 눈이 번뜩인다. "꼭 그런 건 아니에요. 전설에 따르면 문제가 생긴 사람들 눈에 애비게일과 매기의 혼령이 보인다고 해요. 화형당한 아이들이 보이면 나쁜 일이 생긴다는 거죠. 마을 주민들이 인형을 만든 이유도 원래는 그것 때문이었어요. 그 인형을 만들면 복수심에 불타는 두 아이의 혼령을 쫓을 수 있다고 믿은 거죠."

나는 흐물흐물한 소파 안에서 어색하게 몸을 움직인다. 그 얘기를 들었더니 등골에서 땀이 난다.

"뭐, 교회마다 근사한 유령 이야기가 있어야 제격이죠."

"신부님은 유령을 믿지 않으세요?"

나는 교회에서 보았던 인물을 떠올린다. 탄내를 떠올린다.

그냥 외투였어. 내가 착각한 거야.

나는 단호하게 고개를 끄덕인다. "네. 그리고 묘지에서 보낸 시간이 많기도 하고요."

그녀는 나지막이 쿡쿡 웃는다. "플레처 신부님은 이 이야기에 마음을 빼앗겨 마을의 역사를 파헤치기 시작했죠. 그러다가 다른 아이들에게 관심을 갖게 됐고요."

"다른 아이들이라뇨?"

"실종된 아이들요."

"네?" 나는 질문 폭탄이 이어지다 대화의 방향이 갑작스럽게 바뀐 데 조금 당혹스러워하며 그녀를 빤히 쳐다본다.

"메리하고 조이요." 그녀는 말을 잇는다. "열다섯 살이었어요. 단짝이었고요. 30년 전에 흔적도 없이 사라졌어요. 경찰에서는 가출이라고 결론을 내렸죠. 다른 주민들은 의심스러워했지만 아이들을 찾을 수가 없으니 입증된 게 아무것도 없었어요."

내 등줄기를 타고 땀이 흐른다. "저는 기억이 나지 않는 사건이네요."

그녀는 새처럼 고개를 모로 꼰다. "뭐, 신부님도 그때는 어린 나이였을 테니까요. 그리고 요즘처럼 24시간 방송되는 뉴스 채널이나 SNS도 없었던 시절이고." 그녀는 서글픈 미소를 짓는다. "사람들은 잘 잊어버려요."

"하지만 부인은 잊지 않으셨나요?"

"네. 사실 내가 마지막까지 기억하는 사람일지 몰라요. 조이의 엄마 도린은 치매를 앓고 있어요. 메리의 엄마하고 남동생은 이 마을을 떠났고요. 메리가 사라지고 거의 일주년이 됐을 때. 그냥 떠났어요. 모든 걸 남겨두고서."

"뭐, 사람들은 상심하면 이상한 짓을 저지르기도 하죠."

나는 셰리주 잔을 내려놓는다. 빈 잔이다. 가야 할 시간이다.

"술 잘 마셨어요, 조앤. 하지만 이제 딸아이한테 다시 가봐야 해서요."

나는 소파에서 몸을 일으키려고 한다.

"플레처 신부님에 대해서 알고 싶지 않아요?"

"나중에―"

"그이는 메리와 조이에게 무슨 일이 벌어졌는지 알아냈다고 생각했어요."

나는 몸을 반쯤 숙인 채 그대로 얼어붙는다. "그래요? 무슨 일이 벌어졌는데요?"

"나한테는 함구했어요. 하지만 진상이 뭐였는지 몰라도 그 때문에 아주 심란해했죠."

"그 때문에 그분이 자살했다고 생각하세요?"

"아뇨." 그녀가 부연 눈을 번뜩이자 나는 두 가지를 깨닫는다. 조앤은 깜빡하고 교회에 외투를 두고 간 게 아니었다. 그리고 나는 생각했던 것보다 훨씬 난처한 상황에 놓였다.

"그 때문에 그이가 죽임을 당했다고 생각해요."

9

플로는 카메라에 새 필름을 넣는다. 니콘의 무게감이 손에 느껴
지자 마음이 든든해진다. 꼭 방패 같다. 여기에 암실을 새로 만들어
야 할 것이다. 엄마가 지하실이나 집 뒤편에 별채가 있을 거라고 했
으니, 나중에 찾아볼 계획이다.

예전 집에서는 암실이 그녀의 피난처였다. 플로는 사진을 현상
할 때 항상 마음의 평화와 만족감을 느낄 수 있었다. 엄마가 아주
짧게 노크를 하고 벌컥 문을 열곤 하는 방보다는 암실이 더 그녀만
의 공간 같았다.

엄마는 사진을 망칠 수도 있다는 걸 알기에 허락 없이는 절대 암
실에 들어오지 않았다. 문에 걸린 '출입 금지' 팻말에 실제로 힘이
실렸다. 가끔 플로는 혼자 있고 싶으면 그 팻말을 문에 걸고 어둠
속에 앉아 있곤 했다. 그냥 그렇게 시간을 보냈다.

엄마에게는 이런 얘기를 절대 하지 않았다. 그녀는 엄마에게 하지 않은 얘기가 많다. 크레이그 헤런의 집에서 담배를 피운 것도 그렇고, 파티에서 술에 취해 리언에게 몸을 만지도록 허락한 것도 그렇고. 솔직히 (두 사람 모두) 별로 재미없었지만 최소한 자랑할 거리가 생겼고 처녀 딱지를 살짝 뗀 것처럼 느껴졌다. 플로가 보기에 리언은 게이인 게 확실했지만 그가 커밍아웃할 마음의 준비가 될 때까지 기꺼이 장단을 맞추어줄 생각이 있었다.

이런 사연을 비밀에 부친 이유는 엄마가 신부라서가 아니다. 그냥 엄마이기 때문이다. 플로가 아무리 엄마를 사랑하고 그들 모녀 사이가 아무리 가깝더라도 엄마에게는 하지 못할 얘기가 있다.

신부라는 건 그냥 직업이다. 플로가 보기에는 여느 직업과 다를 게 없다. 사회복지사나 의사와 같다. 힘든 일을 겪는 사람들에게서 대화를 유도해낸다는 점에서. 청소년부와 학교행사와 다과회를 조직하고 별로 좋아하지 않는 사람들을 만나러 다닌다는 점에서. 한 가지 차이점이 있다면 유니폼의 종류가 다를 뿐이다.

하지만 누구나 유니폼을 입고 다니지. 플로는 생각한다. 심지어 학교에서도 교복을 입지만 들고 다니는 가방이나 재킷이나 신발에 따라 어떤 사람인지가 결정된다. 부유한지 가난한지. 쿨한지 그렇지 않은지.

플로는 열외(친구 케일리가 그들을 규정한 단어다)로 지내는 게 좋다. 어느 그룹에도 속하지 않는 아이. 인기가 많지는 않지만 괴롭힘을 당하지도 않는. 대개는 그저 보이지 않는.

물론 엄마의 직업 때문에 봉변을 당한 적도 있지만 그녀는 대개

심드렁하게 반응했고 그러면 못된 아이들은 금세 재미없어했다. 못된 아이들을 상대할 때 가장 좋은 방법은 재미없는 아이가 되는 것이다.

하지만 이후에 그 아이가 등장했다. 루비. 엄마와 교회 이름이 온 신문에 도배됐다. 그때부터 상황이 악화되기 시작했다. 현관문에 낙서가 그려졌고 교회 유리창이 박살 났고 심지어 집까지 찾아와 엄마에게 정말 심한 욕을 퍼부은 사람도 있었다.

플로는 학교에서 *그녀가* 어떤 욕을 듣는지 스냅챗으로 어떤 메시지를 받는지 엄마에게 절대 얘기하지 않았다. 엄마에게 걱정을 더하고 싶지 않았다. 그러니까 플로에게는 말하지 않는 비밀이 있다. 엄마에게도 분명 비밀이 있을 것이다.

플로가 나이를 먹어가면서 알게 된 것들이 있다. 예를 들면 엄마가 자기 가족 얘기를 절대 하지 않는다는 것. 엄마는 항상 플로의 할아버지, 할머니가 돌아가셨다고 했다. 하지만 두 분 사진이 한 장도 없다. 엄마의 어린 시절 사진도 없다. 그리고 엄마는 SNS 계정이 없다. 심지어 페이스북도 하지 않는다.

"*가상의 팔로어보다 더 소중한 게 진짜 친구야.*" 엄마는 입버릇처럼 말한다. "*열댓 명의 기회주의자보다 좋은 친구 한 명이 낫지.*"

플로도 안다. 그녀는 인스타그램의 좋아요 숫자로 자신의 인생을 평가하는 사람이 아니다. 그녀는 항상 밖에서 안을 들여다보는 쪽이 더 적성에 맞는다. 그게 그녀가 사진을 좋아하는 또 다른 이유일지 모른다. 하지만 가끔은 뭔가 있지 않은지 궁금해질 때가 있다. 엄마가 숨기는 게 있지 않은지. 아니면 뭔가를 *피해서* 숨어 지내는 건 아닌지. 가끔 캐물어볼까 싶을 때도 있다. 하지만 적당한 기회가 없었다. 더군다나 이사하고 이것저것 챙길 게 많은 지금은 알맞은 때가 아니다.

플로는 필름을 넣은 카메라를 목에 걸고 한가롭게 집 밖으로 나선다. 묘지를 둘러본다. 삐죽삐죽한 비석이 거의 현관 앞까지 이어진다. 제법 멋지다. 노팅엄의 교회에는 묘지가 없었다. 거긴 도심 한복판이었고 주변은 연립주택이 다닥다닥 이어지는 좁은 길이었는데, 손바닥만 한 집 앞 잔디밭은 대개 개똥 아니면 쓰고 버린 주삿바늘 천지였다. 가끔 교회 계단에서 잠이 든 술꾼도 있었다.

여기 교회는 좀 더 전통적이지만 또 그렇지만도 않다. 텔레비전, 적어도 영국 텔레비전에서 볼 수 있는 그런 교회가 아니라 그림 속에서 튀어나온 것 같다. 나이 든 여자와 쇠스랑을 든 남자를 그린 작품 제목이 뭐였더라? 기억이 나지 않는다. 아무튼 이 교회가 그렇게 보인다. 여긴 누가 뭐래도 거지소굴이다. 그런가 하면 섬뜩하고 묘한 면도 있다. 그녀는 특히 흑백사진으로 찍으면 훌륭한 작품이 될 거라는 생각을 한다. 거기에 색을 입히면 정말 고딕 분위기를 풍길 것이다.

그녀는 무성하게 자란 풀이 다리에 스치는 것을 느끼며 비석 사이를 천천히 거닌다. 대부분 너무 오래돼서 비문이 마모됐다. 하지만 이름과 날짜를 읽을 수 있는 것도 몇 개 있다. 예전에는 사람들의 수명이 짧았다. 고난과 질병이 워낙 많았다. 대부분 40대를 넘기면 다행이었다.

그녀는 비문 몇 개를 찍는다. 그런 다음 교회 뒤편으로 빙 돌아간다. 여기는 오르막이고 무덤이 좀 더 있고 그중 최근에 생긴 몇 개는 관리가 비교적 잘됐지만 그래도 풀이 높이 자랐고 민들레와 미나리아재비가 무성하다. 그녀는 교회 뒤편을 몇 장 찍는다. 태양이 하늘 꼭대기에 걸려서 건물의 윤곽선이 쨍하게 도드라진다.

그녀는 팔로 이마를 훔친다. 지난 2주 동안 계속 습도가 높고 후텁지근했다. 그녀는 간밤에 잠을 설쳤다. 예전에 쓰던 방이 그립다. 조금 눅눅하긴 했지만 그래도 넓었고 좋아하는 밴드, 영화, 텔레비전 프로그램 포스터를 벽에 붙여 아기자기하게 꾸며놓았는데.

여기서 쓰는 방은 작고 답답하다. 손바닥만 한 창문은 열리다가 중간에 걸려서 바람이 거의 들지 않는다. 무엇보다 천장이 사선이라 깜빡하고 계속 머리를 부딪힌다. 하지만 그녀의 어머니가 입버릇처럼 말하듯 "현실에 적응해야 하는 법"이다.

그런데 현실이 뭔가 하면 개판이다.

그녀는 기다란 풀을 휙휙 헤치며 사택 뒤편으로 내려간다. 별채는 부엌과 연결된 다 쓰러져가는 벽돌 건물인데, 아마도 예전에는 변소였을 것이다. 엄마는 전기가 들어올 거라고 했지만 이제 보니 과연 그럴까 싶다. 플로는 썩어가는 나무문을 밀어서 연다. 오줌 냄새가 코를 찌르고 바로 뒤이어 고함 소리가 들린다.

"에이 씨 뭐야!"

그녀는 어둠 속에서 눈을 깜빡인다. 멀대 같은 인물이 잽싸게 바지 지퍼를 올리고 있다. 두 사람의 시선이 마주친다. 그는 몸을 돌려서 그녀를 밀치고 지나가려고 한다. 하지만 플로는 몇 년 동안 호신술을 배웠기에(엄마의 강요로 일곱 살 때부터 배웠다) 곧바로 반응한다. 그의 어깨를 잡고 사타구니를 무릎으로 찍어서 세게 밀친다.

그는 땅바닥에 쓰러져 사타구니를 부여잡고 데굴데굴 구른다.

"으아아악, 내 불알."

플로는 팔짱을 끼고 그를 내려다본다.

"너 뭐야? 우리 별채에서 오줌을 싸다니 뭐 하는 짓이야?"

10

나는 오늘 아침에 집을 나설 때보다 한결 무거워진 마음을 달래며, 셰리주를 홀짝이는 '미스 마플'*을 두고 떠난다.

물론 전부 말도 안 되는 얘기다. 남아도는 시간이 많은 노파의 두서없는 잡담에 불과하다. 나도 남들만큼 「미드소머 머더스」드라마를 좋아하지만 실제 현실에서는 사람들이 '아는 게 너무 많다'는 이유로 시골 신부를 찾아가서 죽이고 그러지 않는다.

실제 현실은 그런 식으로 돌아가지 않는다. 나는 목회 활동의 일환으로 교도소를 방문한 적이 있기 때문에 실제 범죄는 그렇게 교묘하거나 복잡하지 않다는 것을 안다. 기회주의적이고 어처구니없을 정도로 허술하다. 살인범은 '처벌을 모면하는' 경우가 거의 없고

---

* 애거사 크리스티의 추리소설 주인공 중 한 사람으로 독신 노파 탐정이다.

그랬다 한들 대개 계획을 잘 세웠다기보다 운이 좋았기 때문이다. 살해는 대개 결과를 감안하지 않고 저지르는 절박한 행위다. 목숨에 미치는 결과도, 영혼에 미치는 결과도.

나는 30킬로미터로 속력을 높인다. 딴생각을 하느라 하마터면 하퍼스 농장을 알리는 나무 팻말을 그대로 지나칠 뻔한다.

"망할."

나는 브레이크를 세게 밟고 후진해 기다란 자갈길로 들어선다. 들판 사이로 구불구불 이어지는 그 길을 따라 언덕 꼭대기에 다다르자 슬레이트 지붕을 얹은 근사한 빨간색 벽돌집이 나온다. 확장과 개조를 거친 집이라 거대한 전면창이 달렸고, 널찍한 온실에서는 전원 지대를 지나 다운스까지 내다보인다. 아주 장관이다.

나는 고물 트럭과 사이먼 하퍼의 레인지로버 옆에 주차하고 차에서 내린다. 거름과 뭔가 살짝 썩은 냄새가 당장 내 콧구멍을 찌른다. 이쪽 들판에서는 갈색 젖소 떼가 풀을 뜯고 다른 쪽 들판에는 양들이 점점이 흩어져 있다.

바로 옆은 윤기가 자르르 흐르는 갈색 말 두 마리를 키우는 방목장으로 개조됐다. 농장 왼쪽으로 진흙길을 따라 여러 개의 외양간과 신식 창고 스타일의 건물이 보이는데, 그 건물이 도축장이 아닐까 싶다.

나는 동물을 감상적으로 대하지 않는다. 잔학 행위는 혐오하지만 고기를 먹고, 그것이 하늘이나 대형마트에서 뚝 떨어지지 않는다는 걸 안다. 죽을 수밖에 없는 동물을 위해 우리가 할 수 있는 최선은 행복하게 살다가 고통 없이 신속하게 죽을 수 있게 배려하는 것뿐이다. 도축장이 현장에 갖추어져 있다는 것은 여러모로 장점이 많다. 하지만 어린 여자아이가 우연히 그 안에 들어갔었다는 생각을 하면 아직도 속이 불편하다. 게다가 그 아이는 도대체 *어쩌다* '우연히' 그 안에 들어가게 되었을까? 나는 파피의 멍한 눈빛과 사이먼의 엄포를 다시금 떠올린다. 당황해서 그랬을까? 아니면 죄책감 때문에 그랬을까?

나는 자갈길을 가로질러 농가의 현관문으로 향한다. 이것이야말로 더킨 주교가 하지 말라고 충고할 만한 일이다. 쓸데없이 참견하는 것. 성가시게 구는 것. 하지만 내가 신부가 된 건 이 때문이다. 무고한 사람들을 보호하기 위해서. 사람들은 경찰이나 사회복지사에게는 하지 않는 얘기도 신부에게는 털어놓는다. 이뿐만 아니라 하얀 성직자용 칼라를 달고 있으면 다른 사람들보다 접근의 기회를 훨씬 쉽게 얻을 수 있다. 경찰 배지만큼이나 효과 만점이다.

나는 손을 들어 힘차게 문을 두드린다. 안에서 사람 소리가 들리고 잠시 후에 문이 열린다. 7부 청바지에 민소매 윗도리를 걸치고 금발을 대충 하나로 묶은 호리호리한 사춘기 여자아이가 문틀에 기대어 서 있다.

언니가 있어요, 로지라고.

"네?"

"안녕, 나는 잭 브룩스라고 해. 크로프트 교회를 맡게 된 신임 사제고."

그녀는 계속해서 말없이 나를 쳐다본다.

"어제 너희 동생한테 벌어진 일도 있고 해서. 괜찮은지 확인할 겸 지나가던 길에 들렀어."

그녀는 한숨을 쉬고 뒤로 물러나며 큰 소리로 외친다. "엄마!"

"왜?" 여자 목소리가 계단을 쩌렁쩌렁 울린다.

"신부님이요. 파피 때문에."

"간다고 말씀드려."

그녀는 나를 보며 성의 없는 미소를 짓는다. "오신대요." 그러고는 들어오라는 말도 없이 페디큐어를 바른 발을 딛고 몸을 돌려 현관을 되짚어 걸어간다. 그래, 좋아. 나는 안으로 들어간다.

현관은 엄청나게 넓고 거대한 창문 너머로 쏟아진 눈부신 햇살이 온 사방을 적신다. 발코니가 달린 2층 층계참까지 나무 계단이 구불구불 이어진다. 사업이 잘되는 모양이다.

"안녕하세요?"

제2의 호리호리한 금발이 계단을 내려온다. 나는 순간 언니가 또 한 명 있나 생각한다. 하지만 가까이 다가온 여자를 보고 평가를 번복한다. 나이가 더 많고 티가 안 나게 얼굴에 손을 댄 것 같지만 노화는 절대 이길 수 없다. 아마 나와 비슷한 40대일 것이다. 그래도 큰딸과 놀라우리만치 닮았다.

"안녕하세요." 나는 말한다. "브룩스 신부입니다. 잭이라고 불러주세요."

여자는 사각형 타일이 깔린 바닥을 미끄러지듯 건너온다. 그녀가 등장하자마자 나는 당장 둔하고 후줄근한 인물로 전락한다.

"엠마 하퍼예요. 만나서 반갑습니다. 어제 있었던 사소한 오해에 대해서 자세히 들었어요." 그녀는 미소를 짓는다. "거기에 신부님이 엮이셨다니 정말 죄송해요."

"아니에요. 도울 수 있어서 좋았어요. 파피가 괜찮은지 궁금해서 들렀어요."

"당연히 괜찮죠. 들어오세요. 아이가 인사드리고 싶어 할 거예요. 커피 드릴까요?"

"좋죠." 내가 말한다. "고맙습니다."

엠마는 우아하고 친절하지만…… 뭐랄까. 조금 지나치게 우아하고 친절하다고 해야 할까? 아니면 내가 그녀의 남편 때문에 트집을 잡고 있는 걸까?

그녀를 따라가자 「그랜드 디자인」 세트장을 그대로 옮긴 듯한 부엌이 나온다. 엄청나게 넓은 아일랜드 식탁, 대리석 상판, 반짝이는 가전제품. 모든 게 갖추어져 있다. 여길 지나면 기다란 테이블과 벤치, 편안한 소파와 천장에 매달린 에그체어를 갖춘 유리온실이 나온다.

질투심이 내 폐부를 찌른다. 나는 죽을 때까지 이런 데서 살지 못할 것이다. 어쩌면 죽을 때까지 내 집이 없을지 모른다. 운이 좋으면 가끔 예배와 행정 업무를 돕는 조건으로 교단이 내준 집에서 계속 살 수 있을 것이다. 운이 나쁘면 모아놓은 돈도 재산도 없이 쫓겨나 셋방으로 나앉아야 할 것이다.

그런 것이 신부의 삶이다. 물론 월세도 담보대출도 없이 사택에서 지낼 수 있긴 하다. 요령을 부리면 변변치 않으나마 저금도 할 수 있다. 하지만 신부의 연봉은 영국 평균 연봉의 절반이고 10대 딸아이가 있으면 살림이 빠듯할 수밖에 없다. 지금 내가 모아놓은 돈으로는 쓰레기장 근처의 이동식 컨테이너 하우스나 장만할 수 있을 것이다.

"집이 참 예쁘네요." 나는 말한다.

"아." 엠마는 그렇다는 걸 지금에서야 알아차린 사람처럼 주위를 두리번거린다. "네, 감사합니다."

그녀는 내 차보다 비싸 보이는 매끈한 커피머신 앞으로 걸어간다. 초록색 눈이 달린 괴물이 으르렁거린다.

"뭘로 드릴까요? 카푸치노? 라테? 에스프레소?"

나는 네스카페라고 말하고 싶지만 참는다.

"그냥 블랙으로 주세요. 설탕 없이."

"네."

커피머신이 꾸르륵거리는 동안 나는 삼중문 앞으로 다가가 밖을 내다본다. 들판 한쪽에 울타리를 쳐서 나무 정글짐, 미끄럼틀 그리고 트램펄린을 갖춘 마당을 꾸며놓았다. 트램펄린 위에서 파피가 뛰고 있다. 머리칼을 나부끼며 깡충깡충거린다. 하지만 고개를 돌렸을 때 얼굴을 보니 무표정하다. 미소도 재밌어하는 표정도 보이지 않는다. 그걸 보고 나는 조금 불안해진다.

"몇 시간이고 저럴 거예요." 엠마가 다가와 커피가 담긴 머그잔을 건넨다.

"저게 재밌나 봐요."

"잘 모르겠어요. 파피의 경우에는 뭐에 대해 어떤 걸 느끼는지 잘 모르겠어요." 그녀는 나를 돌아본다. "신부님도 아이가 있으신가요?"

"한 명요. 플로렌스, 플로고 열다섯 살이에요."

"아, 저희 큰딸 로지랑 나이가 같네요. 플로렌스도 워블러스 그런 커뮤니티 칼리지에 다닐 예정인가요?"

"네."

"어머, 잘됐다. 둘이 붙여줘야겠어요."

"그럼 좋겠네요."

내가 보기에 그 둘은 어울리지 않는다. 하지만 모를 일이다.

"부군께서도 신부이신가요?"

"예전에는요." 나는 침을 꿀꺽 삼킨다. "플로가 아주 어렸을 때 죽었어요."

"어머, 안타까워라."

"감사합니다."

"그럼 플로를 혼자 키우셨어요? 힘드셨겠네요."

"부모 노릇 자체가 힘들죠."

"그렇죠. 파피가 로지에 비해 얼마나 키우기 힘들지 알았더라면 한 명으로 끝냈을—" 그녀는 말을 하다 말고 멈춘다. "낳은 걸 후회하는 건 아니지만요. 좀 앉을까요?"

우리는 테이블로 가서 벤치에 앉는다. 스타일리시하지만 편안하지는 않다.

"파피는 어땠어요?" 나는 내가 찾아온 이유 쪽으로 화제를 돌린다. "어제 상당히 충격을 받은 것 같던데."

"아, 뭐, 네. 아주 유감스러운 사건이었죠."

"아이들이 가축에 애착이 생기는 걸 막으려면 힘드시겠어요."

"네. 로지의 경우에는 파피만 한 나이였을 때 사이먼이 도축장을 보여주었죠."

"그래요?"

"그게 이 집안의 전통이에요. 우리 생계 수단이니까요. 로지는 눈 하나 꿈쩍하지 않았어요. 파피하고는 다르거든요."

"어제 로지가 파피를 돌보고 있지 않았나요?"

"네, 동생하고 아주 잘 놀아줘요. 하지만 파피가 힘들게 굴 때가 있어서요. 로지가 얼마나 속상해했는지 몰라요."

"어쩌다 파피가 피를 뒤집어쓰게 됐는지 아직도 잘 모르겠어요."

그녀는 어색한 미소를 짓는다. "도축장이 워낙 피투성이라니까요."

그건 나도 안다. 하지만 내 질문에 대한 대답은 아니다. 창밖을 흘끗 내다보니 트램펄린 위에 아무도 없다. 부엌문이 열리고 파피가 들어온다.

"어서 와, 우리 딸." 엠마가 말한다.

파피가 테이블에 앉아 있는 나를 본다.

"안녕, 파피. 어제 만났는데, 기억하지?"

그녀는 고개를 끄덕인다.

"좀 어떠니?"

"저 햄스터 생긴대요."

나는 눈썹을 추켜세운다.

"잘됐네."

"사이먼의 생각이었어요." 엠마가 말한다. "하지만 네가 목욕시

켜야 한다는 거 잊지 마, 팝스. 엄마는 안 도와줄 거야."

"아빠도." 우리 뒤에서 굵직한 음성이 쩌렁쩌렁하게 들린다.

나는 고개를 돌린다. 사이먼 하퍼가 너덜너덜한 점퍼와 얼룩덜룩한 청바지에 두꺼운 양말을 신고 문 앞에 서 있다. 그는 부엌으로 건너가 유리잔을 하나 꺼내서 냉장고에 있던 시원한 물을 가득 따른다. 나를 보고도 놀라지 않은 눈치다. 아마 집 앞에 주차된 내 차를 보았을 것이다. 뒷 범퍼에 붙어 있는 "신부는 경건함으로 행하나니" 스티커가 힌트나 다름없다. 얼른 첨언하자면 내가 붙인 건 아니다. 거의 모든 소지품이 그렇듯 그 차도 전임자에게 물려받은 것이다.

"브룩스 신부님. 다시 뵈어서 반갑습니다."

말은 그렇게 하지만 반가워하는 말투는 아니다.

"제가 기웃거리고 다니는 거 이해해주세요. 파피가 좀 어떤지 궁금해서요."

"멀쩡해요. 그렇지, 팝스?"

파피는 고분고분하게 고개를 끄덕인다. 아버지의 등장에 다시 꿀 먹은 벙어리가 된 것 같다.

그는 엠마를 쳐다본다. "손님이 오셨으면 알려주지 그랬어."

"미안, 바쁜 줄 알고."

"내가 시간을 냈을 수도 있잖아."

"그러게, 어, 나는 그런 줄 모르고—"

"그래. 그랬겠지."

그가 날카로운 힐난조로 내뱉은 말이 허공에서 맴돈다. 나는 두 사람을 번갈아 흘끗거리다 나와 같은 위치에 있는 사람이 하면 안 되는 말을 쏟아내기 전에 자리에서 일어선다.

"엠마, 커피 잘 마셨어요. 만나서 반가웠고요. 다시 만나서 반가웠어, 파피."

"제가 배웅해드릴게요." 사이먼이 말한다.

"그러실 것 없어요."

"그러고 싶어서요."

우리는 현관으로 나간다. 말소리가 들리지 않을 만한 거리가 되자마자 그가 말한다.

"여기까지 와서 염탐하지 않으셔도 되는데요."

"염탐이라뇨."

그는 언성을 낮춘다. "저는 신부님에 대해 압니다, 브룩스 신부님."

나는 긴장한다. "그러세요?"

"어디서 오셨는지 알아요."

나는 애써 침착한 표정을 유지하지만 겨드랑이에 땀이 차는 게 느껴진다. "그러시군요."

"그리고 좋은 뜻에서 그러시는 거겠지만 여긴 노팅엄이 아니에요. 애들 학대하고 그러는 빈민가 거지소굴 같은 데가 아니란 말입니다. 우리는 그런 사람들이 아니에요."

"그런 사람들요?"

"무슨 뜻인지 아시잖아요."

"모르겠는데요." 나는 그를 차갑게 노려본다. "설명을 부탁드려도 될까요?"

그는 인상을 쓴다. "신부님은 신부님 사람들이나 신경 쓰세요, 우리 가족은 내가 알아서 할 테니. 아시겠어요?"

그가 문을 열고 나는 뻣뻣하게 밖으로 나선다. 내 뒤에서 문이 쾅 하고 닫힌다. *뭐 이런 밥맛이 다 있담.*

나는 묵직한 오후의 열기를 등으로 받으며 차를 세워놓은 곳으로 걸어간다. 그러다 도중에 걸음을 멈춘다. 조수석 쪽 문 위편이 삐죽빼죽한 선 두 개가 거꾸로 뒤집힌 십자가 모양으로 깊게 파여 있다. 나는 땀이 차갑게 식어가는 것을 느끼며 오컬트의 상징을 빤히 쳐다본다. 제대로 확인하지는 않았지만 오늘 아침에 집을 나섰을 때만 해도 분명히 없었다. 나는 사방을 두리번거린다. 진입로에는 아무도 없다. 하지만 나를 쳐다보는 시선이 느껴진다. 나는 태양을 마주 보고 실눈을 뜨며 위를 흘긋 쳐다본다. 로지가 2층 창밖으로 몸을 내밀고 있다. 그녀는 웃으며 나를 놀리듯 손가락을 흔든다.

크리스천답게 굴자. 크리스천답게.

나는 미소로 화답한다. 그러고는 가운뎃손가락을 들어 보이고 차에 올라타 먼지를 휘날리며 출발한다.

11

그 남자아이는 그녀 또래다. 마른 체형에 스키니진과 뒷면에 해골이 그려진 후드점퍼를 입었고 닥터 마틴을 신었다. 머리는 까맣게 염색했고 길다. 땅바닥에 쓰러져 꼼지락거리는 그의 얼굴 위로 그 머리칼이 쏟아진다.

"내가 물었잖아."

"저기, 미안해. 나는 가끔 여기 와서—"

"와서 뭐?"

"어…… 구경도 하고…… 그림도 그리고."

"뭘 그리는데?"

"그냥 이것저것." 그는 끙끙대며 뒷주머니에서 너덜너덜한 스케치북을 꺼내 팔을 움찔거리며 그녀에게 내민다. 플로는 스케치북을 받아서 획획 넘겨본다. 대부분 목탄으로 무덤과 교회를 그렸지만 희한한 그래픽 몬스터와 이상한 귀신 같은 형상도 있다.

"진짜 잘 그렸네."

"그래 보여?"

"응." 그녀는 스케치북을 덮고 그에게 돌려준다. "그래도 우리 별채를 화장실로 쓰면 안 되지."

"*네*가 이제 여기 사는 거야?"

"새로 부임한 신부님이 우리 엄마거든."

"저기, 나는 이제 그만 어, *가봐야*겠다. 아무래도⋯⋯." 그는 무덤을 향해 손짓한다. 팔이 아까보다 더 심하게 실룩이고 떨린다. "여기서 이러면 안 될 것 같아."

플로는 그를 잠깐 더 들여다보며 판단한다. 거짓말이 아닌 것 같고 자기 뜻과 상관없이 희한하게 경련을 일으키는 것이 조금 딱하다. 그녀가 손을 내민다. 그의 손을 잡아 일으켜준다.

"나는 플로야."

"리-리글리야."

그 말을 하는 동안에도 그의 온몸이 실룩거린다.

"*그거 무슨 조크야?*"*

"아-아냐. 내 성이야. 루커스 리-리글리."

"아."

"맞아. 아이러니하지? 나를 괴롭히는 녀석들이 할 일을 반쯤 대신해주는 셈이잖아. '저기 꿈틀이 리글리가 간다.'"

---

* 영어로 '리글'에 몸을 꿈틀거린다는 뜻이 있다.

"어쩌냐."

"못된 녀석들이 원래 그렇지 뭐. 걔들이 상상력이 풍부하다고 상을 받을 일은 없을 거야."

"맞아."

"그나저나 이 증상은 근육긴장이상증이라고 해. 실룩이고 그러는 거. 병원에서는 신경질환이래. 뇌에 문제가 있다고."

"무슨 방법이 없대?"

"딱히."

"속상하겠다."

"응." 그는 그녀의 목에 걸린 카메라를 흘끗 쳐다본다. "너는 사진작가야?"

그녀는 어깨를 으쓱한다. "장래희망이야. 별채를 암실로 개조할까 생각 중이었어."

"짱이다."

"응― 하지만 그것도 화장실로 쓰이고 있었다는 걸 알기 전의 얘기지."

"미안."

그녀는 손사래를 친다. "대신 지하실을 알아볼까 봐."

"얼마 전에 이사 왔어?"

"어제."

"여기 어떻게 생각해?"

"솔직히?"

"응."

"쓰레기라고 생각해."

"개떡 같은 촌구석에 온 걸 환영한다."

"너도 여기 살아?"

"응, 길 건너편에서 엄마랑. 너는?"

"나도 엄마랑 단둘이야."

"그럼 워블러스 그린 커뮤니티 칼리지 다니겠네?"

"아마도."

"그럼 학교에서 만날 수 있겠다."

"그럴지도."

"오, 좋아."

대화가 잠깐 끊기자 그들은 서로를 쳐다보며 가만히 서 있는다. 그녀는 그의 눈이 은빛이 섞인 묘한 초록색이라는 것을 알아차린다. 고양이 비슷하다. 사진으로 찍으면 근사한 작품이 될 것이다. 특이한 반점까지 담을 수 있겠다. 그러다 그녀는 자신이 그의 눈에 대해 그렇게 고심하는 이유가 궁금해진다.

"그래, 그럼 나중에 보자."

"나중에 보자."

리글리는 몸을 돌리다 말고 뒤를 돌아본다. "있잖아, 너 사진 찍는 거 좋아하면 내가 진짜 멋진 데 가르쳐줄 수 있는데."

"그래?"

"저쪽으로 들판을 지나면 아무도 살지 않는 오래된 집이 나오거든." 그는 흔들거리는 팔로 가리킨다. "엄청 으스스한 곳이야."

플로는 망설인다. 리글리가 특이하기는 하지만 특이한 게 꼭 나뻔 건 아니다. 게다가 이상하게 움찔거리지만 않으면 사실 귀여운 편이다.

"좋아."

"내일 시간 괜찮아?"

"음, 스케줄이 꽉 차긴 했지만……."

"아."

"농담이야. 아무 일 없어. 몇 시?"

"글쎄. 2시?"

"좋아."

"공동묘지 지나면 나오는 벌판에 폐타이어로 만든 그네가 있거든. 거기서 만나자."

"알았어."

그는 머리칼 아래로 씩 웃어 보이고는 움찔거리며 성큼성큼 멀어진다. *리글리라니.* 플로는 고개를 젓는다. 이 마을에 거주하는 사이코만은 아니길 바랄 따름이다.

그녀는 사진을 몇 장 찍지만 흥이 나지 않는다. 그녀는 다시 교회 쪽으로 걸음을 옮기다 뭔가에 발이 걸리는 바람에 하마터면 하늘로 솟구칠 뻔한다. 제때 중심을 잡았기에 망정이지 안 그랬으면 바로 앞에 있는 비석에 부딪혀 카메라가 박살 날 뻔했다.

"젠장."

그녀는 뭐에 발이 걸렸는지 돌아본다. 쓰러져 덤불에 파묻힌 비석인데 절반이 이끼로 뒤덮였고 비문은 거의 닳아 없어졌다. 그녀는 사진을 찍으려고 카메라를 들었다가 미간을 찌푸린다. 조금 흐릿하게 보인다. 그녀는 초점을 맞춘다. 그래도 영 이상하다. 그녀는 멀리 있는 피사체에 카메라 초점을 다시 맞춰보려고 몸을 돌리다 화들짝 놀란다.

어린 여자아이가 몇 미터 멀리 서 있다.

알몸이다. 그리고 불길에 휩싸여 있다.

발목 부근에서 시작된 주황색 불꽃이 다리 위쪽을 향해 날름거리며 살갗을 시커멓게 태우고는 털 하나 없이 반질반질한 음부로 뻗어가고 있다. 플로는 이때 아이의 성별을 알게 된다. 그게 아니었다면 아마 몰랐을 것이다.

아이에게 양쪽 팔과 머리가 없다.

12

망할. 나는 좁은 길을 따라 속도를 내며 사이먼 하퍼와 그의 가족과 내 자신을 저주한다.

누가 봐도 자명하지만 나는 더킨의 의도와 다르게 여기서 재임하는 동안 조용하고 목가적인 시간을 보낼 수 없게 됐다. 사실상 내가 마을 한복판에 알몸으로 서서 닭 몇 마리를 제물로 바친들 이보다 더 나쁠 수 없겠다. 아니면 꿩을 바친다고 해야 할까. 녀석들이 내 차에 깔려서 죽을 작정을 한 것처럼 보이니 말이다.

하지만 나도 경험을 통해 알다시피 사태는 항상 더 나빠질 여지가 있다.

나는 교회 앞에 차를 세우고 요란하게 발소리를 내며 사택 안으로 들어간다. 정적이 나를 덮친다.

"플로?"

응답이 없다. 나는 미간을 찌푸린다. 플로가 묘지에서 사진을 찍겠다고 하긴 했다. 아직 집 뒤편 어딘가에 있나 싶다. 나가서 살펴보려는데 2층에서 끼익거리는 소리가 들린다.

"플로?"

나는 계단을 올라간다. 그녀의 방문이 열려 있다. 안에 그녀는 없다. 화장실 문손잡이를 돌려본다. 잠겨 있다. 나는 문을 두드린다.

"플로, 아무 일 없는 거지?"

아무 응답이 없지만 안에서 부스럭거리는 소리가 들린다.

"플로― 말 좀 해봐."

"잠깐만요!" 짜증 섞인 다급한 말투다.

나는 기다린다. 잠시 후에 잠금장치를 푸는 소리가 들린다. 나는 이걸 신호 삼아 조심스럽게 문을 연다.

"얼른 들어오세요." 플로가 나지막이 쏘아붙이고 나는 당장 이유를 알아차린다.

납작하게 누른 종이 상자로 화장실의 손바닥만 한 창문을 가렸다. 사진 관련 용품이 모든 공간과 갈라진 리놀륨 바닥 대부분을 차지하고 있다. 이 조그만 공간이 현상액 냄새로 진동한다. 건전지를 넣어서 쓰는 안전등이 수납장 위에 세워져 있다. 샤워 커튼을 한쪽으로 치우고 레일을 빨랫줄 대용으로 삼았다. 축축한 사진들이 빨래집게로 꽂혀 있다. 내가 외출한 동안 플로가 손바닥만 한 욕실을 임시 암실로 개조한 것이다.

나는 그녀가 접시에서 인화지를 조심스럽게 꺼내 샤워 레일에 거는 것을 지켜본다.

"딸, 지금 뭐 하는 거야?"

"뭐 하는 걸로 보여요?"

"오줌이 마려웠다가는 난감해질 것처럼 보이는데?"

"이 필름을 현상해야 해서요."

"나중에 하면 안 되고?"

"네, 그 여자아이를 확인해야 해요."

"무슨 아이?"

"묘지에서 만난 아이요." 그녀는 빨래집게에 꽂힌 사진을 바로잡고 일렬로 늘어선 흑백의 이미지를 살핀다.

비석이 엉망진창으로 늘어선 묘지가 그녀의 손길을 거쳐 뇌리에 박히는 아름다운 공간으로 재탄생됐다. 하지만 어떤 사진에서도 여자아이는 보이지 않는다.

"아무도 안 보이는데."

"저도 알아요!" 그녀는 씩씩대며 고개를 돌린다. "하지만 분명히 있었어요. 불길에 휩싸였고 머리도 팔도 없었어요."

나는 그녀를 보며 눈을 깜빡인다. "뭐라고?"

그녀는 반항하듯 나를 향해 턱을 든다. "어떻게 들릴지 저도 알아요."

"그래—"

"정신 나간 소리처럼 들리죠?"

"나는 그렇게 얘기하지 않았다만." 나는 말을 하다 말고 잠깐 멈춘다. "그 뭐냐, 유령 비슷한 걸 봤다는 거야?"

그녀는 어깨를 으쓱한다. "뭐였는지 모르겠어요. 진짜 같았는데 어느 순간 사라졌어요."

어깨를 으쓱하는 품이 너무 심드렁하다. 히스테리 환자처럼 들리지 않게 애써 냉정을 유지하려 하지만 나는 내 딸을 안다. 그녀는 겁에 질렸다. 뭘 봤는지 몰라도 거기에 충격을 받은 것이다.

"그렇구나." 나는 다정하게 말한다. "달리 설명할 방법이 있지 않을까?"

"제가 뭘 봤는지 알아요, 엄마. 그래서 사진을 찍으려고 했던 거예요. 아무도 제 말을 믿어주지 않을 테니까요."

"음, 석상이었거나 뭐랄까, 빛의 농간이었을 가능성은 없을까?"

나는 닥치는 대로 아무 말이나 늘어놓고 있다. 플로는 팔짱을 끼고 눈을 가늘게 뜬다.

"머리도 팔도 없고 불길에 휩싸인 여자아이이었어요. 그게 빛의 농간일 수 있겠느냐고요." 그녀는 고개를 돌려서 실눈을 뜨고 사진을 들여다본다. "근데 왜 사진에는 찍히지 않았을까요?"

"전혀 모르겠네."

하지만 조앤이 했던 말이 불쑥 떠오른다.

화형당한 아이들이 계속 교회에 출몰해요. 화형당한 아이들이 보이면 나쁜 일이 생겨요.

나는 욕실 여기저기 흩뿌려진 쓰레기를 두리번거린다. "저기, 우리 일단 1층으로 내려가고 이건 나중에 다시 하면 안 될까?"

그녀는 요란하게 씩씩거린다. "알았어요. 그럴게요. 어차피 다 끝났어요."

그녀는 나를 따라서 욕실 밖으로 나선다.

"왜 그렇게 오래 있다 오셨어요?" 1층으로 내려가는 길에 그녀가 묻는다.

"교구 심방하느라."

"누구 심방하셨는데요?"

"사이먼 하퍼."

"여기서는 조용히 지내셔야 하는 거 아니었어요?"

나는 죄책감에 움찔한다. "맞아. 가자. 늦었지만 점심 차려줄게."

"장 봐가지고 오셨어요?"

망할. 다른 건 물론이고 그것까지 까맣게 잊어버렸네. 나는 끔찍한 엄마다.

"미안, 깜빡했다. 특별식으로 피자 어때?"

"저는 좋아요."

우리는 거실로 들어간다. 2시밖에 안 됐지만 하늘이 구름으로 덮여 음침하고 어둑어둑하게 느껴진다. 창밖으로 무성하게 자란 풀밭 사이로 비석 꼭대기만 보인다. 우리는 서서 묘지를 내다본다.

"엄마가 말씀하신 그 아이들 중 한 명이었을 수도 있지 않을까요?" 플로가 묻는다. "순교자로 죽임을 당한 아이 말이에요."

이런 집착을 부채질하고 싶지는 않지만 그녀가 뭔가를 봤다지 않은가. "그 아이들이 교회에 출몰한다고 생각하는 마을 주민들도 있긴 하지만 그냥 전해 내려오는 전설이지."

"하지만 실제로 그럴 수도 있지 않아요?"

나는 한숨을 쉰다. "가능성이야 있지."

그녀는 한 팔로 내 허리를 감싸고 어깨에 머리를 기댄다. 조만간 키가 너무 커버려서 이렇게 하지도 못하겠구나. 그런 생각이 들자 서글퍼진다. 주님, 이 아이가 어른이 되어야 한다는 건 알지만 벌써부터 그럴 필요는 없지 않을까요? 제가 조금만 더 이 아이를 꼭 붙들고 보호하면 안 될까요?

"엄마."

"응?"

"이제 우리 둘 다 머리도 팔도 없이 불길에 휩싸인 여자아이가 묘지에 출몰한다고 믿게 된 게 차라리 잘된 거예요, 아니면 잘못된 거예요?"

나는 그녀의 어깨를 꾹 누르며 불안한 마음을 애써 달랜다. "거기에 대해서 너무 깊이 생각하지는 말자."

두말하면 잔소리지만 나는 깊이 생각한다. 자기 방에서 10대 특유의 흐느적거리는 팔다리를 「크리스마스 악몽」 이불 아래에서 제멋대로 꼬고 드르렁드르렁 코를 골며 자고 있는 플로보다는 훨씬 더.

우리는 임시로 만든 암실을 치웠다. 나는 내일 대안으로 괜찮을지 지하실을 살펴보겠다고 했다. 별채는 누가 봐도 무용지물이다. 전기도 없고 빛이 차단되지도 않는다.

저녁에는 남은 피자와 웨지 감자를 데워서 먹고, 흘러간 코미디 DVD를 본다. 「블랙 북스」, 「테드 신부」. 자정이 막 지났을 때 나는 플로를 앞세우고 이제 그만 자러 올라간다.

늘 그렇듯 이불 속으로 들어가기 전에 책상다리를 하고 앉아서 기도를 드린다. 하느님이 내 기도를 듣는지는 잘 모르겠다. 하느님이 내 횡설수설을 듣기보다 다른 중요한 볼일을 처리하고 있으면 좋겠다는 마음도 있다. 하지만 밤중에 나누는 대화에서 위안을 얻는다. 내 두려움과 불안과 희열을 발산하는 통로다. 이로써 내 영혼이 잠잠해지고 머릿속이 맑아진다. 내가 어떤 사람이고 왜 신부가 되었는지 기억이 환기된다.

오늘 밤에는 힘이 든다. 할 말이 잘 생각나지 않는다. 머릿속이 탁하고 엉망진창이다. 여기 내려온 이후로 내가 평소에 잘 정리해 두었던 조각들이 모두 뒤흔들려 뭐가 어디 있는지 모르겠는 느낌이다.

나는 의례적으로 "감사합니다"와 찬양을 웅얼거리고 불을 끄고 옆으로 눕는다. 하지만 예상했다시피 잠은 오지 않는다. 방이 작아서 너무 후덥지근하고 답답하다. 그리고 나는 원래 잠을 잘 자는 편이 못 된다. 나는 어둠이 싫다. 침묵이 싫다. 가장 크게는 혼자서 오만 가지 생각을 하는 시간이 싫다. 내 레퍼토리 안에 있는 어떤 기도문도 먹잇감을 찾으러 어두컴컴한 구석에서 슬금슬금 기어 나와 내 머릿속을 괴롭히는 잡념들을 막지 못한다.

나는 울퉁불퉁한 천장을 올려다보며 눈꺼풀이 닫히길, 잠이라는 무의식 속으로 끌려들어 가길 바라지만 이성이 고집스레 반항한다.

불길에 휩싸였고 머리도 팔도 없었어요.

화형당한 아이들이 보이면 나쁜 일이 생긴다는 거죠.

전해 내려오는 전설이고 미신이다. 헛소리다. 하지만 배 속에 쐐기처럼 묵직하게 박힌 불안감을 느낄 수 있다.

플로는 원래 상상의 나래를 펼치는 성격이 아니다. 실용적이고 합리적이며 논리적이다. 이런 이야기를 지어냈을 리 없다. 그렇다면 뭘까? 유령이었을까?

나는 신부로서 사후를 믿는다. 하지만 유령이라니? 이승을 맴돌며 복수나 화해의 기회를 찾는 실질적인 존재가 있다고? 그건 아니다. 나는 그렇다고 확신할 만한 증거를 한 번도 본 적이 없다. 아니, 그보다는 그렇다고 확신할 만한 증거를 보고 싶지 *않다*고 해야 더 적합하겠다. 내 머릿속을 떠날 줄 모르는 그것이 실질적인 존재가 아니라 비유적인 존재였으면 좋겠다.

나는 일어나 머리맡 스탠드를 켜고 침대 옆으로 다리를 내린다. 나무 바닥이 차갑고 거칠게 느껴진다. *러그를 깔아야겠네.* 생각하고 '사택을 미미하게나마 아늑하게 꾸미는 데 필요한 물품' 목록에 러그를 추가한다.

나달나달한 슬리퍼를 신고 층계참으로 나선다. 복도 전등을 켜고 1층으로 내려간다.

부엌으로 들어가 서랍을 열고 롤링 박스와 종이를 꺼내려고 행주 아래를 더듬는다. 이리저리 뒤져도 아무것도 없다. 나는 나지막이 욕을 한다. *플로, 이 녀석.*

다행히 만일의 사태에 쓸 수 있는 대안이 있다. 나는 거실로 살금살금 건너간다. 책들 대부분은 아직 상자 안에 들어 있지만 몇 권은 꺼내서 금방이라도 쓰러지게 생긴 책꽂이에 꽂아놓았고 그중에 가죽 장정으로 된 두툼한 성서도 있다. 교회 유물 같아 보이지만 실은 어느 집 벼룩시장에서 산 거다. 안은 하느님의 말씀이 담겨 있는 게 아니라 비어 있다. 술을 좋아하는 사람은 술병을, 내 경우에는 여분의 롤링 박스와 종이, 라이터를 숨기기에 안성맞춤이다.

나는 다시 부엌으로 돌아가 담배를 말고 문을 연다. 달맞이꽃과 데이지와 재스민의 질리는 냄새가 밤공기를 묵직하고 자욱하게 물들이고 있다. 밤에 피는 꽃들. 어렸을 때 내 방 창문 틈새로 흘러들어왔던 꽃향기가 생각난다.

나는 담배를 힘차게 한 모금 빨아들여 기억을 내쫓고 니코틴을 흡입하지만 불안으로 곤두선 신경을 달래는 데에는 별 효과가 없다. 나는 정적과 어둠과 아우성치는 잡념을 너무 잘 안다.

이곳의 어둠은 도시와 다르다. 도시에서는 가로등과 상점 불빛과 지나가는 차량으로 어둠이 누그러진다. 이곳의 어둠은 진짜다. 불과 전기가 생기기 전에 경험했던 어둠이다. 숨어 있는 시선들로 가득한 굶주린 어둠이다. 여기에 악마가 숨어 있나니. 나는 이런 문구를 떠올리다가 출처가 어디인지 궁금해진다. 오늘 밤에는 내 머리가 너무 무리하고 있다.

나는 입술로 담배를 가져가다 말고…… 멈춘다. 교회에 불이 켜져 있다.

아니 저게―

2층 창문 너머에서 불빛이 깜빡인다. 자동차 전조등이 반사된 건가? 아니다, 그 창문은 도로가 아니라 사택을 마주 보고 있다. 게다가 다시 한번 깜빡인다. 조그만 불빛이 2층에서 까딱거리고 있다. 전구가 고장 났나? 배선에 문제가 생겼나? 아니면 누가 몰래 들어왔나?

나는 갈등하며 불빛을 빤히 쳐다본다. 그러다 담배를 끄고 사택 안으로 다시 들어가 개수대 아래 싱크대를 연다. 어제 여기서 손전등을 본 기억이 있다. 건전지가 다 됐을 가능성이 크지만 휴대전화 불빛만 믿고 칠흑 같은 어둠 속으로 나설 생각은 없다. 손전등 스위치를 켠다. 빛줄기가 짱짱하게 쏟아져 나온다.

나는 열쇠를 쥐고 손전등을 앞으로 들고 사택에서 교회까지 좁은 길을 걸어간다. 공포영화에서 사람들이 바로 이러지 않느냐며 머릿속에서 혀를 차는 소리가 들린다. 제목이 뜨기 전에 끔찍하게 죽고야 마는 바보 같은 사람들 말이다. 나는 그 목소리를 못 들은 척한다.

교회 문이 나온다. 내가 간밤에 문단속을 했다. 묵직한 열쇠를 돌린 기억이 난다. 중간에 걸리는 바람에 체중을 실어서 돌려야 했다.

그런데 지금 그 문이 살짝 열려 있다.

나는 망설이다가 문을 밀어서 좀 더 연다. 안으로 들어간다. 손전등이 조그만 삼각형 모양으로 교회를 비춘다. 양쪽에서 어둠이 나를 압박한다. 전등 스위치가 어디 있지? 나는 오른쪽으로 몸을 돌려 주위를 더듬는다. 이제 어둠이 뒤편으로 밀려난다. 이 망할 스위치가 도대체 어디 있는 거야? 내 손끝이 플라스틱에 닿는다.

웅웅거리는 소리와 함께 깜빡이며 불이 들어온다. 전구들이 먼지와 거미줄로 뒤덮여 누렇고 어두침침하다. 어둠을 없애는 효과가 아주 엄청나지는 않다. 안에 아무도 없는 것처럼 보이기는 한다. 하지만 교회는 그게 문제다. 웅크리고 몸을 숨길 만한 구멍과 틈이 곳곳에 있다는 것.

"안녕하세요? 안에 누구 계세요?"

놀랍게도 아무 응답이 없다. 나는 손전등을 더욱 세게 움켜쥔다. 손전등은 여차하면 무기로 쓸 수 있을 만큼 튼튼하다. 다른 쪽 손에는 묵직한 열쇠를 든다. 뾰족한 끝이 튀어나오도록 손가락 사이에 열쇠를 끼운다. 도시에서 한밤중에 그랬던 것처럼.

2층에서 불빛을 보았으니 예배실 한쪽에 달린 계단을 지나 2층 발코니로 올라간다. 여기는 심지어 더 어두컴컴하다. 조명이 두 개뿐이다. 그리고 그 이상한 냄새가 또 난다. 뭔가 탄 듯한 연기 냄새. 나는 손전등을 이리저리 비춘다. 나무로 된 신도석 말고는 아무것도 없다. 나는 손전등으로 어두컴컴한 사이를 비추며 신도석을 따라 움직인다. 하지만 숨어 있는 사람은 없다.

발코니 저쪽 끝에 작고 좁은 문이 있다. 아마도 창고인 것 같다. 나는 열쇠를 쥐고 손전등을 내밀고 앞으로 걸어간다. 문 앞에 다다르자 문을 홱 잡아당긴다. 쌓여 있던 방석이 와르르 쏟아진다.

나는 쿵쾅거리는 심장을 달래며 뒤로 펄쩍 물러난다. 그랬다가 안도의 웃음을 터뜨린다. 그냥 방석이야, 마이클.

나는 벽장 안을 들여다본다. 조그만 공간에 방석과 기도서가 가득 차 있다. 누가 들어가서 숨을 만한 공간이 없다. 나는 허리를 숙여서 방석을 집다가 누가 불을 지른 것처럼 검게 그을려 있는 것을 발견한다. 이상하긴 하지만 연기 냄새가 난 건 그 때문인지 모른다. 나는 방석을 안에 다시 쑤셔 넣고 문을 닫는다. 그때 아래에서 무슨 소리가 들린다. 교회 문이 열리는 것처럼 끼익하는 소리다. 심장이 목젖까지 튀어 오른다. 나는 발목을 접질리지 않게 조심하며 총총히 신도석을 되짚어 계단을 내려간다.

바닥에 다다라 손전등으로 예배실 이쪽저쪽을 비춘다. 아무도 보이지 않는다. 나는 잠깐 멈추었다가 이번에는 제단 쪽으로 손전등을 휙 돌린다. 독서용 스탠드가 켜져 있다. 아까는 분명 꺼져 있었는데.

나는 통로를 따라 스탠드 쪽으로 걸어간다. 제단 위에 뭔가가 있다. 성서다. 조그맣고 파란색이다. 주일학교에서 아이들에게 주는 그런 성서다. 펼쳐진 페이지의 한 구절에 형광펜이 칠해져 있다. 고린도후서 11장 13~15절이다.

그런 사람들은 거짓 사도요 속이는 일꾼이니 자기를 그리스도의 사도로 가장하는 자들이니라. 이것은 이상한 일이 아니니라 사탄도 자기를 광명의 천사로 가장하나니. 그러므로 사탄의 일꾼들도 자기를 의로운 일꾼으로 가장하는 것이 또한 대단한 일이 아니니라 그들의 마지막은 그 행위대로 되리라.

나는 밀려드는 한기를 느끼며 이 구절을 빤히 쳐다본다. 그러다 성서를 집어 든다. 불에 타기라도 한 것처럼 한쪽 귀퉁이가 시커멓다. 나는 맨 앞장으로 넘긴다. 주일학교에 다녔을 때 우리는 성서 속지에 이름을 적어야 했다. 아니나 다를까, 이름이 있다. 파란색 잉크로 적혀 있는데 거의 보이지 않을 정도로 희미해졌다. 나는 흐릿한 글씨를 손끝으로 더듬는다.

메리 *J. L.*

*＊＊

그들은 집 뒤편 키가 큰 풀밭에 누워 있다. 하늘거리는 이파리 속에 숨어 있다. 성경 공부가 끝났다. 집으로 가기 전에 잠깐 단둘이 있을 수 있는 시간이 생겼다.

메리가 청바지 주머니에서 쭈글쭈글한 담배와 빅 라이터를 주섬주섬 꺼낸다. "같이 피울래?"

"안 돼. 신부님이 차 마시러 오시기로 했어."

"왜?"

"엄마는 내가 성경 수업을 추가로 받길 바라시거든."

"추가로? 그 쭈그렁 늙은이한테?"

"아니. 새로 오신 분한테. 너 그분 봤어?"

메리는 어깨를 으쓱했다. "응."

"크리스천 슬레이터를 살짝 닮았던데."

"그래도 귀찮은 예수쟁이인 건 마찬가지야."

"그런 식으로 말하면 안 돼."

"왜?"

"하느님이 들을 수도 있으니까."

"이 세상에 하느님은 없어."

"지옥 가고 싶어?"

"너 꼭 너희 엄마처럼 말한다."

조이는 몸을 숙여서 친구의 눈가에 든 멍을 조심스럽게 건드린다.

"아파?"

"응. 손 치워."

"엄마 미워?"

"가끔. 가끔은 엄마가 죽었으면 좋겠어. 대개는 그냥 달라졌으면 좋겠지만."

두 사람은 잠깐 동안 말없이 누워 있었다. 잠시 후에 조이가 일어섰다. "이제 그만 가야겠다. 나중에 전화할게."

"알았어."

메리는 일어나 앉아서 풀을 깡충깡충 헤치며 가는 친구를 지켜보았다. 그러다 그녀의 집 쪽을 흘긋 돌아보았다. 안에서 엄마가 비명을 지르는 소리가 들렸다. 그녀는 성서와 라이터를 집었다. 불을 모퉁이 가까이 들이대 가죽이 시커메지는 것을 구경했다. 그러다 불이 붙기 전에 성서를 다시 풀 위로 던지고 누워서 담배에 불을 붙였다.

지옥에 간대도 상관없어. 그녀는 생각했다. **여기보다 더 끔찍할 리 없으니까.**

13

나는 셔츠 단추를 채우고 흰색 칼라를 바로잡는다. 예복을 잘 매만진다. 그런 다음 현관에서 제단으로 걸어간다. 회중을 바라본다. 앉아 있거나 몸을 앞으로 기울였거나 고개를 숙였거나 얼굴이 그늘에 가려진 신도들.

"다들 잘 오셨습니다." 내가 말하자 그들이 한 명씩 나를 향해 고개를 든다.

내 남편 조너선이 맨 먼저 보인다. 웃고 있다. 그는 항상 웃는다. 심지어 가장 우울한 날에도. 심지어 머리는 한쪽이 함몰되고 머리칼은 피와 뇌수로 떡이 진 지금까지도. 그의 옆에는 루비가 앉아 있다. 두말하면 잔소리다. 그녀는 비난하는 눈빛으로 나를 올려다본다. 그들에게 주먹과 신발과 나무 장난감으로 얻어맞아서 얼굴에 멍이 들고 부었다. 그녀는 토끼인형을 안고 있다. 내가 발견했을 때

안고 있었던 인형이다. 그녀는 그 인형을 아꼈다. 하지만 이제 보니 인형이 아니라 진짜 토끼다. 그녀는 나에게서 눈을 떼지 않은 채 고개를 숙여 토끼의 한쪽 귀를 한 입 베어 문다.

내가 쿵쾅거리는 심장을 달래며 뒤로 물러서자 뭔가가 내 정수리를 스친다. 나는 고개를 든다. 플레처 신부가 내 머리 위 발코니에 매달려 발을 움찔거리며 섬뜩한 죽음의 댄스를 추고 있다.

"*화형당한 아이들이 보이면.*" 그가 새카맣게 갈라진 입술 사이로 숨을 헐떡이며 말한다. "*나쁜 일이 생겨요.*"

나는 비명을 삼킨다. 신도석에서 몇 명이 더 나를 올려다본다. 몇 명은 아는 얼굴이다. 몇 명은 기억이 가물가물하다. 두 명이 자리에서 일어나 발을 질질 끌며 중앙 통로를 따라 내 쪽으로 걸어온다. 중간쯤 다다랐을 때 펑 하고 불이 붙는다. 그럼에도 그들은 걸음을 멈추지 않는다.

나는 비틀비틀 뒷걸음질 친다. 차가운 손이 내 어깨를 붙잡는다. 내가 무슨 실수를 저질렀는지 알겠다. 그의 썩은 입 냄새가 느껴지고 목소리가 들리는데⋯⋯.

"엄마, **엄마!**"

나는 악취가 진동하는 시커먼 호수에 빠진 여자가 수면 위로 떠오르듯 두 팔을 허우적거리며 잠의 수면 위로 떠오른다.

"*엄마, 일어나요!*"

나는 억지로 눈을 뜨고, 걱정과 분노가 어우러진 표정으로 내 어깨를 잡고 있는 플로에게 게슴츠레 초점을 맞춘다.

"아우 진짜, 엄마 때문에 놀랐잖아요."

"내가…… 내가—"

"악몽을 꾸고 있었나 봐요."

꿈. 꿈이었구나. 슬금슬금 정신이 든다. 내가 땀 냄새와 담배 냄새로 진동하는 옷을 입은 채 소파에 웅크리고 있다. 다리를 내려 앉는다. 커튼 사이로 햇빛이 쏟아져 들어온다.

플로가 발꿈치를 딛고 앉는다. "엄마?"

"그게…… 어…… 잠이 안 와서 담배 한 대 피우려고 내려왔다가 교회에서 불빛을 봤어. 그래서 무슨 일인지 알아보러 갔는데—"

"한밤중에 엄마 혼자 나갔다고요?" 플로는 일어나 허리춤에 손을 얹고 나를 노려본다. "엄마, 그런 바보 같은 짓을 저지르다니. 공격을 당해서 죽을 수도 있었잖아요."

"그러게, 그러게. 하지만 아무도 없었어."

"불빛은 어떻게 된 거고요?"

"나도 모르겠어. 전구가 고장 났든지. 내가 잘못 봤든지."

"그걸로 끝이에요?"

"응."

"그런데 왜 소파에서 주무셨어요? 담배 냄새가 코를 찔러요."

"잠깐 누웠다가 잠이 들었나 봐."

그녀는 계속 의심하는 눈빛으로 나를 쳐다본다. 그러다 한숨을 쉬고 고개를 젓는다. "알았어요. 커피 드실래요?"

"응, 고마워……. 그나저나 지금 몇 시니?"

"9시 거의 다 됐어요."

9시. 오전 9시. 월요일 아침. 회의. *젠장.*

"다들 안녕하세요. 제가 좀 늦었죠? 죄송해요."

나는 더킨의 환하고 자비로운 미소를 따라 해보려고 애를 쓰며 앞에 앉아 있는 몇 명 안 되는 사람들에게 웃어 보인다. 성공했는지 잘 모르겠다. 내가 시뻘게진 얼굴로 숨을 헐떡이며 로만칼라를 채우느라 더듬거리고 있는 것도 도움이 되지 않는다.

러시턴 신부가 자리에서 일어선다. "제가 소개를 할까요?"

"고맙습니다." 나는 감사히 받아들인다. 빌어먹을 칼라 같으니.

우리는 예배실 옆에 딸린 손바닥만 한 사무실에 옹기종기 앉아 있다. 사람이 없어도 좁아 보이는데 온 교구 사역자가 모여 있으니 호빗족이 된 느낌이다.

온 사방에 서류가 쌓여 있다. 코르크판은 안전 수칙, 교구 소식지, 주보로 넘쳐난다. 심지어 벽마저 교회의 역사와 전임 성직자를 담은 사진들로 어지럽다. 지금보다 훨씬 젊은 시절의 러시턴, 머리가 새까맣고 엄격해 보이는 남자(아래 달린 라벨에는 '마시 신부'라고 적혀 있다) 그리고 머리가 희끗희끗하고 수염을 단정하게 정리한 50대 훈남 플레처 신부. 플레처 옆에는 사진을 떼어냈는지 주변보다 색이 밝은 네모가 있다. 사진을 왜 떼어냈는지 궁금해진다.

책상과 의자 두 개를 넣기에도 버거운 공간이다. 오늘 아침에는 다섯 명으로 구성된 우리 '팀' 중에 네 명만 참석한 것이 어쩌면 다행일지 모른다.

"이쪽은 맬컴 전도사." 러시턴이 말한다.

각진 얼굴에 안경을 낀 남자가 목례하며 미소를 짓는다.

"에런은 아실 테고요."

우리는 사무적으로 목례를 주고받는다.

"사무장 준 왓킨스는 안타깝게도 건강이 너무 안 좋아져서 이 일을 계속할 수 없게 됐어요. 다행히 당분간 대신 맡아줄 사람이 있는데—"

바로 그때 신호를 맞추기라도 한 것처럼 문이 열리면서 꽃무늬 원피스를 입고 숱 많은 백발을 대충 하나로 틀어 올린 키가 크고 외모가 화려한 여자가 보온병과 플라스틱 컵을 들고 들어온다.

"안녕하세요. 차에 커피를 두고 내렸지 뭐예요."

나는 그녀가 보온병과 컵을 책상에 내려놓는 동안 빤히 본다.

"대부분 클라라를 아시죠." 러시턴이 말한다. "클라라가 자원봉사 개념으로 여기 일을 도울 거예요. 하늘에서 내려온 천사라고 할까요."

클라라는 좌중을 돌아보며 미소를 짓는다. "이이는 그렇게 얘기할 수밖에 없어요. 내가 부인이거든요!"

그녀의 시선이 내게 닿는다. 그녀가 손을 내민다. "잭? 만나서 반가워요. 뭐의 줄임말인가요?"

"어…… 재클린요."

그녀의 회색 눈이 반짝인다. "이름 예쁘네요. 양쪽 다요."

"고맙습니다."

"보시다시피 이렇게 소수로 구성된 팀이에요." 러시턴이 말문을 맺는다.

정말 아주 소수다. 하지만 요즘은 시골 교회마다 그 교회만을 섬기는 사무장이나 관리인은커녕 전담 신부조차 둘 필요가 없을 만큼 신도 수가 많지 않다. 러시턴과 나는 시간을 최대한 쪼개 채플 크로프트와 워블러스 그린 말고도 이 교구의 다른 조그만 교회 두 군데—버포드와 네더턴—까지 맡아야 한다.

"모두 만나서 반갑습니다." 나는 심란한 마음을 애써 가라앉히며 말한다. "지금쯤은 다들 아셨겠지만 제 이름은 잭 브룩스이고 새로운 장기 임직자를 찾을 수 있을 때까지 여기서 임시 사제로 근무할 거예요."

"그게 언제가 될까요?" 맬컴이 조금 다급하게 묻는다.

"저도 잘 모르겠어요." 내가 말한다. "그러니까 당분간은 좋든 싫든 저와 함께 지내야 한다고 생각하시는 편이 좋을 거예요."

"'좋든 싫든'이라뇨." 러시턴이 끼어든다. "신부님이 와주셔서 저희로서는 반갑습니다. 필요한 게 있으면 뭐든 말씀만 해주세요."

"그렇고말고요." 클라라가 고개를 끄덕인다. "이제 새롭게 시작할 때도 되었다고 생각해요. 그런 일은…… 묻어두고요."

나는 누가 제일 먼저 그 얘기를 꺼낼지 궁금해하고 있었다.

"플레처 신부님 소식은 정말 안타까웠어요."

"신부님이 어떤 어려움을 겪고 계셨는지 우리가 알았더라면 얼마나 좋았을까요." 맬컴이 거든다. "스트레스가 많다는 건 알았지만 스스로 목숨을 끊을 정도였을 줄은……."

"스스로 목숨을 끊으려고 작심한 사람들은 가장 가까운 친구와 가족들도 전혀 모르게 잘 숨기죠." 나는 말한다. "자살은 모두에게 비극이에요."

"그리고 죄악이고요."

나는 에런을 쳐다본다. "네?"

"목숨은 주님의 선물이잖아요. 그분만이 그걸 거두어 가실 수 있죠." 그는 반항조로 나를 쳐다본다.

나는 애써 침착한 말투를 유지한다. "영국 국교회는 오래전부터 그렇지 않다는 입장이에요, 에런."

"그럼 성경에 적힌 말씀을 무시하겠다는 겁니까?"

"성경에는 자살을 명백하게 단죄한 대목이 없고, 저는 여기 사제로 재직하는 동안에 이 교회 안에서 그런 대화를 듣고 싶지 않습니다."

나는 에런의 눈을 계속 쳐다보고 그가 먼저 시선을 떨어뜨리자 흐뭇해진다.

"뭐…… 어쨌든 간에—" 러시턴이 헛기침을 한다. "다들 하는 얘기처럼 산 사람은 살아야 하니까 이번 주 행사 논의로 넘어갈까요?"

우리는 행사 논의로 넘어간다. 나는 예전 교구와 별반 다를 게 없는 일상적인 루틴으로 돌아갔다는 데 안도한다. 다과회, 바자회, 청소년부, 결혼식 세 건과 장례식 네 건. 내 공식 업무는 2주 뒤부터 시작되지만 몇몇 행사에 얼굴을 내미는 편이 좋겠다고 의견을 모은다.

"아, 그리고 교회 바닥 보수 공사 문제가 남았죠."

"판석이 몇 개 깨졌더라고요. 어쩌다 그렇게 됐어요?"

"아, 그냥 마모된 거예요. 조만간 전문가를 불러서 검사를 맡길 거예요. 그때까지 아무도 그 근처에 가지 않도록 단속해줘요, 잭.

누군가 발목이 부러졌다고 우리를 고소하는 일만큼은 피해야 하니까."

"그렇죠."

"좋아요. 그럼 이제 다 끝난 것 같은데요. 더 논의하고 싶은 게 있나요?"

러시턴은 불그스름한 얼굴을 내 쪽으로 돌린다. 나는 고민한다. 누가 내게 희한하고 섬뜩한 메시지를 남겼을 것 같으냐고 물어볼 수도 있다. 하지만 상황을 좀 더 파악할 때까지 함구하는 편이 나을 것 같다. 아직까지는.

"음, 아뇨. 전부 얘기한 것 같네요."

"좋아요. 신부님이 오셔서 부담을 덜어주니 얼마나 안심이 되는지 말로 다 표현하지 못할 정도예요."

"도울 수 있어서 다행이에요."

모두 소지품을 챙기며 나갈 준비를 한다. 맬컴이 일어서다 말고 앙상한 손으로 내 손을 잡는다. "와주셔서 감사합니다, 신부님."

에런은 메모를 취합하며 대놓고 나를 무시한다.

나도 얼른 여기서 탈출하고 싶지만 알록달록한 긴팔 카디건에 팔을 집어넣으며 나를 쳐다보는 클라라의 시선이 느껴진다. "딸이 있다고요, 잭?"

"네."

"몇 살이에요?"

"열다섯 살요."

"힘든 나이네요."

"아직까지는 운이 좋았어요. 두 분은 아이가 있으신가요?"

"우리는 자녀의 축복을 누리지 못했어요." 러시턴이 말한다. "하지만 수년에 걸쳐 대자녀를 숱하게 만났죠. 그리고 클라라가 예전에는 교사였으니 항상 젊은 친구들과 더불어서 살았다고 볼 수 있어요."

나는 깍듯하게 고개를 끄덕이며 속으로 생각한다. *교사였구나. 어쩐지.*

"결혼하신 지는 얼마나 되셨어요?"

"얼마 전에 28주년을 치렀죠."

그 둘은 특이한 커플이다. 키가 크고 우아한 클라라와 키가 작고 땅딸막한 브라이언. 뭐, 이러쿵저러쿵하려는 건 아니지만.

"축하드려요."

"신부님은 미망인이신가요?" 클라라가 묻자 내가 그 단어를 얼마나 질색하는지 다시금 실감한다.

"남편이 세상을 떠났죠, 네."

"플로를 혼자 키우셨군요."

"아까 말씀드렸다시피 운이 좋았어요. 아이가 착해서요."

"따님은 잘 적응하고 있나요?" 러시턴이 묻는다. "젊은 친구들이 할 만한 게 많지 않을 텐데."

"음, 사진을 좋아해요. 지하실을 암실로 개조할까 생각 중이에요."

"아."

"지하실에 무슨 문제라도 있나요?"

"아뇨. 그게 아니라 플레처 신부님의 소지품이 아직 거기 많이 있어서요." 클라라가 말한다. "제가 최대한 정리한다고 했지만—"

"그분은 가족이 없었나요?"

"안타깝게도 없었어요. 전 재산을 교회에 남기셔서 가구, 옷, 노트북처럼 기증할 수 있는 건 다 했어요. 하지만 워낙 많은 게—"

"쓰레기예요." 러시턴이 요령 없게 말한다. "솔직히 전부 플레처 신부님의 유품도 아니고요. 일반적인 교회 물품도 많아요. 어떻게 하면 좋을지 몰라서 그냥 지하실에 방치해 두었어요."

"흠, 앞으로 몇 주 동안 제가 할 일이 많겠네요."

또 생각난 게 하나 있다.

"플레처 신부님이 여기 묻히셨나요? 한번 찾아뵈어야 할 것 같아서요."

"아뇨." 러시턴이 말한다. "턴브리지 웰스에 묻히셨어요. 어머니 옆에."

"여기 묻히고 싶어 하지 않으셨죠." 에런이 내 뒤에서 갑자기 끼어든다.

나는 고개를 돌린다. "아, 왜요?"

"교회가 오염됐다고 하셨어요."

"오염됐다고요?"

"맬컴도 말했다시피." 클라라가 참견한다. "플레처 신부님이 스트레스가 많으셨죠."

"구마의식을 거행하고 싶어 하셨어요." 에런이 말을 잇는다. "그 직후에—"

"에런!" 러시턴이 날카롭게 외친다.

에런은 묘한 눈빛으로 그를 쏘아본다. "이분도 아셔야죠."

"뭘요?"

러시턴은 한숨을 쉰다. "죽기 직전에 플레처 신부가 교회에 불을 지르려고 했어요."

14

"물론 불을 지르려고 했던 사람이 그가 처음은 아니었지만요."
러시턴은 라테를 홀짝이며 말한다.

우리는 마을회관 한쪽 구석에 놓인 테이블에 앉아 있다. 문에 달린 밝은 손 글씨 팻말에 따르면 '월수금 10~12시, 커피 제공'이라고 되어 있는 곳이다. 클라라도 우리와 자리를 함께했다. 당연히 에런은 아니다.

나는 거기가 북적거리는 것을 보고 놀란다. 노팅엄에서는 다과회를 열어봐야 참석자가 아주 독실한 신자 아니면 노숙자뿐이었다. 다른 사람들은 대부분 종교 강연을 듣거나 그보다 더 끔찍하게는 쓰레기 같은 커피를 마실까 봐 몸을 사렸을 것이다.

여기 손님들은 나이가 더 많지만 옷차림이 번듯하다. 젖먹이를 데려온 엄마도 두어 명 있다. 심지어 커피조차 마실 만하다. 뜻밖의 즐거움이다. 여기 내려온 이래 처음 느끼는 기분 좋은 반전이다.

"그래서, 어떻게 된 일이었어요?" 나는 묻는다.

"가톨릭 분리주의자들이었어요. 메리 여왕 때 기독교도를 처형했던 자들의 후손. 그들이 17세기에 교회에 불을 질러 잿더미로 만들었죠. 대다수의 교구 기록을 비롯해 모든 걸 파괴했어요. 현재 교회는 몇 년 뒤에 침례교도들이 건축했죠."

"죄송하지만 플레처 신부님의 그 사건에 대해 여쭤본 거였어요."

"아. 뭐, 다행히 그는 거기까지 가지는 못했어요. 불이 제대로 붙기 전에 에런에게 들켰거든요."

"에런은 거기서 뭐 하고 있었는데요?"

"늦은 밤이었어요. 에런이 지나가다 우연히 교회에서 불빛을 보았대요. 들어가보니 플레처 신부가 신도석 방석 더미에 불을 붙이고 그 앞에 서 있었고요."

"그분 말로는 교회 안에 몰래 들어온 사람이 있다고 하더래요." 클라라가 두 번째 설탕 봉지를 흔들어 커피 잔에 탈탈 털어 넣으며 말했다. 몸매 유지의 비결이 식이 조절은 아닌 게 분명하다.

"들어온 사람이 있었을 수도 있지 않을까요?" 나는 간밤에 보았던 불빛과 열려 있던 문을 떠올리며 묻는다.

"누가 들어온 흔적은 없었어요. 그분 말고 또 교회 열쇠를 가지고 있는 사람은 에런과 나뿐이었고요." 러시턴이 대답한다.

"그렇군요." 나는 그의 말을 기억에 담는다. "깜빡하고 문단속을 하지 않았을 가능성은요?"

러시턴은 한숨을 쉰다. "매튜— 그러니까 플레처 신부가 그전부터 이상한 행동을 보였어요."

"어떤 식으로요?"

"유령을 봤다고 했어요." 클라라가 말한다.

나는 긴장한다. "어떤 유령을요?"

"화형당한 아이들요."

얼음장 같은 손가락이 내 머리를 움켜쥔다.

"이 마을에 전해 내려오는 전설 같은 존재예요." 클라라가 눈을 번뜩이며 말한다. "애비게일과 매기라는 두 아이가 16세기에 여섯 명의 다른 순교자들과 함께 화형을 당했거든요."

"저도 알아요." 나는 말한다. "적어도 일부분은요."

"잭이 숙제를 제대로 했더라고." 러시턴이 말한다. "심지어 인형 에 대해서도 알고 있었어."

"그래요?" 클라라가 눈썹을 추켜세운다. "그걸 다 어디서 들었어 요?"

살피는 듯한 그녀의 눈빛이 왠지 모르게 불편하게 느껴진다.

"아, 인터넷에서요."

"그걸 엽기적이라고 생각하는 사람들도 많죠."

"왜 그렇게 생각하는지 이유를 모르겠네요."

그녀는 미소를 짓는다. "작은 마을의 주민들은 그들 나름의 사는 방식이 있어요."

"저는 알 방법이 없겠네요."

"노팅엄에서 어린 시절을 보내셨어요?"

"네."

"억양이 거의 없으시네요, 이런 말씀 드려도 괜찮을지 모르겠지만."

"음, 저희 어머니가 남부 출신이었어요."

"아, 모음을 약하게 발음하시는 이유가 그 때문이로군요." 그녀는 무심한 듯 커피를 마시지만 내가 보기에 그녀가 무심하게 던지는 질문은 없다.

나는 다시 러시턴에게로 고개를 돌린다. "플레처 신부가 교회에 유령이 출몰한다고 생각했다고 해서 그분의 정신상태가 불안정했다고 단정 지을 수는 없지 않나요? 제가 아는 성직자 중에도 유령을 믿는 분이 몇 분 계신데요."

"그런 게 아니었어요." 러시턴이 말한다. "점점 더 피해망상증 환자처럼 변해갔어요. 강박증 환자처럼. 자기를 죽이려는 사람이 있다고 믿었어요. 자기가 협박을 당하고 있다고. 누군가가 버닝 걸을 교회에 놓고 가고 사택 문에 핀으로 꽂아놓았다고 했고요."

"경찰서에 찾아가보셨나요?"

"네. 하지만 증거가 없었죠."

"그분을 협박할 만한 이유가 있었던 사람은 있고요?"

"아뇨." 클라라가 말한다. "매튜는 여기서 3년 가까이 사제로 재임했어요. 다들 그를 좋아했고요."

"하지만 마지막 해에 아버지와 어머니를 여의었어요." 러시턴이 말한다. "친한 친구가 암 진단을 받았고요. 그래서 여러 가지 개인적인 문제들로 괴로워하고 있었어요. 교회에 불을 지른 직후에 사직서를 제출했죠. 감당하기가 점점 힘들어지고 있다는 걸 스스로 인정했던 것 같아요."

나는 곰곰이 따져본다. 교회는 아직도 다른 기관들에 비해 정신 질환을 인정하는 데 느린 편이다. 그런 부분을 쉬쉬하는 이유도 사제들이 대부분 남자다 보니 그걸 일종의 실패로 받아들이기 때문인 것 같다.

기도는 정신을 집중하는 데 유용한 도구다. 하지만 마법의 만병통치약은 아니다. 하느님은 심리치료사도 정신과 의사도 아니다. 우리는 여전히 다른 사람들에게 도움을 받아야 하고 가끔은 그게 전문가일 때도 있다. 나는 남편이 좀 더 일찍 도움을 구했더라면 상황이 달라지지 않았을지 궁금할 때가 많다.

나는 커피 잔을 들어 한 모금 꿀꺽 마신다. 이제는 아까처럼 맛있지 않다.

나는 말을 조심스럽게 고른다. "플레처 신부님의 죽음이 자살이 아닐지도 모른다고 의심한 사람은 없었나요?"

"네. 당연히 없었죠. 누가 그런 소릴 하겠어요?"

"교구 주민 한 분이 그러는데—"

러시턴은 눈을 부라린다. "조앤 하트먼이겠죠." 그는 부인하거나 시인할 필요가 없다는 뜻에서 손사래를 친다. "조앤이 대단한 인물이긴 하지만 나라면 그녀가 하는 말에 대해 너무 진지하게 고민하지 않겠어요."

"연세가 많은 분이라서요?"

"아뇨. 남들과 교류가 없는 데다 상상력이 넘치고 범죄소설을 너무 많이 읽으니까요." 러시턴은 몸을 앞으로 숙인다. "잭, 내가 충고 하나 해도 될까요?"

나는 싫다고 대답하고 싶다. 그렇게 묻는 사람은 말똥 같은 소리만 늘어놓는 경우가 대부분이니까. 하지만 나는 미소를 지으며 대답한다. "그럼요."

"과거의 수렁에 붙들리지 말아요. 당신의 부임이 새로운 시작이에요. 플레처 신부의 비극적인 죽음을 묻고 지나갈 기회이기도 하고. 그리고 보다시피 여긴 할 일이 많아서 바쁘게 지낼 수 있어요."

나는 계속 미소를 잃지 않는다. "그러게요."

그는 퉁퉁한 손을 내 손 위에 얹고 꼭 쥔다. "말이 나왔으니 말인데, 이제 그만 가봐야겠어요. 베이커 집안사람들을 만나서 그 집 아버지의 장례식 문제를 의논해야 하거든요."

그는 테이블에서 일어난다. 클라라도 따라서 일어선다.

"나중에 또 봅시다. 내가 한 얘기 명심하고."

"그럴게요. 안녕히 가세요."

나는 그들이 다른 손님들과 인사를 주고받으며 홀에서 멀어지는 것을 지켜본다. 커피를 한 잔 더 마실까 고민하다가 손목시계를 흘끗 쳐다본다. 안 되겠다. 이제 그만 가서 장을 좀 봐야겠다. 피자만으로 연명할 수는 없는 법이다.

자리에서 막 일어나는데 와장창하는 소리가 들린다. 나는 고개를 돌린다. 다른 테이블에 앉아 있던 노파가 바닥에 쓰러졌고 깨진 그릇 조각과 커피 찌꺼기가 사방에 흩뿌려져 있다. 몇 명이 돌아보고 두어 명이 자리에서 몸을 일으키지만 가장 가까운 사람이 나다. 나는 얼른 달려가 무릎을 꿇고 그녀의 손을 잡는다.

"괜찮으세요? 다친 데 없으세요?"

그녀는 조금 멍해 보인다. 머리를 부딪혔나?

"걱정 마세요. 천천히 일어나보세요." 나는 말한다.

그녀는 나를 쳐다본다. 눈의 초점을 찾는다.

"너로구나?"

나는 손을 빼려 하지만 그녀의 손가락이 내 손바닥을 파고든다.

"그 아이는 어디 있어? 말해."

"죄송하지만 무슨 말씀인지ㅡ"

이때 옆에서 누군가가 따뜻한 목소리로 달래듯이 얘기한다.

"신경 쓰지 말아요. 이분이 가끔 헷갈릴 때가 있어요."

멜빵바지와 티셔츠를 입은 짧은 머리의 젊은 여자가 내 옆에 쭈그리고 앉아 노파에게 다정하게 말을 건넨다.

"도린? 살짝 넘어지셨어요. 마을회관에서. 괜찮으세요?"

"마을회관?" 노파의 손가락에서 힘이 빠진다. 그녀는 손을 거둬들인다.

"일으켜드릴까요?"

"하지만 집에 가야 해. 그 아이가 차를 마시려고 기다리고 있어."

"그럼요. 하지만 먼저 물 좀 드실래요?"

"내가 가져올게요." 나는 말한다.

나는 배식 창구로 간다.

"물 한 잔만 주실래요?"

내가 물을 들고 다시 돌아가보니 노파는 아까보다 조금 정신을 차린 표정으로 의자에 앉아 있다.

"여기요."

그녀는 떨리는 손으로 종이컵을 받아 들고 물을 마신다.

"미안해요. 내가 왜 그랬나 모르겠네."

그녀는 민망한 얼굴로 미소를 짓는다. 나는 나이를 먹는 것이 질병이 아니라 인생의 종착역이라는 사실을 되새긴다.

"괜찮아요." 나는 말한다. "다들 한번씩 현기증이 날 때가 있잖아요."

"집까지 데려다 드릴 사람 있어요, 도린?" 짧은 머리의 여자가 묻는다.

도린. 그 이름을 왜 어디선가 들은 것 같지? 도린. 잠시 후에 생각이 난다. 조앤과 나눈 대화가.

"조이의 엄마 도린은 치매를 앓고 있어요."

조이의 엄마. 나는 그녀를 빤히 쳐다본다. 도린은 이제 겨우 70대 초반일 텐데 90에 가까워 보인다. 금방이라도 부서질 것 같다. 얼굴은 흐늘흐늘한 밀가루 반죽 같고 거미줄처럼 얇은 머리칼은 얼기설기하게 꼬부랑거린다.

"걸어가려고 했다오."

"그건 별로 좋은 생각이 아닌 것 같은데요." 짧은 머리의 여자가 말한다.

잠깐 정적이 흘렀고 나는 이때 장을 봐서 딸 혼자 기다리는 집으로 돌아가야 한다는 완벽한 핑계를 댈 수도 있었다. 그런데 이렇게 얘기하는 내 목소리가 들린다.

"제가 집까지 모셔다 드릴게요."

짧은 머리의 여자는 나를 보며 미소를 짓는다. "고맙습니다." 그러고는 다시 도린을 흘끗 쳐다본다. "그래도 괜찮죠, 도린? 이분 차를 타고 집까지 가도?"

도린은 나를 쳐다본다. "네. 고마워요."

짧은 머리의 여자는 손을 내민다. "저는 커스티예요. 청소년부를 맡고 있고 여기 일손이 부족하면 일을 돕고 있어요."

"잭이에요." 나는 그녀와 악수한다. "새로 부임한 신부요."

"그러신 줄 알았어요. 흰색 칼라를 보고요."

나는 칼라를 내려다본다. "아. 맞다. 이 칼라가 좀 그래요. 문신 비슷하죠. 깜빡하고 있다가 사람들이 이상한 눈빛으로 쳐다보면 그제야 내가 이걸 하고 있다는 걸 알아차린다는 점에서."

그녀는 폭소를 터뜨리더니 자기 티셔츠 소매를 들추고 음흉하게 웃고 있는 선명한 해골 문신을 보여준다.

"맞네요."

도린은 시내 중심가에서 갈라져 나온 골목길에 산다. 대부분 창가에 내놓은 화분과 걸이식 꽃바구니로 그득한 난잡한 연립주택들이 빽빽하게 이어지는 곳이다.

나는 커스티에게 주소를 듣지 않아도 도린의 집이 어딘지 알 수 있었을 것이다. 벽돌은 지저분하고 조그만 앞마당은 무성하게 자란 잡초로 덮여 있으며 유리창은 검댕으로 시커멓다. 슬픔과 상실감이 미망인의 베일처럼 이 집을 덮고 있다.

나는 집 앞에 차를 댄다. 도린은 울퉁불퉁한 손으로 손수건만 비틀 뿐, 여기까지 오는 얼마 안 되는 시간 동안 말이 별로 없었다. 나는 정적을 그대로 내버려둔다. 채우려고 할수록 정적이 더 무거워질 때도 있다.

나는 차에서 내려 문을 열어주고 그녀를 부축해 현관문까지 안내한다. 그녀는 핸드백 안에서 더듬더듬 열쇠를 꺼낸다.

"다시 한번 고마워요."

"별말씀을요."

그녀는 문을 연다. "들어와서 차 한잔할래요?"

나는 머뭇거린다. 그러면 안 된다. 심지어 여기까지 와서도 안 되는 거였다. 장을 보고 플로가 기다리는 사택으로 돌아가 짐 정리를 마쳐야 했다. 하지만 나는 황량한 베란다를 쳐다본다. 뭔가가 안에서 꿈틀거린다.

나는 미소를 짓는다. "좋죠."

홀은 어두컴컴하고 오래된 음식 냄새와 눅눅한 냄새가 난다. 무늬가 있는 카펫은 너덜너덜하다. 구식 다이얼 전화기가 이 빠진 사이드테이블에 놓여 있고 그 위에는 큼지막한 성모마리아 그림이 걸려 있다. 1970년대 중반 이후로 손을 대지 않은 듯한 우중충한 부엌으로 들어가는 우리를 따라서 성모마리아의 애절한 시선이 움직인다. 갈라진 리놀륨, 포마이카 조리대와 주저앉은 초록색 찬장문. 반달 모양의 조그만 테이블이 한쪽 벽에 붙박여 있고 양옆으로 의자가 하나씩 놓여 있다. 그 바로 위에 십자가와 액자 두 개가 걸려 있다. "오직 나와 내 집은 여호와를 섬기겠노라", "너희는 가만히 있어 내가 하나님 됨을 알지어다."

도린은 재킷을 벗고 느릿느릿 찻주전자 앞으로 걸어간다.

"제가 도와드릴까요?"

"내 정신상태가 예전 같지 않을지는 몰라도 차 끓이는 법을 잊어버리지는 않았다우."

"그럼요."

노인들에게도 그들만의 자존심이 있다. 나는 의자를 꺼내 하느님의 말씀 아래에 앉아 있는다. 그동안 그녀는 제대로 된 찻주전자로 차를 끓인다.

"그래, 새로 부임하신 신부님이라고요?" 그녀가 떨리는 손으로 찻주전자를 들고 오며 묻는다.

"네. 브룩스 신부예요. 하지만 그냥 잭이라고 불러주세요."

그녀는 찬장으로 다시 가서 살짝 누레진 잔과 받침 접시를 두 개씩 들고 온다.

"설탕이 없네요."

"괜찮습니다."

그녀는 내 맞은편에 앉는다. "어머나, 우유를 깜빡했네."

"제가 가서 들고 올까요?"

"고마워요."

나는 조그만 냉장고 앞으로 가서 문을 연다. 간편식 두어 개와 치즈와 250밀리리터짜리 우유 한 통뿐이다. 우유를 꺼낸다. 유통기한이 하루 지났다. 나는 얼른 냄새를 맡아보고 그냥 들고 간다.

"여기요." 나는 양쪽 잔에 우유를 붓는다.

"우리 때는 여자 신부님이 부임한 적이 없어요."

"그래요?"

"교회는 여자들이 있을 곳이 아니었거든."

"뭐, 그때는 지금이랑 시절이 달랐으니까요."

"사제들이 전부 남자였죠."

특히 나이 많은 교구 주민들이 자주 이런 의견을 전한다. 나는 기분 나쁘게 받아들이지 않으려고 한다. 우리가 항상 같은 속도로 전진하는 건 아니다. 어느 시점에 이르면 삶이 우리를 두고 앞질러 나가기 시작한다. 우리는 보행 보조기와 전동 스쿠터를 동원해가며 어떻게든 따라잡으려고 하지만 결국에는 뒤처지고 만다. 내가 만약 일흔이나 여든까지 산다면 주변 세상을 두리번거리면서 내가 맞는다고 생각했던 모든 것들이 도대체 어떻게 돼버렸나 궁금해하며 똑같이 어쩔 줄 몰라 할 것이다.

"뭐, 세상은 달라지니까요." 나는 말한다. 그러고는 차를 홀짝이며 얼굴이 찡그러지려는 것을 참는다.

"결혼은 하셨어요?"

"남편을 앞세웠어요."

"아이고 저런. 아이는요?"

"딸이 하나 있어요."

그녀는 미소를 짓는다. "나도 딸 하나예요. 조이."

"이름이 예쁘네요."

"워낙 잘 웃던 아이라 조이라고 불렀죠." 그녀는 찻잔을 향해 살짝 떨리는 손을 내민다. "지금은 떠났지만."

"네?"

"하지만 돌아올 거예요. 당장이라도."

"아, 다행이네요."

"우리 딸은 착한 아이예요. 그 아이하고는 다르게." 그녀의 표정이 험상궂어진다. "걔는 질이 나쁜 아이예요. 아주 나쁜."

그녀가 흐릿해져가는 눈빛으로 고개를 젓는다. 나는 그녀가 내게서 멀어져 시간의 보이지 않는 틈새로 빠져나가는 것을 느낀다.

나는 침을 삼킨다. "화장실 좀 써도 될까요?"

"아. 그래요. 어디 있는가 하면—"

"제가 알아서 찾을게요. 감사합니다."

나는 밖으로 나가 벽에 성경 구절이 몇 개 더 걸려 있는 좁은 계단을 올라간다. 화장실은 왼쪽이다. 나는 안으로 들어가 변기 물을 내리고 얼굴에 찬물을 좀 끼얹는다. 이 집에 있는 것이 점점 괴로워지고 있다. 이제 그만 가야겠다. 나는 다시 층계참으로 나섰다가 걸음을 멈춘다. 오른쪽으로 문이 하나 있다. 압정으로 꽂힌 조그만 팻말에 이렇게 적혀 있다. '조이 방'.

그러지 마. 저 계단을 내려가서 핑계를 대고 나가.

나는 조심스럽게 문을 밀어서 연다.

이 방도 집 안의 다른 모든 것처럼 시간의 흐름이 멈추어 있다. 조이가 여기에서 살았던 때에. 그녀가 행방불명된 이후로 뭐 하나 건드린 게 없어 보인다.

침대에는 빛바랜 꽃무늬 이불이 단정하게 접혀 있다. 침대 발치에는 조그만 화장대가 있다. 그 위에 두 종류의 빗이 놓여 있다. 그것 말고는 액세서리도 화장품도 없다.

불타는 소녀들

한쪽 구석에 수수한 옷장이 서 있고 창문 아래 야트막한 책꽂이에는 귀퉁이가 너덜너덜한 페이퍼백이 잔뜩 꽂혀 있다. 이니드 블라이턴, 주디 블룸, 애거사 크리스티와 함께 『당신 삶의 예수님』이나 『여학생들을 위한 기독교』 같은 거창한 제목들이 보이고 그 위에 가죽 장정으로 된 큼지막한 성경이 옆으로 눕혀져 있다.

나는 책꽂이 앞으로 다가가 성경을 꺼낸다. 가볍다. 주님의 말씀을 담기에 너무 가볍다. 나는 침대 가에 걸터앉아 성경을 펼친다. 내 성경처럼 여기에도 구멍이 있다. 하지만 내 성경과 다르게 이건 자작이다. 가운데를 가위나 칼로 잘라내 보물을 몇 개 감출 수 있을 만한 공간을 만들어놓았다.

나는 보물을 하나씩 조심스럽게 꺼낸다. 브로치로 만든 예쁜 조가비. 주시 프루트 껌 한 통. 담배 두 개비와 믹스 테이프. 두말하면 잔소리다. 믹스 테이프를 주고받는 것. 옷과 액세서리와 함께 이거야말로 단짝 친구들끼리 주고받던 거다.

테이프 안에 든 카드에 빽빽하게 글씨가 적혀 있다. 그 좁은 공간에 제목과 밴드 이름을 적으려면 그럴 수밖에 없다. 원더 스터프, 마돈나, INXS, 덴 제리코, 트랜스비전 뱀프. 나는 애정 어린 미소를 짓는다. 그때는 그랬다.

카세트테이프를 한쪽 옆에 두고 마지막 물건을 꺼낸다. 두 여자아이가 팔짱을 끼고 카메라를 보며 웃고 있는 사진이다. 한 아이는 파란 눈이 커다랗고 금발을 길게 땋은 귀염상이다. 10대 시절의 시시 스페이섹을 닮았다. 다른 아이는 검은 머리를 어울리지 않는 바가지 스타일로 잘랐다. 비쩍 말랐고, 두 눈은 얼굴에 뚫린 시커먼 구멍 같고, 움찔하는 표정에 가까운 조심스러운 미소를 짓고 있다.
둘 다 이니셜이 대롱거리는 은 목걸이를 걸고 있다. 메리는 M. 조
이는 J.

"열다섯 살이었어요. 단짝이었고요. 30년 전에 흔적도 없이 사라
졌어요."

1층에서 의자가 바닥을 긁는다. 나는 화들짝 놀란다. 물건들을
성경 안에 다시 넣고 성경을 있었던 자리에 다시 놓는다.

사진은 침대 위에 남아 있다. 나는 사진을 빤히 쳐다본다.

메리와 조이. 조이와 메리.

나는 사진을 집어서 주머니에 넣는다.

＊＊＊

"그거 알아? 열여섯 살이 되면 집에서 나올 수 있대. 아무도 막을 수 없대."

그들은 조이의 방 침대 위에 앉아 있었다. 메리는 그 집에 자주 오지 못했다. 하지만 조이의 엄마가 장을 보러 나가고 없었다.

"우리는 열여섯 살이 되려면 거의 1년을 기다려야 하잖아."

"나도 알아."

"어디로 갈까?"

"런던."

"다들 런던에 가지."

"그럼 어디?"

"오스트레일리아."

"거기서는 하수구 물이 반대 방향으로 내려간대."

"진짜?"

"응. 나도 어디서 읽었어."

조이는 소형 스테레오 볼륨을 살짝 높인다. 그들은 메리가 그녀에게 선물한 믹스 테이프를 듣고 있었다. 마돈나가 요란하게 외쳤다. "기도처럼."

"나 이 노래 좋더라." 조이가 말했다.

"나도."

"맞다." 조이가 갑자기 고개를 돌렸다. "너한테 줄 거 있는데."

"뭔데?"

그녀는 책꽂이 안으로 손을 넣어서 까맣고 묵직한 성경을 꺼냈다. 속을 파서 비밀 공간을 만들어놓은 성경이었다. 메리는 조이가 엄마에게 들키고 싶지 않은 것들을 거기에 숨긴다는 걸 알았다. 그녀는 성경을 펼치고 조그만 종이 봉투를 꺼내서 내밀었다.

메리는 봉투를 받아서 안에 든 것을 이불 위로 쏟았다. 은 목걸이 두 개가 떨어졌다. 한쪽에는 M이라는 글자가, 다른 쪽에는 J라는 글자가 매달려 있었다.

"우정 목걸이야." 조이가 말했다.

메리는 목걸이 하나를 들어서 글자 위로 햇빛이 비치게 했다.

"예쁘다."

"우리, 걸어보자."

그녀는 친구를 보며 미소를 지었다.

"나한테 좋은 생각이 있는데—"

1층에서 현관문이 쾅 하고 닫혔다. 그들의 시선이 마주쳤다.

"망했다."

"조이 매들린 해리스. 위에서 그 불경스러운 음악 듣고 있니?"

조이는 침대에서 벌떡 일어나 스테레오에서 테이프를 꺼냈다. 성경 안에 쑤셔 넣었다. 요란하게 계단을 올라오는 발소리가 들렸다. 도망칠 데가 없었다. 방문이 벌컥 열렸다.

조이의 어머니는 문 앞에 멈추어 섰다. 작고 가냘프지만 금색 머리칼은 아지랑이 같고 파란 눈은 사나웠다. 그녀는 메리의 엄마보다 체구가 작고 폭력을 덜 쓰는 편이었지만 그래도 화가 나면 무서웠다. 그녀가 메리를 노려보았다.

"내 이럴 줄 알았다."

"엄마-아." 조이는 애원하는 투로 말했다.

"내가 얘기했잖아. 쟤 부르지 말라고."

"제 친구예요, 엄마."

"그만 보냈으면 좋겠다."

"하지만—"

"괜찮아." 메리가 말했다. "갈게."

그녀는 화끈거리는 얼굴을 달래며 목걸이를 챙겨 들고 얼른 방에서 나왔다.

그녀는 층계참에서 흘끗 돌아보았다. 조이의 엄마가 스테레오를 집어 들었다. 창문 앞으로 걸어가 그걸 밖으로 던졌다. 둔탁하게 쿵 하는 소리가 들렸다. 조이는 두 손에 얼굴을 묻었다.

메리는 주먹을 불끈 쥐었다.

떠나자. 지금 당장. 그럴 수만 있다면 얼마나 좋을까.

15

"볼일 얼른 보고 장 보고 올게. 배고프면 유리병에 있는 돈 써."

플로는 엄마가 보낸 문자—첫 번째와 두 번째는 전송이 되지 않았었는지 똑같은 문자를 세 번 보냈다—를 보고 시계를 확인한다. 이미 11시가 넘었다.

엄마는 평소에도 시간 개념이 엉망인데 오늘 아침에는 정말 상태가 안 좋아 보였다. 간밤에 무슨 일이 있었던 게 분명한데, 플로는 교회에서 불빛이 보였다는 엄마의 말을 믿지만 그게 다가 아닐 듯한 예감이 든다. 엄마는 그런 식으로 그녀를 보호하고 있다고 생각할지 모르지만 플로는 이렇게 말하고 싶은 마음이 굴뚝같다. 엄마가 나한테 뭘 숨기면 나를 보호하는 게 아니라 불안하게 만드는 거예요.

엄마들은 그게 문제다. 자식들을 성인으로 대한다지만 실은 그렇지 않다. 플로는 여전히 엄마가 자신을 여섯 살짜리로 본다는 걸 안다.

엄마가 흰색 칼라를 만지작거리며 문 밖으로 뛰쳐나간 이후에 플로는 부엌 찬장을 뒤지다 발견한 다이제스티브 비스킷 반 통과 치즈 앤드 어니언 감자칩 한 봉지를 아침으로 모조리 해치웠다. 스티븐 킹의 책을 마저 읽으며(최고였다). 하지만 배에서 다시 소리가 난다. 게다가 시간을 허비하고 있는 것 같아서 마음이 계속 불편하다. 텔레비전도 없고 인터넷도 없고. 일어나서 뭐라도 *해야* 하는데.

암실로 쓸 만할지 지하실을 들여다볼 수도 있겠지만 지금으로서는 어두컴컴하고 거미줄로 덮인 공간을 살금살금 돌아다니는 것이 별로 내키지 않는다. 인정하기는 싫지만 어제 묘지에서 본 것 때문에 아직까지 조금 무섭다.

물론 자고 일어나 벌건 대낮이 되자 기억이 점점 흐릿해져가고 있긴 하다. 그리고 그녀는 어제 일을 설명할 방법을 찾느라 열심히 머리를 굴리고 있다. 어쩌면 정말 빛의 농간이었을 수 있다. 누가 장난을 친 것일 수도 있다. 모든 게 너무 순식간에 벌어졌다. 그녀가 잘못 봤을 수도 있다. 그리고 뭔가가 진짜로 있었다면 카메라에 찍혔을 것이다.

플로는 절대 귀신을 믿지 않는다. 그녀는 엄마의 직업상 또래 다른 아이들보다 무덤과 죽음을 자주 접한다. 그 둘이 조금이나마 무섭거나 섬뜩하게 느껴진 적은 한 번도 없었다. 죽은 사람은 죽은 사람이다. 우리 몸은 그저 뼈와 살로 이루어져 있을 뿐이다.

그런가 하면 우리가 세상에 사진 속 이미지 비슷한 흔적을 남긴다는 발상도 납득이 됐다. 화학약품과 조건이 잘 맞아떨어진 결과 사진 속에 담기게 된 시간 속의 어느 한 순간.

그녀의 배에서 다시 소리가 난다. 그래, 귀신에 대한 고민은 이만하면 됐다. 그녀는 부엌으로 들어가 창턱에 놓인 유리병을 집는다. 잔돈과 1파운드짜리 동전이 가득 들어 있다. 그녀는 도합 7파운드를 꺼낸다. 시내에 조그만 가게가 있고 걸어서 15분 정도밖에 안 걸린다.

그녀는 동전을 주머니에 챙기고 밖으로 나가서 문을 잠그고 열쇠를 주머니에 넣는다. 그러다 망설인다. 카메라. 가는 길에 사진으로 찍을 만한 멋진 게 있을지 모른다. 그녀는 얼른 안으로 들어가 카메라를 챙겨서 목에 건다.

시내로 가는 인도는 좁다. 가끔 무성하게 자란 풀과 따끔따끔한 쐐기풀 속으로 완전히 사라질 때도 있다. 차는 거의 지나가지 않는다. 농기구가 웅웅거리는 소리와 젖소가 어쩌다 한 번씩 구슬프게 우는 소리 말고는 아무 소리도 들리지 않는다. 온 사방이 이렇게 고요하다니 으스스하게 느껴진다.

그녀는 두어 번 걸음을 멈추고 사진을 찍는다. 버려진 헛간, 벼락을 맞은 나무. 이내 주택가가 시작되는 것이 보인다. 오른쪽으로 운동장에 둘러싸인 마을회관이 보이고, 고릿적 시설 같은 놀이터에서는 어떤 엄마가 아이가 탄 그네를 밀어주고 있다.

조금 더 걸어가자 왼쪽으로 조그만 초등학교가 보이고, 집과 집의 간격이 가까워지기 시작하고, 양 갈래로 나뉘는 옆길이 두어 개 등장한다. 그녀는 하얗게 칠한 벽에 꽃바구니를 주렁주렁 매달아 놓은 주점을 지나친다. 간판에 '발리 마우'라고 적혀 있다.

가게는 그 옆집이다. 카터스 편의점. 그녀는 문을 연다. 옛날식 종이 땡그랑거린다. 희끗희끗한 머리를 두툼한 헬멧처럼 쓰고 있는 중년의 여자가 카운터를 지키고 있다. 그녀는 들어오는 플로를 빤히 쳐다본다.

플로는 미소를 짓는다. "안녕하세요."

여자는 플로의 머리가 두 개라도 되는 듯 계속 빤히 쳐다본다. 그러다 퉁명스럽게 뱉는다. "안녕."

플로는 감시당하는 기분을 애써 무시하며 가게 안을 이리저리 둘러본다. 사람들은 10대를 의심스러워한다. 남들과 조금이라도 달라 보이면 특히 그렇다. 그녀는 시도 때도 없이 겪는 일이다. 모든 10대가 그들의 핸드백에 남몰래 눈독 들이기라도 하는 듯 불안한 눈빛으로 흘끗거리는 어른들. 그녀는 이렇게 외치고 싶을 때가 한두 번이 아니다. *우리는 그냥 나이가 어릴 뿐이에요. 죄다 강도가 아니라고요.*

그녀는 빵, 버터, 초코바, 다이어트 콜라를 산다. 그거면 엄마가 슈퍼에 다녀올 때까지 버틸 수 있을 것이다. 여자는 플로가 얼른 나가주길 바라는 듯 후다닥 계산한다. *피차일반이거든요?* 플로는 생각한다.

그녀는 인도를 느긋하게 걸으며 초코바를 먹고 콜라로 입가심을 한다. 마을회관에 거의 다다랐을 때 시내에서는 전파가 제대로 잡힐지 모른다는 생각이 든다. 그녀는 전화기를 꺼낸다. 막대가 세 개 뜬다. 기적이다. 케일리와 리언에게 메시지를 보낼 수 있겠다. 그녀는 좌우를 살핀다. 엄마와 아이는 보이지 않는다. 놀이터에 아무도 없다. 그녀는 안으로 들어가 뺑뺑이 근처의 비뚝거리는 벤치에 앉는다. 전화기를 꺼내 스냅챗에 접속한다.

메시지를 입력하기 시작하자마자 놀이터 문이 끼익하고 열리는 소리가 들린다. 그녀는 흘끗 고개를 든다. 10대 아이 둘이 걸어 들어온다. 스키니 진에 타이트한 민소매 윗도리를 입은 윤기 나는 금발의 여자아이와 티셔츠에 반바지를 입었고 체격이 건장한 까만 머리의 남자아이다. 그녀와 비슷한 과는 아니다. 게다가 거들먹거리는 분위기로 보았을 때 단박에 문제가 생길 수도 있겠다는 예감이 든다. 하지만 일어나서 나가버리기에는 이미 늦었다. 그랬다가는 찐따처럼 보일 것이다. 부모님들이 이해하지 못하는 것이 이런 부분이다. 일상에 도사리고 있는 지뢰밭, 면전에서 터질 수 있는 폭탄을 피해 다녀야 하는 10대들의 고단함 말이다.

플로는 그 커플이 근처 그네에 앉는 동안 계속 고개를 숙이고 있지만 집중이 되지 않는다. 그녀를 쳐다보는 그들의 시선이 느껴진다. 아니나 다를까, 여자아이가 큰 소리로 외친다.

"야! 뱀파이어."

플로는 못 들은 척한다. 그들이 일어나 다가오자 그네에서 끼익하는 소리가 들린다. 덩치 좋은 남자아이가 그녀의 옆에 앉아 일부러 영역을 침범한다. 그에게서 싸구려 스프레이 향수 냄새와 살짝 가려진 암내가 풍긴다.

"귀 먹었냐?"

얼씨구. 정말 이렇게 나오시겠다?

그녀는 그를 흘끗 올려다보며 깍듯하게 말한다. "내 이름은 뱀파이어가 아니거든."

"그럴 리가. 고트족이잖아."

"고트족 아니야."

금발은 그녀를 위아래로 훑는다.

"그럼 너 뭔데?"

"그냥 내 할 일 하는 사람."

일어나지 마. 핑곗거리를 주지 말아야 재미없어할 거야.

"못 보던 얼굴인데?"

"척척박사네?"

금발은 호기심 어린 눈빛으로 그녀를 뜯어본다. 그러더니 매니큐어를 바른 손가락을 퉁긴다. "잠깐. 너희 엄마가 새로 온 신부님이지?"

플로는 얼굴이 벌게지는 것을 느낀다.

금발은 씩 웃는다. "맞지, 그치?"

"그런데?"

"엿 같겠다?"

"그렇지도 않아."

"그럼 너 교회충이야?"

"응. 맞아. 종교에 미친 고트족이야."

덩치 좋은 남자아이가 그녀의 카메라를 가리킨다. "목에 걸고 있는 그 개떡 같은 골동품은 뭐냐?"

그녀는 긴장한다. "카메라."

"전화기가 고장 났냐?"

"아니."

"그럼 구경 좀 하자."

그가 손을 내민다. 플로는 카메라 끈을 부여잡고 벌떡 일어난다. 그러고는 당장 후회한다. 약점을 드러내고 말았다. 그녀의 취약한 부분을. 그녀는 덩치가 눈을 번뜩이는 것을 감지한다.

"왜 그래?"

"아무것도 아니야. 테일러 스위프트랑 같이 내 앞에서 사라져줄래?"

그는 일어선다. "카메라 구경시켜주면."

"싫어."

삽시간에 사건이 벌어진다. 그가 앞으로 달려든다. 플로는 본능적으로 손을 불쑥 뻗는다. 그 손이 그의 코를 강타한다. 그는 비명을 지르며 얼굴을 부여잡는다. 손가락 사이로 뿜어져 나온 피가 그의 흰 티셔츠를 빨갛게 물들인다.

"이⋯⋯ 씨⋯⋯."

"톰!" 금발은 숨을 토한다. "코가 박살 났잖아, 이 미친년아."

플로는 손을 계속 반쯤 내민 채로 얼어붙어서 그들을 빤히 쳐다본다.

"미안." 그녀는 더듬거린다. "나는─"

마을회관 문이 열린다. 검은 머리의 땅딸막한 여자가 고개를 내민다.

"거기 무슨 일이니? 어머나, 톰— 피가 나네."

플로가 변명을 하려고 입을 열지만 뭐라고 말할 겨를도 없이 금발이 앞으로 나선다.

"그냥 코피예요, C부인. 휴지 있으세요?"

"아, 당연하지, 로지. 그럼, 그럼. 들어와."

톰은 피가 철철 나는 코를 감싸쥔 채 비틀비틀 마을회관 쪽으로 걸어가며 플로를 사납게 노려본다.

금발은 플로를 돌아보며 나지막이 쏘아붙인다. "얼른 꺼져."

"하지만—"

"경고했다." 그녀는 표독스러운 미소를 짓는다. "도망치라고, 뱀파이어."

플로는 같은 말이 반복될 때까지 기다리지 않는다. 달린다. 한 손으로 소중한 카메라를 꼭 붙들고 최대한 빨리 달린다. 교회에 거의 다다른 다음에서야 속도를 늦추고 허리를 숙여 숨을 고른다. 자신이 무슨 짓을 저지른 걸까? 그가 폭행으로 신고하면 어쩐다? 엄마가 알면 난리 날 텐데. 그러다 그녀는 금발의 눈빛을 떠올린다.

도망치라고, 뱀파이어.

플로는 그 눈빛을 안다. 고양이가 쥐를 괴롭힐 때, 먹잇감을 가지고 놀 때의 눈빛이다.

이게 끝이 아니야. 시작일 뿐이지.

16

반경 약 50킬로미터 이내에 슈퍼는 여기 하나뿐이라 그런지 손님이 많다. 나는 최대한 빨리 움직이지만 로만칼라의 단점 중 하나가 사람들이 카트로 앞을 막거나 유모차로 치거나 새치기를 해도 (이로써 셀프 계산대는 악마의 작품이라는 나의 믿음이 더욱 굳어지지만) 함부로 따지거나 밀치고 지나갈 수 없다는 것이다.

집까지는 40분 거리이고 구불구불한 시골길이 계속 이어진다. 고대 로마인들이 깜빡하고 서식스에는 자를 들고 오지 않은 모양이다. 주머니 안에 든 사진이 느껴진다. 들고 오면 안 되는 거였는데. 하지만 왠지 모르게 마음이 쓰였다. 나는 장 본 물건들이 쓰러지고 유리병끼리 부딪치는 소리를 들으며 모퉁이를 돌다가 브레이크를 밟는다.

"망할!"

심하게 상태가 안 좋은 MG가 좁은 차로로 꽁무니를 내밀고 길가에 서 있다. 청바지에 티셔츠를 입은 까만 머리 남자가 그 옆에 쪼그리고 앉아서 잭으로 차를 들어 올리려 하지만 계속 실패한다. 나는 하마터면 그를 칠 뻔했다.

나는 창문을 내리고 남자에게 차를 치우라고 말할까 고민한다. 이러다 사고가 나거나 그가 죽을 수도 있다. 하지만 그는 열심히 정말 끙끙대고 있고 게다가…… 크리스천답게 본을 보여야지.

나는 한숨을 쉬며 그의 뒤에 차를 대고 내린다.

"도와드릴까요?"

남자가 허리를 편다. 덥고 짜증이 난 얼굴인데 언뜻 낯이 익다. 40대 후반이고 세월의 풍파를 맞은 얼굴이고 까만 머리는 희끗희끗하다. 잠시 후에 생각이 난다. 어제 예배 시간에 만난 남자다.

그는 나를 보며 처량한 미소를 짓는다. "타이어를 좀 더 잘 바꿀 수 있게 해달라고 기도해주실 수 있나요?"

"아뇨. 하지만 그 잭을 제대로 설치하게 도울 수는 있어요."

놀란 표정이 그의 얼굴을 스치고 지나간다. "아, 그렇군요. 아니 그러니까, 감사합니다. 그래주시면 저야 좋죠. 제가 자동차 관련해서는 영 젬병이라서요."

나는 다가간다. 그가 뒤로 물러나자 나는 허리를 숙이고 자동차를 받친 잭의 위치를 바꾼다. 그러고는 펌프질을 시작한다.

"타이어 레버는요?"

"아, 맞다."

그는 땅바닥에서 녹슨 타이어 레버를 집자마자 자기 발 위로 떨어뜨린다.

"아야." 그가 발가락을 움켜쥔다.

나는 웃음이 나오려는 걸 참는다. "*진짜 젬병이시네요.*"

"공감해주셔서 감사해요. 아주 크리스천다우시네요."

"나중에 엄지발가락을 위해서 기도해드릴게요. 괜찮으세요?"

"앞으로 발레는 못 하게 됐지만 그것 말고는—" 그는 발을 조심스럽게 내려놓는다. "—괜찮아요."

나는 타이어 레버를 집어서 너트에 끼우고 하나씩 잽싸게 뽑는다. 그런 다음 타이어를 뺀다. 풀밭 위에 타이어를 내려놓고 청바지에 손을 닦는다.

"스페어 주세요."

"네?"

"스페어타이어요."

"맞다." 그는 자동차 뒤편으로 빙 돌아서 간다. 표정이 일그러진다. "망할."

"왜요?"

"깜빡했네요. 스페어타이어가 없어요."

나는 그를 빤히 쳐다본다. "스페어타이어가 없다고요?"

"아니, 있었는데요." 그는 내가 방금 전에 뺀 타이어를 흘끗 쳐다본다. "저게 그거예요."

이런.

"AA나 RAC나 뭐 그런 긴급출동서비스 가입 안 했죠?"

그는 아까보다 더 멋쩍어한다.

"알았어요. 그럼 정비소에 연락해서 올 때까지 여기서 기다리면……."

"집으로 얼른 가야 해서요."

"집이 어딘데요?"

"채플 크로프트 바로 옆이에요."

"그럼 내가 태워다 줄게요."

"고맙습니다. 이렇게 친절하실 수가."

그는 MG를 잠그고 내 차까지 나를 따라온다.

"우리 통성명 안 했죠?" 내가 묻는다.

"아, 마이크예요. 마이크 서더스."

그는 손을 내민다. 나는 그 손을 잡는다. "잭 브룩스예요."

"알아요. 새로 오신 신부님."

"소문이 참 빠르네요."

"여긴 얘깃거리가 워낙 없거든요."

"명심할게요." 나는 길가에 버려진 그의 차를 흘끗 돌아본다. "저 차 괜찮겠어요?"

"발이 달려서 어디 가지도 못할 텐데요, 뭐."

"그렇죠. 하지만 누가 들이받으면요?"

"그러면 저야 고맙죠."

나는 수없이 긁히고 찌그러진 MG를 쳐다본다. "그렇네요."

나는 차에 탄다. 마이크가 조수석 문을 연다. 그는 거꾸로 된 십자가 모양으로 긁힌 부분을 보고 얼굴을 찌푸린다.

"이 차 테러당한 거 알고 계세요?"

"네."

그는 올라타서 안전벨트를 맨다. "그래도 괜찮으세요?"

괜찮지 않지만 솔직히 시인하지는 않을 것이다.

"그냥 애들 장난이잖아요. 자기들이 대단한 줄 아는 거죠."

"사탄의 상징을 차에 새기는 게요?"

"나는 그 나이 때 더 심한 짓도 저질렀어요."

"예를 들면 어떤 거요?"

나는 시동을 건다. "알고 싶지 않으실 거예요."

채플 크로프트까지는 15분만 가면 된다. 나는 음악을 튼다. 킬러스*다.

"여기 생활은 어떠세요?" 브랜던이 이 범죄에는 동기가 없고 제니는 자신의 친구였다고 한탄하는 가사 위로 마이크가 묻는다.

"음, 아직 이삼일밖에 안 돼서—"

"판단을 유보하겠다?"

"아마도요."

"언제 정식으로 일을 시작하세요?"

"2주 뒤요. 대개 먼저 자리 잡고 교구를 파악할 시간을 주거든요."

"교구에 대해 알고 싶으면 발리 마우에서부터 시작하는 게 좋아요. 일요일 오후에 거기 가면 사람들 대부분을 만날 수 있어요. 구

---

* 미국의 록밴드.

이 요리가 괜찮고 와인하고 에일 맥주는 아주 훌륭해요." 그는 나를 휙 쳐다본다. "그렇다고 들었어요."

"술을 안 마시나 봐요?"

"이제는요."

"여기서 산 지 오래됐어요?"

"채플 크로프트에서 산 지는 몇 년 안 됐어요. 예전에는 저기 버퍼드에서 살았고요. 아내하고 헤어지고 여기로 이사했죠."

"아."

"아뇨, 그러실 것 없어요. 그게 최선이었으니까. 아들은 요즘도 자주 만나요. 자녀가 있으세요?"

"딸 하나요. 플로. 열다섯 살이에요."

"아, 10대라. 엄마의 직업에 대해 어떻게 생각하나요?"

"다른 10대처럼 엄마는 거의 항상 한심하고 창피하다고 생각하죠."

그는 쿡쿡 웃는다. "맞아요. 해리는 열두 살이라 이제 막 그 단계에 진입하는 중이에요."

"어쩌면 당신은 운이 좋은 케이스일지 몰라요. 내가 알기로 아들이 좀 더 수월하거든요. 그냥 자기 방에 틀어박히면 그만이에요. 딸들은 기회가 있을 때마다 선을 넘으려고 들지만요."

나는 미소를 짓지만 그는 같이 웃지 않는다. 오히려 알 수 없는 표정으로 얼굴이 딱딱하게 굳는다. 내가 다시 말을 꺼내도 좋을지 고민하는 동안 깔끔한 빨간색 벽돌집이 눈앞에 등장한다.

"저기예요." 그가 말한다.

"네."

"아, 그리고……." 그는 주머니 안에서 구깃구깃한 명함을 꺼낸다. "제 연락처예요. 이 마을에 대해서 궁금하신 게 있다면 제가 알맞은 방향을 가르쳐드릴 수 있어요."

나는 명함을 본다. 마이클 서더스. 웰던 헤럴드.

"기자시군요."

"뭐, 그것도 기자라고 할 수 있을지 모르겠지만요. 대개 과자 굽기 아니면 자선 바자회나 쫓아다니는 처지라. 하지만 가끔 누가 잔디 깎는 기계를 도둑맞으면 조금 재밌어지죠."

내가 긴장하는 게 느껴진다. 기자라니.

"그렇군요. 뭐, 명함 감사해요."

"타이어 가는 거 도와주셔서 감사했어요."

그는 차에서 내리고는 고개를 돌린다.

"저기, 신임 여사제로 이 마을에 부임한 것에 대해 인터뷰를 하고 싶으시면 제가—"

"아뇨."

"아."

나는 그를 노려본다. "그래서 어제 여배를 드리러 왔었나요? 내 속을 떠보려고?"

"사실 저는 매주 일요일에 교회에 가는데요."

"그래요?"

"네. 딸아이를 위해서요."

"아들 하나라고 하지 않았어요?"

"맞아요. 딸아이는 죽었어요. 2년 전에. 교회 옆 공동묘지에 묻혀 있어요."

내 얼굴이 시뻘게진다. "미안해요. 나는 그런 줄도 모르고—"

그는 음울한 눈빛으로 나를 쳐다본다. "태워다주셔서 감사합니 다. 하지만 아까 말씀하신 '판단을 유보하는' 일에 대해선 공부 좀 하셔야겠네요."

그는 문을 쾅 닫고 뒤도 돌아보지 않고 집으로 걸어간다.

잘한다. 그런 게 대인 관계 기술이지, 잭.

나는 차 안에 잠깐 앉아서 그를 쫓아가 사과해야 하는지 고민한 다. 그러다 지금 당장은 그대로 두는 편이 낫겠다는 결론을 내린다. 괜히 긁어 부스럼 만드는 꼴만 될지도 모른다.

나는 조수석 글러브박스를 열고 마이크의 명함을 안에 넣는다. 그러자 접힌 종이가 떨어진다. 나는 그 종이를 집었다가…… 욕을 한다.

이게 여기 있는 걸 잊고 있었다. 아니, 이게 여기 있는 걸 잊어버 리려고 정말 열심히 애를 쓰고 있었다.

나는 사제답게 정직을 강조하지만 사실 위선자다. 정직은 과대 평가된 덕목이다. 진실과 거짓의 유일한 차이가 있다면 반복하는 횟수뿐이다.

내가 더킨의 최후통첩 때문에 여기로 내려오기로 한 건 아니었 다. 루비 사건이나 속죄하고 싶은 마음 때문도 아니었다. 이것 때문 이었다.

노팅엄 교도소. 조기 출소 안내.

나는 통지서를 다시 글러브박스 안에 쑤셔 넣고 세게 닫는다.

그가 석방됐다.

그가 날 찾으러 여기까지 오는 일은 없기만을 기도할 따름이다.

17

"*내가 너를 이만큼 사랑해.*" 엄마는 그렇게 속삭일 것이다. "*네가 그렇게 못된 짓을 저질렀는데도 말이지.*"

엄마는 그런 다음 그를 구멍에 넣을 것이다. 먹을 것도 없이. 물도 없이. 그는 조그맣고 동그란 하늘과 머리 위에서 맴을 그리는 새들만 속절없이 올려다봐야 할 것이다.

까마귀 울음소리에 그는 정신을 차린다. *살해.* 그는 생각한다. *까마귀들의 살해.* 그는 오래된 건물을 올려다본다. 빅토리아 시대에 정신병원으로 쓰였던 곳이다. 굽이치는 초록색 잔디밭으로 둘러싸인, 노팅엄 외곽의 웅장하고 화려한 건물이었다. 그러다 1920년대에 병원으로 개조됐다. 하지만 어느 시점인가에 아예 문을 닫아 아치 모양의 창문에는 널빤지가 덧대어졌고 건물과 그 부지는 썩어갈 정도로 방치됐다.

그가 이걸 아는 이유는 도망친 이후에 잠깐 동안 그곳을 집으로 삼았기 때문이다. 그는 거기서 다른 노숙자들과 지냈다. 약물중독자, 알코올중독자, 정신적으로 문제가 있는 사람들. 생각해보면 아이러니하다. 그는 낮 동안 구걸로 음식과 물을 살 수 있을 만큼 수입을 거두었다. 사람들은 대개 그에게 잘해주었고 어린애를 딱하게 여겼다.

그러다 다른 집단이 들어왔다. 머리가 길고 여기저기 피어싱을 한 다섯 명의 젊은 남녀였다. 그들은 헐렁한 바지와 알록달록한 윗도리를 입고 밤이면 둘러앉아 냄새가 이상한 담배를 피우며 '정치'와 '아티스트 정권'을 운운했다.

나중에 알고 보니 파시스트 정권이었다.

"그들은 우리하고 달라." 나이 많은 알코올중독자 가운데 한 명인 개프가 그에게 말했다.

"어떻게요?"

"집도 있고. 가족도 있어. 거기서 살고 싶지 않을 뿐."

"왜요?"

"자기들이 얼어 죽을 반군이라고 생각하니까." 개프는 시들하게 말하고 피가 점점이 섞인 엄청난 침 덩어리를 카악 하고 땅바닥에 뱉었다.

그는 충격을 받았다. 아무 때나 그냥 집으로 가면 되는데, 그들을 아끼는 부모님에게로 가면 되는데 난방도 전등도 없는 이 돌무더기와 새똥 사이에서 살겠다는 사람이 있다니. 그리고 잠시 후에는 화가 났다. 새로 온 사람들이 그를 조롱하기라도 하는 듯 그랬다.

그는 그중에서도 특히 한 명—비쩍 말랐고 레게 머리를 한 지기라는 남자—이 싫었다. 지기는 가끔 그를 찾아와 말을 걸려고 했다. 너무 가까이 앉았다. 이상한 냄새가 나는 담배를 권했다. 그는 한두 번 그 담배를 피워보았다. 그걸 피우면 기분이 이상해졌다. 정신이 몽롱해지고 전보다 더 배가 고파졌다. 그는 차츰 이 기분을 극복했다. '몽롱한 상태'가 그의 일상이 되었다.

"나한테 왜 말을 걸어요?" 그는 지기에게 물었다.

"그냥 잘해주고 싶어서."

"왜요?"

"우리 부모님은 돈이 많거든. 그분들이 돈을 보내주셔."

"그래서요?"

"너 돈 필요하잖아."

"맞아요."

"그러니까 나한테 잘하면 내가 돈을 줄지 몰라."

지기는 윙크하고 누런 이를 드러내며 씩 웃었다.

며칠 뒤 어느 날 밤에 그는 이상한 소리 때문에 잠에서 깼다. 괴상한 신음 소리였다. 그는 일어나 앉았다. 지기가 그를 내려다보며 서서 자기 바지에 손을 넣고 열심히 위아래로 문지르고 있었다.

"지금 뭐 하는 거예요?"

지기는 씩 웃었다. "빨아줘. 그럼 10파운드 줄게."

"네?"

지기는 가까이 다가오더니 바지를 내리고 곱슬곱슬한 적갈색 털로 덮인 발기한 성기를 꺼냈다.

"자, 그냥 얼른 한번 빨아줘."

"싫어요."

지기의 표정이 달라졌다. "얼른 해, 이 새끼야."

피가 거꾸로 솟았다. 눈앞이 시뻘겋게 뒤덮여 아무것도 보이지 않았다. 그는 일어나 지기를 옆으로 밀쳤다. 약에 취했던 지기는 비틀거리다 뒤로 쿵 하고 넘어졌다.

"망할, 야!"

그는 좌우를 두리번거렸다. 이 무너진 정신병원은 곳곳에 잡석과 깨진 벽돌이 나뒹굴었다. 그는 벽돌 조각을 집어 위로 들었다가 지기의 머리를 내리쳤다. 지기가 꼼짝하지 않을 때까지 내리치고 또 내리쳤다.

그는 뒤로 물러났다. 분노는 가라앉았지만 눈앞이 여전히 벌겠다. 땅바닥과 벽돌과 지기의 엉겨 붙은 레게 머리까지 다 벌겠다.

그녀의 목소리가 들렸다.

이게 무슨 짓이야?

"자기 거시기를 빨아달라잖아." 그는 멍하니 대답했다. "미안."

너는 여기 있으면 안 돼. 떠나야 해. 오늘 밤에 당장.

"저 사람은 어쩌고?"

그는 지기를 보았다. 머리가 다 으스러지고 이상한 각도로 기울어졌지만 그래도 희미하게 숨을 쉬고 있었다.

저렇게 내버려두면 안 되지.

그는 고개를 끄덕였다. "경찰서에는 못 가겠는데……."

아니. 저렇게 내버려두면 안 된다고. 네 신원을 확인할 테니까.

지기가 신음 소리를 냈다. 핏줄기 사이로 파란 한쪽 눈을 들어 속절없이 그를 바라보았다.

그는 알아들었다. 그녀는 항상 어떻게 하면 되는지 알았다.

그는 지기에게로 다가가 벽돌을 들었다.

까마귀들이 깍깍거린다. 그는 눈을 감는다. 그는 이제 그 아이가 아니다. 약물, 폭행, 절도 등 여러 가지 경범죄로 감방을 들락거리며 20대의 대부분을 소진한 그 젊은 약물중독자도 아니다. 그는 달라졌다. 다들 그렇다고 했다. 상담사들이. 가석방 심의위원회가. 하지만 그걸로는 부족하다. 그녀에게 그 말을 들어야 한다.

그녀는 맨 처음 떠났을 때 그에게 편지를 썼다. 그래서 그는 어디로 가면 그녀를 찾을 수 있는지 알 수 있었다. 하지만 노팅엄은 대도시다. 그리고 마침내 그녀를 다시 찾았을 때 그가 분노에 휩쓸려 정말 나쁜 짓을 저지르는 바람에 모두 망쳐버리고 말았다.

그녀는 교도소로 딱 한 번 면회를 왔다. 그의 편지는 미개봉 상태로 반송됐다. 그는 그녀를 원망하지 않는다. 그녀에게도 나름의 이유가 있었다. 그리고 그는 그녀를 용서했다.

이제 그녀가 그래야 하는 차례다. 그러면 그들은 다시 합칠 수 있다. 예전처럼.

그는 보여줄 것이다.

내가 너를 이만큼 사랑해.

18

장 본 물건을 거의 다 정리했을 때 플로가 2층에서 내려온다. 나는 그녀가 긴장했다는 것을 한눈에 알아차린다.

"안녕. 혼자 잘 있었어?"

"네."

"뭐 했어?"

"가게까지 걸어갔다 왔어요."

"뭐 재밌는 일은 없었고?"

"네." 그녀는 바닥을 끌며 의자를 끄집어내 나와 시선을 맞추지 않고 거기 앉는다. "볼일은 잘 끝났어요?" 그녀가 묻는다.

"응."

"뭐 재밌는 일은 없었고요?"

나는 완두콩 봉지를 들고 멈춰서 조이의 어머니와 내 주머니에 있는 사진과 마이크 서더스와의 만남을 떠올린다. 나는 고개를 끄덕인다. "응." 나는 완두콩을 냉장고에 넣는다. "점심 먹은 다음 지하실을 암실로 쓸 수 있을지 한번 둘러보자. 하지만 먼저 청소부터 해야 해. 쓰레기가 엄청 많은 모양이더라."

"아, 알겠어요."

내 기대와 다르게 별로 열띤 반응이 아니다.

"암실 새로 만들고 싶어 하지 않았어?"

"맞아요. 하지만 점심 먹고 나가서 사진을 좀 더 찍으려고 했거든요. 리글리한테 들은ㅡ"

내 고개가 홱 돌아간다. "아니, 잠깐. 리글리가 누군데?"

그녀는 고개를 숙이고 후드점퍼에 달린 지퍼를 만지작거린다. "어제 만난 애요."

"어제 누구 만났다고 얘기한 적 없잖아."

"깜빡했어요."

"그렇구나. 저기, 정보가 좀 더 필요하다만."

"그냥 평범한 남자아이예요. 됐죠?"

아니다, 그걸로는 부족했다. 하지만 그 말을 입 밖으로 낼 수는 없었다. 그리고 플로가 남자인 친구를 사귀는 게 싫은 것도 아니었다. *남자인, 친구.* 이 단어가 최대한 늦게까지 이런 식으로 따로 분리된 채 쓰이기만을 바랄 따름이다.

"그런데 리글리라니ㅡ 이름이 특이하네?"

"성이에요. 이름은 루커스고요."

"그렇구나. 어떻게 만났어?"

"묘지에서 만났어요. 그림을 그린대요. 진짜 잘 그려요."

"무덤을 그린단 말이지. 멋지네."

"저는 무덤 사진을 찍고요."

"천생연분이네."

"엄마아." 그녀가 어찌나 심하게 눈동자를 굴리는지 귀에서 연기가 나오지 않는 게 신기할 정도다. "그런 거 아니에요. 네?"

"알았어." 나는 대답하지만 그녀의 말을 단 1초도 믿지는 않는다. "그래서 리글리가 뭐라 그랬는데?"

그녀는 망설인다.

"어떤 좋은 데가 있다고?" 나는 다그친다.

"네—" 다시 망설인다. "숲이 엄청 멋지대요."

"그렇구나."

그녀는 나를 향해 인상을 쓴다. "그런 식으로 얘기하지 마세요."

"뭐가?"

"아시잖아요."

"알지도 못하는 남자애랑 숲속을 돌아다녀도 될지 잘 모르겠어서 그래."

"그럼 혼자 가면 더 좋겠어요?"

"아니."

"이 일대를 잘 아는 친구랑 같이 가는 건 싫다면서요."

아, 딸아, 말발이 끝내주는구나. 나는 이 아이가 아예 가지 않으면 좋겠다. 하지만 이 아이는 열다섯 살이다. 자유를 누려야 한다. 여기서 친구를 사귀어야 한다. 그걸 막았다간 역효과만 날 것이다.

나는 무겁게 한숨을 쉰다. "그래. 가도 좋아—"

"고마워요, 엄마."

"하지만…… 조심해. 휴대전화 들고 다니고. 도랑이나 뭐 그런 데 빠질 수도 있잖아."

"광우병 걸린 젖소한테 공격을 받을 수도 있고요."

"그렇지." 나는 의심스러워하는 눈빛으로 그녀를 쳐다본다. "그리고 이 리글리라는 아이를 만나보고 싶은데."

"아, 진짜. 엄마."

"그게 조건이야."

"만난 지 얼마 되지도 않았다고요."

"지금 당장 데려오라는 건 아니지만 내 딸이 어떤 애를 만나는지는 알고 싶어."

"그런 사이가…… 아, 몰라, 알았어요."

"그래."

"그래요."

"그리고 지하실 청소하기 싫어서 도망치려고 지어낸 건 아니지?"

"제가 엄마한테 거짓말을 하겠어요?"

"열다섯 살이잖아. 그러니까 할 수 있지."

"엄마는 절대 거짓말 안 해요?"

"당연하지. 명색이 사젠데."

그녀는 고개를 젓지만 웃음기가 희미하게 보인다. "사제건 뭐건— 지옥 가는 건 마찬가지예요."

"그야 모르지. 자, 점심 뭐 먹을래?"

나는 플로의 방 창가에 서서 카메라를 목에 걸고 젓가락 같은 다리로 특유의 분위기를 풍기며 사택 뒤편의 묘지를 느긋하게 가로지르는 그녀를 바라본다. 배 속이 단단히 뭉친다. 그녀는 내게 뭔가를 숨기고 있다. 하지만 나로 말할 것 같으면 비밀이 있다고 딸을 나무랄 입장도 아니다.

1층으로 내려간다. 사진이 주머니 안에서 움직인다. 사진을 꺼내 다시 들여다본다. 메리와 조이. 한쪽은 금발, 다른 쪽은 검은 머리. 둘 다 가냘프고 헐렁한 점퍼에 레깅스를 입었고 반짝이는 우정 목걸이를 걸고 있다.

조이 쪽이 더 예쁘다. 눈은 옅은 파란색이고 머리는 금발이라 인형 같다. 같이 사진을 찍은 친구는 그렇게 한눈에 들어오는 미녀는 아니다. 활짝 웃지 못하고 경계하는 눈빛이다. 벌써부터 사라진 희망과 공포와 의심을 대변하는 표정이다.

너희들 어떻게 됐니?

나는 성경 속 비밀 공간에 사진을 집어넣고 망연자실하게 거실에 서 있는다. 담배를 한 대 말려다가 생각을 바꾼다. 좀 더 생산적이고 건강에 좋은 일을 해야 한다. 플로에게 지하실을 정리하겠다고 했으니 일단 시작하는 편이 좋을지 모른다.

나는 부엌 찬장에서 쓰레기봉투와 고무장갑을 꺼내 들고, 부엌과 거실 사이 작은 계단 아래에 달린 지하실 문 앞으로 다가간다.

그 문을 빤히 쳐다본다. 「도니 다코」에 나온 그 대사가 뭐였더라? 인류 역사를 수놓은 수많은 단어의 조합 중에 '지하실 문'이 가장 아름답다고 했던가.

맞는 말이다. 하지만 지하실 문 앞으로 다가가며 불길한 예감을 느끼지 않는 사람이 있을까 싶다. 어둠으로 향하는 문, 지하에 숨겨진 방과 연결된 문. 나는 바보처럼 굴지 말자고 속으로 중얼거리며 문을 홱 연다. 곰팡이 냄새와 먼지구름이 피어오른다. 나는 콜록거리며 소매에 대고 코를 닦는다. 문 근처에 힘없이 늘어져 있는 끈이 보인다. 끈을 잡아당긴다. 누런 불빛이 들쑥날쑥한 계단 위로 오줌 자국처럼 쏟아진다. 이거면 되겠다.

나는 낮은 천장 때문에 허리를 살짝 숙이고 조심스럽게 계단을 내려간다. 바닥에 다다르자 다행히 천장이 높아지고 내 눈앞에 지하실이 펼쳐진다. 나는 좌우를 두리번거린다.

"헐!"

러시턴이 쓰레기가 많다고 하더니 그냥 하는 말이 아니었다.

찌그러진 종이상자, 누레진 신문, 망가진 가구가 널찍한 지하실의 거의 모든 부분을 가득 채웠다. 내가 손전등을 이리저리 비추자 좀 더 많은 상자와 시트로 덮인 뭔지 모를 무더기가 드러난다. 어디서부터 손을 대면 좋을지 모르겠다. 어쩌면 청소업체를 불러서 맡기는 편이 좋을지도 모르겠다.

하지만 나는 상자들을 반항적으로 노려보며 생각한다. 청소업체에 맡기면 돈이 얼마나 들까? 몇백 파운드는 들 거다. 교회에서는 지원하지 않을 테고 나는 땡전 한 푼 없고 신임 사제의 사택 지하실에서 쓰레기를 치우는 비용이 과연 교구 예산에서 얼마나 높은 순위를 차지하고 있겠는가.

나는 한숨을 쉬고 가장 만만해 보이는 쓰레기 더미 앞으로 다가간다. 대부분 재활용할 물건들이 가득 들어 있을 테니 상자들부터 처리하기로 한다. 게다가 값이 수천 파운드에 달하는, 오래전에 잃어버린 보물을 발굴할 가능성도 있다.

30분이 지나자 내가 당분간 「진품명품」 감정단을 괴롭힐 일은 없는 것으로 밝혀진다. 케케묵은 《처치 타임스》를 수도 없이 까만색 봉지에 버린 게 전부다. 낡은 주보와 설교집, 바자회와 기타 행사에서 쓰려고 사놓았겠지만 이미 오래전 곰팡이에 잡아먹힌 플라스틱 컵과 종이 접시도 처분한다. 한 상자에는 오래된 크리스마스 모자, 색 테이프, 썩어가는 폭죽이 들어 있다.

나는 다른 상자로 건너간다. 여기에는 DVD가 가득 들어 있는 것 같다. 플레처 신부의 유품인 듯하다. 「스타워즈」(오리지널), 「블레이드 러너」, 「대부」 3부작, 「고스트버스터즈」. 바닥에 숨어 있는 「천사와 악마」가 언뜻 보인다. 다음 상자에는 CD가 가득 들어 있다. 대부분 모타운과 소울이다. 팝 컴필레이션 앨범도 몇 장 있다. 그중 일부는 흘러간 1980년대 노래다. 앨리슨 모예, 브론스키 비트, 이레이저. 그렇다. 하지만 「마이 케미컬 로맨스」를 요란하게 들으며 운전하길 좋아하는 내가 누굴 평가하겠는가.

세 번째 상자에는 책이 가득 들어 있다. 클라라가 플레처 신부의 유품을 대부분 정리했다고 하더니 제대로 하지 않은 모양이다.

책을 몇 권 꺼내본다. 큼지막한 하드커버다. C. J. 샌섬, 힐러리 맨틀, 켄 폴릿, 버너드 콘웰. 역사, 한 지역에 전해 내려오는 전설,

미신을 소개한 벽돌 같은 비소설 책도 있다.

플레처의 관심사가 뭐였는지 누가 봐도 분명히 알겠다. 처음으로 전임자가 어떤 사람이었는지 점점 또렷하게 그려진다. 표지로 책을 판단하면 안 될지 몰라도 읽는 책으로 그 사람을 판단할 수는 있다. 나는 플레처를 좋아했을 것 같다. 그가 아직 살아 있었다면 둘이서 커피를 마시며 재밌게 수다를 떨었을 것 같다.

나는 문고본을 몇 권 더 꺼낸다. 그러고는 미간을 찌푸린다.

『마녀 수업』. 『주술의 소나기』. 『마녀들의 집회』.

다른 책들과 어울리지가 않는다. 나는 한 권을 뒤집어 홍보 문구를 읽는다. 마녀 학교가 등장하는 청소년 소설이다. 『맬러리 타워스, 마술을 만나다』.

저자 이름이 섀프런 윈터다. 얼핏 들어본 것 같다. 영화로 제작된 청소년 소설의 작가였나(그런 작가가 워낙 많긴 하지만)?

책의 뒷면을 본다. 내 나이 또래로 보이는 여자의 흑백사진이 있다. 숱이 많은 까만 머리는 곱슬거리고 다 안다는 듯한 미소를 짓고 있다. 사진 속의 작가들은 왜 그렇게 다들 잘난 척하는 것처럼 보이는지 모르겠다. *이것 봐, 내가 책을 썼어. 대단하지 않아?*

책갈피처럼 꽂혀 있는 종잇조각이 눈에 들어온다. 나는 그걸 꺼낸다. 오래전에 적어놓은, 해야 할 일 목록 같다.

여름 바자회 – 자원봉사자?

다과회, 새 주전자

러시턴과 계획에 대해 얘기 나눌 것

에런

세인즈버리스* 매장 픽업

이걸 빤히 쳐다보는데, 갑자기 슬퍼진다. 그냥 평범한 목록이다. 하지만 가장 가슴을 후벼 파는 것이 이런 것들이다. 얼마 전에 남편을 잃은 교구 신도가 그녀를 무너뜨린 건 장례식이나 경야나 남편이 죽었다는 전갈이 아니라 그가 아마존에 사전 주문한 책들이 배송됐을 때라고 했던 게 기억난다.

'이 책들을 그렇게 읽고 싶어 했는데 이제는 절대 읽을 일이 없게 됐구나.'

손때가 묻지 않은, 아주 깨끗한 책장. 그녀는 울부짖으며 바닥에 주저앉을 수밖에 없었다.

하지만 우리는 모두 미래를 위해 소소한 투자를 한다. 콘서트 티켓, 저녁 예약, 휴가지 예약. 그날이 됐을 때 우리는 여기 없을지 모른다는 것은 상상조차 하지 않는다. 임의의 사건이나 만남으로 인해 우리의 존재 자체가 사라질 수도 있다는 것을. 우리는 모두 내일에 도박을 건다. 하루하루가 믿음의 도약이고 심연을 건너는 큰 걸음인데도 말이다.

나는 팔로 이마를 훔친다. 공기가 눅눅하고 답답하다. 어딘가에 통풍구가 있을 텐데 먼지가 꼈거나 온 사방을 채운 상자에 막혔나 보다. 쓰레기봉투를 이미 세 개나 채웠는데도 종이상자로 건설된

* 영국의 슈퍼마켓 체인.

탑은 줄어들 기미가 보이지 않는다.

숨 좀 돌려야겠다. 봉지를 들고 올라가 커피 한잔 마시고 나중에 다시 정리해야겠다. 나는 봉지를 두 개 집는다. 먼지를 뒤집어써서 몸도 지저분하고…….

"으악."

봉지를 들어서 옮기다 아슬아슬하게 쌓여 있는 상자 더미 모서리를 친다. 탑이 무너지는 것이 눈앞에서 보이지만 막을 방법이 없다. 봉지를 놓고 흔들리는 상자들을 붙잡아보지만 소용없다. 탑이 아예 와르르 무너져 나는 바닥에 쌓여 있던 쓰레기 더미 위로 쓰러지고 덕분에 잡지를 가득 담았던 쓰레기봉투가 찢어진다. 그럼에도 까칠까칠한 지하실 바닥에 팔꿈치를 세게 부딪힌다. 나는 욕을 하며 욱신거리는 뼈를 손으로 감싸고 열심히 문지른다.

"엿 같네, 진짜."

나는 다시 욕을 하고, 멍이 든 팔꿈치를 계속 문지르며 몸을 일으킨다. 좌우를 두리번거린다. 다행히 쓰러진 상자에 깨지거나 머리를 박살 낼 만한 물건은 거의 들어 있지 않다. 그냥 또 해묵은 신문과 잡지다. 나는 비틀비틀 일어나 그것들을 검은색 봉지에 담기 시작한다. 그러는 와중에 뭔가가 눈에 들어온다. 상자가 하나 더 있다. 곰팡이가 피지 않은 새것이라 눈에 띈다. 갈색 테이프로 봉해져 있다. 오래된 상자 안에 담겨 있었던 모양이다. 누가 감춘 걸까? 나는 상자를 내 쪽으로 끌고 와 거의 없다시피 한 손톱으로 갈색 테이프 가장자리를 뜯어 벗겨내고 덮개를 연다.

맨 먼저 보이는 건 고무줄로 묶인 파일이다. 앞면에 '서식스의 순교자'라고 적혀 있다. 나는 파일을 꺼낸다. 종이가 옆으로 불룩 튀어나올 정도로 두툼하다. 그 아래에 파일이 하나 더 있다. 이건 좀더 가볍다. 앞면에 '메리와 조이'라고 적혀 있다. 플레처 신부가 정말로 이 마을의 역사에 관심이 있었던 모양이다. 자료조사를 엄청나게 한 눈치다.

나는 상자 안으로 다시 시선을 돌린다. 바닥에 뭔가가 더 있다. 검고 조그만 직사각형 물건이다. 나는 손을 집어넣어서 그것을 꺼낸다.

테이프가 들어 있는 구식 휴대용 녹음기다. 나는 메슥거리는 속을 달래며 그걸 빤히 쳐다본다. 라벨에 깔끔하고 꼼꼼한 글씨체로 이렇게 적혀 있다.

'메리 조앤 레인 구마의식.'

19

리글리는 벌써 와서 비쩍 마른 몸을 타이어 그네에 싣고 앞뒤로 왔다 갔다 하고 있다. 플로가 다가가자 그는 팔을 좌우로 움찔거리며 손을 든다. 그녀는 뒤엉킨 풀밭을 헤치고 그에게로 간다.

"안녕."

"왔네."

"오지 않을 이유가 없잖아."

"이 마을의 붙박이 별종을 만난다는 것에 대해 생각이 바뀔 수도 있겠다 싶었지."

"네 자신을 그렇게 대단하게 생각하지 마. 우리 엄마 아직 안 만났잖아."

그는 그네에서 폴짝 내려온다. "너희 엄마가 특이해봤자지. 신부님 아니야?"

"그러니까."

그들은 나란히 걷는다. 들판을 가로질러 잡목림 사이로 길이 나 있다.

"너희 엄마는 어떠셔?" 플로가 묻는다.

리글리는 어깨를 으쓱한다. "뭐가?"

"그냥 뭐."

"그럭저럭 괜찮지만 좀 감정적일 때도 있어."

"그래?"

"내가 지난번 학교에서 많이 힘들었거든. 그래서 이사를 온 거야. 엄마가 좀 과잉보호하는 스타일이라."

"그게 엄마의 역할이니까."

"쪽팔려."

"엄마들이 원래 그렇지."

"맞아."

그들은 잡초로 무성하게 덮인 울타리 계단에 다다른다. 리글리는 이상하게 움찔거리기는 해도 쉽게 뛰어넘는다. 플로는 울타리에 익숙하지 않은 데다 무거운 카메라까지 목에 걸고 있어서 조금 낑낑댄다. 리글리가 부들거리며 손을 내밀자 플로는 하는 수 없이 잡는다. 반대편으로 넘어가자마자 얼른 손을 뺀다.

"엄마가 신부님이라 괴롭힘당한 적 없어?"

플로는 예전 집에 있던 낙서를 떠올린다. 박살 난 교회 창문. SNS 메시지.

나쁜 년. 걸레. 아동 살해범.

"별로. 대부분 관심 없었어."

"그렇구나. 음, 여기서는 조심해."

"왜?"

"작은 마을이라. 바깥세상의 어떤 곳에서는 '혁명, 혁명!'이라고 외치지만 여기에서는 '진화, 진화! 우리에게 엄지손가락을 달라!' 하고 외치거든."

플로는 놀라서 그를 쳐다본다. "빌 힉스*가 한 말이잖아."

그는 그녀를 돌아보며 씩 웃는다. "아네?"

"엄마가 팬이거든. 나한테 1980년대랑 1990년대 문화를 엄청 가르쳤어."

"짱이다. 좋아하는 영화가 뭐야?"

"음, 「로스트 보이」가 클래식이지. 너는?"

"「유주얼 서스펙트」."

"카이저 소제?"

"'악마의 가장 훌륭한 계략은 존재하지도 않는 척하는 것이다.'"

그들은 서로 바라보며 미소를 짓다가 얼른 다시 시선을 떨군다.

"아무튼." 그가 말한다. "그냥 경고하는 거야. 여기에는 이를테면 근친교배로 태어난 애들이 많거든."

"너무한다."

"하지만 사실이야."

"알았어. 뭐, 내가 알아서 잘할게."

---

* 미국의 코미디언, 사회 운동가.

그가 다시 어깨를 으쓱하자 온몸이 경련을 일으킨다.

"그냥 조심하라고 미리 알려주는 거야."

두 사람은 나무 사이로 난 울퉁불퉁한 길을 따라가는데, 하도 좁아서 한 줄로 가야 한다. 플로는 움찔거리며 걸어가는 리글리를 보며 뭔가를 닮았다는 생각을 한다. 그러다 퍼뜩 알아차린다. 가위손. 그와 비슷하게 시계태엽처럼 움직인다. 묘하게 매력적인 구석이 있다.

그만. 특이한 데 빠지는 거 그만해. 저 아이에 대해서 아는 게 아무것도 없잖아.

그렇다면 그를 따라서 어두컴컴한 숲을 지나 폐가로 향하는 것은 현명한 선택이 되지 못한다는 뜻일 수 있다.

"여기만 지나면 돼." 리글리가 말한다. "개울 위로 다리가 있어."

그들은 다리를 건넌다. 오르막길이 이어지고 조그만 잡목림 끝에 다시 울타리 계단이 있다. 리글리는 폴짝 뛰어넘는다. 플로는 이번에는 아까보다 품위 있게 기어오르는 데 성공하고 뛰어내린다.

"우와아!"

껍데기만 남은 오래된 건물이 그녀를 맞이한다. 벽돌은 시커메지고 창문은 뻥 뚫린 채 황량하고 초연하게 서 있다. 공포영화에 딱 맞는 섬뜩한 집을 찾던 로케이션 매니저라면 이걸 보고 오줌을 지릴 것이다.

"짱이지?" 리글리가 그녀의 옆에서 움직이며 묻는다.

"응."

플로는 카메라를 들어서 찍기 시작한다. 렌즈를 통해서 보는데도 건물에서 정말 불길한 기운이 느껴진다. 교회는 고딕풍의 애수를 풍긴다면 이곳은……

사악하다.

그 단어가 얼음조각처럼 그녀의 목덜미를 타고 미끄러진다. 바보. 미쳤나 봐. 그녀는 심지어 악령을 믿지도 않는다. 세상에 그런 건 없다. 개 같은 짓을 저지르는 개 같은 사람들만 있을 뿐.

"저기로 가는 길이 여기뿐이야?" 그녀는 조금 당황스러워하며 묻는다.

"저쪽에 큰길에서 갈라져 나온 오솔길이 있긴 해." 그는 벌판 너머를 손짓한다. "하지만 풀로 완전히 덮였어. 그리고 누가 문을 달아놨어. 애들이 들어오지 못하게." 그는 씩 웃는다.

"그렇구나."

"가자. 안을 보면 더 깜짝 놀랄 거야."

"안?"

그는 이미 앞장서서 부자연스럽게 성큼성큼 걷고 있다. "안에 가구랑 온갖 것이 그대로 있거든. 살던 사람들이 갑자기 떠난 것처럼."

그는 무너져가는 돌담을 뛰어넘어 마당으로 들어간다. *그냥 건물이야.* 그녀는 속으로 중얼거린다. *아무도 살지 않는 섬뜩한 건물.* 그녀는 잽싸게 담을 넘고 좌우를 두리번거린다.

무릎 높이의 잔디는 잡초와 가시덤불로 빽빽하다. 한쪽 모퉁이에 녹슬어 반쯤 무너진 그네가 있다. 아주 오래된 어린이용 세발자전거는 쐐기풀에 거의 묻히다시피 했다. 예전에 여기서 아이들이 살았던 거다. 가족이. 상상이 잘 되지 않는다. 그녀는 황량한 건물을 올려다보며 창문과 화사한 색으로 칠한 현관과 벽을 타고 올라간 보라색 꽃이 있었던 시절을 애써 상상해본다.

그녀는 다시 카메라를 든다. 각도가 잘 나오지 않는다. 그녀는 뒤로 두어 걸음 물러난다. 다시 두어 걸음 물러난다. 리글리가 갑자기 팔을 잡고 옆으로 하도 세게 당기는 바람에 그녀는 비틀거리며 하마터면 넘어질 뻔한다.

"야! 뭐 하는 짓이야?" 그녀는 팔을 빼고 쿵쾅거리는 심장을 달래며 그를 노려본다.

"우물!"

"뭐?"

"너 하마터면 빌어먹을 우물에 빠질 뻔했어."

그는 그녀가 방금 전까지 서 있었던 곳을 가리킨다. 이제 보인다. 울퉁불퉁한 돌이 동그랗게 쌓여 있는데 잔디와 잡초 속에 거의 완벽하게 숨어 있다. 그녀는 앞으로 다가가 입구 너머를 조심스럽게 들여다본다. 어둠 속으로 한참 동안 이어진다. 한 발짝만 더 옮겼더라면 그 안으로 곧장 떨어질 수도 있었다. 그녀는 한심한 인간이 된 기분을 느끼며 리글리를 돌아본다.

"미안. 나는 놀라서……."

"왜? 내가 뭘 어쩌려 그런다고 생각했는데?"

"아무 생각도 안 했어."

"널 공격하려 했다고? 널 죽이려 했다고?"

"무슨 소리야."

"그게 나 같은 별종들이 하는 짓이잖아, 안 그래?"

"그렇게 한심하게 굴 것 없잖아. 미안하다고. 응?"

그는 앞머리로 덮인 눈을 들어 알 수 없는 눈빛으로 그녀를 빤히 쳐다본다. 그러더니 씩 웃는다. "내가 만약 널 죽이고 싶었다면 우물이 있다고 알려주지도 않았을 거야." 그는 몸을 돌려서 뒤뚝거리며 걸음을 옮긴다. "가자."

플로는 잠시 망설인다. 우물을 흘끗 돌아본다. *에이 씨 뭐야.* 그러고는 그를 따라간다.

20

맥박이 귓전을 때리고 심장이 팽창과 수축을 반복한다. *구마의식. 메리 조앤 레인.* 성경에 쓰여 있던 이름. *메리 J. L.* 낡은 가죽 케이스. 나는 꺼내기 버튼을 누르지만 테이프가 걸려 있다. 더듬어보지만 손톱이 들어가지 않는다. 작은 드라이버나 볼펜이 있어야겠다.

나는 일어선다. 맥박이 귓전을 때리는 소리가 점점 커진다. 그러다 깨닫는다. 위에서 들리는 소리다. 나는 위를 흘끗 쳐다본다. 누군가가 현관문을 두드리고 있다. 젠장.

나는 녹음기를 닫고 파일과 함께 원래대로 상자에 넣는다. 그런 다음 허둥지둥 계단을 올라가 문을 연다.

평소처럼 검은색 양복과 회색 셔츠를 입은 에런이 기름진 머리를 희미한 햇빛 아래 반짝이며 문 앞에 서 있다.

"에런. 여긴 어쩐 일이에요?"

"전해드릴 게 있어서……. 괜찮으세요?"

나는 내가 어떻게 보일지 문득 알아차린다. 먼지를 뒤집어쓴 채 숨을 헐떡이고 있을 것이다. 나는 헐렁한 셔츠를 털며 다시 위엄을 갖추려고 한다.

"네. 지하실에서 상자를 정리하고 있었어요."

"그러셨군요. 러시턴 신부님이 전해달라는 말씀이 있어서요."

"왜 직접 전화하지 않으시고."

"제가 지나가던 길이었어요."

에런은 여기저기를 많이 지나가나 보다. 러시턴이 했던 말이 다시금 생각난다. *"그분 말고 또 교회 열쇠를 가지고 있는 사람은 에런과 나뿐이고요."*

"누가 신부님 차를 훼손했더군요." 그가 덧붙인다. "불쾌하셨겠어요."

"네, 그러게요." 나는 조바심을 내며 말한다. "무슨 말씀을 전해 달라고 하셨는데요?"

"러시턴 신부님이 결혼을 앞둔 젊은 커플을 내일 오전에 만나기로 했는데 약속을 이중으로 잡으셨대요. 그들이 결혼할 때 신부님이 여기 전담 사제이실 테니 신부님께서 대신 만나시는 게 어떻겠느냐고요."

"그래요. 그 커플 인적사항을 아세요?"

"네. 적어 왔어요."

그는 주머니에서 접은 종이를 꺼내 내게 건넨다.

"고마워요."

우리는 서로 쳐다본다. 나는 그가 이제 그만 가주길 바란다. 그는 뭔가를 기다리는 사람처럼 계속 끈덕지게 서 있는다. 예수님의 재림이라도 기다리는 걸까.

나는 한숨을 쉰다. "들어와서 커피 한잔할래요?"

"감사하지만 카페인이 들어간 건 마시지 않습니다."

"아. 흠, 디카페인 커피는 없는데요." 디카페인을 마실 거면 뭐하러 커피를 마시나? "하지만 찬장 구석에 민트 티는 있을지 모르겠어요."

"민트 티 좋죠. 고맙습니다."

얼씨구. 그는 나를 따라 부엌으로 들어온다.

"앉으세요." 나는 말한다.

그는 의자를 꺼내 좀 더 깊숙이 앉으면 비상탈출 버튼이 눌리기라도 하는 듯 가장자리에 걸터앉는다.

나는 물 주전자를 올리고 머그잔을 꺼낸다. "생각해보니 우리 둘이 대화다운 대화를 나눠본 적이 없네요, 그죠?"

"네."

"여기 관리를 맡은 지 얼마나 됐어요?"

"공식적으로는 3년쯤요."

"미안한 말이지만 관리인으로 지내기에는 너무 젊은 나이 아닌가요?"

관리인은 퇴직자인 경우가 많은데, 에런은 유행이 지난 옷을 입고 다니긴 해도 끽해야 30대 중반이다.

"그럴지 모르지만 저는 어렸을 때부터 교회 일을 거들었어요."

"가족이 교회 일을 열심히 하셨나 봐요?"

그는 묘한 눈빛으로 나를 쳐다본다. "저희 아버지가 30년 넘게 여기 신부로 계셨어요."

"*아버님이요?*"

"마시 신부님이에요."

마시. 나는 에런에게 성을 물은 적이 없다. 그런데 이제 보니 사무실에 걸린 사진과 닮은 데가 있다는 걸 알겠다. 같은 까만색 머리, 날카로운 이목구비.

"놀라셨나 봐요." 에런은 말한다.

"아, 아니에요. 그냥 몰랐던 거라."

나는 몸을 돌리고 한쪽 머그잔에는 티백을 떨어뜨리고 다른 쪽 머그잔에는 커피를 조금 불안하게 떠서 넣는다. "그럼 예전에 여기서 살았겠네요?"

"네. 아버지가 은퇴하실 때까지요."

에런이 여기서 어린 시절을 보냈고 이 집에 얽힌 나름의 추억이 있다니 내가 침범이라도 한 듯 마음이 불편해진다.

"어머님과 아버님은 아직 이 마을에 사세요?"

"어머니는 제가 여섯 살 때 돌아가셨어요. 자궁암으로."

"아이고. 그럼 아버님은요?"

"아버지는 많이 아프세요. 그래서 은퇴를 하신 거였어요."

"그렇구나. 병원에 계신가요?"

"제가 집에서 간병하고 있어요. 헌팅턴병이라 병원에서 해줄 수 있는 게 아무것도 없어요."

"어머, 끔찍해라."

진짜다. 헌팅턴은 움직임과 인지능력이 서서히 사라지고 말을 못 하고 음식을 먹지 못하다 마침내 숨을 쉬지 못하게 되는 끔찍하고 잔인한 병이다. 치료법도 없고 인정사정없다. 게다가 더 끔찍한 건 유전병이라 50퍼센트의 확률로 아이에게 유전된다.

"혼자 돌보고 있어요?"

"간병인이 집으로 오긴 하지만. 네, 대개는요."

나는 전보다 연민이 담긴 눈빛으로 에런을 바라본다. 환자 보호자의 생활은 고단하다. 자신의 삶은 뒷전이라야 한다. 사람들과 멀어지고 직장 생활을 계속 유지하기가 불가능해진다. 에런이 결국 교회 관리인이 된 것도 그 때문이지 않을까. 아버지를 간병하며 할 수 있는 일이지 않은가. 나는 내가 그를 안쓰럽게 여기고 있다는 사실을 깨닫고 그는 내 동정을 원하지 않을 거라는 생각을 한다.

"음, 가뜩이나 다른 데 빼앗기는 시간도 많은데 교회를 위해 돕고 헌신하다니 정말 감사하게 생각해요."

"고맙습니다. 항상 제 생활의 일부였으니까요."

"아버님의 삶의 일부였기도 하고요?"

"네."

"이 교회의 역사에 대해 많이 알겠어요."

"버닝 걸스 말씀이세요?" 그는 희미하게 미소를 짓는다. "모르는 마을 사람이 없죠. 외부인에게는 좀 이상한 풍습처럼 느껴지겠지만."

"흠, 글쎄요. 나는 그보다 더 이상한 것도 경험한 터라."

"저희 아버지는 나무 인형 태우는 걸 좋아하지 않으셨어요. 비기독교적이라고 생각하셨거든요. 하지만 수백 년 동안 이어져 내려온 전통을 바꿀 수는 없는 법이죠."

"글쎄요, 그렇다면 아직까지도 마녀를 화형하고 거머리를 써서 정신병을 치료하고 있게요?"

그는 묘한 눈빛으로 나를 쳐다본다.

"미안해요." 나는 손사래를 친다. "비난을 받아 마땅한 일을 변명할 때 '전통'으로 포장하는 경우가 많다는 생각이 들어서요." *특히 교회에서.* 나는 머그잔을 식탁으로 들고 가 그의 맞은편에 앉는다.

"사실 물어보고 싶은 게 있었는데요—"

"네?"

"내가 왔을 때 당신이 준 상자 있잖아요. 그걸 누가 놓고 갔을지 혹시 짐작 가는 거 있어요?"

"아뇨. 왜요? 안에 뭐가 들어 있었는데요?"

"구마의식 세트요."

"네?"

그는 진심으로 놀란 표정이고 내가 보기에 에런은 배우 체질이 전혀 아니다.

"엄청 오래된 물건 같던데. 어디서 난 건지 궁금해서요."

"저도 모르겠는데요. 러시턴 신부님께 여쭤보셨어요?"

"아뇨. 누가 두고 갔는지 그분이 아실까요?"

"글쎄요, 교회 일이라면 다 아시니까요. 워블러스 그린도 오랫동안 맡으셨어요."

"얼마나요?"

"거의 30년 될 거예요."

"당신 아버님과도 아는 사이였나요?"

"네. 부제로 저희 아버님 밑에서 훈련을 받았어요. 그 일이 있은 이후에……." 그는 말끝을 흐리며 하던 말을 멈춘다.

"그 일이라뇨?" 나는 캐묻는다.

"전임 부제가 떠난 이후에요."

나는 사무실 벽에 있던 빈자리에 대해 생각한다. 걸려 있던 사진을 떼어내고 아무도 다른 사진으로 대체할 생각을 하지 않아 보였던 그곳.

"아, 그분이 어디로 갔는데요?"

"저도 잘 모르겠어요. 죄송하지만 이게 다 무슨 상관인가요?"

"그냥 누군가가 오래된 구마의식 세트를 나한테 남긴 이유가 뭘지 궁금해서요. 일종의 메시지 같거든요."

"말씀드렸다시피 저는 전혀 모르겠어요. 며칠 전까지만 해도 신부님이 부임하신다는 걸 아무도 몰랐는데 말이죠. 조금 급하게 처리된 일이라. 하지만 사건 자체가 워낙 충격적이었으니까요."

생각해보니 다들 플레처 신부의 자살이 충격적이라는 말을 반복하고 있다. 하지만 또 한편으로는 다들 그가 일종의 신경쇠약증을 겪고 있었다고 내게 알리지 못해 안달이다. 어쩐지 앞뒤가 맞지 않는다.

"플레처 신부님하고 가깝게 지내셨나요?"

"매튜하고 저는 동료였죠."

동료? 나는 그럼에도 불구하고 그가 플레처 신부를 이름으로 불렀다는 데 주목한다.

"그를 발견한 사람이 당신이었죠?"

안 그래도 창백했던 그의 얼굴에서 핏기가 사라진다.

"미안해요." 나는 말한다. "다른 뜻이 있어서 한 말은—"

그는 손사래를 친다. "괜찮습니다. 그냥 아주…… 불쾌한 경험이었어서요."

불쾌했다는 말로는 부족하겠지. 나는 얼른 화제를 바꾼다.

"그분에 대해 좀 더 알고 싶은데. 어떤 분이었어요?"

그가 살짝 긴장을 푸는 게 느껴진다. "좋은 분이었어요. 다정하고 너그럽고. 에너지 넘치고. 마을 주민들 모두 그분을 좋아했고 교구와 교회 일에 아주 열심이셨어요."

"마을의 역사에 관심이 있으셨다면서요?"

"네, 주로 순교자에 대해서요."

"메리하고 조이라는 이름에 대해서 언급한 적도 있었나요?"

"행방불명된 아이들요?"

"그 아이들에 대해서 들은 적 있어요?"

그의 얼굴이 짜증으로 살짝 실룩인다. "손바닥만 한 마을이잖아요. 그런 일이 날마다 벌어지는 것도 아니고요."

"하지만 오래전에 벌어졌던 일인걸요. 그 당시에 당신은 아주 어린 나이였을 테고요."

그는 한숨을 쉰다. "브룩스 신부님…… 그러니까 매튜와 저는 교회 문제를 논의했어요. 다른 부분에 대해서라면 섀프런 윈터한테 물어보세요."

섀프런 윈터. 나는 잠깐 헤매다 기억해낸다. 책에 적혀 있던 이름. 그 작가.

"작가예요." 에런은 처음 듣는 이름이라 내가 미간을 찌푸리는 것으로 해석하고 이렇게 말한다. "얼마 전에 여기로 이사를 왔어요. 매튜가 죽기 전까지 몇 달 동안 상당히 가깝게 지냈죠."

그는 누가 들어도 못마땅하게 여기는 말투다. 그 말투를 듣고 나는 당장 섀프런 윈터를 좋아하게 될 것 같은 예감을 느낀다. 이로써 지하실에 그런 책이 있었던 이유도 밝혀진다. 나는 그녀에 대해 검색해봐야겠다고 머릿속에 새긴다. 일단 인터넷 연결부터 되어야 하겠지만.

나는 커피를 마시고 애써 부드러운 목소리로 묻는다. "에런, 이런 거 물어봐도 괜찮을지 모르겠지만— 당신 눈에는 매튜가 자살충동을 느끼는 것처럼 보이던가요?"

어떤 표정이 그의 얼굴을 스치고 지나간다. 나로서는 해석이 안 되는 표정이다.

"제가 보기에." 그는 천천히 말문을 연다. "매튜가…… 그런 짓을 저지를 이유는 없었어요."

"궁지에 몰렸다고 느꼈을 수도 있죠."

"하느님이 계신걸요."

"하느님이 모든 걸 해결해주진 않으시니까요."

"그런다고 자살이 올바른 해결책이 되는 건 아니죠."

"네, 늘 그런 건 아니죠."

그는 반항조로 턱을 든다. "저희 아버지는 임종을 앞두고 계세요, 신부님. 말도 못 하시고 뭘 드시는 것도 힘이 들어요. 조만간 신경계가 완전히 작동을 멈출 거예요. 아버지는 어떤 상황이 기다리는지 *아셨어요.* 하지만 자살할 생각은 하신 적이 없어요."

"모든 인간이 그렇게 강인한 건 아니에요."

아니면 이기적이라고 해야 할까. 아들에게 오랫동안 꼼짝도 못 하고 자신을 간병하는 형벌을 내리다니. 플레처가 자살했다는 데 에런이 이처럼 분노하는 건 그의 아버지는 자살을 하지 않았기 때문이지 않을까.

"에런—"

그는 대놓고 손목시계를 확인한다. "죄송해요. 괜찮으시면 이제 그만 집으로 가봐야겠어요."

그는 벌떡 일어나다가 식탁을 친다. 거의 입에 대지도 않은 차가 머그잔 밖으로 넘친다.

"죄송합니다."

"괜찮아요."

"제가 좀 칠칠치 못해서요."

나는 묘하게 뻣뻣한 그의 몸놀림에 대해 생각한다. 거의 로봇에 가까운 움직임. 카페인이라는 자극제를 거부하는 것. 헌팅턴병이 유전성 질환이라는 데 생각이 미친다.

아버지는 어떤 상황이 기다리는지 아셨어요.

나는 고개를 끄덕인다. "이해해요."

나는 문 앞까지 에런을 배웅하고 길을 걸어가는 그를 지켜본다.

묘한 사람이다. 묘한 게 나쁜 건 아니다. 하지만 그가 알면서 말하지 않는 게 있다.

그는 메리와 조이의 이름을 당장 알아차렸다. 그리고 러시턴의 전임자 얘기를 하다 말고 멈추었다.

나는 궁금해진다. 그는 또 어떤 걸 알고 있을까?

21

이 집은 냄새가 지독하다. 오줌, 똥, 오래된 담배, 마리화나. 플로는 어떻게 보면 덕분에 섬뜩함이 덜한 것 같다는 생각을 한다. 사람이 살지 않은 지는 오래됐을지 몰라도 인적이 아예 끊긴 건 아니다. 사람들, 아마도 10대들이 계속 여기를 쓰고 있었을 것이다. 당연한 현상이다. 버려진 건물이 있으면 10대들이 거기서 놀고 담배를 피우고 술을 마시고 약을 하고 섹스를 할 거라고 단언해도 좋다.

1층에는 방이 두 개 있다. 부엌과 거실이었을 게 분명한 곳이다. 부엌은 그냥 껍데기만 남았다. 레인지와 싱크대가 어느 시점엔가 뜯기고 없다. 타일이 깔린 바닥에는 금이 갔다. 찬장 문이 대롱대롱 열려 있어 오래돼서 녹슨 깡통 몇 개와 쥐똥이 보인다.

거실의 상태도 별반 다를 게 없다. 푹 꺼졌고 곰팡이로 뒤덮인 소파는 뻗친 머리처럼 스프링이 튀어나온 채 한쪽 구석에 늘어져 있다. 다른 쪽 구석에는 사이드보드가 술 취한 사람처럼 기우뚱하게 서 있는데, 문짝은 이미 오래전에 땔감으로 쓰이고 없다. 바닥에는 박살난 액자와 장식품이 흩뿌려져 있다.

플로는 카메라를 들어서 찰칵찰칵 찍는다. 쭈그리고 앉아서 산산조각 난 장식품을 클로즈업으로 찍는다. 천사와 예수 조각상. 십자가와 종교적인 물품. 좋은 소재다.

리글리는 움찔거림과 경련을 참지 못하고 디딤발을 계속 바꿔가며 근처에서 어슬렁거린다. 그녀는 그가 아무 생각도 하지 않으면 발작이 더 심해진다는 것을 알아차린다. 그녀는 필요 이상으로 뜸을 들여가며 사진을 찍는다. 우물가에서 그가 했던 행동을 아직 완전히 용서하지 않았기 때문이다.

"이제 2층으로 올라가볼래?" 그가 묻는다.

"1층하고 많이 달라?"

"훨씬 괜찮아."

플로는 의심하는 눈빛으로 그를 쳐다본다. "좋아."

그녀는 그를 따라 금방이라도 무너질 듯한 계단을 올라간다. 겁이 날 정도로 삐걱거린다. 플로는 부식과 나무좀에 대해 생각한다. 꼭대기 층계참에 다다르자 방이 세 개 더 나온다. 그녀는 화장실을 빼꼼 들여다본다. 작고 지저분하며 세면대와 욕조가 뭔지 모를 불쾌한 것으로 얼룩덜룩하다. 그녀는 얼른 후퇴해 마룻장에 뚫린 구멍을 조심해가며 층계참을 가로지른다. 유령을 신경 쓸 계제가 아니라 까딱 잘못하다가는 그녀가 떨어져서 죽게 생겼다.

첫 번째 침실에는 가구가 없다. 그림 몇 장이 벽에 기우뚱하니 걸려 있는데, 빛이 바래고 물 얼룩이 졌지만 성경 속의 장면과 문구를 알아볼 수 있다.

"네 부모를 공경하라 그리하면 네 하나님 여호와가 네게 준 땅에서 네 생명이 길리라."

"자녀들아 모든 일에 부모에게 순종하라 이는 주 안에서 기쁘게 하는 것이니라."

"그런즉 너희는 하나님께 복종할지어다 마귀를 대적하라 그리하면 너희를 피하리라."

"너희 엄마는 여기 오면 자기 집 같겠다." 리글리가 벽에 난 구멍 속으로 실없이 손가락을 집어넣어 돌가루를 파내며 말한다.

"아닐걸." 플로는 사진을 찍으며 말한다. "엄마는 일거리를 집으로 들고 오는 걸 싫어하시거든."

플로는 사실 하얀 칼라가 없으면 아무도 엄마가 신부인 줄 모를 거라고 생각한다. 가끔 엄마가 어쩌다 사제의 길로 들어섰는지 궁금할 때도 있다. 엄마는 그 얘기를 좋아하지 않아서 '부름'을 받았다는 식으로 둘러대곤 하지만, 별로 행복한 어린 시절을 보내지 못했는데 교회 사람에게 도움을 받은 적이 있다고 예전에 한번 흘린 적이 있다.

그녀는 창가로 어슬렁어슬렁 다가가 밖을 내다본다. 잔디가 무성히 자란 마당 맨 끝에서 입을 떡 벌리고 있는 우물이 어렴풋이 보인다. 그 너머에는 시커먼 숲이 웅크리고 있다. 여기에서 보니 숲이 아까보다 더 가깝게 느껴진다. 보는 사람이 아무도 없을 때 나무들이 슬금슬금 다가오기라도 하는 것 같다. 그녀는 몸서리가 쳐지려는 것을 참는다. 나무들의 검은 그림자가 시작되는 곳 근처에서 하얀색의 무언가가 보인다. 사람인가? 그녀는 다시 카메라를 든다. 찰칵, 찰칵.

"마지막 문을 열면 뭐가 있는지 구경할 준비 됐어?"

그녀는 화들짝 놀란다. 리글리가 움찔거리며 그녀 뒤에 서 있다.

"너무 기대가 돼서 숨 막힐 정도야."

그는 능글맞게 웃는다. "끝내줄 거야. 내 말 믿어도 좋아."

그녀는 그를 믿어도 될지 자신이 없지만 그를 따라 층계참을 가로질러 두 번째 침실로 간다. 리글리가 문을 연다.

그녀는 안으로 들어가 좌우를 두리번거린다. "와우, 씨."

방은 넓다. 얼룩과 곰팡이로 뒤덮인 침대가 아직도 방 한복판을 지키고 있다. 플로는 여기저기서 나뒹구는 사과술 캔과 수많은 마리화나 꽁초를 보며 그 위에서 어떤 일이 벌어졌을지 상상하고 싶지도 않다고 생각한다.

하지만 그녀가 숨을 토한 건 그것 때문이 아니다. 벽 때문이다. 벗겨진 벽지와 낙서로 뒤덮인 그곳 때문이다. 흔히 볼 수 있는 '케리는 걸레다' 아니면 '조던은 뒤치기를 좋아함' 이런 부류의 낙서가 아니다. 그보다 훨씬 섬뜩하다.

오각형 별, 위아래가 뒤집힌 십자가, 악마의 눈, 잘 모르는 그녀의 눈에는 라틴어처럼 보이는 기괴한 글자, 이상하게 생긴 막대 인간, 염소 머리, 사탄의 십자가. 대부분 조잡하지만 수없이 반복되며 모든 벽과 바닥의 일부까지 뒤덮고 있으니 그 규모만으로도 소름이 돈다.

불타는 소녀들

그녀는 방을 한 바퀴 돈다. 가까이서 들여다보니 빛이 바랜 예전 그림과 글자 위에 새로 그리는 식으로 겹겹이 낙서가 되어 있다. 사람들, 그러니까 아이들이 오랫동안 이래 왔다는 뜻이다. 그것도 진지하게. 어느 누구도 그 사이에 뜬금없이 성기나 재밌는 낙서를 그려 넣지 않았다.

"완전 「블레어 위치」 같지?" 리글리는 말하고 손을 뻗어 벽을 건드린다. 플로는 말리고 싶은 충동을 강하게 느낀다.

그녀는 더듬더듬 다시 카메라를 찾는다.

"이게 다 뭐야? 사탄 숭배? 여기 올라와서 염소를 바치는 건가?"

"난 아니야. 난 염소 좋아하거든. 나는 여기 올라와서 그림을 그리지."

"그럼 이걸 다 누가 그린 거야?"

"몰라. 이런 게 여기 등장한 지 오래됐어. 점점 추가되고 있고."

"하지만 왜? 여기서 무슨 나쁜 일이 벌어졌어?"

그는 돌아다니며 신발로 먼지를 찬다. 그러다 얼룩덜룩한 침대 가장자리에 걸터앉는다.

"전해 내려오는 이야기에 따르면 여기서 어떤 가족이 살았는데 그 집 딸이 실종됐대. 단짝 친구랑 같이. 둘이 가출했다는 사람도 있었고 살해당했다는 사람도 있었어. 하지만 어느 쪽도 증거가 없었지.

그런데 여기 살던 여자아이가 실종되고 1년이 지났을 때 엄마랑 남동생마저 사라졌대. 어느 날 밤에 흔적도 없이. 펑! 두 번 다시 그 둘을 본 사람은 없고 집은 썩어가도록 방치됐지."

"온 가족이 그냥 사라진 거야?"

"응. 몇 년 전에 어떤 가족이 이 집을 사려고 했는데 어린 딸이 사고로 죽었대. 사람들 말로는 저주에 걸렸고 귀신이 보이고 재수 옴 붙은 집이래. 뭐든 갖다 붙여봐."

플로는 코웃음 친다. "그게 사탄이랑 무슨 상관이라고."

"그냥 찜찜한 곳이 있는 것 같지 않아? 사고 다발 지점 같은 곳. 나쁜 일이 계속 벌어지는 곳 말이야."

플로는 카메라를 내린다. 그녀는 아니라고, 자기는 그런 헛소리를 믿지 않는다고 말하고 싶지만 노팅엄의 록 공동묘지에서 사진을 찍었던 때를 떠올린다.

전에도 여기저기 구경한 적이 있었지만 이번에는 조그만 바위 노두 그늘 속의 나무로 가려진, 전에는 본 적 없는 곳에 발길이 닿았다. 풍경 자체는 아름다운데 왠지 모르게 불길한 기운을 풍겼다. 그녀는 사진을 몇 장 찍었지만 그러는 내내 그 불길한 기운이 뒷덜미를 간질이는 것을 느낄 수 있었다. 그녀는 애초 계획보다 빨리 자리를 옮겼지만 악몽의 잔향처럼 그 느낌이 사라질 줄 몰랐다.

다음 날 리언에게 그 이야기를 꺼내자 그는 눈을 동그랗게 떴다. "2~3년 전에 거기서 어떤 여자아이가 살해를 당했어."

그녀는 리언이 멜로드라마를 좋아한다는 걸 알았기에 뻥치지 말라고 했지만 나중에 인터넷 검색으로 사실 여부를 확인했다. 기사가 있었다. 열여섯 살 난 여학생이 저녁에 외출을 했다가 집으로 돌아가는 길에 성폭행과 살해를 당하고 공동묘지에 시신이 유기됐다는 기사였다. 사진 속에 그 바위 노두가 있었다.

그녀는 현실로 돌아와 어깨를 으쓱한다. "나는 미신을 별로 믿지 않아."

"아이들 몇 명이 여기 올라와서 강령회를 열고 위저 보드*를 하고 뭐 그런 한심한 짓들을 벌이는 모양이더라고."

"너는 아니고?"

"나는 심지어 사탄 숭배자들 사이에서도 인기가 없어서. 게다가 짜증 나. 죽음을 무슨 장난처럼 대하잖아. 사랑하는 사람을 잃어본 사람이라면 술 취한 등신들이 자기들 재밌자고 혼령을 괴롭히는 게 좋겠어?"

그녀는 아빠를 떠올린다. 아빠가 죽었을 때 그녀는 어린애였고 엄마는 아빠 얘기를 꺼낸 적이 없다. 아직 너무 힘들어서 그런 모양이다. 하지만 그녀는 리글리가 무슨 말을 하고 싶은 건지 이해한다. 죽음은 가지고 놀아도 되는 게 아니다. 죽은 자는 평화를 누리고 존중받을 자격이 있다. 그녀는 그에게로 다시 마음이 기우는 것을 느낄 수 있다.

"맞아." 그녀는 말한다.

그가 벌떡 일어선다. "다 끝났어?"

"어, 응."

그녀가 카메라 캡을 다시 씌우기가 무섭게 리글리는 1층으로 쿵쿵거리며 내려간다. 그녀는 침실을 마지막으로 흘끗 쳐다보고 그를 따라가려고 걸음을 옮긴다. 뭔가가 으드득하고 밟힌다. 그녀는 깨

---

* 심령대화용 점술판.

진 병 조각이겠거니 생각하며 아래를 내려다본다. 그게 아니라 액자다.

그녀는 궁금한 마음에 허리를 숙여 줍는다. 오래돼서 너덜너덜하고 희미해진 사진이 담겨 있다. 아이 둘이 어렴풋이 보인다. 검은 머리의 10대 여자아이와 그보다 어린 남자아이다. 그녀는 사진을 잠깐 바라보다 *까아아앙* 하는 날카로운 소리에 화들짝 놀란다. 젠장. 뭐지? 다시 *까아아앙* 하는 소리가 나고 이번에는 천둥이 몰아치는 것 같은 날갯짓 소리와 귀에 꽂히는 까마귀 울음소리가 뒤를 잇는다. 총소리다. 그녀는 생각한다.

"리글리?"

그녀는 허둥지둥 계단을 내려가 햇볕 속으로 나선다. 눈이 부셔서 잠깐 앞을 보지 못하다가 눈을 깜빡여보니 그가 뭔가를 손에 쥐고 쭈그리고 앉아 있다.

"무슨 일이야?"

그가 몸을 돌리자 그녀는 움찔한다. 그는 커다란 까마귀를 안고 있다. 깃털이 햇빛을 받아 기름처럼 번들거리고 날카로운 부리를 살짝 벌리고 있다. 한쪽 눈이 날아가 선혈덩어리다. 다른 쪽 눈은 공포로 희미하게 번뜩인다. 그녀가 지켜보는 가운데 까마귀가 경련을 일으키고 눈이 점점 희미해지다가 까매진다.

리글리가 분노로 온몸을 움찔거리며 일어선다. 얼굴이 새하얘지고 잔뜩 힘이 들어갔다. 그가 숲에 대고 외친다.

"한 마리 잡았어. 이제 기분 좋냐?"

정적이 흐른다. 총성이 사방에 메아리치고 겁에 질린 새들이 비명을 지른 이후라 어마어마하게 고요하게 느껴진다. 플로는 마당을 가로질러 숲을 본다. 방금 전까지만 해도 지면이 햇빛을 받아 금색으로 알롱달롱했다. 지금은 위협이 짙게 깔린 듯이 느껴진다.

"리글리." 그녀는 말문을 연다. "아무래도—"

다시 총성이 터진다. 기와 한 장이 건물에서 떨어져 그들의 발치에서 산산조각 난다. 리글리가 얼굴을 움켜쥐고 비틀비틀 뒷걸음질친다. 플로는 그의 뺨을 타고 흐르는 피를 보았다.

"리글리?"

그가 손을 치운다. 눈 바로 위가 흉하게 찢어졌다. 상처가 깊어 보이지는 않지만 피 때문에 확실히 알 수가 없다.

"여기서 빠져나가야겠다." 그녀는 몸을 돌리다 걸음을 멈춘다.

숲속에서 두 사람이 나와 있다. 오늘 아침에 마주친 키 큰 금발과 남자아이다. 로지와 톰. 무슨 이런 엿 같은 경우가? 톰의 손에 들린 공기총이 흔들린다. 점입가경이다.

리글리가 나지막이 숨을 토한다. "개새끼들."

"아는 애들이야?"

"로지 하퍼하고 사촌 톰. 완전 쓰레기야."

"오늘 아침에 우연히 만났었는데."

"만났을 때 어땠어?"

"별로 안 좋게 끝났어."

"어련하실까."

하퍼. 그녀는 생각한다. 왜 어디에선가 들어본 것 같지? 잠시 후에 퍼즐이 맞춰진다. 그 꼬맹이와 아빠. 로지가 꼬맹이의 언니일까?

2인조가 점점 다가온다. 이제 보니 톰의 코가 부어올랐고 눈 아래에 멍이 들었다. 그들은 무너진 담벼락을 뛰어넘는다.

로지가 미소를 짓는다. "이게 누구야, 뱀파이어하고 꿈틀이 리글리잖아."

리글리가 그녀를 험상궂게 노려본다. "이게 누구야, 장난 삼아 죄 없는 동물을 죽이는 등신들이잖아."

"해로운 동물을 쐈을 뿐이야."

톰이 씩 웃는다. "대차게 찢어졌네, 리글리."

"코는 좀 어때?" 플로는 다정하게 묻는다. "아파?"

그의 얼굴에서 웃음기가 사라진다. "너 도망친 게 다행인 줄 알아, 사이코야."

리글리가 그녀를 돌아본다. "네가 저랬어?"

"작정하고 그런 건 아니야."

"그래, 둘이 여기서 뭐 하고 있었어?" 로지가 묻는다. "떡치고 있었나?"

"그게 너랑 무슨 상관인데?" 플로는 그녀를 노려보며 묻는다.

"아, 얼마 전에 우리 아빠가 이 땅을 샀거든. 너희들 지금 무단침입이야."

"알았어. 어차피 가려던 참이었어." 플로는 리글리의 팔을 잡는다. "가자."

그들이 걸음을 떼려고 하자 톰이 공기총을 든다.

"가도 된다고 안 했는데."

플로는 쿵쾅거리는 심장을 달래며 가만히 선다.

톰이 카메라를 가리킨다. "목에 걸고 있는 그 개떡 같은 거 내놔. 그럼 보내줄게."

무서워하는 티를 내면 안 돼. 무서워하는 티를 내면 안 돼.

"싫어."

리글리가 앞으로 나선다. "얘는 건드리지 마."

"비켜, 이 찌질아. 못 끝낸 일이 있다고." 톰은 총으로 플로의 가슴을 겨눈다. "다시 한번 말한다, 카메라 내놔."

플로는 끈을 움켜쥔다. 맥박이 그녀의 목젖을 두드린다.

쥐버려. 별거 아니잖아. 엄마라면 그렇게 얘기했을 것이다.

하지만 별게 아니지 않다. 그녀에게는.

그녀는 손을 내린다. "엿이나 드시지."

그는 씩 웃는다. "미친년."

그러고는 방아쇠를 당긴다.

22

우리 모두에게는 피난처가 있다. 꼭 물리적인 공간만을 의미하는 건 아니다. 우리 마음속 깊은 곳에는 남들에게 보이고 싶지 않은 부분들, 마음에 들지 않는 부분들을 넣어두는 곳이 있다. 나는 그곳을 '성 베드로의 상자'라고 부른다. 천국 문을 몰래 지나려고 할 때 그에게 들통나지 않기를 기도하는 상자다.

나는 책장에 꽂힌 속이 빈 성경에서 롤링 박스와 종이를 꺼내 들고 부엌문 밖에 서서 깊게 한 모금 빨며 니코틴이 혈관을 강타하는 느낌을 음미한다. 우리 모두에게는 결점도 있다. 중독, 욕구, 욕망. 여기에도 경중은 있다.

나는 검은색의 조그만 녹음기를 생각한다.

메리 조앤 레인 구마의식.

교회는 여자들의 처우에 관한 한 빛나는 역사를 자랑하지 않는다. 구마의식도 예외는 아니다. 구마의식의 대부분이 젊은 여성을 상대로 이루어졌다는 것은 우연의 일치가 아니다. 그들은 우울증에 걸렸거나 정신병을 앓았거나 아니면 남편이나 아버지의 지시를 따르지 않는 '방자하고 고집스러운 태도'를 보였다.

'바람직하지 못한' 여성의 행동은 전부 마귀에 들린 탓으로 돌릴 수 있었고 그렇기에 폭력적인 구마의식으로 '치료'할 수 있다고 보았다. 이런 구마의식은 모두 하느님이라는 이름 아래 거행됐다.

세월의 흐름에 따라 영국 국교회는 온건 노선으로 바뀌었다. 마귀를 격하게 내쫓는 것이 아니라 목회자가 보살피는 쪽으로. 이걸 알면 많은 사람들이 놀랄지 모르지만 심지어 지금도, 과학이 이만큼 발전한 요즘 같은 시대에도 축사* 사역을 실시하는 교구가 많다. 과학적으로 설명할 수 없는 현상이 벌어지면 일단 전문 팀이 소환된다. 종종 정신질환 전문가와 공조가 이루어질지 몰라도 기본적으로 마귀가 실제로 존재한다는 것을 인정하고 들어간다. 심지어 평사제도 악령 빙의나 유령 출몰 사건을 조사하는 데 가끔 동원될 수 있다.

나는 부제 시절에 멘토인 블레이크 신부―건장하고 머리는 벗어져가며 눈빛이 매섭고 심한 맨체스터 억양을 썼다―와 함께 어느 집에 찾아갔던 때를 떠올린다. 그때 나는 훈련을 시작한 지 3년이 지난 스물일곱 살이었고 우리가 만나러 간 사람은 노팅엄의 미도우스 지역에 사는 젊은 여자였다.

---

* 요사스러운 기운이나 귀신을 물리쳐 내쫓음.

나는 평소와 같겠거니 생각했다. 약물남용, 알코올중독, 어쩌면 가정폭력. 하지만 그게 아니었다(약물이나 알코올도 개입되지 않았을까 싶긴 했지만). 우리가 만나러 간 젊은 여자는 자기 집에 귀신이 씌었다고 생각했다. 그래서 우리에게 구마의식을 부탁했다.

"자네는 하느님을 믿나?" 블레이크가 물었었다.

그 여자가 사는 음침한 고층 아파트로 가던 도중에 고물이 된 그의 혼다 시빅 안에서 맥도널드로 얼른 끼니를 때우고 있을 때였다.

나는 햄버거 너머로 블레이크를 빤히 쳐다보며 유도심문인가 생각했다. 나는 정답을 모두 알고 있었다. 아니, 정답을 모두 배워놓았다. 날이면 날마다 낮에는 아르바이트를 하고 밤에는 공부를 했다. 그때까지 모든 단계를 기세등등하게 통과했다. 시험에 능하고 토론에 능하니까. 사람들이 듣고 싶어 하는 말을 하는 데 능하니까. 나는 빠르게, 열심히 배웠다. 하지만 블레이크에게 거짓말을 하거나 허세를 부릴 수는 없었다. 그는 나를 너무 잘 알았다. 그럴 수밖에 없었다. 내 나이 열여섯 살 때 나를 길거리에서 구원한 사람이었으니까.

"저는 믿음이 있어요." 나는 말했다.

"그리고 어떤 것도 그 믿음을 흔들 수 없다?"

햄버거가 거북하게 목에 걸렸다. 나는 콜라를 들어서 한 모금 마셨다. 빨대가 플라스틱 컵 안에서 꾸르륵거렸다.

"그렇지는 않다고 생각해요."

"그럼 어떻게 보면, 하느님이 계시다는 믿음이 있으면 하느님이 실제로 존재하거나 말거나 상관없는 건가?"

나는 뭐라고 대답하면 좋을지 알 수가 없어서 미간을 찌푸렸다.

그는 미소를 지었다. "괜찮아. 슈뢰딩거의 고양이 같은 종교 토론 속으로 끌어들이려는 건 아니니까."

"그럼 저희가 왜 지금 이런 대화를 나누고 있는 거죠?"

"왜냐하면 오늘 거길 찾아가는 일에 자네가 회의적이라는 게 느껴지거든."

그의 말이 맞았다. 늘 그렇듯.

"그냥 마음이 편치 않아요."

그는 고개를 끄덕이며 냅킨으로 입을 닦고 그걸 다 먹은 프렌치 프라이 상자 안에 쑤셔 넣었다.

"어째서?"

"이 여자에게 필요한 건 정신질환 전문가, 상담 그리고 어쩌면 약물치료인 것 같거든요."

"그런데 그런 걸로 도움이 되지 않았다면?"

"그럼 구마의식이 도움이 되겠어요? 진짜로요?"

"자네는 귀신에 씔 수 있다는 걸 믿지 않나?"

"네."

그는 눈썹을 추켜올렸다.

"악마는 있다고 믿어요." 나는 말했다. "모든 인간의 가슴속에. 우리의 이면이라고 할 수도 있겠죠. 하지만 외부의 악령은— 아뇨, 그건 믿지 않아요."

"하지만 이 아가씨는 믿잖나. 절대적으로. 절박한 마음에 우리에게 도움을 청했어. 그런데 외면해야겠나?"

"아뇨, 그건 물론 아니죠."

"잭, 관건은 우리의 믿음이 아니야. *그 아가씨가* 그렇다고 믿고 있고 인간의 심리는 막강하다는 거지."

"그녀의 환상을 부추기는 건 아니고요?"

"자네는 어려움이 찾아오면 하느님께 도와달라고 기도하나?"

"네."

"그분이 문제를 해결하는 데 필요한 모든 걸 떨어뜨려주시지 않을지 모른다는 걸 알아도?"

나는 그렇다는 뜻이 담긴 소리를 냈다.

"그래도 위안이 되나?"

"네."

"우리의 임무는 구마의식을 거행하는 거야. 악령이 실제로 있건 없건 구마의식을 실시하면 위안이 되지. 그 아가씨는 악령이 떠나서 자기 집이 깨끗해졌다고 믿을 거야. 하느님이 승리를 거두었다고. 믿음은 어느 정도는 위약이라네. 효과가 있다고 믿으면 효과가 생기지."

"그럴지도요." 나는 애매하게 대답했다.

그는 윙크를 했다. "좋아. 이제 귀신을 물리치러 가볼까?"

슬픔이 엄습한다. 블레이크는 5년 전에 세상을 떠났다. 시간. 그걸 생각하면 무서워진다. 나는 담배를 끄고 다시 부엌 안으로 들어간다. 지하실에서 들고 온 상자가 식탁에 놓여 있다. 나는 녹음기를 꺼내 별다른 기대 없이 재생 버튼을 누른다. 예상했던 대로 아무 일도 벌어지지 않는다. 녹음기를 뒤집어본다. 건전지 넣는 칸을 조인

나사가 녹으로 뒤덮였다. 나는 다시 한번 끙끙대며 테이프를 꺼내보려고 하지만 소용이 없다. 기계가 고장 나 테이프도 안에서 걸린 것 같다.

좋아. 나는 스크루드라이버나 볼펜을 찾아서 서랍을 헤집는다. 마침내 내가 '열쇠'라고 라벨을 붙인 밀폐용기 안에서 찾는다. 그 안에 열쇠는 없다. 대신 클립, 블루택 접착제, 빨래집게, 오래된 헤드폰이 있고 그 아래에 조그만 은색 스크루드라이브가 묻혀 있다. 나는 의기양양하게 스크루드라이버를 끄집어내 테이프 꺼내기 작업에 착수한다. 어찌어찌 헐거워졌다 싶은 순간 테이프가 갑자기 튀어나오더니…… 뚝 하고 부러진다.

"아우 씨!"

내가 부러진 테이프를 보며 고치는 방법을 찾느라 기억을 더듬고 있을 때—스카치테이프로 붙이면 됐던가?—온 집이 흔들릴 정도로 세게 현관문이 닫히는 소리가 들린다. 나는 테이프와 녹음기를 얼른 상자 안에 넣고 상자를 바닥으로 던진 다음 발을 써서 식탁 아래로 밀어 넣는다.

고개를 돌리자 플로가 얼굴에 피를 뒤집어쓴 비쩍 마른 10대 남자아이를 한 팔로 감싸 안고 문 앞에 서 있다. 머리는 산발이고 목에 건 니콘 카메라는 박살 났다.

그녀는 나를 빤히 쳐다보며, 들으면 모든 부모의 심장이 철렁 내려앉을 말을 내뱉는다.

"엄마— 화내지 마세요."

23

"공기총? 맙소사. 여기가 아니라 노팅엄에서나 총기 걱정을 해야 하는 줄 알았더니."

나는 리글리의 머리를 가볍게 두드린다. 사흘 새 두 번째로 남이 흘린 피를 닦아내고 있다.

"그러니까요." 플로는 중얼거린다.

"범인이 누군지 봤어?"

"아뇨, 너무 멀었어요."

나는 따지고 들고 싶다. 비록 공기총에 대해서 아는 건 별로 없지만 사정거리가 그렇게나 길까 싶다.

"경찰에 신고해야겠다."

"그냥 우연히 지나가다 맞은 거예요."

"그걸 어떻게 아니? 죽을 수도 있었어. 너희 둘 다."

"아우우우." 리글리가 앓는 소리를 낸다.

내가 상처를 조금 세게 문지르고 있지만 이 아이를 원망하거나 해서 그런 건 아니다. 전적으로 그런 건 아니다.

"미안."

나는 피 묻은 행주를 싱크대에 던진다. 상처가 깊진 않지만 머리를 다치면 피가 미친 듯이 난다. 2층 화장실에서 구급상자를 들고 온다. 소독약을 바르고 큼지막한 드레싱 밴드를 머리에 두 개 붙인다. 나는 제대로 됐는지 확인하느라 아이의 턱을 잡고 올린다. 이제 보니 인물이 훤하다. 이상하게 몸을 실룩이고 움찔거리는 건 어떤 연유인지 궁금하다. 신경성 질환인가?

"됐다. 당분간은 괜찮을 거야."

"고맙습니다, 신부님. 정말 감사해요. 저희 엄마는 이런 일에 신부님처럼 초연하지 않으시거든요."

나는 그를 빤히 쳐다본다. "초연하다고? 나 지금 초연하지 않아. 초연한 거하고는 거리가 멀어도 한참 멀지." 나는 플로를 돌아본다. "어떤 미친놈이 공기총을 쏘면서 다니고 있어. 너희 둘 다 죽을 수도 있었어. 내가 이 말을 몇 번 더 반복해야 하니?"

"저희 멀쩡하잖아요." 플로가 짜증 섞인 목소리로 얘기한다.

"중요한 건 그게 아니잖아."

나는 식탁에 놓인 카메라를 집는다. 렌즈가 완전히 박살 났다. 총알이 뒤에 박혀서 본체가 살짝 불룩해졌다.

"이것 좀 봐. 몇 밀리미터만 옆으로 갔다면 네 심장을 관통했을 거야."

이 말을 하는 동안에도 속이 울렁거린다.

"엄마, 너무 오버하시는 거 아니에요?"

"아니야."

"그 자식은 내 심장을 겨누지 않았어요. 카메라를 겨눴지."

"그 자식? 너를 쏜 멍청이가 누군지 모른다고 했던 걸로 기억하는데."

"몰라요. 그냥, 이를테면 인칭대명사 차원에서 '그 자식'이라고 한 거예요."

나는 두 아이를 속절없이 바라본다. 이면에 뭔가가 있다. 하지만 10대 아이들에게서 그걸 억지로 끌어낼 방법은 없다. 가끔은 장기적인 전략을 동원해야 한다. 협박을 할 수도 있다. 플로에게 외출 금지 명령을 내릴 수도 있다. 텔레비전과 인터넷을 금지시킬 수도 있다(인터넷은 원래 안 되지만). 하지만 입을 다물기로 마음먹으면 플로는 끝까지 입을 다물 것이다.

우리 모두에게는 비밀이 있다. 어느 세대보다 10대들이 특히 심하다. 나도 어머니에게 얼마나 많은 비밀을 숨겼는지 모른다. 어머니는 온갖 잔인한 수단을 동원했지만 나를 절대 꺾지 못했다.

"하나만 약속해." 나는 말한다. "다시는 숲에 들어가지 않겠다고."

두 아이는 서로 흘끗 쳐다본다. 플로는 다시 카메라를 쳐다본다.

"어차피 카메라가 망가져서 갈 이유도 없어요."

"약속할게요, 브룩스 신부님." 리글리가 말한다.

플로는 한숨을 쉰다. "약속할게요."

"그래. 알았어." 나는 흘끗 시계를 확인한다. 6시가 거의 다 됐다. 오후가 증발해버렸다.

"리글리— 저녁 먹고 갈래?"

"이제 그만 집에 가야 할 것 같아요."

"태워다줄까?"

"아뇨, 그러실 것 없어요. 걸어가면 돼요."

"진짜? 집이 어딘데?"

"마을 반대편요. 정말 괜찮아요. 감사합니다."

"알았다."

나는 그를 문까지 배웅한다.

"다시 한번 감사드려요, 신부님." 리글리가 말한다. "제가 드리고 싶은 말씀은—"

나는 한 손을 든다. "사실 *내* 쪽에서 너한테 하고 싶은 말이 있어." 나는 등 뒤로 문을 반쯤 닫는다. "내 이름 뒤에 신부님이라는 호칭이 붙을지 모르지만 흰색 칼라 때문에 착각하지는 말길 바란다. 너 때문에 내 딸이 조금이라도 다치는 날에는 네 인생을 상상 초월 수준으로 뭉개버리는 걸 내 평생의 사명으로 삼을 거니까. 내 말 똑똑히 알아들었니?"

정신없이 실룩거리던 그의 몸이 잠깐 멈춘 듯하다. 그는 은빛이 섞인 묘한 초록색 눈으로 나를 쳐다본다.

"네."

이윽고 온몸이 다시 움찔거린다. 그는 몸을 돌려 터벅터벅 걸어간다. 나는 불안한 마음을 달래며 그를 지켜본다. 그러다 문을 닫고 다시 안으로 들어간다.

플로는 망가진 카메라를 들고 식탁에 구부정하게 앉아 있다. 내가 들어가자 그녀는 시선을 든다.

"이제 리글리도 갔고 하니 저를 신나게 혼내시겠네요."

나는 그녀의 옆에 앉아서 고개를 젓는다. "아니야."

그녀가 어렸을 때 짜증을 부리면 그랬던 것처럼 나는 팔을 벌린다. 소리를 지르는 것보다 달래줄 때 분노가 훨씬 빠르게 가라앉는다. 그녀는 내 품속으로 파고들고 나는 그녀를 안아준다. 잠시 후에 그녀가 고개를 든다. "죄송해요, 엄마."

"알아." 나는 그녀의 머리칼을 매만진다. "네 잘못이 아니야."

그녀는 카메라를 쳐다본다. "카메라가 망가지다니 믿기지가 않아요."

"고치면 되잖아. 고칠 수 없는 네가 걱정이지."

"돈이 엄청 많이 들 텐데."

"어찌어찌 해결할 수 있을 거야."

잠깐 그렇게 앉아 있는데 플로의 배 속에서 소리가 들린다. "배고프니?"

"네. 조금요." 다시 나지막이 꼬르륵거린다. "많이요."

"채소 볶음 해서 먹고 DVD 한 편 같이 볼까?"

"좋아요."

"뭐 볼래?"

"복고풍이고 저질스러운 거요."

"「조찬 클럽」? 「핑크빛 연인」?"

그녀는 눈을 부라린다. "아, 왜 이러세요. 똘똘한 여학생이 다정하고 귀여운 단짝을 저버리고 바보 같은 허세남을 선택하는 영화잖아요."

"알았어. 그럼 네가 골라."

"「헤더스」 어때요?"

사랑스러운 여학생이 사이코 정신병자를 사랑하게 되는 영화다.

"좋아."

그녀는 옷을 갈아입으러 2층으로 올라간다. 나는 냉장고에서 다양한 채소를 꺼낸다. 피망, 버섯, 양파. 나는 그걸 도마에 놓고 큰 칼을 집는다.

내가 막 채소를 썰기 시작했을 때 플로가 헐렁한 반바지에 검은색 민소매 윗도리를 입고 다시 들어온다. 야위고 피곤하고 가슴이 저리도록 예쁘다. 내 품에 끌어안고 집 안에 영영 가두고 싶다.

그녀는 냉장고 앞으로 다가가 다이어트 콜라를 꺼낸다. "엄마, 리글리 보니까 어때요?"

나는 애써 명랑한 목소리로 말한다. "글쎄, 괜찮은 분위기에서 만난 게 아니라서."

"그게 걔 잘못은 아니잖아요."

"그렇지. 뭐, 괜찮은 애 같던데. 움찔거리는 건 왜 그런 거니?"

"근육긴장이상증이래요. 뇌의 연결고리에 문제가 생긴 거라고."

"그렇구나." 나는 큼지막한 빨간색 파프리카를 집는다. "중요한 건― 너는 그 아이를 어떻게 생각하는가 아니야?"

그녀는 어깨를 으쓱한다. "괜찮아 보여요. 엄마도 알다시피."

그렇다. 나는 칼을 잡은 손에 더욱 힘을 주며 그 아이는 그냥 사내 녀석에 불과하다고 나 자신을 달래려 한다. 순진할 거라고. 젊은 남자들이 모두 포악한 건 아니라고.

그녀는 아까 그 자리로 돌아가 의자를 꺼낸다.

"이게 뭐예요?" 그녀가 아래를 내려다보며 묻는다.

망할. 상자를 식탁 아래 그냥 두었다.

"아, 플레처 신부님 유품. 이 마을 역사에 대해서 공부하고 있었더라고. 재미 하나도 없더구만."

그럼에도 그녀는 안에서 파일을 끄집어낸다.

"메리하고 조이가 누구예요?"

"아, 누구냐면— 으아악! 망할!"

그녀는 고개를 휙 돌린다. "엄마, 칼에 베었어요."

나는 예리한 칼에 손가락을 베었다. 벌어진 곳에서 피가 뚝뚝 떨어진다.

"자요." 그녀가 구급상자에서 반창고를 꺼내 들고 온다.

"고마워, 딸,"

나는 수돗물에 손가락을 씻고 말린 뒤 반창고를 단단히 붙인다.

"조심하셨어야죠, 엄마."

나는 한쪽 눈썹을 추켜세운다. "지금 뭐 묻은 개가 뭐 묻은 개 나무라는 거니?"

"알았어요, 알았어요."

"가서 DVD나 찾지 그래?"

"알았어요."

그녀는 부엌에서 나간다. 그녀가 거실에서 DVD를 뒤지는 소리가 들린다. 나는 식탁에서 파일을 집어 다시 상자에 담고 개수대 아래 찬장에 넣는다. 보이지 않는 곳으로 치운다.

손가락을 들어본다. 미친 듯이 아프다. 의도했던 것보다 더 심하게 베었지만 그래도 주의를 돌리는 데는 성공했다. 플로가 DVD를 찾았을 무렵, 나는 채소를 웍에 넣었고 메리와 조이에 대한 모든 이야기는 잊혔다.

24

그는 순례를 이어나간다. 그 옛날 정신병원에서부터 그 도시까지. 그 도시의 운하 옆 아치 아래에서, 그 옛날 쇼핑센터 근처 굴다리에서 당분간 노숙을 한다.

두 곳 모두 인기가 많다. 이른 저녁부터 침낭이 층층이 포개어지고 종이 상자가 준비되는 것을 볼 수 있다. 여기서 안 좋은 일이 벌어진 적도 있었다. 술에 취한 늙은이가 도둑질을 하려고 했기에 그의 재산을 지켜야 했다. 그는 술꾼의 시신이 어떤 식으로 운하 위에 떠 있다가 수초와 주머니에 든 돌무더기의 무게 때문에 구정물 속으로 가라앉았는지 기억한다.

그는 마켓 광장 쪽으로 걸음을 옮긴다. 사람들로 발 디딜 틈이 없다. 여름 몇 달 동안에는 광장이 '바닷가'로 변신한다. 사람들은 도심에 설치된 지저분한 모래밭과 대형 물놀이장에서 바닷가로 놀

불타는 소녀들

러 온 척한다. 술집도 있고 놀이기구도 있고 음식과 술을 파는 노점도 있다. 플라스틱 컵에 담아서 주는 미지근한 맥주. 눅눅한 롤빵에 기름투성이 패티와 튀긴 양파를 넣은 햄버거.

그는 어느 정도 거리를 두고 인파의 언저리에 서 있다. 너무 시끄럽고 사람들과 불빛이 너무 많다. 팝콘, 도넛, 핫도그 냄새를 들이마시자 배가 꼬르륵대며 전날부터 먹은 게 없음을 알린다. 놀이기구를 타는 아이들이 비명을 지르고 웃음을 터뜨린다.

그의 가슴속에서 해묵은 동경이 고개를 든다. 어렸을 때 그는 축제에 가본 적도, 빙글빙글 돌아가는 접시를 타본 적도, 당이 폭발하는 달달한 솜사탕을 먹어본 적도 없었다. 엄마가 그런 즐거움을 죄로 간주했다. 그는 길거리를 떠돌기 전부터 대개 최소한의 음식이나 유통기한이 지난 음식을 먹었고, 얻어맞지 않고 하루를 보내는 것을 '특별 선물'로 여겼다.

그는 탈출한 다음에서야 그의 삶이 여타의 아이들과 달랐다는 걸 알았다. 그는 웃으며 부모님의 손을 잡고 지나가는 아이들을 구경하곤 했다. 부모는 아이들에게 뽀뽀를 하고 끌어안고 머리를 쓰다듬었다. 반면에 그는 어린애가 왜 노숙을 하느냐고 추궁당하지 않도록 남의 눈을 피해 종이 상자 안으로 몸을 웅크렸다.

그는 아이 엄마 한 명이 전화기를 손에 쥐고 의심스러워하는 눈빛으로 자신을 쳐다보고 있다는 것을 문득 알아차리고 걸음을 옮긴다. 깨끗하지만 깔끔하지는 않은 허름한 옷을 입고 구부정하니 서서 아이들을 물끄러미 바라보는 남자. 그는 얼굴을 붉힌다. 그가 선한 사람은 아니지만 그런 *부류*의 남자는 절대 아니다. 무엇보다 여자가 경찰에 신고하면 큰일이다. 감옥으로 다시 돌아갈 수는 없다. 그에게는 해야 할 일들이 있다.

그는 하루가 버겁게 느껴지기 시작했음에도 발걸음을 재촉한다. 배가 고프고 목이 마르지만 주머니엔 동전 몇 개뿐이다. 다행히 다음 행선지로 가면 그 문제를 해결할 수 있을 것이다.

축제 소음이 그의 뒤편에서 점점 희미해진다. 그의 발길은 도심에서 벗어나 연립주택이 늘어선 어둡고 좁은 골목길로 향한다. 쓰레기통은 넘쳤고 개들이 짖는 소리와 묵직한 베이스 소리가 귀를 때린다. 대마초 냄새와 폭행의 위협이 공기 중에 묵직하게 드리워져 있다. 세상에는 결코 달라지지 않는 것도 있다. 그는 마침내 목적지에 다다른다. 그리고 고개를 든다.

도시의 검댕으로 시커메진 벽돌, 굵은 쇠창살로 보호한 스테인드글라스 유리창, 잿빛으로 어두워진 저녁 하늘을 가르는 뾰족탑으로 이루어진 큼지막한 건물이다.

세인트 앤 교회다.

문들이 열려 있어서 길가로 불빛이 쏟아져 나온다. 노숙자 몇 명이 앞에서 어슬렁거리며 담배를 피우고 있다. 손 글씨로 쓴 팻말이 대문에 기대 세워져 있다.

"월요일 저녁 무료 급식. 먹고 마시며 잠깐 쉬고 기도해요."

그는 미소를 지으며 진입로를 지나 열린 문 너머로 들어간다.

교회는 따뜻하고 환하게 불을 밝혔고 진하고 푸짐한 음식 냄새를 풍긴다. 그의 배에서 다시 소리가 난다. 뭘 좀 먹으면 좋겠지만 그것이 그가 이곳을 찾은 유일한 이유는 아니다. 그는 굶주린 눈빛으로 교회 안을 살핀다. 앞치마를 두른 자원봉사자 네 명이 길쭉한 테이블 뒤에 서서 큼지막한 스테인리스 냄비에 담긴 스튜와 카레를 떠서 나눠 주고 있다. 그녀는 어디 있을까? 잠시 후에 검은색 옷과 로만칼라를 두른 사람이 교회 뒤편에서 등장한다.

그 사람이 그에게로 다가와 하얗게 반짝이는 치아를 드러내며 웃는다.

"안녕하세요. 어떻게 오셨나요?"

그는 체구가 건장한 흑인 신부를 빤히 쳐다본다.

"누구시죠?"

"저는 브래들리 신부입니다." 신부는 손을 내민다. "저희 교회에 오신 것을 환영합니다."

"아니야." 그는 고개를 젓는다. 이건 아니다. 그가 상상했던 건 이게 아니다. 그가 계획했던 건 이게 아니다. "다른 신부님은 어디 있나요?"

"그분은 떠나셨어요."

"어디로요?" 그는 절박한 말투를 감출 길이 없다.

신부는 미간을 찌푸린다. "저도 모릅니다."

거짓말. 그는 생각한다. *이 뚱뚱한 흑인 신부가 거짓말을 하고 있어. 그는 그녀가 어디 있는지 안다. 그에게 알려주고 싶지 않을 뿐이다.*

신부는 계속 손을 내밀고 있다. "괜찮으십니까?"

그는 치미는 분노를 누르며 거짓말쟁이의 손을 잡는다. 큼지막하고 뜻밖에도 부드럽다. "네. 그냥 피곤하고 배가 고파서요."

"가서 뭐 좀 드시죠. 특히 치킨 카레를 추천합니다."

그는 억지로 미소를 지으며 고분고분하게 고개를 끄덕인다. "고맙습니다."

그는 줄을 서서 음식을 받는다. 쟁반을 들고 벤치 맨 끝자리에 앉아 입 안으로 음식을 쑤셔 넣는다. 나중에 다시 와야겠어. 그는 생각한다. 거짓말쟁이가 혼자 있을 때. 그때 필요한 정보를 알아낼 수 있을 것이다. 신부가 덩치는 클지 몰라도 몸 관리를 전혀 하지 않았다. 오래 걸리지 않을 것이다.

그는 생각을 멈추고 고개를 젓는다. 안 된다. 신부를 해치면 안 된다. 그는 달라졌다. 이제는 그런 인간이 아니다. 분노를 조절하는 것은 약한 모습이 아니다. 강한 모습이다.

하지만 그녀를 찾아야 한다.

그럼 그를 딱 적당히 때려.

딱 적당히. 그는 곰곰이 생각한다. 분노를 조절하는 것은 약한 모습이 아니다. 어쩌면 그도 할 수 있을지 모른다. 그는 미소를 짓는다. 좋았어.

그리고 그걸 너무 즐기지 않으려고 노력하도록 해.

***

그녀는 어두컴컴한 지하실 안에서 몸을 웅크렸다.

위에서 엄마가 「찬양의 노래」를 요란하게 틀어놓고 왔다 갔다 하는 소리가 들렸다. 일요일에 불경죄를 저지른 것에 대한 벌이었다. 엄마 말로는 그랬다. 하지만 사실은 엄마가 또다시 심리전을 펼치는 거였다. 한 아이를 편애하고 다른 아이는 벌을 주고. 적어도 이제는 그들이 나이를 먹어서(그리고 몸집이 커져서) 최악의 처벌은 모면할 수 있었다. 우물. 거기 들어가 몇 시간 동안 버티는 것.

지하실은 뭐 그렇게 나쁘지 않았다. 어두운 것만 빼면. 쥐만 빼면.

그녀는 그 계획에 대해 생각했다. 탈출 계획. 처음 그 계획을 의논한 이후로 조이를 전처럼 자주 만나지 못했다. 그녀의 엄마가 그들을 떼어놓으려고 혈안이 되어 있었다. 그리고 이제 조이는 일주일에 두 번씩 저녁에 새로 온 신부와 성경 공부를 하고 있었다.

조이는 요전 날 그녀의 곁을 바삐 지나치며 인사도 제대로 하지 않았다. 그녀는 뭔가가 달라졌다. 뺨이 발그스레했다. 비밀스러운 미소를 지었다. 메리는 불안해졌다. 무슨 일이 생긴 걸까? 그 신부 때문일까?

그에게 반한 아이들이 많았다. 하지만 메리는 그가 싫었다. 그는 성경 구절을 읽을 때마다, 특히 그 구절에 죄와 지옥이 등장할 때마다 눈빛이 멍해지고 얼굴이 벌게졌다. 한번은 바지 안에서 성기가 서는 걸 본 적도 있다고 그녀는 장담할 수 있었다.

위에서 엄마가 텔레비전 볼륨을 높였다.

한쪽 구석에서 부스럭거리는 소리가 들렸다. 그녀는 어둠 속에서 눈에 힘을 주었다. 그녀는 어둠이 싫었다. 유약해지는 그 느낌이 싫었다. 그녀는 어렸을 때 읽은 동화책에서 위로가 되는 말을 애써 생각해냈다. 그걸 혼자 중얼거렸다.

"어둠은 재밌어, 어둠은 다정해. 어둠은─"

엄마가 언성을 높였다. "주님의 높고 위대하심을 내 영혼이 찬양하네. 주님의 높고 위대하심을 내 영혼이 찬양하네."

부스럭거리는 소리가 점점 가까워졌다.

.

25

"망할!"

나는 눈을 뜬다. 땀에 전 민소매 윗도리가 축축하게 몸에 들러붙었고 이불은 바닥에 내동댕이쳐져 있다. 내 주변의 공간이 점점 또렷해진다. 사택에 있는 *내* 방이다. 다시 악몽을 꾼 것이다.

나는 일어나 앉아 침대 옆 테이블에서 물 잔을 집는다. 벌컥벌컥 마신다. 커튼 틈새로 살금살금 움직이며 반짝이는 햇빛이 보인다. 사택은 고요하고 답답하다. 나는 흘끗 시계를 확인한다. 오전 6시 13분이다. 더 자기는 글렀으니 일어나는 편이 나을지 모른다. 아침에 결혼 상담이 있으니 하루를 일찍 시작한다고 해서 나쁠 건 없다.

나는 운동복 바지를 입고 삐걱거리는 계단을 살금살금 내려간다. 집 안에서 어제저녁에 만들어 먹은 채소 볶음 냄새가 난다. 이후에 플로와 나는 대용량 M&M 한 봉지를 챙겨 들고 소파로 올라가 「헤더스」를 보았는데 잠시 후에 보니 아이가 내 어깨에 기댄 채로 깜빡 잠이 들었다. 나는 잠깐 동안 그대로 두고 친밀감을 만끽했다. 플로가 어렸을 때는 항상 내 무릎에 앉아서 같이 영화를 봤다. 우리 둘이서. 늘 그랬듯이.

플로의 아빠는 아이가 18개월밖에 안 됐을 때 세상을 떠났다. 그녀는 아빠를 기억하지 못한다. 그는 교회에 침입한 괴한에게 공격을 당했다. 몸싸움을 벌이다 넘어져 머리를 부딪혔다. 나는 플로가 이해할 만한 나이가 되자마자 알려주었다. 그가 얼마나 좋은 아빠였고 그녀를 얼마나 사랑했는지도. 그건 사실이다. 대부분. 하지만 많은 것이 그렇듯 미화된 진실이다. 하도 여러 번 반복해서 얘기하다 보니 나조차 믿을 지경이 되었지만.

결국 밤 12시가 막 지났을 때 내가 플로를 깨웠고 우리는 피곤한 몸을 이끌고 침대에 누웠다. 씻지 않은 접시가 아직 개수대에 쌓여 있다. 식탁 위에는 박살 난 플로의 카메라가 놓여 있다. 나는 그쪽으로 건너가 카메라를 집는다. 수리비가 얼마나 나올지 모르겠지만 내 수중에 있는 6파운드 50실링보다는 많이 들 게 분명하다.

카메라를 다시 보고 있자니 배 속이 단단히 뭉친다. 젊은 아이들은 자기들이 천하무적인 줄 알지만, 나이를 먹으면, 특히 부모가 되면 온 사방의 위험한 것이 눈에 들어온다. 플로는 공기총을 쏜 범인이 누군지 안다. 나는 그렇다고 장담할 수 있다. 리글리도 안다. 하지만 무슨 이유에서인지 몰라도 두 아이는 내게 감추고 싶어 한다. 그리고 리글리는 어떤 아이일까? 잘 모르겠다. 내가 그 아이를 경계하는 이유는 플로가 집으로 데려오는 남자아이를 모두 경계할 수밖에 없기 때문일까 아니면 다른 뭔가가 있을까?

나는 한숨을 쉬고 부엌 창밖으로 교회를 내다본다. 그 어느 때보다 강하게 기도하고 싶다는 생각이 든다. 신부로서 그것이 이례적인 현상은 아니다. 나는 매일 밤 기도하고 가끔은 낮 동안에도 아무 때나 한다. '무릎을 꿇고 손깍지를 끼고' 하는 기도는 아니다. 그보다는 짧은 대화에 가깝다. 속에서 털어내고 싶은 것을 얘기하는.

하느님은 얘기를 잘 들어준다. 절대 판단하지도 말허리를 자르지도 그보다 더 재밌는 얘기를 해주겠답시고 끼어들지도 않는다. 그리고 설령 그것이 대부분 혼잣말에 불과하더라도 생각을 끄집어내는 것만으로도 훌륭한 치유가 된다.

어떤 날은, 마치 담배가 유난히 당기듯 다른 날보다 더 기도해야 할 듯한 강박이 느껴지는 때도 있다. 오늘 아침이 그렇다. 악몽의 덩굴손이 아직까지 나를 꼭 붙잡고 있다. 기억하고 싶지 않은 것들이. 나쁜 추억은 가시와 같다. 가끔 아플 때도 있지만 더불어 사는 법을 터득한다. 문제는 그것이 결국에는 항상 수면으로 부상한다는 것이다.

교회 열쇠가 부엌 조리대 위에 놓여 있다. 나는 열쇠를 집어 들고 사택을 빠져나온다. 구름이 흩어지고 하늘에서 태양이 반짝인다. 묘지를 내다보던 내 시선이 기념탑에 닿는다. 나는 그쪽으로 다가간다.

오늘은 하단에 놓인 나뭇가지 인형이 전보다 더 많다. 우리가 맨 처음 왔을 때는 여섯 개였다. 지금은 열 개 아니면 열두 개쯤 되어 보인다. 천 조각을 걸친 인형도 있다. 그래서 더 섬뜩하다. 어린아이들이 꾸는 악몽에 나오는 괴물 같다고 할까. 나는 밤이면 살아나 그 막대 다리를 질질 끌며 사택으로 전진해 열린 창문 틈새로 들어가는 이 녀석들을 상상하다가……

그만해, 잭. 더 이상 어린애도 아니잖아. 나는 몸서리를 참으며 기념탑 쪽으로 관심을 돌린다. 꼭대기 근처에 비문이 새겨져 있다.

메리 여왕 시대에 하느님의 진실을 신실하게 증언했다는 이유로 1556년 9월 17일 이 교회 앞에서 화형당한 하기 신교도 순교자들을 기념하며. 이 탑은 공공 기금으로 서기 1901년에 건립되었다.

그 아래로 명단이 이어진다.

제러마이어 슈먼
애비게일 슈먼
제이컵 무어랜드
앤 무어랜드
매기 무어랜드

애비게일과 매기. 버닝 걸스. 나는 돌에 새겨진 글씨를 만져본다. 한낮의 온기를 흡수하기 전이라 차갑다.

아이들의 이름 아래로는.

제임스 오즈월드 하퍼

이저벨 하퍼

앤드루 존 하퍼

하퍼 집안사람들이다. 과연. 러시턴이 뭐라고 했던가. 사이먼 집안의 역사가 서식스의 순교자들 시절로 거슬러 올라간다고 하지 않았던가. 그게 뭐 대수라고. 그럼에도 왠지 모르게 이 기념탑을 보면 울적해진다. 누가 하느님에 대해 더 큰 권리를 가지고 있는지를 두고 싸우다니. 그럴 바엔 하늘이나 태양이 누구 건지를 두고 싸울 것이지. 장담하건대 하느님이 없었다면 사람들은 그러고도 남았을 것이다.

나는 기념탑과 옹기종기 모여 있는 나뭇가지 인형을 등지고 교회 쪽으로 걸어간다. 세월의 풍파를 맞은 흰색 건물을 올려다본다. "세월을 아끼라, 때가 악하니라." 좋다. 그 말대로 하려면 이 공간에 적응할 필요가 있다. 나는 잠금장치를 풀고 문을 연다.

창문을 뚫고 쏟아진 햇살이 신도석을 황금빛과 붉은빛으로 물들인다. 나는 전부터 스테인드글라스를 관통한 햇빛이 연출하는 효과를 사랑했다.

그러다 문득 깨닫는다. 이 교회의 창문은 스테인드글라스가 아니다.

나는 눈을 깜빡이며 좌우를 두리번거린다. 유리창이 빨간색으로 알록달록하고, 톡 쏘는 쇠 냄새가 난다. 나는 끔찍한 기시감과 점점 커지는 불안을 달래며 통로를 따라 걷는다.

'뚝, 뚝, 뚝. 우리 루비 데려갈 생각 하지 마.'

제단 옆 바닥에 뭔가가 있다. 커다랗고 까맣고 빨갛다.

나는 쓴물이 올라오는 것을 느낀다.

까마귀다. 날개는 부러지고 몸은 뒤틀린 채 너덜너덜하게 짓이 겨져 있다.

덫에 갇혀서 겁에 질리자 탈출하려고 제 몸으로 유리창을 들이 받은 모양이다. 나는 죽은 새 옆에 쭈그리고 앉는다. 그러다 그 너 덜너덜한 몸 아래에 반쯤 숨겨져 있는 뭔가를 발견한다. 나는 얼굴 을 살짝 찡그리며 까마귀를 옆으로 치운다.

머리칼이 쭈뼛 선다. 또 나뭇가지 인형이다. 이 인형은 검은색 옷 을 입고 목에 흰색 천 조각을 둘렀다. 로만칼라다. 인형의 가슴에 접힌 종이가 핀으로 꽂혀 있다. 신문에서 오려낸 기사다. 나는 그 종이를 빼내서 펼친다. 내 얼굴이 나를 노려본다. *"자기 손에 피를 묻힌 신부."*

머릿속에서 혈관이 펄떡거리는 것이 느껴진다. *어떻게? 누가?* 이 때 뒤에서 어떤 소리가 들린다. 교회 문이 열리는 소리다. 나는 벌 떡 일어나 휙 하니 몸을 돌린다.

누군가가 아침 햇살을 등지고 문 앞에 서 있다. 나는 눈을 가늘 게 뜨고, 나를 향해 통로를 걸어오는 그 인물을 쳐다본다. 키가 크 고 늘씬하다. 백발을 하나로 단단히 묶어서 틀었고, 조깅용 레깅스 와 밝은 형광색 윗도리를 입고 있다. 클라라 러시턴이다. 나는 인형 과 신문 기사를 주머니에 넣는다.

"굿모닝, 잭! 일찍 일어났네요."

"사모님도 일찍 일어나셨네요."

"설교 연습해요?"

"사실 죽은 까마귀를 치우고 있었어요."

그녀는 제단 쪽을 흘끗 쳐다본다. "어머나, 가엾어라."

"어쩌다 이 안에 들어왔나 궁금해하던 참이었어요."

"아, 지붕에 구멍이 제법 여러 개 뚫려 있어요. 전에도 비둘기나 가끔 참새가 들어온 적이 있어요. 까마귀는 처음이지만." 그녀는 동정하는 눈빛으로 나를 쳐다본다. "하루를 기분 좋게 시작할 수가 없겠네요."

"그러게요. 아직 7시도 안 됐는데." 나는 그녀의 조깅복을 흘끗 쳐다본다. "늘 이렇게 일찍 나오세요?"

"네, 브라이언은 나더러 미쳤다고 하지만 새벽의 평온함이 좋거든요. 달리기 하세요?"

"버스가 출발해도 달리지 않는걸요."

그녀는 쿡쿡 웃는다. "땀 식히던 중이었는데 문이 열려 있길래 들여다보려고 왔어요."

좀 주제넘은 거 아닌가? 심지어 오지랖이 넓다고 볼 수도 있겠다. 매번 '지나가는 길'이었다는 에런과 비슷한 구석이 있다. 둘이서 나를 감시라도 하고 있는 걸까.

"음, 이제 그만 가보셔도 돼요." 나는 말한다. "저는 여기 이 난장판을 치울게요."

"사무실 벽장에 청소도구가 있어요." 클라라가 말한다. "그리고 한 명보다는 두 명이 낫지 않겠어요? 내가 도울게요."

나는 거절할 만한 핑계가 생각나지 않는다. "고맙습니다."

그녀는 당연히 돕고 싶어서 그러는 것일 테다. 하지만 사무실로 따라가면서, 그녀가 얼마 동안 문 앞에 서서 나를 지켜보았을지 궁금해지는 건 어쩔 수가 없다.

40분 뒤에 우리는 창문에 묻은 핏자국을 닦아내고 죽은 까마귀는 교회 옆쪽에 있는 쓰레기통에 버린다.

"됐다!" 클라라는 좌우를 두리번거린다. "훨씬 낫네요."

맞는 말이다. 사실 창문에서 먼지를 닦아내자 예배실이 전처럼 어둑어둑 퀴퀴하지 않고 더 환해 보인다.

"고맙습니다." 나는 다시 말한다. "덕분에 살았어요."

그녀는 금잔화색으로 물든 손을 흔든다. "아유, 아니에요. 여기이 채플 크로프트에서는 다들 서로 돕고 살아요."

"그렇다니 좋네요."

그녀는 미소를 짓는다. 50대 중반일 테지만 백발에도 불구하고 더 젊어 보인다. 나이를 먹을수록 더 아름다워지는 여자들도 있다.

"저기, 오늘 일을 잊을 만한 건수가 필요할 수도 있겠어요." 그녀가 말한다. "오늘 저녁에 브라이언이랑 나랑 같이 주점에 가지 않을래요? 퀴즈 대회 하는 날인데."

그녀는 내 표정을 간파한 모양이다.

"퀴즈 안 좋아해요?"

"별로요."

"레드 와인은요?"

"그건 동참할 수 있어요."

"잘됐다. 우리 팀에 멤버가 추가되면 좋지요."

"또 누가 한 팀인데요?"

"나, 브라이언 그리고 마이크 서더스요. 마이크를—"

"만난 적 있어요."

"아, 그렇구나. 지역신문사 기자예요." 그녀가 눈을 반짝였다. "어쩌면 그이가 신부님 인터뷰 기사를—"

"아뇨." 나는 조금 급하게 대답한다.

"싫어요?"

"제가 사실 재미없는 사람이라서요. 쓸 게 별로 없을 거예요."

"아우, 설마요, 잭." 그녀는 놀리는 투다. "이야깃거리가 있을 거라고 보는데요."

나는 그녀를 똑바로 쳐다본다. "「재커노리」*용으로 남겨두려고요."

그녀는 웃음을 터뜨린다. "알았어요. 아무튼 생각이 바뀌면 얘기해요. 마이크는 아주 좋은 사람이에요. 몇 년 전에 힘든 일을 겪긴 했지만—" 그녀는 말을 하다 말고 멈춘다. "딸아이가 어떻게 됐는지 알죠?"

"네, 그분한테 들었어요."

"가슴 아프죠. 정말 귀여운 아이였는데. 겨우 여덟 살이었는데."

그 나이 때 플로가 떠오르며 내 가슴이 울컥한다. 이제 막 성격이 형성되는 시기였고 정말 천진난만했는데. 그런 아이를 빼앗기다

---

* 독서 진작을 위해 제작되었던 영국의 어린이용 텔레비전 프로그램.

니. 목이 멘다.

"어쩌다 그렇게 됐는데요?"

"끔찍한 사고를 당했어요. 친구네 집 마당에서 놀다가. 그 집에 밧줄로 만든 그네가 있었거든요. 어쩌다 보니 타라 목에 밧줄이 엉켰어요. 다른 사람이 그걸 알아차렸을 때는 이미 손쓸 수 없는 상황이었고요."

"소름 끼쳐라."

"어떻게든 소생시키려고 했지만 마이크와 그의 아내는 생명 유지 장치를 끄겠다는 결정을 내릴 수밖에 없었어요."

"정말 끔찍했겠어요."

"네, 그 일로 가족이 해체됐죠. 엄마들끼리 친한 친구였는데. 이후에 피오나는 엠마와 두 번 다시 말을 섞지 않았어요."

"엠마라면 엠마 하퍼요?"

"네, 그 집에서 벌어진 일이에요. 파피하고 타라가 단짝이었거든요. 그 일로 모두 충격을 받았어요. 파피는 1년 넘게 입을 다물고 지냈죠. 지금도 말을 거의 하지 않아요."

나는 교회 앞에서 그 아이와 만났던 때를 생각한다. 파피가 이상하게 말이 없었던 것에 대해. 이제 얘길 듣고 보니 이해가 된다. 단짝 친구가 그런 식으로 죽는 걸 목격하다니. 참혹하다.

나는 고개를 젓는다. "얼마나 괴로웠을지 상상도 못 하겠어요. 친구네 집에 놀러 갔다가 그 길로 영영 돌아오지 못하다니."

"그리고 당연히 피오나는 엠마를 원망했죠."

"이해가 되긴 하지만 애들을 계속 지키고 있을 수는 없잖아요."

"엠마가 집에 없었거든요."

"네?"

"잠깐 장을 보러 갔어요. 가게가 바로 옆에 있긴 했지만—"

"애들만 두고요?"

"아뇨. 파피의 언니한테 맡기고요. 로지. 타라가 죽었을 때 걔가 애들을 보고 있었어요."

26

나는 지금까지 희망에 부푼 수백 쌍을 결혼시켰고(숙취에 시달
린 커플도 여럿이었다) 남녀노소는 물론 신생아의 시신까지 땅에 묻
어봤다. 수많은 젖먹이들의 그 말랑말랑하고 보송보송한 머리에 성
수를 발랐고 끔찍한 트라우마를 겪은 사람들을 위로했다. 교도소를
찾아갔고 무료 급식소에서 배식했고 수많은 베이킹 대회 심사를
맡았다.

하지만 그것이 에밀리와 그녀의 약혼자 딜런에게는 별 도움이
되지 않을 것 같다.

젊은 여자는 의심하는 눈빛으로 나를 쳐다본다. "정식 신부님 맞
아요?"

"신부로 재직한 지 15년이 넘어요."

그녀는 미간을 찌푸린다. "지금도 재직 중인 거 맞고요?"

오, 주여, 정말 긴 하루가 되겠다.

나는 억지로 미소를 짓는다. "네, 맞아요."

"뭐랄까—"그녀는 딜런의 손을 잡는다. 그는 수염을 길렀고 머리칼에 힘이 없는 튼실한 청년이다. "—저희는 아주 전통적인 결혼식을 치르고 싶거든요."

"그럼요." 나는 말한다. "두 분의 결혼식이잖아요. 뭐든 원하는 방향으로 해야죠. 그걸 의논하기 위해 오늘 이렇게 만난 거고요."

그들은 서로 흘끗 쳐다본다. "다른 신부님이 좋았는데." 이번에는 딜런이 얘기한다.

"아주 훌륭하신 신부님이시죠." 나는 감정을 드러내지 않고 말한다. "하지만 원하시는 날짜가 9월 26일인데, 그날 러시턴 신부님은 시간이 안 돼요. 게다가 제가 채플 크로프트의 담임 신부고요."

"그렇군요."

"여기 이 교회에서 결혼식을 올릴 생각인가요?"

"네, 양가 부모님 모두 여기서 결혼식을 올렸거든요. 그러니까 일종의—"

"전통이다?"

"네."

"좋아요. 음, 그럼 두 분에 대해 좀 더 들어볼까요?"

정적이 흐른다. 그들은 불안한 눈빛으로 다시 서로를 흘끗거린다. 나는 한숨을 쉬며 펜을 내려놓는다.

"아니면 뭐가 그렇게 신경이 쓰이는지에 대해 얘기할까요?"

"신부님이 잘하실 수 있을지 걱정하는 건 아니에요." 에밀리가 말한다.

"신부님이 올바른 자격을 갖추셨다는 것도 알고요." 딜런이 덧붙인다.

"다행이네요."

"그냥 사진 때문에요." 에밀리가 말한다.

"사진요?"

"그게요—" 그녀는 나를 위아래로 훑어본다. "—신부님이 사진 속에 있으면 이상해 보일 것 같아서요."

나는 물 주전자를 올려놓고 토스트를 만들려고 빵을 꺼낸다. 두 사람의 특별한 날에 가장 중요한 게 무엇인지 고민해보라는 말과 함께 에밀리와 딜런을 돌려보냈다. 교회에서 거행되는 결혼식인지 아니면 내게 거시기가 없다는 사실인지(물론 대놓고 그렇게 말하지는 않았지만).

그들과의 만남은 내 기분을 달래는 데 도움이 되지 않았다. 나뭇가지 인형과 신문 기사 때문에 계속 심란하다. 나는 쉽게 겁을 먹거나 소심해지는 성격이 아니다. 하지만 플로를 생각해야 한다. 노팅엄에서 겪었던 일이 반복되는 것은 내가 원하는 바가 아니다.

인형과 기사를 쓰레기통 바닥에 쑤셔 넣었지만 또 아는 사람이 누가 있을지 궁금해진다. 신문이나 인터넷에서 그 기사를 읽은 사람이 누구일까? 찾아보기가 어렵지는 않다. 맨 처음 떠오른 후보는 사이먼 하퍼였다. 내가 보기에 그는 뒤끝이 심한 공갈범이다. 하지만 그렇게까지 상상력이 풍부할지 잘 모르겠다. 그러면 또 누가 있을까? 교회 열쇠를 가지고 있는 사람은 러시턴과 에런과 나뿐이다. 하지만 그게 사실일까? 잃어버릴 수도 복사할 수도 빌릴 수도 있는 게 열쇠다. 교회 문 앞에 서서 나를 지켜보던 클라라가 떠오른다.

빵을 토스터에 넣는다. 하지만 죽은 까마귀와 교회 창문에 문대어진 핏자국이 눈앞에서 계속 아른거려 입맛이 없다.

내가 마멀레이드를 찾고 있을 때 플로가 총총히 내려온다. 나는 시계를 흘끗 쳐다본다. 10시 30분이다.

"굿모닝. 잘 잤어?"

그녀는 하품을 한다. "네."

"토스트 먹을래?"

"아뇨, 괜찮아요."

"커피는?"

"괜찮아요."

그녀는 냉장고 문을 열고 우유를 꺼낸다.

"오늘 스케줄 있어?"

"헨필드에 다녀올까 봐요."

헨필드는 채플 크로프트에서 가장 가까운 마을이다.

"아, 그렇구나. 뭐 하러?"

"마약, 술, 어쩌면 포르노도 좀 보고 오려고요."

나는 그녀를 빤히 쳐다본다. 그녀는 고개를 젓는다. "웬 질문 폭탄이에요?"

"미안. 네 말이 맞네. 외동딸이 뭘 하는지 내가 뭐 하러 신경을 쓰겠어? 어제 하마터면 죽을 뻔한 것도 아닌데 말이지."

그녀는 나를 노려본다. "그 얘기 언제까지 계속할 거예요?"

"네가 서른 아니면 마흔 살이 될 때까지."

그녀는 잔에 우유를 따른다. "사실 헨필드에 카메라 가게가 있다고 해서 가보려는 거예요."

"진짜?"

"네, 검색해봤더니 수리도 한대요."

"2층에서는 신호가 잡혀?"

"간신히요. 그나저나 전화국에서 오긴 오는 거죠?"

"모르겠다. 연락해봐야지." 나는 화가 풀린다. "태워다 줄까?"

"아뇨. 버스 시간표 다운받아 놨어요."

"아, 그래."

어떨 때는 이렇게 현실적이고 어른스러우며 알아서 척척인 내 딸이 자랑스럽다. 또 어떨 때는 내 손길을 아주 조금만 더 필요로 했으면 좋겠다는 생각이 든다. 아이들이 부모 곁을 떠나기 시작하는 시점이 열다섯 살이다. 사실 엄마 몸 밖으로 빠져나와 첫 울음을 터뜨리는 그 순간부터 떠나기 시작한다는 생각이 들긴 하지만.

"너 혼자 버스 타고 가도 괜찮겠어?"

그녀는 나를 잡아먹을 듯이 노려본다. "전에도 버스 타고 다녔잖아요. 15분밖에 안 걸려요."

"나도 알아. 하지만—"

"저도 알아요. 하마터면 죽을 뻔했다는 거. 버스 안에서 할머니, 할아버지 살인마를 자극하지 않도록 노력할게요."

"그들은 떼를 지어 다니기로 유명한데."

그녀는 얼핏 미소를 짓는다. "별일 없을 거예요, 엄마. 그냥 카메라 고치러 다녀올게요. 네?"

"알았어."

"그리고 엄마한테 뭐라고 하려는 게 아니라 이 집 밖으로 잠깐 나갔다 와야겠어요. 인터넷을 좀 쓸 수 있는 곳으로. 리언이랑 케일리랑 제대로 연락을 할 수가 있어야 말이죠. 문명사회로 잠깐 돌아가고 싶어요. 아니ㅡ" 그녀는 곰곰이 생각한다. "ㅡ반문명사회로."

당연히 그렇겠지. 죄책감이 불쑥 내 복부를 강타한다. 나는 딸아이를 떠들썩한 도시에서 뿌리째 뽑아 외딴 오지에 데려다놓았다. 무엇 때문에? 실수를 만회하고 싶어서. 더킨으로 인해 선택의 여지가 없었기 때문에. 죄책감 때문에? 나는 우리가 여기 있어야 안전하다고 스스로에게 계속 최면을 걸면서도 그 어느 때보다 플로를 걱정한다.

나는 억지로 미소를 짓는다. "알았어. 하지만 문제가 생기면 당장 전화해. 그럼 엄마가 데리러 갈 테니까, 알았지?"

"엄마, 카메라 가게 갔다가 와이파이가 되는 카페에 갈 거예요. 무슨 문제가 생기겠어요?"

"그래." 나는 항복한다는 뜻에서 두 손을 든다. "버스비랑 커피 마실 돈은 있니?"

"그래서 말인데요, 10파운드만 빌려주실 수 있어요?"

나는 한숨을 쉰다. *아무 문제가 없다고 할 땐 언제고.*

플로가 나간 뒤에 나는 커피를 끓이고 담배의 유혹을 참으며 플레처의 상자를 개수대 아래에서 꺼낸다.

부러진 카세트테이프를 본다. 스카치테이프. 그게 있어야 고칠 수 있는 게 분명하지만 이 집에는 그게 없는 것도 분명하다. 나는 카세트테이프를 한쪽에 다시 넣고 '서식스의 순교자'라는 파일을 꺼낸다.

시골에는 어두운 과거를 지닌 마을이 많다. 역사 자체가 무고한 사람들의 피로 얼룩진, 무자비한 인간들이 남긴 기록이다. 선이 항상 악을 이기는 건 아니다. 기도를 한다고 전투에서 승리를 거두는 것도 아니다. 가끔은 우리 편에 악마가 필요한 경우도 있다. 문제는 그를 조수석에 태우면 떨쳐내기가 어렵다는 것.

나는 앉아서 종이를 뒤적인다. 인터넷 기사를 출력한 자료도 있다. 나머지는 책에서 스캔한 것 같다. 학술적이고 딱딱하며, 메리 여왕 치세와 청교도 숙청 전반에 대한 날짜와 역사적인 분석으로 가득하다. 절반을 넘긴 다음에야 채플 크로프트에 대한 언급이 등장한다. 보아하니 아주 오래된 문헌이고 학술지 같은 데 실렸던 것 같다. 인쇄 상태가 별로이고 쓰인 단어는 예스럽지만 플레처가 한쪽 여백에 요약하고 메모를 적어놓았다.

마을이 급습당하고 자고 있던 순교자들이 끌려 나왔다. 신앙을 부인한 사람들은 낙인이 찍혔지만 풀려났다. 부인을 거부한 사람들은 이단 선고를 받고 화형에 처해졌다. 애비게일과 매기라는 어린 아이 둘은 교회에 숨었다. 밀고를 당했다. 끌려 나왔다. 아이들은 훨씬 잔인하게 처형당했다. 매기는 눈이 뽑혔다. 애비게일은 사지

절단과 참수를 거쳐 매기와 함께 화형을 당했다.

나는 침을 삼킨다. 사지 절단과 참수라니.

"머리도 팔도 없었어요."

플로가 이걸 알았을 리가 없다. 나는 커피 잔을 든다. 차갑게 식었지만 그래도 벌컥 마신다. 플레처는 여기에 이렇게 적어놓았다. "누구에게 밀고를 당했을까?"

다음 문건은 종이가 더 크고 여러 번 접혀 있다. 나는 종이를 펼쳐서 식탁 위에 놓는다. 그게 뭔지 시간이 좀 지나서야 알아차린다. 교회, 더 정확하게는 지금 교회가 건축되기 이전에 있었던 교회의 설계도면이다. 이것 역시 오래됐고 많이 희미해졌다.

나는 실눈을 뜨고 도면을 들여다본다. 건물의 기본 얼개는 같다. 예배실과 제의실이 어딘지 알겠다. 하지만 다른 곳은 짐작이 되지 않는다. 세월의 흐름에 따라 달라진 공간인 것 같다. 벽장일까? 지하실일까? 교회에 지하실이 있었을 것 같지는 않다. 그럼 지하 납골당인가? 나는 가만히 쳐다보며 곰곰이 생각하다가 모든 문건을 조심스럽게 다시 파일에 담고 닫는다.

두 번째 파일로 넘어간다. '메리와 조이.' 담배 생각이 너무 간절해서 손이 움찔거리는 것처럼 느껴질 정도다. 나는 파일을 열고 신문기사 출력본을 뒤적인다. 생각보다 별로 많지 않다. 실종 사건은 전국적으로 크게 주목을 받지 못했다. 이례적이다. 메리와 조이는 어린 백인 여성이었다. 냉정하게 들릴지 모르지만, 신문과 언론에서 관심을 기울이는 대상의 조건을 갖추었다. 경찰에서는 처음부터 가출로 간주했다. 두 아이에게 집으로 돌아오라는, 어머니에게 연락해달라는 호소문을 내보냈다. 그들이 그럴 입장이 아닐 수도 있다는 의심은 아무도 하지 않은 듯했다. 그리고 안타까운 사실이 있다면—내가 노숙자를 상대하며 너무나 잘 알게 된 것이다—경찰에서는 살아 있는 아이들보다 죽은 아이들을 찾는 데 더 많은 시간을 할애할 가능성이 크다는 것이다.

지역신문에서는 훨씬 오랫동안 이 사건을 보도한 모양이지만 결국에는 1면 머리기사에서 점점 작아지다가 지면 때우기용으로 전락했다.

신문마다 학교에서 찍은 똑같은 사진을 썼다. 화질이 좋지는 않다. 흐릿하고 오래된 사진이다. 두 아이 모두 내가 조이의 방에서 찾은 사진보다 어려 보인다. 그것이 수색에 악영향을 미쳤나 하는 생각이 든다.

잠시 후에 드디어 장문의 기사가 등장한다. 아이들이 실종되고 어느 정도 시간이 지난 다음에 작성된 기사인 듯하다. 그리고 신문 기사가 아니다. 나는 실눈을 뜬다. 상단에 조그만 활자체로 제호가 적혀 있다. *서식스 이야기: 이 지역의 미스터리와 전설. 2000년 3월. 13호.*

나는 읽기 시작한다.

서식스 가출 소녀들의 의문스러운 사건

메리와 조이는 단짝 친구였다. 실과 바늘이었다고 다들 그랬다.

그들은 함께 어린 시절을 보냈고 함께 학교에 다녔고 함께 놀았고 함께 자전거를 탔다. 그러다 15세이던 1990년 봄의 어느 주간에 함께 사라졌다.

이상하게도 적극적인 수색은 이루어지지 않았다. 마을 사람들이 숲속을 이 잡듯 뒤지지 않았다. 잠수부들이 강과 개울 바닥을 훑지도 않았다. 거의 처음부터 두 아이는 가출했을 거라고 잠정적인 결론이 내려졌다. 경찰 조사는 말 그대로 형식적이었고 이 사건은 전국지의 관심을 모으는 데 실패했다. 아이들이 실종됐는데 왜 아무도 주의를 기울이지 않았는지 원인을 분석하려면 그들이 나고 자란 마을부터 분석하는 편이 나을지 모른다.

채플 크로프트는 이스트서식스의 조그만 마을이다. 주요 특징은 농업과 교회다. 이곳 주민들은 독실하다. 피비린내 나는 순교의 역사가 있는 신교도들이다.

1556년 메리 여왕의 종교 박해 때 어린 소녀 두 명을 비롯해 여덟 명이 화형을 당했다. 교회 묘지에는 기념탑이 세워져 있다. 해마다 처형 기념일이 오면 이들은 나뭇가지로 버닝 걸스라는 조그만 인형을 만들어 태움으로써 죽은 순교자들을 기념한다.

여느 조그만 마을처럼 채플 크로프트도 내부지향적이고 교회와 마을의 전통에 대해 방어적인, 섬과 같은 곳이라고 봐도 무방할 것이다.

메리와 조이의 집안은 양쪽 모두 독실했다. 양쪽 모두 아버지를 일찍 여의었다. 하지만 공통점은 그것으로 끝이었다. 조이는 엄하지만 자애로운 가정에서 자랐다. 도린은 좋은 어머니였다. 조이는 외동이었고 그녀는 엄마의 전부였다.

반면에 메리는 훨씬 무질서한 환경에서 자랐다. 그녀의 어머니 모린은 독실했지만 알코올중독자였다. 메리와 남동생은 학교를 가끔 빼먹었다. 그들의 옷은 추레했고 남이 입던 거였다. 메리는 아무도 이유를 모르는 멍이 들 때가 많았다.

요즘 같으면 학대와 방치의 신호로 받아들여질지 모른다. 하지만 10년 전 조그만 마을에서는 가족 문제는 가족 안에서 해결해야 한다고 믿었다.

당시 교구 사제였던 마시 신부는 나중에 좀 더 적극적으로 나서지 않은 것을 후회한다고 고백했다. "그 집에 뭔가 문제가 있다는 게 누가 봐도 분명했는데 말이죠. 중재한 사람이 있었다면 비극을 막을 수 있었을지 몰라요."

정말 그랬을 수도 있다. 가정환경이 불우했던 메리의 유일한 도피처는 조이라는 친구와 둘이서 함께 보내는 시간이었던 것으로 보인다. 하지만 그것도 위기에 봉착했다.

조이의 어머니는 딸과 메리의 관계를 항상 못마땅하게 여겼다. 그녀가 보기에 메리는 '바람직한' 친구가 아니었다. 두 아이 모두 마시 신부의 성경 수업을 이미 듣고 있었다. 하지만 조이는 '바른 길로 인도받을 수 있도록' 추가로 수업을 듣기로 했다.

조이의 수업은 교회의 수습 사제인 벤저민 그레이디 부제가 맡았다. 그레이디는 젊고—겨우 스물세 살이었다—야심만만하며 외모가 준수해 외적으로 매력을 지니고 있었다. 이 마을의 수많은 소녀들이 그를 짝사랑했다. 조이의 눈에도 그가 들어왔을까?

조이는 미모의 소녀였고 근거가 없긴 하지만 그녀가 정해진 수업 시간 외에 야간에도 교회에서 보였다는 소문이 있었다. 하지만 실종되기 몇 주 전에 조이는 갑작스럽게 그레이디와의 수업을 중단했다.

조이가 실연의 아픔이나 짝사랑 때문에 가출했을 수도 있을까? 아니면 그보다 불길한 뭔가가 있었을까? 이러니저러니 해도 그레이디는 성인이었고 권력자였다.

경찰에서는 그레이디를 조사했다. 하지만 조이가 헨필드의 버스 정류장에서 마지막으로 목격된 시각에 그레이디에게는 알리바이가 있었다. 마시 신부와 예배 준비를 하고 있었다.

이후로 조이는 영영 자취를 감추었다.

경찰에서는 단짝 친구의 실종 사건에 대해 문의하기 위해 메리의 집을 찾아갔지만 그녀가 '몸이 안 좋다'는 얘기를 들었다. 무슨 이유에서인지는 모르겠지만 그들은 다시 그 집을 찾지 않았다.

일주일도 되지 않았을 때 메리도 사라졌다.

이런 돌발 사태가 벌어지자 가출이라는 경찰의 심증에 더욱 무게가 실렸다. 조이는 가방을 싸놓았다. 메리는 쪽지를 남겼다. *죄송해요. 저희는 떠나야겠어요. 사랑해요.*

'저희'라는 단어 때문에 두 아이가 함께 가출할 계획을 세운 것처럼 느껴졌다. 어쩌면 둘이 각자 탈출하고 나중에 만나기로 했을지도 모른다. 아이의 안전을 걱정하던 목소리가 연락을 달라는 호소로 바뀌었다.

물론 그들에게서는 아무 연락도 없었다.

묘하게도—우연의 일치일 수도 아닐 수도 있다—메리가 사라진 직후에 그레이디도 갑자기 마을을 떠났다. 이후로 그가 다른 데서 다시 신부로 재직했다는 기록은 찾을 수가 없다. 물론 그가 교회를 버렸을 수도 있고 심지어 개명을 했을 수도 있다. 하지만 왜 그랬을까?

이보다 더 이상한 일이 있다면 메리가 가출한 지 거의 1년이 지났을 때 그녀의 어머니와 남동생도 모든 소지품을 집에 고스란히 남겨둔 채 사라졌다는 것이다. 이후로 그들 역시 감감무소식이다.

채플 크로프트 주민 어느 누구도 두 소녀에 대해 언급하기를 꺼린다. 조이의 어머니는 치매를 앓고 있고 아직도 딸이 집으로 돌아올 거라고 믿고 있다. 그녀에게서 희망을 박탈하는 것은 잔인한 처사일 것이다.

어쩌면 메리와 조이는 실제로 더 나은 삶을 위해 탈출했을 수도 있다. 그보다 불행한 운명을 맞이했을 수도 있다. 단순히 숨어서 지내고 싶은 것일 수도 있다.

하지만 단짝이었던 두 친구, 서식스의 가출 소녀에 대한 진실을 아는 사람이 어딘가에 있을 것만 같은 예감을 떨쳐버릴 수가 없다. 메리와 조이. 그들의 이름은 여전히 실과 바늘 같다.

나는 잠깐 그 자리에 앉아서 여러 감정과 씨름한다. 슬픈 마음도 있고 화가 나는 마음도 있다. 나는 기사를 작성한 기자의 이름을 빤히 쳐다본다. 뭔가가 딱 맞아떨어진다. 나는 자료를 넘겨 실종 사건을 보도한 지역 일간지 기자의 이름을 확인한다. 같은 이름이다. 그럴 수밖에.

한번 기자는 영원히 기자라지 않던가.

J. 하트먼. 조앤이다.

27

"100파운드는 들 것 같은데. 부품 값은 별도고."

카메라 가게 직원은 안쓰러운 눈빛으로 그녀를 쳐다본다.

플로는 한숨을 쉰다. "그렇군요."

"이런 얘기를 듣고 싶어서 온 건 아닐 텐데."

"네, 하지만 어느 정도 예상은 했어요."

"미안하다."

"그래도 감사해요."

"엄마나 아빠한테 잘 말씀드려 보면 어떨까?"

"네, 그럴게요."

그녀는 출입문을 향해 걸음을 옮긴다.

"아, 잠깐."

플로가 몸을 돌린다. 그는 필름 통을 내민다. "필름 빼냈어. 이건 괜찮아 보여."

"아, 감사합니다."

그녀는 주머니에 필름 통을 넣는다. 적어도 사진은 무사하다. 조그만 위안이다. 100파운드를 도대체 무슨 수로 마련할 수 있을까?

그녀는 의기소침하게 밖으로 나선다. 뒤에서 명랑하게 울리는 종소리에 울적한 심정이 더욱 고조된다. 공기총 들고 *다니면서 까마귀나 쏘아대는 촌놈 개새끼들.* 그녀는 톰의 코를 부러뜨려서 미안한 마음이 살짝 있었는데 이제는 그가 평생 코가 비뚤어진 채로 지냈으면 좋겠다는 생각이 든다. 죽을 때까지 심한 축농증으로 고생했으면 좋겠다.

크리스천이 그러면 되겠느냐고 엄마가 말하는 게 상상이 되지만 그딴 건 집어치우라지. 종교가 지금까지 그녀에게 얼마나 우라지게 도움이 됐는지 모른다. 덕분에 집에서 쫓겨나고. 이런 시궁창으로 이사하고. 모두 하느님을 신실하게 섬긴 덕분이다.

그녀는 건너편에 카페가 있는 것을 보고 길을 건넌다. 지금 당장은 리언과 케일리와 밀린 수다를 떨며 예전 같은 기분을 만끽하고 싶을 뿐이다. 그녀는 카페 안으로 들어간다. 손님이 많지만 창가에 빈자리가 있다. 그녀는 의자 등받이에 후드점퍼를 걸쳐놓고 차례를 기다려 커피를 주문하고 카페모카와 머핀을 들고 자리로 돌아간다.

커피를 마시며 와이파이를 연결한다. 신호가 빵빵하게 잡힌다. 할렐루야. 스냅챗에 접속한다. 플로는 SNS를 별로 좋아하지 않는다. 다들 엄청 재밌게 사는 척하는 것도, 얼굴 사진을 수백 번씩 보정해 사람 같지 않은 것도 별로다. 전부 가식이고 가짜다. 그녀는 심지어 휴대전화로 사진을 찍는 것도 좋아하지 않아서 니콘 카메라를 쓰는 편인데(당분간은 그러지도 못하게 됐지만) 케일리와 리언이 스냅챗을 쓰고 친구들과 계속 연락을 주고받을 방법이 그것뿐이다.

두 친구가 그립다. 직접 만나고 싶다. 그녀는 그런 생각을 하며 우울해하지 않으려고 하지만 잘 안 될 때도 있다. 엄마가 맨 처음 이사 얘기를 꺼냈을 때 그녀는 화를 냈다. 서로 싸우고 문을 쾅 닫고 난리도 아니었다. 그녀도 세인트 앤 교회를 떠나야 한다는 건 알았다. 사태가 점점 심각해지고 있었다. 엄마는 항상 긴장하고 불안해했다. 힘든 날들이었다.

하지만 왜 꼭 여기라야 했을까? 노팅엄의 다른 교회일 수는 없었을까? 아니면 이렇게 수백 킬로미터 떨어진 데가 아닌 다른 지방은? 그녀의 유일한 희망이 있다면 조금만 견디면 된다는 것이다. 엄마는 이곳의 임시 사제다. 상임 사제가 구해지면 그들은 노팅엄으로 돌아갈 수 있을 테고 그때쯤이면 소란이 잦아들었기만을 바랄 따름이다.

그녀는 최근 포스팅을 훑어보고 친구들의 셀카를 보며 웃는다. 섬뜩한 나뭇가지 인형을 찍은 사진을 찾아서 메시지를 적는다. "이 마을 주민들이 '놀이' 삼아 만드는 것(비명을 지르는 이모티콘). 문명의 소식을 전해주시오." 그녀는 카페모카를 마시고 창밖을 멍하니 내다보며 댓글을 기다린다.

어떤 인물이 그녀의 눈에 들어온다. 여기서 조금만 걸어가면 나오는 버스 정류장 옆에 서 있다. 머리끝에서부터 발끝까지 까맣고 비쩍 마른 10대다. 청바지도 후드점퍼도 긴 머리도 모두 검은색이다. *리글리인가?* 그녀는 실눈을 뜬다. 창문에 카페 이름과 커피 잔 그림이 붙어 있어서 앞이 잘 보이지 않는다. 하지만 그와 많이 닮았다. 서 있는 자세가. 시선이. 그녀를 보고 있는 걸까? 버스가 정차하며 시야를 가린다. 버스가 떠났을 때는 그 인물도 가고 없다.

그녀는 미간을 찌푸린다. 리글리였다고 장담할 수는 없다. 서식스에 검은색 옷을 좋아하는 비쩍 마른 남자아이가 어디 그뿐일까. 그리고 그가 여기 있으면 안 될 이유도 없다. 어쨌거나 헨필드는 채플 크로프트에서 가장 가까운 마을이다. 여기 말고는 달리 갈 데도 없다.

그녀는 카페모카 쪽으로 시선을 돌린다. 여기 말고는 달리 갈 데도 없다는 것을 입증이라도 하듯 테이블 위로 그림자가 드리워진다. 그녀는 고개를 든다.

"뭐야?"

로지가 미소를 짓는다. "안녕, 뱀파이어."

플로는 그녀를 노려본다. "너 나 스토킹하니?"

로지는 웃으며 맞은편 의자를 꺼낸다.

"설마."

"여긴 어쩐 일이야?"

"친구들 만나러. 손톱 손질하러 왔어. 엄마가 돈 내준다고 해서."

"올, 좋겠네."

"그렇지도 않아. 그 여자는 거치적거리지 않게 나를 치울 수만 있다면 뭐든 돈으로 해결할 테니까. 너는 여기서 뭐 해?"

"내가 어딜 갔는데 네가 보이지 않은 게 언제였는지 기억을 더듬고 있었지."

"여긴 손바닥만 한 곳이야, 뱀파이어. 사람들을 피해 다니기가 쉽지 않을걸?"

"그렇겠다는 걸 깨닫고 있어." 플로는 팔짱을 낀다. "원하는 게 뭐야?"

"사실 사과하고 싶어서."

"그래?"

"응."

"내가 경찰에 신고했을까 봐 걱정돼서 그러는 건 아니고?"

"신고했니?"

"아니, 아직."

로지는 박살 난 카메라를 흘끗 쳐다본다. "저기, 내가 수리비를 줄 수도 있는데."

"네 돈은 필요 없어."

"알았어."

"용건 끝났어?"

"우리가 친구로 지내지 못할 이유도 없지 않니?"

"많지."

"그럼 꿈틀이 리글리하고 다니는 게 더 좋다? 그렇게 움찔대는 거 토 나오지 않니? 그게 아니라 그걸 보면 꼴리나?"

"지랄하시네."

"그럼 개가 마음에 들어?"

"만난 지 얼마 되지도 않았어."

"걔 고추 사진 보여줄까?"

플로는 그녀를 빤히 쳐다본다. 로지는 폭소를 터뜨린다.

"내가 한번 빨아준 적이 있거든. 내기 때문에."

"안 믿어."

"왜? 걔가 특별한 앤 줄 알아? 내 말 믿어. 걔도 다른 남자애들이랑 똑같아. 어디든 그걸 꽂을 생각뿐이지. 정신 좀 차려라."

플로는 어깨를 으쓱한다. "그러거나 말거나 상관없어." 하지만 상관이 있다. 조금은. 그는 뭔가가 달랐다. 적어도 그녀가 생각하기에는 그랬다.

"사진이 잘 나와서 여기저기 보여줬어. 아마 이 동네에서 그 사진을 못 본 사람은 너밖에 없을 거야. 사실 제법 커."

"너 진짜 구역질 난다."

"왜, 너는 고추 싫어? 잠지가 네 취향이야?"

"이제 그만 꺼져줄래?"

"사실 내가 친구로서 경고를 하나 하려고 왔는데."

"그래?"

"리글리한테 직전에 다닌 학교 얘기 들은 적 있어?"

"아까 얘기했잖아, 만난 지 얼마 되지도 않았다니까."

"거기서 퇴학을 당했거든."

"그래서?"

"이유가 궁금하지 않니?"

"내가 왜 네 말을 믿어야 하는지 그게 궁금한데."

"거기 불을 질러서 어떤 여학생을 거의 죽일 뻔했대."

"뻥치시네."

"검색해봐. 턴브리지 웰스에 있는 펀다운 아카데미야."

"아까도 얘기했다시피 관심 없어."

로지는 자리에서 일어나 어깨를 으쓱한다. "너만 손해지, 뭐. 하지만 내가 너라면 리글리하고는 멀찌감치 떨어져서 지내겠어." 그녀는 눈을 찡긋거린다. "다치고 싶지 않으면."

플로는 우쭐거리며 멀어지는 그녀를 보며 누가 실수로 뜨거운 커피를 그녀의 얼굴에 쏟아주길 바란다. 그녀는 휴대전화를 내려다본다. 케일리가 메시지를 보냈다. 그녀의 엄지손가락이 그 위에서 머뭇거린다. 잠시 후 그녀는 웹브라우저로 들어가 '펀다운 아카데미'를 입력한다.

28

"예전에 지역신문사 기자로 일하셨더라고요."

조앤은 커피가 담긴 머그잔 두 개를 들고 빠른 걸음으로 식탁까지 걸어온다. 굽은 손으로 쥔 잔이 아슬아슬하게 흔들리지만 그녀는 한 방울도 쏟지 않고 내려놓는 데 성공한다.

"맞아요."

"왜 지난번에 말씀 안 하셨어요?"

"정답을 모두 알려줘버리면 질문을 하지 않으니까요."

"하지만 그걸 진작 알았더라면 플레처 신부님에 대해서 하신 말씀을 좀 더 진지하게 받아들였을지 모르잖아요."

그녀는 놀란 척한다. "그럼 진지하게 받아들이지 않았어요? 그냥 정신 나간 할망구가 헛소리를 늘어놓는 줄 알았어요?"

"죄송해요."

"그렇게 생각할 것 없어요. 이젠 익숙해요. 나이를 먹으면 과거에 어떤 업적을 쌓았든 사람들 눈에는 그저 노인으로 보이거든." 그녀는 눈을 찡긋한다. "물론 그걸 유용하게 활용할 수도 있죠. 장바구니를 내 차까지 직접 옮긴 지 몇 년 됐다우."

나는 미소를 짓는다. "지역신문사 입장에서는 두 아이의 실종 사건이 엄청난 특종이었겠어요."

"처음에는요. 하지만 점점 달라졌죠."

"왜요?"

"작은 마을은 이상한 곳이에요. 어떤 면에서는 시대에 역행하거든. 아, 사람들이 그런 소리 듣기 싫어하는 거 알지만 사실이에요. 다들 변화에 저항해요. 집안 대대로 여기 살았던 사람들이라 자기들만의 방식이 있고요."

나는 커피를 마신다.

"서로 모르는 사람이 없어요." 그녀는 말을 잇는다. "아니, 그렇게 생각하고 싶어 한다고나 할까? 사실은 자기들이 알고 싶은 대로 알고 믿고 싶은 대로 믿으면서 말이죠. 그들의 공동체, 전통, 교회에 위협이 되는 건 똘똘 뭉쳐서 공격하고요."

그녀의 말이 맞다. 그리고 그건 시골 사람들뿐만이 아니다. 작은 공동체는 어디든 그렇다. 도시에서도 벌어지는 현상이다. 일부 지역이 그런 식으로 빈민가가 된다. 우리와 그들. '우리'가 아무리 나빠도 우리 것을 지켜야 한다.

"아이들 기사를 그만 쓰라고 한 사람이 있었나요?"

"대놓고 그런 사람은 없었어요. 하지만 편집장은 너무 캐묻고 다니지 말라고 분명하게 못을 박았죠. 사건을 담당한 레이턴 경위는 무능력해 보이기 싫었을 테고 교회는 지역사회에서 엄청난 영향력을 발휘했으니까요. 비행의 가능성을 제시하는 것은 거의 이단행위나 다름없었어요."

"비행이라 하면 벤저민 그레이디 부제요?"

"네."

"그와 아는 사이셨나요?"

"얼굴만 아는 사이였죠. 내가 당시에는 저기 헨필드에서 살았거든요. 그와 제대로 대화를 나눈 건 조이가 실종된 이후에 딱 한 번뿐이었어요."

"그런데요?"

그녀는 망설인다.

"영 비호감이더라고요……."

"왜요?"

"뭔가 꺼림칙했어요. 어디라고 콕 집어서 말할 수는 없었지만. 하지만 여학생들 사이에서 아주 인기가 많았던 걸로 알아요."

"그런 경우가 종종 있죠. 여학생이 신부를 짝사랑하는 거요. 물론 대다수는 자기 직책을 남용하지 않겠지만요."

그녀는 고개를 끄덕인다. "그레이디는 자신의 육체적인 매력을 분명히 알았어요. 그리고 조이는 예쁘장한 아이였고요."

"그렇게 포장하니까 낭만적으로 들리네요." 나는 뻣뻣하게 말한다. "그는 권력을 쥔 성인이었어요. 그녀는 열다섯 살이었고요."

그녀는 고개를 끄덕인다. "그렇죠."

"조이의 실종 사건에서 그가 용의자로 간주된 적이 있나요?"

"딱히 그렇지는 않았어요. 물론 경찰에서 그를 조사하긴 했죠. 하지만 어떤 목격자가 조이를 마지막으로 봤다는 시각에 그레이디는 알리바이가 있었어요. 마시 신부와 함께 예배를 준비하고 있었죠."

"목격자가 잘못 봤을 수도 있지 않을까요?"

"증언이 조이의 어머니가 말한 딸의 차림새와 일치했어요."

"목격자가 누군데요? 어느 문건에도 이름이 거론되지 않던데."

"클라라 러시턴이에요."

나는 그녀를 빤히 쳐다본다. "러시턴 신부의 사모요?"

"네. 당시에는 클라라 윌슨이었지만. 중학교 교사였어요."

"알아요…… 클라라한테 들었어요." 나는 곰곰이 생각한다. "그럼 그녀는 그 아이들과 그레이디, 양쪽 다 아는 사이였겠네요?"

"네, 사실 클라라와 그레이디는 워블러스 그린에서 같이 자란 사이예요. 이후에 그레이디가 대학교에 진학하고 신학을 공부했죠. 그가 내려왔을 때 클라라가 교회 일을 많이 거들었어요. 마시 신부가 운전을 못 해서 클라라가 잡무를 많이 처리했죠."

"자료 조사를 정말 철저하게 하셨네요."

그녀는 미소를 짓는다. "그건 기본이죠."

그녀의 말투를 듣고 나니 왠지 모르게 내 뒷조사도 했을까 하는 생각이 든다. 나는 얼른 말을 잇는다. "그러니까 클라라가 그레이디의 죄를 덮어줬을 가능성도 있다는 말씀인가요?"

"하지만 그런 거였다면 그날 저녁에 조이가 어떤 옷을 입고 있었는지 무슨 수로 알았을까요?"

"그전에, 그레이디의 알리바이가 없던 시각에 봤을 수도 있죠."

"그랬을지도요. 하지만 거짓말을 하고 정의를 왜곡한다?"

"그레이디가 뒤에서 조종한 거 아닐까요?"

"그랬을 수도 있죠. 아까도 얘기했다시피 그레이디는 자기 외모에 대해 잘 알았거든요. 클라라도 그에게 반했을지 몰라요. 하지만 당시에 그녀는 살짝 체중이 많이 나갔고 키가 커서 어설펐어요. 사진이 어디 있을 텐데."

그녀는 금방이라도 부러질 것 같은 노구를 자리에서 일으킨다. 나는 대화를 나누는 동안 그녀의 나이를 거의 잊고 있었다. 정신이 여전히 초롱초롱하다. 그녀는 현관홀로 나간다. 나는 그녀를 기다리며 침착하고 우아한 클라라가 예전에는 어떤 식으로 어설프고 통통했을지 궁금해한다. 하지만 세월이 흐르면 누구든 바뀌기 마련이다. 좋은 쪽으로든 나쁜 쪽으로든.

조앤이 묵은 사진 두 장을 들고 돌아온다. 그녀가 사진을 내민다. 나는 사진을 받아서 들여다본다. 첫 번째 사진은 지금보다 훨씬 젊은 시절의 클라라다. 통통하고 검은 머리라 거의 알아볼 수가 없다. 표정은 진지하고 옷차림은 촌스럽다. 근무하던 학교에서 찍은 사진인 게 분명하다. 들어오는 입구에 이 사진이 꽂혀 있는 광경이 상상이 된다. 아래에는 이름이 적혔을 것이다. 윌슨 선생님.

나는 그 사진을 커피 테이블에 내려놓고 두 번째 사진을 본다. 숨이 멎는다.

그레이디다. 카메라를 마주 보고 앉아 있다. 등을 꼿꼿이 세우고 깍지 낀 손을 무릎 위에 얹고 거의 비웃음에 가까운 미소를 짓고 있다. 얼굴이 매끈하고 여성스러워 보인다. 도드라진 광대뼈, 도톰한 입술. 우뚝한 이마 뒤로 빗어 넘긴 금발. 잘생긴 청년이지만⋯⋯ 이렇게 가만히 앉아 있는 모습의 사진인데도 왠지 모르게 소름이 돋는다.

"반지 봤어요?" 조앤이 묻는다.

그녀는 몸을 앞으로 숙이고 굽은 손가락으로 사진을 톡톡 두드린다. 나는 의무감에 사진을 좀 더 자세히 들여다본다. 성직자들은 대부분 십자가라면 모를까, 액세서리를 하지 않는다. 그런데 그레이디스는 한 손가락에 큼지막한 은색 인장 반지를 끼고 있다. 앞면에 새겨진 인물과 라틴어 문구가 간신히 보인다. 나는 침을 삼킨다. 입 안이 바짝 마른 느낌이다.

"특이하죠?" 조앤이 묻는다. "라틴어는 성미카엘 기도문의 일부분이에요. 나는 돋보기까지 동원해야 읽을 수 있었어요. 이 기도문 아세요?"

나는 고개를 끄덕인다. "상테 미카엘 알칸젤레 데펜데 노스 인 프렐리오. 성 미카엘 대천사님, 싸움 중에 있는 저희를 보호하소서. 수호의 기도문이에요. 어둠의 세력으로부터 보호해달라는."

나는 청바지에 대고 손을 문지르고 싶은 걸 꾹 참으며 커피 테이블에 사진을 내려놓는다.

조앤은 호기심 어린 눈빛으로 나를 쳐다보고 있다. "괜찮아요?"

"네, 괜찮아요. 그냥, 제가 뭘 어쩔 수 있을지 잘 모르겠어서요. 탐정이 아니라 신부다 보니. 그리고 아주 오래전에 벌어진 사건이

기도 하고요."

"그렇죠. 하지만 매튜가 뭘 알아냈는지 파악하는 데서 시작하면 되지 않을까요?"

그녀는 의자에 다시 앉으려고 한다. 그 동작이 통증을 유발한다는 것을 느낄 수 있다. 관절염 아니면 골다공증일 수도 있다. 나는 기다린다.

"정말로 타살이라고 생각하세요?"

이윽고 그녀는 몸을 제대로 앉히고 말한다. "돌아가시기 며칠 전에 신부님을 만났거든요. 자살 충동을 느끼는 사람 같아 보이지 않았어요. 오히려 삶의 새로운 목표가 생긴 사람이라면 모를까."

"자살 충동을 느끼는 사람들은 그걸 잘 숨겨요."

"경험이 있는 사람처럼 얘기하시네요."

나는 망설이다가 얘기를 꺼낸다. "남편 조너선이 자살을 시도한 적이 있거든요. 여러 번요."

"아유, 딱해라."

"우울증을 앓았어요. 기분 좋은 날은 다행이었지만 검은 구름이 몰려오면…… 정말 끔찍했죠."

"힘들었겠어요."

나는 그가 텔레비전 앞에 웅크리고 앉아서 보낸 시간에 대해 생각한다. 피해망상 때문에 자기 휴대전화를 망치로 내리쳤던 것에 대해 생각한다. 그가 자기도 모르는 새 맨발로 중앙분리대를 따라 걷고 있었던 날에 대해 생각한다. 어떤 고통은 눈에 보인다. 하지만 우울증은 내가 사랑하는 사람을 이게 누군가 싶은 정신 불구자로 일그러뜨리는 병이다.

"그이가 죽었을 때 저는 이혼하자는 말을 꺼내려던 찰나였어요."
나는 해묵은 죄책감을 달래며 고백한다. 하느님의 도움이 있었지만
감당이 되지 않았다. 어린애가 있으니 그럴 수밖에 없었다. 그의 병
때문에 우리 딸이 위험해지는 건 아닌지 날마다 걱정했으니 그럴
수밖에 없었다.

"그이가 결국 스스로 목숨을 끊었어요?" 조앤이 가만히 묻는다.

"아뇨." 나는 씁쓸하게 웃는다. "교회에 침입한 괴한에게 살해당
했어요. 참 아이러니하죠."

"아이고머니나. 끔찍해라. 범인은 잡혔나요?"

나는 자동차 글러브박스에 들어 있는 편지를 떠올린다.

"네, 18년형을 선고받았어요."

그녀는 쭈글쭈글한 손을 내 손 위에 얹는다. "고생 많으셨네요."

"원래 사람들 앞에서 조녀선 얘기는 잘 하지 않아요. 다 잊으려
고 노력해왔던 것 같아요. 이제는 그이의 성도 쓰지 않고요."

"뭐, 우리 기자들은 속 이야기를 끄집어내는 데 남다른 재주가
있지요."

"정말 그러네요."

그리고 한 가지 진실을 고백하는 것은 다른 진실로부터 주의를
돌리는 좋은 방법이 될 수 있다.

조앤은 뒤로 기대고 앉아 카디건을 어깨 위로 조금 단단히 여민
다. 나는 그녀가 80대이고 대화를 나누기 시작한 지 꽤 됐다는 사
실을 상기한다. 이 모든 게 힘이 들었을 것이다.

"저 이만 가야 할까 봐요. 피곤해 보이세요."

그녀는 손사래를 친다. "내 나이가 여든다섯 살이에요. 늘 피곤해요. 신부님한테 섀프런 월터에 대해 언급한 사람이 있던가요?"

"그 작가요? 네, 에런이 그분이랑 플레처 신부님이 친구 사이였다고 했어요."

"매튜에 대해서 좀 더 알고 싶으면 그녀를 만나봐요. 둘이 가깝게 지냈거든."

"가깝게 지냈다 하면 남녀 사이로요?"

"신부님은 그런 얘기 한 적이 없지만 나는 그분의 인생에 누군가 중요한 사람이 있는 듯한 인상을 받았어요."

궁금해진다. 주머니 안에서 내 휴대전화가 웅웅거린다. 무시할까 했지만 확인해보니 발신자가 더킨이다.

"죄송해요. 전화가 와서—"

"괜찮아요, 받아요. 밖으로 나가면 전파가 더 잘 잡힐 거예요."

"고맙습니다."

나는 일어나 부엌을 가로질러서 마당으로 나간다.

"여보세요."

"잭, 내가 보낸 메시지 받았어요?"

"미안해요. 음성사서함 체크 못 했는데."

평소에는 광을 낸 갯지렁이처럼 매끈매끈한 더킨인데 지금은 긴장한 목소리다. 나는 당장 불안해진다.

"무슨 문제가 생겼나요?"

깊은 한숨 소리가 들린다. "사실 조금 심란한 소식이 있는데 당신이 맨 먼저 알아야 할 것 같아서 말이죠."

"뭔데요?"

"브래들리 신부라고 알아요?"

"네, 제 후임이에요. 그분이 왜요?"

"간밤에 세인트 앤 교회에서 공격을 당했어요."

"상태가 어떻대요?"

정적이 흐른다. 끔찍한 소식이 기다리고 있을 때에만 나올 수 있
는 정적이다.

"죽은 모양이에요."

29

그는 열차 창문에 머리를 기댄다. 열차의 움직임에 마음이 진정된다. 서늘한 유리가 지끈거리는 머리를 달래준다.

런던까지는 거의 두 시간 거리이고 거기서 서식스행 열차로 갈아타야 한다. 거기 도착하면 버스를 알아보거나 아니면 걸어가야 할 수도 있다.

다행히 뚱보 신부의 지갑에 현금이 많았다. 열차표를 사고도 조금 남았다. 그는 간밤에 교회에서 잤다. 깨끗하고 별로 춥지 않았다. 심지어 조그만 화장실이 있어서 핏자국까지 씻을 수 있었다.

뚱보 신부는 그가 원하는 정보를 상당히 빨리 알려주었다. 그런데 왜 그렇게 많이, 왜 그렇게 세게 계속 때려야만 할 것 같았는지 기억이 잘 나지 않는다. 그를 쳐다보는 눈빛 때문이었을까. 그의 죄를 용서한다고 나지막이 속삭인 것 때문이었을까. 어쩌면 그 때문에 그의 어머니가 생각나버렸는지 모를 일이었다.

내가 너를 이만큼 사랑해.

"검표가 있겠습니다."

그는 움찔하며 올려다본다. 본능적으로 주먹을 쥔다. 싸울 것인가, 도망칠 것인가. 공격할 것인가, 피할 것인가. 그는 그럴 것 없다고 기억을 환기한다. 주머니에 표가 들어 있지 않은가. 괜찮다. 그는 이 열차에 타고 있으면 안 되는 이유가 전혀 없다. 그냥 평범하게 행동하기만 하면 된다. 맑은 정신으로. 지금 왜 이러고 있는지 기억하며. 그러지 않으면 모든 게 물거품으로 돌아갈 것이다.

차장이 점점 가까이 다가온다. 그는 표를 준비해놓고 똑바로 앉아서 손의 떨림을 애써 멈추려고 한다.

"안녕하세요, 손님."

"안녕하세요."

그는 표를 건넨다. 차장은 구멍을 뚫고 표를 돌려주려다 멈춘다.

공포가 그를 엄습한다. 뭐지? 그가 엉뚱한 말을 하거나 엉뚱한 짓을 저질렀나? 그의 죄책감 어린 표정이나 손에 묻은 핏자국을 눈치챘나?

차장은 웃으며 그에게 표를 돌려준다. "즐거운 여행 되십시오, 신부님."

아, 그렇지.

그는 손끝으로 흰색 칼라를 건드리며 긴장을 푼다.

뚱보 신부는 그가 옷을 벗으라고 했을 때부터 자신의 운명을 간파했다. 커다래진 갈색 눈과 축축해진 팬티로 공포를 드러냈다.

불타는 소녀들

옷이 좀 크긴 하지만 누군가 문제 삼을 정도는 아니다. 그는 미소로 화답한다.

"주님의 은총이 함께하시기를요."

30

"이따 저녁 때 정말로 같이 가지 않을래?"

플로는 경멸하는 눈빛으로 나를 쳐다본다. "주점에서 열리는 퀴즈 대회요? 아뇨, 사양할게요."

"여기 혼자 있어도 괜찮겠어?"

"음, 베이비룸에 넣어주시면요."

"하, 하, 하."

"괜찮을 거예요. 네?"

하지만 플로는 괜찮아 보이지 않는다. 책에 코를 박고 있는 내 딸은 안색이 창백하고 딴 데 정신이 팔렸고 우울해 보인다.

나는 소파로 가서 그녀의 옆에 앉는다. "엄마가 카메라 수리비 어떻게든 마련해볼게. 신용카드를 발급받을 수 있을지 몰라."

"신용카드는 마귀의 작품이라고 하지 않았어요?"

"마귀의 작품은 여러 개이고 어차피 지금 다 하고 있는 걸, 뭐."

"괜찮아요, 엄마. 카메라 때문에 그런 거 아니에요."

"그럼 뭣 때문에 심란한 건데?"

"아무것도 아니에요. 네?" 그녀는 소파에서 몸을 일으킨다. "2층으로 올라갈게요."

"저녁은 어쩔래?"

"나중에 만들어 먹을게요."

"플로?"

"엄마. 그냥 모르는 척해주면 안 돼요? 난 교구 신도가 아니잖아요. 뭐가 문젠지 알고 싶으면 좌우를 둘러봐요."

그녀가 씩씩대며 계단을 올라가 요란하게 문을 닫자 온 사택이 흔들린다.

그렇구나. 뭐, 어쩌면 내가 자초한 일일지 모른다. 나는 소파에 털썩 주저앉아 머리를 문지른다. 두통의 전조가 느껴진다. 지금 제일 내키지 않는 걸 하나 꼽으라면 주점에서 열리는 퀴즈 대회. 하지만 술 한 잔이 간절하다. 브래들리 신부가 계속 생각난다. *공격을 당했어요. 죽었어요.*

더킨의 전언에 따르면 경찰에서는 무단 침입자, 어쩌면 무료 급식을 받은 노숙자 가운데 한 명의 소행이라는 짐작 아래 수사를 진행 중이라고 했다. 브래들리의 지갑과 옷이 없어졌다.

하지만 나는 예감이 안 좋다. 세인트 앤은 내가 있었던 교회다. 그가 나를 찾고 있었을까? 브래들리 신부가 방해가 됐을까?

안 돼. 나는 상황을 종합적으로 분석하며 공포 속으로 나를 몰아

가고 있다. 14년이 지났다. 그가 뉘우치는 모습을 보이지 않았다면, 달라졌다는 걸 증명해 보이지 않았다면 조기 출소됐을 리 없다. 그가 이제 와서 왜 나를 찾겠는가?

하지만 나는 정답을 안다. 내가 그를 남겨두고 떠났기 때문이다. 그러고는 돌아가지 않았기 때문이다.

나는 일어선다. 그만하자. 어쩌면 플로에게 숨 쉴 틈을 주고 나는 나가서 몇 시간 동안 아무 생각도 하지 않는 것이 가장 좋은 방법일지 모른다. 나는 터벅터벅 2층으로 올라가 샤워를 하고 옷을 갈아입는다. 벽에 기대어 세워놓은 전신거울에 내 모습을 비춰본다. 청바지, 검은색 셔츠, 닥터 마틴. 머리를 하나로 높이 묶으려다가 생각을 바꿔서 귀 뒤로 꽂는다. 후드점퍼를 집는다. 아직 후텁지근하지만 걸어오는 길에 추워질 수도 있다.

나는 조심스럽게 플로의 방문을 두드린다. "엄마 나간다."

아무 대꾸가 없다. 나는 한숨을 쉰다. "사랑해."

내가 기다리자 안에서 웅얼웅얼 외치는 소리가 들린다.

"술 너무 많이 마시지 말아요."

나는 살짝 마음을 놓으며 미소를 짓는다. 그냥 10대들의 일반적인 반응이다. 지나갈 거다. 어쩌면 이 모든 게 지나갈지 모른다. 하지만 미리 살짝 준비해서 나쁠 건 없다. 나는 다시 내 방으로 들어가 옷장을 열고 너덜너덜한 가죽 케이스를 꺼낸다. 뚜껑을 열고 뼈로 만든 자루가 달린 칼을 집어 든다. 녹슨 자국을 빤히 쳐다본다. 침대로 들고 가 매트리스 아래에 넣는다.

그가 우리를 찾는다 하더라도 나는 준비가 되어 있을 것이다.

발리 마우는 환하게 불을 밝혔다. 주점 나들이는 오랜만이다. 나는 술을 별로 즐기지 않는다. 가끔 집에서 레드 와인을 마시는 정도다. 신부가 술집에서 테킬라를 들이켜는 모습을 보이면 쓰겠는가. 게다가 나는 폭주하는 느낌이 싫다. 이성을 잃고 무슨 말을 해야 될지 몰라서 헤매는 게 싫다.

문 앞에 다다른다. 7시 37분이다. 나는 망설이며 흰색 칼라를 만지작거린다. 신경성 틱이다. 마음을 토닥이고 격려하려는 행동이다. 칼라 착용 여부는 얼마든지 선택할 수 있다. 가끔 나도 착용하지 않을 때가 있다. 하지만 흰색 칼라의 특징이 있다면 방패 역할도 한다는 것이다. 사람들 눈에는 흰색 칼라만 보일 뿐, 그걸 하고 있는 사람은 보이지 않는다.

나는 문을 밀어서 연다. 주점 특유의 냄새가 난다. 맥주, 음식, 묵은 가구, 찌든 땀. 웃음소리와 잔 부딪치는 소리. 뒤편 주방에서 알아들을 수 없는 말을 크게 외치는 사람. 나는 안으로 들어가 주변을 잽싸게 살핀다. 흰색 칼라를 건드리는 것과 비슷한 습관이다. 상황을 파악하기. 적과 친구를 구분하기. 퇴로를 찾기.

주점은 천장이 낮고 아늑하다. 왼쪽에는 카운터와 조그만 테이블석이 있다. 오른쪽에는 불을 지피지 않은 큼지막한 벽난로, 테이블과 의자, 낡은 가죽 소파 두 개가 놓여 있다. 벽은 벽돌이고 '유머러스한' 팻말이 몇 개 걸려 있다.

돈으로 행복을 살 수는 없지만 맥주는 살 수 있다.

술을 마신들 문제가 해결되진 않지만 그건 물도 마찬가지다.

개는 환영하고 애는 못 본 척하고.

벽난로와 장작더미 주변에 황동 냄비와 주물 팬이 걸려 있다. 손님들 대부분이 나이가 많다. 몇 명은 개를 데리고 왔다. 그런 분위기의 주점이다.

왼쪽에는 카운터를 중심으로 좀 더 젊은 남자들이 모여서, 양쪽 눈에 시커멓게 멍이 들고 코가 부은 건장한 직원과 대화를 나누고 있다. 내가 들어서자 그 직원이 흘끗 쳐다보더니 한 친구에게 뭐라고 얘기한다. 그들이 웃음을 터뜨린다. 나는 못 들은 척하려고 하지만 턱에 힘이 들어가는 것을 느낄 수 있다.

"잭, 여기요!"

나는 러시턴의 목소리를 듣고 고개를 돌린다. 그가 구석자리 동그란 테이블에서 나를 향해 손을 흔든다. 클라라가 옆에 앉아 있지만 마이크 서더스는 아직 보이지 않는다. 나는 개를 두어 마리 넘어가며 좁은 틈을 비집고 그들 쪽으로 다가간다. 러시턴의 앞에는 에일 맥주가, 클라라의 앞에는 레드 와인이 놓여 있다. 내가 테이블 앞에 다다르자마자 러시턴이 자리에서 일어나 나를 따뜻하게 끌어안는다.

"와줘서 정말 고마워요. 뭐 마실래요?"

"음." 나는 다이어트 콜라를 마시겠다고 할까 하다가 생각한다. 에이 씨, 됐다 그래. "레드 와인요. 말벡이나 카베르네 소비뇽 있으면 그걸로 부탁드릴게요."

"오케이."

그는 총총히 멀어지고 나는 의자를 꺼내 클라라의 맞은편에 앉는다. 오늘 저녁에는 머리를 풀어서 은은하게 반짝이는 새하얀 망토가 어깨를 덮고 있다. 나는 조앤이 보여준 옛날 사진을 떠올린다. 촌스러운 클라라. 잘생긴 그레이디.

그녀가 그를 위해 거짓말을 했을 수도 있을까?

"그래, 어떻게 지냈어요?" 그녀가 따뜻하게 묻는다.

"아, 잘 지냈어요."

"결혼 상담은 잘했어요?"

"성전환을 하거나 가짜 수염을 달아야 할까 봐요."

그녀는 웃음을 터뜨린다. "그 커플도 생각이 바뀔 거예요. 조금 시야가 좁은 사람들도 있거든요."

"알아요. 이런 촌극이 처음도 아니에요."

"그러게요."

러시턴이 빨간 액체가 담긴 큼지막한 잔을 든 채 마이크 서더스를 뒤에 거느리고 돌아온다.

"내가 카운터에서 누굴 만났게요?"

러시턴은 얼굴을 환히 빛내며 와인을 내 앞에 놓는다.

"카베르네 소비뇽이에요. 그리고 마이크는 만났을 테니 소개는 필요 없겠죠?"

"네." 나는 깍듯하게 미소를 지어 보인다. "차는 어때요?"

"다시 네 바퀴로 돌아갔어요. 지난번에는 감사했어요."

"별말씀을. 그리고 제가 했던 얘기는ㅡ"

"걱정 마세요." 그는 내 옆 의자에 앉고 오렌지주스 잔을 테이블 위에 내려놓는다. "그래서, 신부님은 전문 분야가 뭐예요?"

나는 잠깐 그를 멍하니 바라본다. "아, 퀴즈요?"

"클라라는 우리 팀의 상식 담당이에요." 러시턴이 말한다. "나는 스포츠고."

"당신은요?" 나는 마이크에게 묻는다.

"텔레비전과 영화요."

"아하." 나는 와인을 한 모금 마신다. "음, 저는 책을 좋아해요."

"좋아요. 그럼 책이라고 하면 되겠네요."

"머리에 녹이 좀 슬었을 수도 있는데."

러시턴은 빙그레 웃는다. "걱정 말아요. 그냥 재밌자고 하는 거니까."

마이크와 클라라가 서로 눈빛을 주고받는다.

"왜요?"

"그 말에 속아 넘어가지 말아요." 마이크가 말한다. "퀴즈 대회를 목숨 걸고 하거든요."

"그러니까 걱정되잖아요."

"그럴 것 없어요." 클라라가 말한다. "그냥 생사가 걸린……."

그녀가 말을 멈추고 문 쪽으로 시선을 빼앗긴다. 나는 고개를 돌린다. 저녁의 찬 공기와 함께 두 사람이 들어온다. 사이먼과 엠마 하퍼다. 나는 마이크를 흘끗 쳐다본다. 그의 표정이 딱딱하게 굳고 턱에 힘이 들어갔다. 두 눈에서 드러나는 고통이 만져질 정도다. 그는 시선을 떨어뜨리고 갑자기 테이블에 놓인 퀴즈 답안지에 집중한다.

"자, 그럼 팀 이름을 정할까요?" 러시턴이 얼른 말한다. "새로운 팀원이 영입됐으니 이름을 새로 짓는 게 좋겠어요."

"당연하죠." 클라라가 맞장구친다. "새롭게 시작하는 의미에서."

그들은 기대 어린 눈빛으로 나를 쳐다본다. 이것이 바로 내가 주점에서 열리는 퀴즈 대회를 싫어하는 또 하나의 이유다.

"음……."

"사총사." 러시턴이 먼저 의견을 내놓는다.

"삼위일체." 클라라가 말한다.

"삼위는 셋이라는 뜻이잖아요." 내가 알려준다.

"아, 맞다."

"계시록의 네 기사."* 마이크가 제안한다.

질병, 전쟁, 기근 그리고 죽음.

나는 미소를 짓는다. "그거 괜찮네요."

우리는 진다. 예상했던 대로 처참하게. 장화를 신고 바버 재킷을 입고 (다소 아이러니하게도) 자칭 '즐거운 농부들'이라는 뚱한 표정의 남자들이 우승을 거머쥐는데, 트랙터 관련 질문이 수상하리만치 많았던 것이 도움이 되지 않았을까 싶다.

하지만 뜻밖에도 나는 즐거운 시간을 보낸다. 러시턴과 클라라

---

* 성경의 「요한계시록」에 말을 타고 등장한다고 소개된 네 사람을 뜻한다.

는 유쾌한 술동무이고 마이크도 은근히 재밌다. 몸에서 긴장이 살짝 풀리기 시작한다.

"이번 술은 제가 살게요." 마이크가 자리에서 일어선다.

"나는 스페클드 헨 한 잔 부탁해요." 러시턴이 말한다. 클라라가 그를 향해 눈을 흘긴다. "음, 그럼 반 잔."

마이크는 나를 흘끗 쳐다본다. "같은 걸로 하실래요?"

나는 고민한다. 이미 한 잔 가득 마셔서 탄산음료를 마셔야 할 것 같은데……

"좋아요." 나도 모르게 이렇게 대답하고 만다.

그는 고개를 끄덕이고 카운터로 향한다. 나는 화장실에 다녀오는 편이 좋겠다는 생각이 든다.

"잠깐 화장실에 다녀올게요." 나는 자리에서 빠져나온다.

화장실은 카운터 뒤편에 숨어 있다. 비스듬한 천장 아래로 칸막이 두 개와 조그만 세면대와 거울이 갖추어져 있다. 안에서 물을 내리는데 카운터와 연결된 문이 열리는 소리가 들린다. 나는 칸막이 밖으로 나갔다가 엠마 하퍼와 정면으로 마주친다. 왠지 모르겠지만 그녀가 나를 따라 들어온 게 분명하다는 생각이 든다. 우리는 화장실에서 누굴 만났을 때 그러듯 서로 쳐다보며 어색하게 미소를 짓는다.

"안녕하세요."

"안녕하세요."

나는 손을 씻으며 엠마가 칸막이 안으로 들어가겠거니 생각한다. 그런데 아니다. 그녀는 내 옆으로 다가와 거울을 보며 머리를 만진다. 환한 형광등 불빛이 비추는 가운데 가까이서 보니 피부가 반질반질하게 팽팽하고—리프팅을 했나? 필러를 맞았나?—수술을 한 코가 깎은 듯이 뾰족하다. 형광등 불빛은 밀가루 반죽 같은 내 피부색에도 도움이 되지 않는다. 나는 수돗물을 잠그고 종이 타월을 향해 손을 내민다.

"여기서 뵙게 될 줄은 몰랐어요." 그녀가 혀가 약간 꼬인 듯한 발음으로 얘기한다.

"클라라가 불렀어요. 퀴즈 대회 같이 하자고."

"재미있으셨어요?"

"네." 나는 종이를 뭉쳐서 쓰레기통에 던진다. "퀴즈를 딱히 좋아하지는 않지만요."

"저도 그런데, 이 마을의 전통 비슷한 거예요." 그녀는 삐딱하게 미소를 짓는다. "사이먼은 전통에 목숨을 걸어요. 집안사람들 모두 이 근처 출신이죠."

"부인은 아니고요?"

"저요? 아니에요. 저는 브라이튼에 있는 대학교에서 사이먼을 만났어요. 몇 년간 거기서 살다가 결혼한 뒤에 여기로 내려왔어요."

"아, 왜요?"

"농장 때문에요. 아버님이 이제 일을 그만두겠다며 사이먼에게 물려주고 싶어 하셨거든요."

"그렇군요. 부인도 찬성하셨고요?"

"선택의 여지가 별로 없었어요. 로지를 임신한 상태였고—사이먼은 원하는 건 뭐든 차지하는 성격이라."

신랄한 말투라는 걸 모르려야 모를 수가 없다. 술은 효과가 엄청난 진실의 묘약이다.

"신부님은 어떠세요?" 그녀가 묻는다.

"아, 슬슬 적응하고 있어요."

그녀는 주머니에서 립스틱을 꺼내 바르기 시작한다. "마이크하고 잘 지내시나 봐요."

"저야 모든 교구 신도들과 잘 지내려고 하죠." 나는 침착하게 대답한다.

"그 집 딸이 어떻게 됐는지 들으셨죠?"

"네, 안타깝게 생각해요. 아이의 죽음은 비극이죠. 모두에게."

그녀는 거울 속의 나를 빤히 쳐다본다. 동공이 수축돼 있다. 립스틱을 잡은 손이 살짝 떨린다. 그냥 술을 몇 잔 마신 게 아닐 수도 있겠다. 약물일까?

"제가 잘못한 게 아니었어요."

"알아요."

"아세요?"

"끔찍한 사고가 벌어진 모양이던데요."

"심지어 그날 오후에 내가 타라를 맡기로 되어 있지도 않았어요. 마이크가 부탁해서 맡아준 거예요. 학교가 끝나면 타라를 우리 집으로 데려가달라고 전화해서 사정하길래."

"왜요?"

그녀는 희미하게, 비웃음에 가까운 미소를 짓는다.

"왜냐하면 술을 마셨거든요. 운전을 할 수 없을 만큼 심하게. 그날이 처음도 아니었어요."

마이크가 술을 끊었다고 했던 게 생각난다. 그리고 오렌지주스.

"그에게 알코올 문제가 있었나 봐요?"

"알코올중독자였어요. 점점 심해져서 피오나가 헤어질까 고민 중이었고요. 피오나는 그에게 마지막 기회를 줬어요. 그걸 날리면 타라와 함께 떠나겠다고. 그는 타라를 못 보게 된다는 생각조차 감당할 수가 없었죠."

이 얄궂은 운명에 나는 목이 멘다.

"그래서 부인이 그의 대타를 자청하셨군요?"

"나는 돕고 싶었을 뿐이에요. 물론 애들을 로지한테 맡긴 게 실수였다는 건 알지만 몇 분 거리였고……."

"자책하지 마세요."

물론 애한테 애를 맡기고 외출한 건 경솔한 처사였다. 당시 로지는 열세 살밖에 안 됐을 것이다. 하지만 나도 바쁘거나 딴 데 정신이 팔려서 플로를 시야에서 놓친 적이 얼마나 많았던가. 세상에 완벽한 사람은 없다. 그리고 우리 모두 그런 일은 우리에게 절대 벌어질 리 없다고 생각한다. 나쁜 일은 남들에게만 벌어지는 거라고.

그녀가 고개를 젓는다. "엄마로서 아이들을 안전하게 지키려고 기를 쓰잖아요? 그러다 잠깐 한눈판 순간에 애들을 빼앗길 수도 있어요."

"앞날을 예측할 수 있는 사람은 없죠."

"하지만 저는 예측했어야 했어요." 그녀는 좀 더 날카로운 눈빛으로 나를 쳐다본다. "악마가 있다고 믿으세요, 신부님?"

나는 머뭇거린다. "악한 행동은 있다고 생각해요."

"사악하게 태어나는 사람은 없다고 보세요?"

나는 그렇다고 대답하고 싶다. 인간은 모두 백지 상태로 태어난다고. 살인범, 성폭행범, 소아성애자는 사악한 영혼이 아니라 환경의 탓이라고. 하지만 나는 교도소에서 수많은 범죄자를 만났다. 그들 가운데 일부는 끔찍한 환경과 충격적인 양육의 피해자였다. 같은 패턴의 학대가 계속 반복됐다. 하지만 다른 경우는? 다른 경우는 자애로운 부모와 훌륭한 가정에서 성장했음에도 사람을 죽이고 고문하고 불구로 만드는 길을 선택했다.

"인간은 누구나 선할 수도 있고 악할 수도 있다고 생각해요." 나는 말한다. "하지만 한쪽이 다른 쪽보다 월등한 경우가 더러 있죠."

그녀는 고개를 끄덕이고 입술을 깨문다. 나는 그녀를 유심히 바라본다. 뭔가가 있다. 그 매끈하고 반질반질한 표면 아래에. 보톡스와 약물로 간신히 감춘 그곳에.

"엠마." 나는 말한다. "하고 싶은 얘기가 있으면 언제든 교회로 찾아와요. 내가—"

카운터와 연결된 문이 벌컥 열린다. 트위드 치마에 장화를 신은 노파가 들어와 우리에게 고개를 끄덕이고 칸막이 안으로 들어간다.

"엠마?"

그녀는 다시 가면을 단단히 쓰고 미소를 짓는다. "말씀 감사했어요, 신부님. 나중에 애들도 서로 만나게 해야겠어요. 저 먼저 나갈게요."

이윽고 그녀는 한 줄기 향수 냄새와 아픔을 남기고 사라진다.

나는 한숨을 쉬고 거울 속의 내 모습을 돌아본다. 가끔 내 얼굴을 보고 깜짝 놀랄 때가 있다. 축 늘어진 눈 밑, 묵직한 턱살. 엠마가 바늘과 칼로 자신을 변장하는 쪽을 선택했다면 나는 정반대다. 나는 그냥 나를 놓아버렸다. 소녀 시절 내 모습을 세월이 지워버리도록 방치했고 눈가의 주름과 중년의 군살 뒤로 숨겨버렸다.

나는 그녀가 한 말을 다시금 떠올린다. *악마가 있다고 믿으세요?* 사악하게 태어나는 사람이 있을까? 본성 대 양육. 만약 그렇게 태어나는 사람이 있다면 달라질 수 있을까? 아니면 본성을 부인하고 내면의 악을 감추고 노력하고 적응하며 남들처럼 행동하는 것이 최선일까? 정답은 모르겠지만 그녀가 누굴 염두에 두고 한 얘긴지 궁금하기는 하다.

나는 다시 자리로 돌아가 앉는다. 마이크가 내 와인 잔을 테이블 너머로 밀어준다.

"여기요."

"고마워요."

"오래 계셨네요."

"줄 서서 기다리느라요."

그는 고개를 끄덕이고 오렌지주스를 집는다. 이제는 금주하는 이유가 이해가 된다. 속죄다. 딸아이의 죽음을 두고 자책하는 거다. 그의 잘못이 아니라 단순히 예기치 못한 비극이었음에도. 모든 비극이 그렇다. 감당하기 힘든 것도 그 때문이다. 인생이 무작위적이고 종종 잔인하다는 것을 받아들이기가 힘든 것이다. 우리는 비난할 대상을 찾는다. 이유 없이 벌어지는 일도 있다는 것을 받아들이지 못한다. 모든 게 우리 통제 안에 있지 않다는 것을. 우리는 하느님의 자비와 지혜와 은총 없이 우리만의 세상에서 작은 신을 자처한다.

나는 와인 잔을 들어서 크게 한 모금 마신다.

"그래, 당신 생각은 어떤가요, 잭?" 러시턴이 내 생각을 방해하고 나선다. "우리가 아주 중요한 신학적인 문제에 대해 토론하고 있었거든요."

"아, 그래요?"

"네, 영화 역사상 가장 훌륭한 악당은 누구인가? 알 파치노인가, 잭 니컬슨인가?"

나는 미소를 짓는다. "악당은 남자라야 한다고 누가 법으로 정해놨나요?"

31

내가 너라면 리글리하고는 멀찌감치 떨어져서 지내겠어. 다치고 싶지 않으면.

빌어먹을 로지. 이 아이가 나쁜 년이고 공갈범이긴 하지만 과연 거짓말쟁이기도 할까? 플로는 로지 하퍼가 꽈배기가 될 때까지 진실을 배배 꼬고도 남는 아이라고 장담할 수 있었다. 하지만 리글리에 대해 경고할 때 그녀의 표정에는 뭔가가 있었다. 플로는 그게 마음에 들지 않았다.

플로는 인터넷에서 기사를 찾았다. 지역신문 1면 기사였다. 누가 펀다운 아카데미 체육관에 불을 질렀다. 그 때문에 체육관이 전소됐지만 본관으로 번지지는 않았다. 소방관이 창고에 갇혀 있던 여학생을 구조했다.

학생 하나가 방화 혐의로 체포됐다. 이 학생이 기소됐다는 얘기는 없었다. 방화 혐의범과 여학생의 이름도 없었다. 리글리가 아니었을 수도 있다. 그리고 리글리였다 한들 기소가 되지 않았다면 증거가 부족했다는 뜻이다. 전부 헛소문일 수 있다. 학교에서는 소문이 산불처럼 번진다.

최악의 경우는 리글리가 불을 지른 게 *사실*로 밝혀지는 것이다. 그게 나쁜 짓이기는 하다. 하지만 그렇다고 해서 창고에 누가 있는 걸 그가 알았다는 뜻이 되지는 않는다. 사고였을 수도 있다.

하지만 그녀는 과연 그를 얼마나 잘 알고 있을까?

"*내가 만약 널 죽이고 싶었다면 우물이 있다고 알려주지도 않았을 거야.*"

그녀는 집에 왔을 때 그 생각을 지워버리려고 책을 집어 들었다. 클라이브 바커의 작품을. 하지만 소용없었다. 머릿속이 계속 간질거렸다. 잠시 후에 엄마가 들어와 주점에서 열린다는 한심한 퀴즈 대회에 대해 떠들어댔다. 그녀는 견디지 못했다. 버럭 화를 내고 말았다. 엄마한테 터뜨리면 안 되는 거였는데. 엄마가 잘못한 것도 아니었는데.

그녀는 침대 위로 드러눕는다. 이런 병신 같은 짓을 저지르다니. 그런데 정말로, 정말로 엿 같은 건 방화보다 다른 데 더 신경이 쓰인다는 거다. 로지가 리글리를 빨아주었다고 한 것. 그가 여학생을 태워서 죽일 뻔했을지 모른다는 사실보다 로지가 그의 거시기를 빨아주었다는 데 더 신경이 쓰인다. 질투가 난다. 바보처럼. 그녀가 그와 보낸 시간은 몇 시간밖에 되지 않는다. 하지만 그는 다르다고 생각했다. 그는 여기서 사귄 유일한 친구다. 그런데 알고 보니 방화

범에다 로지 같은 년에게 넘어가는 등신이었다.

방문을 조용히 두드리는 소리가 들린다.

"엄마 나간다."

그녀는 아무 대꾸도 하지 않는다. 분노로 목구멍이 막혔다.

"사랑해."

엄마가 잘못한 것도 아니잖아.

"술 너무 많이 마시지 말아요." 그녀는 툴툴대며 외친다.

엄마가 다시 방으로 들어갔다가 터벅터벅 1층으로 내려가는 소리가 들린다. 현관문이 닫히고 플로는 혼자 남겨진다. 그녀는 몸을 뒤집고 다시 책에 집중하려고 한다. 하지만 창문을 열어놓아도 방이 작아서 너무 덥다. 게다가 폐소공포증을 유발하는 정적 때문에 집중이 잘되지 않는다. 그녀는 혼자 있다는 걸 알면서도 자기도 모르게 긴장하며 무언가가 등장해 그 정적을 깨뜨리길 기다린다. *저 섬뜩한 소리는 뭐지?* 아무도 없는 집에서 계단이 삐걱거린다. 보이지 않는 발이 조용히 걸어오는 소리가 들린다. 어쩌면 머리도 팔도 없는 버닝 걸의 발일지 모른다.

그런 상상 그만 좀 해! 그녀는 헤드폰을 집어서 쓰고, 다른 데로 정신을 돌릴 수 있게 시끄럽고 펑키한 음악을 선택한다. 프랭크 카터 앤드 더 래틀스네이크스다.

앨범을 거의 다 듣고 책을 몇 꼭지 더 읽었을 때 배에서 소리가 난다. 엄마에게는 아니라고 했지만 배가 고파서 쓰러질 것 같다. 하루 종일 먹은 게 머핀 반쪽뿐이다.

그녀는 침대에서 몸을 일으켜 방문을 열고 1층으로 내려간다. 밖은 아직 어둠이 완전히 깔리지 않았고 불을 전부 켜놓았지만 사택은 항상 어둑어둑하다. 방에 뭔가가 있다. 빛이 안쪽 구석까지 미치지 않는 느낌이다.

더운 날씨에도 불구하고 그녀는 몸을 부르르 떤다. 또다시 공포 소설을 너무 많이 읽었다. 이러다 빌어먹을 피에로가 보이겠다. 그녀는 부엌으로 들어가 냉장고 문을 열고 안을 살핀다. 엄마가 장을 봐 왔지만 여전히 뭐가 많지 않아 보인다. 요리와 가사는 엄마의 주특기가 못 된다. 엄마도 최선을 다하고는 있지만 앞치마를 입고 부엌을 한 바퀴 돌면 진수성찬이 뚝딱 나오는, 텔레비전 속의 그런 엄마가 될 가능성은 없다.

달걀과 치즈와 피망이 보인다. 오믈렛을 만들어 먹으면 될 것 같다. 그녀는 냉장고에서 재료를 꺼내 식탁 위에 놓는다. 그런 다음 식기 건조대에서 칼을 꺼내러 개수대 앞으로 간다.

창밖의 뭔가가 눈에 들어온다. 회색 묘비 사이로 흰색의 뭔가가 번쩍 하고 움직인다. 이 각도에서는 교회 왼쪽으로 좁은 묘지와 교회밖에 보이지 않는다. 그녀는 실눈을 뜬다. 잠시 후에 다시 보인다. 사람이다. 여자아이인가? 묘지에서 교회를 향해 빠르게 움직이고 있다. 플로는 본능적으로 몸을 돌리고 카메라를 찾다가 박살 났다는 걸 기억한다. 다시 고개를 돌려보니 아이는 보이지 않는다. 애초에 있었던 게 맞는지 모르겠지만.

그녀는 고민한다. 뒤를 밟고 싶은 마음이 굴뚝같다. 하지만 해 질 녘에 유령 같은 아이를 따라 아무도 없는 교회로 들어가는 건 '멍청한 영화 속 여주인공이 되는 법: 기본편'이나 다름없다. 뿡브라와

핫팬츠를 입고 있다면 좀 더 빤한 장면을 연출할 수도 있을 텐데.

그래도 왠지 모르게 마음이 쓰인다. 그녀는 휴대전화를 집어 들고 현관으로 향한다. 식기 건조대에서 꺼낸 칼을 아직 들고 있다. 작고 예리한 채소용 식칼이다. 그녀는 다시 가져다놓을까 고민하다가 청바지 뒷주머니에 넣는다. 만일의 경우에 대비하기 위해서다.

밖으로 나왔는데도 별로 시원하지 않다. 빠져나가지 못한 열기 탓에 공기가 답답하게 느껴진다. 그녀는 각다귀 몇 마리를 손으로 때려잡는다. 엄마는 이 녀석들을 항상 천둥 파리라고 부른다. 폭풍의 전조라고 한다. 도시에서는 가로등이 깜빡이며 켜질 시각이다. 이곳은 사택 창문으로 보이는 희미한 불빛 말고는 고요하게 내려앉은 잿빛 어둠뿐이다. 은색과 짙은 회색의 하늘뿐이다.

그녀는 교회를 쳐다본다. 오늘 저녁에는 교회가 조금 귀신처럼 보인다. 과거의 유령 같다. 그녀는 울퉁불퉁한 길을 가로질러 문 쪽으로 걸어간다. 문이 열려 있다. 엄마가 저녁마다 잠가놓지 않나?

그녀는 망설인다. 엄마에게 연락할 수도 있지만 그러면 엄마는 기겁하며 달려올 것이다. 공기총 사건 때문에 이미 신경이 곤두선 상태다. 플로는 엄마에게 자신을 어린애 취급할 핑계 하나를 더 안겨주고 싶지 않다. 게다가 문은 아무 문제 없어 보인다. 억지로 연 흔적이 없다. 설마 누가 교회에 몰래 들어갈까. 훔칠 게 뭐가 있다고. 오래돼서 곰팡이가 핀 커튼? 제단 옆 조화? 엄마가 깜빡했을 것이다. 엄마는 여기로 이사 온 이래 딴생각을 하느라 제정신이 아니니까.

플로는 문을 좀 더 활짝 연다. 교회 안은 훨씬 어둡다. 그녀는 문 앞에 서서 눈이 어둠에 적응할 때까지 기다린다. 그런 다음 예배실 안으로 들어가 좌우를 둘러본다. 높은 창문에서 희미한 빛이 먼지와 함께 좁고 길게 쏟아진다. 제단 양옆의 신도석이 흐릿한 형체의 예배자들처럼 보인다. 거기에는 아무도 없는 것 같다. 예배실 전체가 비어 있는 것 같다. 그도 그럴 것이 2층은 보이지 않는다.

그녀는 통로를 따라 몇 발짝 걸음을 옮긴다. 중간쯤 가서 호흡이 진정됐을 때 쿵 하는 묵직한 소리가 건물을 뒤흔든다. 그녀는 펄쩍 뛰며 몸을 홱 돌린다. 문이 닫혀 있다. 그녀는 눈을 깜빡인다. 먼지가 허공에서 빙글빙글 소용돌이친다.

그리고 잠시 후에 그녀는 그 아이를 본다. 통로 저 끝에 서 있다. 하얀 원피스를 입었고 검은 머리다. 지난번에 보았던 그 아이가 아니다. 이 아이는 머리도 있고 팔도 있다. 플로는 팔에 소름이 돋고 심장박동이 조금 빨라지는 것을 느낀다. 더듬더듬 휴대전화를 찾는다. 이번에는 사진을 찍고야 말 것이다.

여자아이가 고개를 숙여 헝클어진 검은 머리로 얼굴을 가리고서 천천히 그녀에게 다가온다. 지저분한 흰색 멜빵 원피스를 입었고 맨발이다. 왜소하지만 어린애는 아니다.

"괜찮아?"

아이는 아무 말도 하지 않는다.

"걱정 마. 해치지 않을게."

그녀는 여전히 대꾸가 없다.

"나는 플로야. 너는—"

아이가 고개를 든다.

플로는 비명을 지른다. 아이의 얼굴이 뼈와 조그만 치아가 녹아 내릴 정도로 새까맣게 탄 숯덩이다. 눈이 있어야 할 곳엔 시커먼 구멍뿐이다. 플로는 공포로 숨을 헐떡이며 비틀비틀 뒷걸음질 친다.

아냐, 아냐, 아냐. 있을 수 없는 일이야.

그녀가 경악하며 지켜보는 가운데 아이의 머리칼에서 불똥이 튀고 불이 붙는다. 손끝과 발끝에서도 불길이 치솟아 아이의 팔다리를 탐욕스럽게 핥으며 기어올라가 불에 탄 종이처럼 피부를 시커 멓게 그을려놓는다.

끔찍한 악몽이야. 섬뜩할 정도로 생생한 악몽. 깨어나야 하는데.

아이가 활활 타오르는 두 손을 앞으로 내밀고 점점 가까이 다가온다. 플로는 열기를 느낄 수 있고 살이 타는 고약한 냄새를 맡을 수 있고 아이의 살갗이 지글지글 익는 소리를 들을 수 있다.

너무 생생해.

그녀는 뒤로 다시 한 걸음 물러난다. 그녀의 등이 제단에 부딪힌다. 아이는 계속 다가온다. 플로의 두피가 따끔거린다. 땀이 겨드랑이를 적신다. 이건 꿈이 아니다. 여기서 빠져나가야 한다.

그녀는 무작정 오른쪽으로 쏜살같이 달려나갔다가 깨진 판석 주변에 임시로 쳐놓은 바리케이드를 들이받는다. 그녀는 발이 걸려서 비틀거렸다가 다시 균형을 잡고 바리케이드를 뛰어넘는다. 그녀의 발이 바닥에 부딪히고…… 그대로 아래로 추락한다.

그녀는 비명을 지른다. 통증이 다리를 관통한다. 휴대전화가 손에서 날아간다.

젠장. 다리가 끼었다. 움직일 수가 없다. 그녀는 허둥지둥 사방을

두리번거린다. 교회와 주변이 빙글빙글 헤엄치고 초점이 맞지 않는다. 그녀는 충격과 통증을 느끼는 와중에도 열기와 냄새와 여자아이가 사라졌다는 사실을 깨닫는다. 그녀 혼자다.

아래를 내려다본다. 왼쪽 다리가 교회 바닥을 뚫고 반쯤 들어갔다. 바스러진 돌이 무너진 모양인데 무릎이 깨진 판석 사이에 끼었다. 그녀는 무릎을 꺼내보려고 한다. 선명한 통증이 다시금 다리를 관통한다. 휴대전화는 손이 닿지 않는 곳에 있다. 당연히 그렇겠지. 어차피 이 안에서는 신호도 잡히지 않겠지만 그래도 그녀는 손끝이 몇 센티미터 늘어나주길 바라며 있는 힘껏 손을 뻗는다. 소용이 없다. 어림 반 푼어치도 없다.

그녀는 흐느낌을 참는다. 엄마는 최소 한 시간은 있어야 돌아올 것이다. 엄마가 그녀의 방을 들여다보지 않으면 어쩐다? 아니다. 들여다볼 거다. 당연히 그럴 거다. 그럼 교회를 체크하겠지? 하지만 그러지 않는다면? 그녀가 자는 줄 안다면? 그만해. 그녀는 속으로 중얼거린다. 당황하지 마. 누구라도 올 거야…… 잠깐!

무슨 소리가 들린다. 교회 문이 열리는 소린가? 발소리다. 그렇다, 분명 발소리다. 그녀는 몸을 돌려보려고 한다. 바닥에 쓰러진 이 각도에서는 누군지 보이지 않는다. 하지만 분명 엄마일 것이다. 일찍 돌아오신 모양이다. 안도감이 파도처럼 그녀를 덮친다.

그녀가 엄마라고 외치려는 순간, 맨 마지막 신도석을 돌아 나온 그 사람이 시야에 들어온다. 나오려던 말이 그녀의 입 안에서 오그라든다. 그녀는 고개를 든다. 공포가 목젖을 두드린다.

"플로."

그녀는 더듬더듬 뒷주머니에서 칼을 꺼낸다.

"뒤로 물러나. 가까이 오지 마."

32

러시턴은 맥주잔을 내려놓고 아쉬워하는 눈빛으로 주위를 둘러본다. "재밌었는데 이제 그만 가야겠네요."

클라라가 자리에서 일어선다. "와줘서 정말 좋았어요, 잭. 새로운 피가 수혈돼서."

"맞아요. 그리고 오늘 성적이 지금까지 중에 최고였지 않나 싶은데." 러시턴은 낡은 파란색 파카에 팔을 넣으며 덧붙인다.

"최악의 성적은 어느 정도였는지 알고 싶지 않네요." 내가 대꾸한다.

러시턴은 웃음을 터뜨린다. "그 얘긴 하지 맙시다."

"저도 재밌었어요." 나는 말하고 진심이라는 걸 깨닫는다. 그날 저녁 그리고 함께한 사람들, 모두 좋았다.

"다행이에요. 재밌었다고 하니 좋네요. 조만간 또 봅시다."

나는 러시턴과 클라라가 나가는 것을 보고 있다가 후드점퍼를 집는다.

"가시게요?" 마이크가 묻는다.

나는 망설인다. 이제 그만 가야 한다. 와인을 두 잔 마셨다. 평소 주량이다. 플로도 기다리고 있다. 하지만 기분이 말랑말랑하고 편안하다. 이제 겨우 9시 30분이다. 한 잔 더 한다고 안 될 것 없지 않을까?

"글쎄요."

"제가 태워다 드릴게요."

"작은 걸로 딱 한 잔만 더 마실게요."

"그러세요."

나는 후드점퍼를 다시 의자 등받이에 걸고 그는 어슬렁어슬렁 카운터로 걸어간다. 나는 엠마와 사이먼 하퍼가 가고 없는 것을 보고 화장실에서 나눈 대화를 다시금 떠올린다. 엠마는 분명 술을 마셨고 어쩌면 다른 것도 했다. 그걸 가지고 왈가왈부하려는 건 아니지만. 죄책감은 상심과 비슷한 면이 있다. 영혼의 암세포다. 둘 다 사람을 안에서부터 갉아먹는다. 하지만 상심은 그것과 더불어 살아가는 법을 배울 수 있는 반면 죄책감은 시간이 지날수록 종양성 촉수를 뻗으며 점점 더 커진다.

마이크가 내 몫으로 작은 잔에 든 와인을, 자기 몫으로는 블랙커피를 들고 돌아온다.

"카베르네 소비뇽이 다 떨어졌대요. 메를로도 괜찮아야 할 텐데."

"좋아요." 나는 고개를 끄덕인다. "내가 속물이라 그런지 몰라도 첫 잔 이후에는 와인 맛이 대부분 비슷하더라고요."

그는 미소를 짓는다. "끊은 지 좀 됐지만 동의하는 바입니다."

나는 잔을 든다. "무식한 우리의 미각을 위해."

그는 커피 잔을 든다. "두말하면 잔소리지만 나는 이제 끔찍한 커피 속물이 되었어요."

"그건 맛이 어때요?"

그는 한 모금 마신다. "나쁘지 않아요. 조금 밍밍한 편이지만 노력한 흔적이 보여요. 깡통 커피라는 걸 감안하면."

나는 폭소를 터뜨린다. 우리는 와인과 커피를 한 모금씩 마신다. 어색한 정적이 흐르고 우리는 동시에 말문을 연다.

"저기—"

"먼저 얘기하세요." 그가 말한다.

"음, 지난번에 첫 단추를 잘못 뀐 거 사과하고 싶었어요. 내가 중증 실언증 환자거든요."

"신부가 그런 병이 있으면 좀 골치 아프겠는데요?"

"비상착륙해가며 어찌어찌 버티고 있어요."

그는 심벌즈 부딪치는 흉내를 낸다. 그러고는 좀 더 호기심 어린 눈빛으로 나를 쳐다본다. "오해하지 않으셨으면 좋겠고 선을 넘는 발언이 아니었으면 좋겠지만 신부님은 별로 신부 같지 않아요."

"여자라서요?"

"아뇨, 아뇨." 그는 얼굴을 붉힌다.

"농담이에요."

"네, 뭐랄까 좀…… 고루하지가 않아요."

나는 빙그레 웃는다. "고루하지 않다고요? 그런 말 처음 들어요."

"아니, 대개는 칼라가 없어도 신부를 알아볼 수 있거든요. 러시턴 신부님만 봐도 알 수 있다시피. 하지만 신부님은 좀 더…… 정상적이에요. 으악." 그는 두 손에 고개를 묻는다.

"자." 내가 말한다. "삽질 멈출 수 있게 내가 삽을 치워드릴게요." 나는 와인을 한 모금 마신다. "무슨 뜻인지 알아요."

"그래요?"

"나는 신부를 많이 만나요. 남자도 여자도. 그리고 당신 말이 맞아요. 대부분…… 고루해요. 교회에 투신하는 사람들은 대다수가 독실한 집안 출신이에요. 그리고 특권층 출신인 경우도 상당히 많고요. 그런 사람들은 교회 밖에서 쌓은 인생 경험이 많지 않아요. 그러다 보면 평범한 삶과 조금 동떨어질 수 있죠."

"그런데 신부님은 그런 집안 출신이 아니다?"

"네." 나는 머뭇거린다. "나는 바람직한 어린 시절을 보내지 못했어요. 우리 어머니는 음, '정신적으로 불안정했다'는 게 가장 알맞은 표현일 거예요. 집은 좋은 곳이 되지 못했어요. 그래서 최대한 일찍 떠났어요. 노숙하고 구걸하며 지냈고요. 나도 얼마든지 자료에 실리는 사례가 될 수 있었죠. 그러다 직업이 신부인 훌륭한 분께 도움을 받았어요. 그분을 통해 하느님을 대신해 좋은 일을 많이 할 수 있다는 걸 배웠어요. 집이 없고 길을 잃고 학대당한 사람들을 도울 수 있다는 것을요."

"다른 방식으로 할 수도 있잖아요. 자선단체나 사회복지과에서 일하는 걸로도요."

"맞아요. 하지만 나한테는 이게 소속감의 문제이기도 했어요. 그 전까지 소속감을 느껴본 적이 없었거든요. 하느님이 날 필요로 하신다는데, 알고 보니 나도 그분이 필요하더라고요."

그가 나를 빤히 쳐다보자 나는 시선을 떨어뜨리고 본의 아니게 와인을 벌컥 마신다. 다른 사람들에게는 한 적 없는 얘기를 그에게 하고 말았다. 하지만 이것도 순화한 버전이다. 지저분한 부분은 모두 제거한 버전. *진실과 거짓의 유일한 차이가 있다면 반복하는 횟수뿐이다.*

"나는 예전에 무신론자였어요." 그가 말한다.

"예전에요?"

"네, 열렬한 무신론자였어요. 세상에 신은 없다. 종교가 모든 악의 근원이다. 우리는 그냥 짐승이다. 사후에는 아무것도 남지 않는다. 천국이니 지옥이니 하는 것은 희망사항에 불과하다, 어쩌고저쩌고."

"그런데 왜 생각이 바뀌었어요?"

그의 표정이 어두워진다. "아이가, 예쁜 딸아이가 있었는데……그 아이를 잃었어요."

"정말 안타까워요." 나는 다시 말한다.

"그때 문득 깨달았어요, 그 모든 미사여구와 그 똑똑하고 잘난 확신이 헛소리에 불과했다는 걸. 왜냐하면 내 딸은 그냥 살과 피가 아니었거든요. 내 작고 명랑한 모순덩어리였지. 그 아이의 명랑한 성격, 호기심, 꿈, 생기 그리고 에너지. 그 모든 게 그냥 *사라진다는*

건 말이 안 됐어요. 그게 아무 의미 없다는 거잖아요. *내 아이가* 아무 의미 없다는 거잖아요. 나는 그 아이의 영혼이 어딘가에 살아 있다고 믿어야 해요. 그러지 않으면 견딜 방법이 없어요."

그의 목소리가 갈라진다. 그는 시선을 떨어뜨린다. 나는 본능적으로 손을 내밀어 그의 팔을 잡는다.

"따님의 영혼은 생생하게 살아 있어요. 당신이 얘기한 모든 것에서 그 아이가 느껴져요. 우리 주변의 놀라운 에너지로. 그 아이는 그런 식으로 살아나가고 있어요, *당신* 안에서."

그가 고개를 들고 나와 시선을 맞춘다. 그 안에서 뭔가가 보이자 나는 잠깐 치부를 드러낸 듯한 기분을 느낀다. 잠시 후에 그가 눈을 깜빡인다.

"고맙습니다."

그는 떨리는 손으로 커피 잔을 든다.

"죄송해요. 아직—"

"그럼요."

영원히 그럴 것이다. 아픔은 강도와 횟수가 줄어들 것이다. 하지만 영원히 없어지지는 않을 테고, 결국 그는 그 아픔이 없었던 시절을 기억하지 못하게 될 것이다.

"자." 그는 정신을 추스른다. "여기까지가 제 속 이야기인데, 신부님은 어떠세요?"

"저요?"

"지난번에 보니까 기자들에게 원한이 있으신 것 같던데."

"아, 아니에요. 진짜로 아니에요."

"진짜로요?"

'뚝, 뚝, 뚝. 우리 루비 데려갈 생각 하지 마.'

와인 때문인지 그에게 빚을 진 기분 때문인지 몰라도 나도 모르게 이런 말이 나온다. "지난번 교회에서 끔찍한 일이 있었거든요. 여자아이 하나가 죽었어요. 언론은 호의적이지 않았고요."

자기 손에 피를 묻힌 신부.

그는 아래를 내려다보더니 조금 겸연쩍게 말한다. "알아요."

나는 그를 빤히 쳐다본다. "안다고요?"

"인터넷에서 신부님을 검색해봤거든요. 죄송해요. 예전 교회에서 무슨 일이 있었는지 금방 나오더라고요. 게다가 오늘 아침에 우리 집 우편함에 이런 게 들어 있었어요." 그는 주머니에서 접힌 종이를 꺼내 테이블 위에 올려놓는다. "다른 사람들 앞에서 꺼내기는 좀 그렇더라고요."

나는 종이를 집어서 펼친다. 교회에서 본, 인형에 꽂혀 있던 그 신문 기사와 동일한 복사본이다. 아래에 누군가가 타자로 이렇게 적어놓았다.

자기의 죄를 숨기는 자는 형통하지 못하나 죄를 자복하고 버리는 자는 불쌍히 여김을 받으리라. (잠언 28:13)

배 속에서 와인이 신물로 바뀐다. 나는 마이크를 쳐다본다.

"누가 보냈는지 짐작이 되시나요?"

"아뇨. 그런데 왠지 모르게 과연 나만 이걸 받았을까 싶어요."

나는 침을 삼킨다. 끝내주는군.

"경찰에 신고하려다 신부님께 먼저 알리는 게 좋지 않을까 하는 생각이 들었어요."

"고마워요. 경찰은 끌어들이지 말았으면 좋겠어요."

"알겠습니다."

"그냥, 예전 일을 다시 끄집어내고 싶지 않아서요. 여기 내려온 것도 그걸 잊기 위해서였어요."

"이해해요. 그래서 계획대로 잘돼가고 있나요?"

나는 희미하게 미소를 짓는다. "별로요."

"거기 얽힌 얘기 하고 싶으세요?"

나는 그를 쳐다본다. 생각해보니 하고 싶다.

33

"플로?"

리글리가 새하얗게 질린 얼굴을 하고 다가온다.

"가까이 오지 마!"

그녀는 울퉁불퉁하게 깨진 돌 위에서 허우적거리며 뒤로 피하려 하지만 다리가 껴서 옴짝달싹하지 못한다.

"워워, 움직이지 마. 그러다 다치겠어."

"여긴 어쩐 일이야?"

"밖을 지나가는데 네 비명 소리가 들렸어."

"밖에서 묘지 주변을 뭐 하러 살금살금 돌아다니고 있었는데?"

"살금살금 돌아다니지 않았어."

"그럼 여기 왜 왔어?"

"너 만나러."

"전화도 없이?"

"네가 번호를 가르쳐주지 않았잖아."

"아."

"왜 나한테 칼을 휘두르고 있어?"

"왜냐하면…… 무서워서."

"내가?"

그녀는 로지가 한 말을 떠올린다. *내가 너라면 리글리하고는 멀찌감치 떨어져서 지내겠어.* 하지만 그녀가 진심으로 믿는 사람은 누구일까?

그녀는 천천히 칼을 내린다. "아니."

그는 빙 돌아와 그녀의 옆에 쭈그리고 앉는다. "어쩌다 이렇게 됐어?"

"이…… 이 안에 누가 있는 것 같길래 왔다가…… 넘어지면서 바닥 사이로 발이 빠졌어."

"헐." 그는 돌을 잡아당겨본다. "아래가 빈 공간인가 보다. 그러니 바리케이드를 쳐놨겠지."

그녀는 고개를 끄덕이려고 하지만 머리가 지끈거린다. 피곤하고 정말, 정말 춥다. 몸이 떨리기 시작한다.

"이거 입어."

리글리가 움찔거리며 후드점퍼를 벗어서 준다. 그녀는 고맙게 받아서 입는다.

"고마워."

"이제 그 칼 줘봐."

"뭐? 왜?"

"그걸로 판석 움직여보게."

플로는 망설이다 칼을 건넨다.

"그나저나 칼은 왜 들고 나온 거야?"

"누가 몰래 들어왔을 수도 있겠다는 생각이 들어서."

"누가 있었어?"

그는 판석 아래로 칼을 집어넣고 씰룩씰룩 움직인다. 그녀는 팔을 내민 버닝 걸을 떠올린다.

"아니."

그는 어깨를 으쓱한다. "나도 예전에 칼을 들고 다녔는데."

"왜?"

"호신용으로."

돌이 살짝 움직인다. 그녀는 몸이 움찔거리려는 것을 꾹 참는다.

"누구한테 쓰려고?"

"학교 애들."

"학교에 칼을 들고 갔다고?"

"바보 같았다는 거 나도 알아. 하지만 어떤 분위기였는지 네가 몰라서 그래. 어떤 일들이 벌어졌는지."

칼이 돌을 긁는다. 다리 바로 옆이라 위험하긴 하지만 그녀는 판석이 헐거워지는 것을 느낄 수 있다.

"예전 학교에서 있었던 일이야?"

그는 긴장한다. "그 얘기 누구한테 들었어?"

"로지—"

"그럴 줄 알았다."

"네가 어떤 여학생을 죽이려고 했다 그랬어."

"거짓말이야."

"그럼 학교에 불 지르지 않았어?"

잠깐 정적이 흐른다. 들리는 소리라고는 칼이 돌 위에서 삐걱거리는 소리뿐이다. 대답하지 않을 모양이네. 그녀는 생각한다.

그는 한숨을 쉬고 다시 그녀를 쳐다본다. "아니, 진짜로 학교를 태워버리려고 했어." 엷은 미소를 짓는다. "그러니까 이제 알겠지? 나, 사이코야."

"왜?"

"그냥 태생이 그런 모양이지."

"아니, 내 말은 왜 학교를 태워버리려고 했느냐고."

둘의 시선이 마주친다. 눈이 참 특이하단 말이지. 그녀는 생각한다. 은빛이 섞인 묘한 초록색. 신기하게 최면 효과가 있는 그 눈.

"그 학교가 싫었으니까. 그 학교의 모든 게 싫었으니까. 선생님, 다른 아이들. 냄새. 교칙. 자기네 틀에 맞지 않는 사람을 대하는 태도. 학교에서는 학폭에 어떤 식으로 대처하는지 온갖 자랑을 늘어놓지. 하지만 전부 뻥이야. 학교에서 신경 쓰는 건 자기네 입시율을 높여주는 정상적인 모범생들뿐이야.

한번은 어떤 패거리가 운동장에서 나를 에워싼 적이 있어. 나더러 옷을 벗고 진흙 바닥을 기어가게 했어. 그런 다음 억지로 벌레를 먹였고. 내가 진흙을 뒤집어쓴 알몸으로 간신히 학교 안으로 도망쳤을 때 선생님들이 어쨌는지 알아? 깔깔대고 웃었어."

"맙소사."

"엄마가 학교로 찾아와서 항의했지만 달라진 건 아무것도 없었어. 좋은 날이 하루도 없었어. 단 하루도. 그냥 애들이 나를 너무 심하게 괴롭히지는 않는 날만 있었을 뿐."

"어쩌면 좋아."

"나는 더 이상 견딜 수가 없었어. 그래서…… 그래서 거길 없애버리고 싶었어."

"여학생은 어떻게 된 거야?"

"걔가 거기 있는 줄 몰랐어."

"그래서, 어떻게 됐어?"

"누가 소방서에 신고했더라고. 소방관들이 걔를 구출했지. 얼마나 참담했는지 몰라. 내가 누굴 해치는 일은 절대 없을 거야."

"너는 어떻게 됐는데?"

"가벼운 처벌을 받고 끝났어. 엄마가 예약한 어마어마한 심리학자에게 상담과 관리를 받았지. 이사하고 전학도 했고. 여기라고 많이 다르진 않지만." 그는 다시 판석 쪽으로 고개를 돌린다. "거의 다 됐다."

판석 한 조각이 떨어져나간다. 그녀의 다리가 풀려난다. 아프지만 해방이다. 그녀는 조심조심 다리를 끄집어낸다. 청바지가 찢어졌고 그 사이로 깊게 벌어진 상처와 멍이 보인다. 그녀는 발을 꿈틀거려본다. 죽도록 아프다. 하지만 그만하길 다행이다.

"고마워." 그녀는 리글리에게 말한다.

"거기 소독해야 하지 않을까?"

"엄마한테 전화도 해야 하고."

그는 좌우를 두리번거리더니 바닥에 떨어진 그녀의 휴대전화를 집는다. "전화가 될지 모르겠네. 완전 박살 난 것 같은데."

그는 그녀에게 전화기를 건넨다. 서로의 손가락이 스친다. 그녀는 문득 그와 바짝 붙어 앉아 있다는 것을 알아차린다. 너무 바짝 붙어 앉아 있다. 그녀는 침을 삼킨다. 그러고는 로지가 한 말에 대해 생각한다.

"리글리— 내가 하지 않은 얘기가 하나 있는데……."

하지만 그의 시선은 그녀를 스치고 지나간다. "헐, 이거 봤어?"

그는 그녀의 다리가 걸렸던 구멍을 들여다보고 있다.

"뭔데 그래?" 그녀가 묻는다.

"여기 진짜 깊어. 너 바닥으로 떨어졌으면 큰일 났을 뻔했어."

그녀는 뻣뻣하게 몸을 돌려 그의 옆으로 간다. 그들은 바닥에 삐죽삐죽하게 뚫린 구멍 아래를 내려다본다. 보이는 게 별로 없지만 그녀는 리글리의 말이 맞는다는 걸 알 수 있다. 구멍이 필요 이상으로 깊다. 교회 아래에 뭐가 있나? 지하실 같은 게?

"너 휴대전화에 손전등 있어?" 플로가 묻는다.

리글리는 전화기를 꺼내 구멍을 비춘다.

"어우 씨!"

플로는 헉 소리를 낸다. "저거—"

그들은 서로를 쳐다보다 다시 구멍으로 시선을 돌린다.

관이다.

34

내가 루비를 처음 만난 건 아이 이모가 세례를 받게 하려고 데려왔을 때였다. 그녀가 이제 막 다섯 살이 됐을 무렵이었다. 볼이 토실토실했고 그렇게 커다란 갈색 눈은 내 평생 본 적이 없었다. 나는 당시에는 그녀의 사연을 알지 못했지만 다른 교구 신도들을 통해 조금씩 전해 들었다. 교회는 아주 끈끈한 공동체였다. 서로의 속사정을 다 알았다. 조그만 마을과 비슷했다.

루비의 어머니는 약물남용으로 죽었다. 아버지는 없었다. 어머니의 언니가 그녀를 맡아서 키우겠다고 나섰다. 이모 맥덜린은 덩치가 크고 명랑한 성격이었고 아이를 낳지 못했다. 데미라는 친구와 함께 살았는데 풍만한 맥덜린과는 정반대로 비쩍 마른 흑인이었다.

나는 그들을 잘 알지는 못했다. 그들은 다른 교회에 다니다 루비를 맡으면서 우리 교구로 옮겼다. 두 여자는 매주 일요일에 루비와

불타는 소녀들

함께 세인트 앤 교회에서 가족 예배를 드렸고 가끔 목요일 저녁에 열리는 어린이 미술 수업에도 루비를 참석시켰다.

레나(그녀와 친분이 쌓이자 이름으로 불렀다)는 말이 많았고 항상 웃는 얼굴에 툭하면 폭소를 터뜨렸다. 데미는 그보다 조용하고 내성적이었다. 그들은 헌신적인 커플이었지만 가끔 아이는 데미보다 레나가 원한 게 아닌가 싶을 때도 있었다. 그래도 나는 위험한 징조를 느낀 적이 없었다. 처음에는 그랬다. 어쩌면 느꼈더라도 애써 무시했을 수 있다. 우리 모두 그렇듯이.

나는 세례식을 거행했을 때 레나가 해치워서 속이 후련하다고 했던 것을 기억한다. 단어 선택이 특이했기에 나는 이유를 물었다.

"얘 엄마가 하느님을 믿지 않았거든요." 그녀는 말했다. "걔가 애를 죽도록 내버려뒀다면 루비는 연옥 신세를 면치 못했을 거예요."

나는 하느님은 모든 아이를 환영하신다고, 세례를 받지 않은 아이도 마찬가지라고 깍듯하고 부드럽게 말했다. 그녀는 묘한 눈빛으로 나를 보며 말했다. "아니에요, 신부님. 그런 애들은 영원히 구천을 떠돌아요. 나는 우리 루비가 천국에 갔으면 좋겠어요."

나는 그걸 대수롭지 않은 일로 간주했다. 그게 패착이었다. 독실한 신도와 광신도 사이에는 미세한 차이가 있다는 걸 알았어야 했는데. 하지만 당시에는 많은 성도들이 나보다 훨씬 '구약'스러웠다. 나는 그들의 시각을 업데이트하고 지옥불과 천벌보다 사랑과 관용에 초점을 맞추게 하려고 최선을 다하긴 했지만 그들이 그런 시각을 가지고 있다고 해서 나쁜 사람들인 건 아니었다.

어쩌면 루비가 이마에 커다란 멍을 달고 미술 수업에 온 것이 제대로 된 첫 번째 경고 신호였을지 모른다. *애가 넘어졌어요.* 레나는 내게 말했다. 그리고 애들은 넘어졌다. 그것도 자주. 나는 그렇다는 걸 알았다. 루비의 나이 때 플로는 온몸이 멍투성이였다. 플로가 거실로 달려오다가 러그에 발이 걸려 벽난로를 들이받았던 때가 생각났다. 머리에 당장 달걀 모양의 혹이 생겼고 나는 걷잡을 수 없는 공포를 달래며 응급실로 달려갔다. 사고는 벌어지기 마련이었다.

그런데 루비에게 사고가 점점 더 자주 벌어지는 듯했다. 멍, 긁힌 상처. 그러더니 부러진 팔. *마당에 있는 정글짐에서 떨어졌어요.* 레나는 설명했다. 생글생글한 미소를 지으며 상대방을 안심시키는 말투로 모든 상처에 대해 논리적이고 타당한 이유를 제시했다.

나는 그들이 어디 사는지 알았다. 레나가 차를 마시자며 나를 한번 초대한 적이 있었다. 세인트 앤의 가장자리에 있는 조그만 공영 연립주택이었다. 내가 갔을 때는 깔끔하게 관리가 되어 있었다. 루비의 장난감들이 분홍색 플라스틱 상자에 정리돼 있었다. 나는 연락도 없이 찾아가면 선을 넘는 행동이 된다는 것을 알았다. 하지만 점점 불안해졌다. 더는 모르는 체할 수 없었다. 나는 루비에게 줄 과자를 사 들고 그냥 맘 편하게 가서 확인하자고 생각했다.

가보니 집에 아무도 없는 듯했다. 그리고 몇 달 전에 내가 처음 갔을 때처럼 깔끔하게 관리돼 있지 않았다. 그냥 겉보기에도 그랬다. 커튼이 쳐져 있었지만 무너져가는 울타리 틈새로 잔디가 무성한 마당이 보였다. 묵은 장난감들이 잔디 위에 방치돼 있었다. 쓰레기들로 넘쳐 났다. 그보다 더 심란한 건, 정글짐이 없었다.

나는 그때 처음으로 더킨에게 걱정이 된다고 말했다. 그는 (자애롭게) 미소를 지었다.

"마당에 잔디가 무성한 것이 범법 행위의 증거가 되지는 않을 듯한데요."

"정글짐은요?"

"공원에 있는 정글짐을 말한 거겠죠."

"분명히 마당에 있는 정글짐이라고 했어요."

"잘못 얘기한 거겠죠."

"상처뿐만이 아니에요. 루비가 점점 말라가고 있어요."

"애들이 키가 확 크는 시기가 있잖아요."

"걱정돼요."

"잭, 무슨 문제가 있으면 아이 학교에서 알아차리지 않았겠어요? 게다가 위탁 양육되는 아이라면 사회복지과에서도 체크하고 있을 테고."

"그렇겠죠. 하지만—"

"당신이 교구 어린아이들의 복지에 항상 관심이 많다는 건 나도 잘 알고 존경스럽게 생각해요. 하지만 세상에 완벽한 부모가 어디 있겠어요? 심지어 당신도 완벽한 부모는 아닐 거라고 보는데요. 플로는 다친 적이 한 번도 없었나요?"

물론 있었지만 그래도 나는 발끈했다.

"비판을 받지 아니하려거든 비판하지 말라는 말이 있죠." 더킨이 말했다.

"그렇죠."

엿이나 드시지. 나는 생각했다.

그날 오후에 나는 루비의 학교로 연락해 담임과 면담 약속을 잡으려고 했다. 하지만 뜻대로 되지 않았다. 루비가 몇 주 전에 그 학교를 그만뒀기 때문이었다. 교장 말로는 이모들이 홈스쿨링을 하고 있다고 했다. 레나는 그런 말을 한 적이 없었다. 루비도 그런 말을 한 적이 없었다. 그러고 보니 루비는 요즘 들어 말수가 줄었다. 교회에 처음 왔을 때는 볼이 통통하고 웃는 얼굴이었던 아이가 더는 그렇지 않았다.

이제 경보가 본격적으로 울리기 시작했다. 그럼에도 나는 애써 이유를 만들어내려고 했다. 레나와 데미가 힘든 시기를 보내고 있을지 몰랐다. 아이가 생기면 할 일이 좀 많은가. 나는 예배가 끝난 뒤 레나를 한쪽으로 데려갔다.

"루비 키우는 거 전부 문제없어요?"

그녀는 환하게 웃으며 말했다. "그럼요, 신부님. 차 드시러 한 번 더 오세요."

"그럼 좋죠." 나는 말했다. 그녀도 나도 그냥 하는 말이었다. 이윽고 나는 지나가는 투로 물었다. "루비 학교생활은 어때요?"

그녀의 표정이 어두워졌다. "신부님, 고백할게요, 저희가 방심하고 있었어요. 루비가 학교에서 괴롭힘을 당하고 있었는데 저희가 몰랐어요. 어떤 아이가 루비를 해코지하고 점심을 빼앗아가고 있었더라고요. 좀 더 일찌감치 조치를 취했어야 하는데 저희 탓이에요. 하지만 이제는 집에서 가르치고 있으니 제대로 돌볼 수 있어요."

그녀는 나를 보며 정말 환하게, 정말 진심을 담아서 미소를 지었다. 설명도 워낙 그럴듯했지만 그럼에도 나는 그녀가 이를 반짝여가며 거짓말을 하고 있다는 것을 내심 알았다.

나는 사회복지과에 익명으로 신고했다. 그러고는 기다렸다. 아무 일도 벌어지지 않았다. 루비는 계속 교회에 나왔고 매주 점점 말라 갔다. 레나 아니면 데미가 항상 곁을 지키고 있었기 때문에 아이와 대화를 나눌 수가 없었다. 이제 보니 레나는 새 옷을 입었고 데미는 앙상한 목에 못 보던 금목걸이를 걸고 있었다.

나는 사회복지과에 다시 연락했다. 그러고는 다시 기다렸다. 그 러다 어느 날 미술 수업 시간에 레나가 화장실에 갔을 때 그 틈을 놓치지 않고 루비 옆에 쪼그리고 앉았다.

"안녕, 꼬마 아가씨. 요즘 어떻게 지내?"

그녀는 그림에서 눈을 떼지 않았다. 풀과 반짝이로 뒤범벅이었 다. "잘 지내요."

"집에서는 별일 없고? 밥도 잘 먹고 있어?"

"네."

"진짜?"

그녀가 눈을 들었다. 까만 눈이 공포와 체념과 절망으로 심하게 흔들렸다.

"저는 나쁜 애예요. 제 안에 악마가 있어요. 그걸 없애야 해요."

그러고는 울음을 터뜨렸다.

"루비―"

"지금 뭐 하시는 거예요?"

언뜻 빨간 옷이 펄럭이는 것이 보였다. 레나가 요란하게 방을 가 로질러 내 옆으로 달려왔다.

"뭐라고 하셨어요? 애를 왜 울리세요?"

"걱정이 돼서 그랬어요, 레나."

그녀는 루비의 팔을 붙잡아 일으켜 세우고 증오로 눈을 번뜩이며 나를 노려보았다. "당신이지, 그렇지? 전화해서 그 인간들 찾아오게 하고 골치 아프게 만든 사람이. 이 썩을 흰둥아."

나는 경악하며 그녀를 빤히 쳐다보았다.

"나는 이 아이를 제대로 키워보려고 애를 쓰는 선한 사람인데 당신은 가만히 서서 거짓말이나 퍼뜨리고 말이지. 나는 이 아이를 사랑해. 이 아이를 위해 최선을 다하고 있어, 알아들어?"

나는 우리에게 꽂힌 모든 사람들의 시선을 의식하며 애써 흥분을 가라앉혔다. "알아들었어요. 하지만 아이가 안색이 안 좋아요, 레나."

"당신은 그렇게 생각해? 우리 같은 사람들은 애를 제대로 키울 수 없다고? 완벽한 너희 백인들하고는 다르게? 응?"

"아뇨. 그런 거 아니에요."

"어디서 감히. 우리 루비 데려갈 생각 하지 마, 알겠어? 우리 루비는 아무도 못 데려가."

그러고 나서 그녀는 루비를 끌고 씩씩대며 나가버렸다.

나는 그때 경찰에 신고했어야 했다. 사회복지과 문을 두드려 내 말을 귀담아듣게 했어야 했다. 그녀를 쫓아 나갔어야 했다. *뭐라도* 했어야 했다. 하지만 그러지 않았다. 나는 두려웠다. 다른 부모들이 나를 쳐다보던 눈빛이 두려웠다. 그리고 그녀의 말 속에 일말이나마 진실이 담겼을 수도 있기에 두려웠다. 내가 무의식적인 수준이라도 피부색 때문에 레나와 데미에게 좀 더 가혹한 잣대를 들이대고 있었을까? 내가 끔찍한 실수를 저지른 것일까?

나는 다음 주 내내 루비를 보지 못했다. 차를 몰고 그 집 앞을 지나가보니 문이 잠긴 것처럼 보였다. 이사를 갔을까? 나는 그렇게 그 아이를 놓쳤다.

돌아온 일요일에 평소처럼 교회로 들어섰다. 나는 일찍 가서 준비하고 조용히 명상하는 여유를 누리길 좋아했다. 2월 초라 8시 정도까지 날이 어두웠다. 나는 문을 열고 안으로 들어서자마자 이상한 조짐을 느꼈다.

교회의 느낌. 냄새. 쇠 냄새. 진하고 역겨운 그 냄새. 나는 불을 켜고 신도석 중앙으로 걸어갔다. 제단 아래 계단에 뭔가가 놓여 있는 것이 보였다. 그리고 무슨 소리가 들렸다. 액체가 떨어지는 소리였다. 천천히 그리고 꾸준히. 뚝, 뚝, 뚝.

나는 다리가 움직이는 대로 앞으로 끌려갔다. 내 눈으로 직접 확인해야 했다. 알아내야 했다. 내 몸의 모든 신경세포가 확인하고 싶지 않다고, 알아내고 싶지 않다고 외치고 있었지만 그래야 했다.

아이가 제단 아래에 알몸으로 쭈그리고 누워 있었다. 하도 말라서 갈비뼈가 자전거 바퀴살처럼 튀어나왔고 팔다리는 금방이라도 부서질 듯한 성냥개비 같았다. 너덜너덜한 토끼 인형을 계속 안고 있었다. 휘둥그레 뜬 눈으로 비난하듯 나를 쳐다봤다. 목이 비웃는 입술 모양의 선명한 빨간색으로 벌어져 있었다.

"뚝, 뚝, 뚝. 우리 루비 데려갈 생각하지 마."

레나와 데미는 M1 고속도로의 토딩턴 휴게소에서 체포됐다. 그들은 루비의 양육수당을 빼돌리고 있었다. 좋은 물건을 사고 휴가에 대비해 돈을 모으고 있었다. 도망치기 위해. 루비는 굶주리며 폭행에 시달리다가 제물로 바쳐졌다. 그것이 레나의 변명이었다.

"그 아이는 마귀에 씌었어요." 그녀는 나중에 경찰에 이렇게 말했다. "그래서 내가 악마를 내쫓아줘야 했어요. 이제 그 아이의 영혼은 천국으로 갈 수 있을 거예요."

그녀가 진심으로 그렇게 믿었는지 아니면 정신 이상 참작 탄원을 위한 포석이었는지, 나는 이날 이때까지도 모르겠다. 어느 쪽이 됐건 언론에서는 신나게 떠들어댔다. 레나의 헛소리 때문에 교회에 초점이 맞춰졌다. 나는 이런 사태가 벌어지도록 방치한 신부로 낙인찍혔다. 사회에서는 나를 비난했다. 언론에서도 나를 비난했다. 무엇보다 내가 나를 비난했다. 자기 손에 피를 묻힌 신부.

마이크가 딱하게 여기는 눈빛으로 나를 본다.

"하지만 그건 신부님이 잘못한 게 아니었잖아요. 신부님은 그 아이를 도우려고 최선을 다했잖아요."

"그걸로는 부족했죠."

"살다 보면 무엇으로도 부족할 때가 있어요." 그는 자기 커피 잔을 내려다본다. "타라가 어쩌다 죽었는지 사이먼하고 클라라한테 들으셨죠?"

"사고였다고 하던데요."

그는 고개를 저었다. "내가 정신 차렸다면 그런 사고는 벌어지지 않았을 거예요. 그날은 내가 학교로 아이를 데리러 가야 하는 날이었어요. 그런데 술에 취했어요. 운전을 할 수가 없었어요. 그래서 엠마에게 아이를 맡겼죠. 그게 아니면 타라는 그 집에 갈 일이 없었 는데."

"하지만 다른 날 그런 사고가 벌어졌을 수도 있잖아요. 당신이 그 사고를 낸 게 아니에요. 어쩌다 보니 벌어진 거죠. 비극의 책임 자도 이유도 없다는 걸 받아들이는 일이 제일 어렵죠. 하지만 받아 들여야 해요. 그래야 미련을 버릴 수 있으니까요."

"신부님은 루비 사건에 대해 성공하셨나요?"

"아직이에요." 나는 희미하게 미소를 짓는다. "얘기했다시피 제 일 어려운 일이니까요."

"절대 받아들이지 못하겠으면요?"

"삶의 쳇바퀴는 계속 굴러가요. 그것과 동행하느냐 마느냐는 우 리의 결정에 달렸죠."

"동행하지 못하겠으면요?"

"마이크—"

테이블 위에 올려놓은 내 휴대전화가 웅웅거린다. 나는 화면을 흘끗 확인한다. 모르는 번호다. 나는 미간을 찌푸린다. 내 번호를 아는 사람은 몇 명 되지 않고 모두 연락처에 저장돼 있다. 나는 모 르는 번호로 걸려온 전화는 받지 않는다.

마이크가 전화기를 턱으로 가리킨다. "안 받으실 거예요?"

나는 손을 올려놓고 머뭇거린다. 그러다 전화기를 낚아채 '수신' 을 누른다.

"여보세요?"

수화기 너머에서 숨소리가 들린다. 나는 긴장한다.

"엄마?"

"플로? 무슨 일이야? 이거 누구 전화기야?"

"리글리요."

나는 그의 이름을 듣고 발끈하지 않으려고 한다. 하지만 그의 이름이 등장한다. 또다시.

"왜 리글리 전화기로 전화를 하고 있어?"

"얘기하자면 길어요. 저기 엄마, 지금 와주실 수 있어요?"

"왜? 무슨 일인데? 너 괜찮아?"

"네. 괜찮아요— 어, 다리를 좀 다쳤어요. 하지만 걱정 마세요. 엄마가 봐야 할 게 있어요. 교회에요."

묻고 싶은 것들이 입 안으로 쏟아진다. 어쩌다 다리를 다쳤는지. 리글리가 왜 옆에 있는지. 밤늦게 교회에는 어쩐 일로 갔는지. 하지만 나는 애써 침착하고 논리적인 말투를 유지한다.

"지금 바로 갈게."

나는 전화기를 주머니에 넣는다. 마이크가 궁금해하는 눈빛으로 나를 쳐다본다.

"무슨 문제라도?"

"딸아이예요. 집으로 가야겠어요."

"태워다 드릴게요."

"고마워요."

나는 자리에서 일어난 순간 다리가 후들거리고 있다는 것을 깨닫는다. 테이블을 붙잡는다. 모르는 번호가 떴을 때 그일지 모른다

는 끔찍한 예감이 내 머리를 스치고 지나갔었다. 예전에 그랬던 것
처럼 그가 어찌어찌 나를 찾은 게 분명하다는 예감이.

내 남편을 살해한 남자.

내 동생. 제이컵.

35

그는 짚단에 머리를 누인다. 녹슨 철판 지붕에 모자이크처럼 뚫린 구멍 사이로 별들이 반짝인다. 외양간은 춥고 지저분하고 쇠똥 냄새가 난다. 그는 이보다 더 형편없는 데서도 잔 적이 있다. 그리고 그녀가 가까이 있다. 그녀를 거의 느낄 수 있을 정도로 가까이 있다.

그래서 이 난처한 상황이 더 절망스럽게 느껴진다. 발목이 화끈거리며 욱신거린다. 부러진 건 아니고 접질렸네. 그는 생각한다. 그래도 문제다. 칼라가 지저분해졌고 옷은 찢어졌다. 그것도 문제다. 그리고 돈이 없다. 그녀가 가까이 있을지 몰라도 백만 킬로미터는 멀리 있는 거나 다름없다. 점점 분노가 치미는 것이 느껴진다. 여기까지 왔는데. 계획도 완벽했는데.

그가 탄 열차는 정시에 세인트 팽크러스 역에 도착했다. 그는 열차에서 내려 북적대는 인파 속으로 섞여 들어갔다. 그는 노팅엄을 보고도 번잡하다고 생각했었다. 여기에서는 열차로 당장 돌아가 좌석에 몸을 묻고 싶은 마음뿐이었다.

교도소에도 사람이 많았지만 대부분의 시간을 감방에서 보냈다. 식당과 휴식 공간에서조차 인파의 흐름은 질서 정연했다. 신체 접촉이 제한됐다. 사실 우연히라도 접촉했다가는 코가 부러지거나 그보다 더 심각한 사태가 벌어질 수 있었다.

역사는 아수라장이었다. 수많은 사람들이 달려 들어왔다. 여행가방이 승강장을 따라 덜커덩거렸다. 사람들 말소리가 높은 돔형 지붕을 맞고 울렸다. 열차 브레이크는 비명을 질렀고 스피커에서는 기계음으로 된 방송이 울려 퍼졌다.

그는 이를 악물고 천천히, 침착하게 인파를 헤치고 개찰구 쪽으로 걸어갔다. 여기에서 그는 잠깐 우왕좌왕했다. 노팅엄에서는 개찰구가 열려 있었는데. 어떻게 해야 하는 걸까?

"도와드릴까요?"

그는 펄쩍 뛰었다. 철도청 유니폼을 입은 검은 머리의 아담한 여자가 그를 쳐다보고 있었다.

"아, 네, 미안해요. 내가 여행을 자주 다니지 않는 편이라."

"티켓 주실래요?" 그녀가 다정하게 물었다.

그는 표를 꺼내 그녀에게 건넸다. 그녀는 흘끗 확인하고 개찰구를 열어주었다. "이제 나오시면 돼요, 신부님."

"고마워요. 주님의 은총이 함께하시기를요."

그는 에스컬레이터를 내려가는 행렬에 합류했다. 표지판에 오른쪽으로 서라고 되어 있었다. 그는 지시에 순순히 따랐다. 그는 시키는 대로 하는 데 일가견이 있었다.

매표소 직원들은 협조적이었다. 당연한 일이었다. 제복에는―어떤 제복이건―존경이 부수적으로 따라다녔다. 흰색 칼라에는 권위가 실렸다. 그래서 누나가 이걸 좋아했을까? 아니면 익명성 때문이었을까? 흰색 칼라를 두르면 일반인이 아니었다. 성직자였다.

그는 죽은 신부가 발견됐을지 실없이 궁금해했다.

늦은 오후 무렵, 그는 서식스행 열차에 몸을 실었다. 아까보다 열차가 훨씬 작았고 반쯤 비어 있었다. 덜커덩거리며 런던이라는 빽빽한 대도시를 출발한 열차가 제멋대로 뻗어나간 근교를 지나 뻥 뚫린 시골로 진입하는 동안 그는 좌석에 기대고 앉아 창밖을 내다보았다. 묘한 갈망이 그의 가슴을 후벼 팠다. 이 얼마 만에 보는 벌판과 가축과 맑은 하늘인가 싶었다.

한 시간 30분 뒤에 열차가 비치게이트 역에 도착했다. 좁은 승강장에 벤치 하나만 외로이 놓인 역사는 헛간이나 다를 바 없었다. 내린 사람은 그 혼자였다. 선로 옆 벌판에서 양떼가 풀을 뜯고 있었다. 북적대는 런던이 정신 사나웠다면 뻥 뚫리고 훨씬 고요한 이 공간은 나름대로 위압적이었다. 그는 두리번거리며 공기를 마시고 하늘을 올려다보았다. 하늘이 아주 잘 보였다.

역사 앞에 설치된 흰색 나무 푯말에 따르면 채플 크로프트까지 16킬로미터라고 했다. 버스 정류장도 없고 어차피 그에게 남은 돈도 50펜스 정도뿐이었다. 그는 칼라를 바로잡고 걷기 시작했다.

길은 좁고 구불구불했다. 제대로 된 인도가 없었기 때문에 그는 아스팔트 도로를 걸어가다 차가 달려오는 소리가 들릴 때마다 길가로 피했다. 다행히 그럴 일은 별로 없었다. 도로는 사실상 인적이 없었다.

한 시간쯤 지났을 때 하늘이 어두워지기 시작했다. 그는 시계가 없었지만—교도소에서는 시계의 필요성을 느낀 적이 없었다—시간을 짐작하는 데 도사가 됐다. 그의 짐작으로는 오후 8시쯤 된 것 같았다. 그는 속도를 조금 높였다. 어두운 도로를 걷고 싶지 않았다.

그가 유난히 경사가 급한 모퉁이를 막 돌았을 때 차가 달려오는 소리가 들렸다. 요란하고 빨랐다. 기존의 그 어떤 차보다 빨랐다. 그가 고개를 돌리자 커다란 라디에이터 그릴의 번쩍이는 불빛이 보였고, 차는 끼익하고 브레이크 밟는 소리를 내며 모퉁이를 돌았다. 그는 뒤로 펄쩍 물러서며 피했지만 발목이 꺾이면서 도랑으로 굴렀다. 사륜구동 자동차는 멈추지 않았다. 운전자가 그를 보았는지조차 확실하지 않았다.

그는 냄새가 코를 찌르는 진흙 도랑에 누워 있었다. 넘어지면서 부딪힌 옆구리가 아팠다. 통증이 작렬하며 발목이 지끈거리는 것이 더 심각한 문제였다. 그는 어찌어찌 일어나 앉아 도랑에서 길가로 기어 올라갔다. 하지만 발을 딛고 일어서려고 하자 발목이 비명을 질렀고 다시 무릎을 꿇으며 쓰러졌다. 걸을 수가 없었다. 어쩐다? 산울타리 구멍 사이로 저 멀리 농가가 한 채 보였다. 그보다 가까운 바로 옆 벌판에는 다 쓰러져가는 외양간이 있었다. 거기면 될 것이었다.

그는 외양간을 향해 기어가기 시작했다.

그는 이제 눈을 감고 통증을 달랠 방법이 있으면 좋겠다는 생각을 한다. 어쩌면 발목이 부러졌을 수도 있다. 그는 일어나 앉아 바짓단을 걷어 올린다. 상태가 좋지 않아 보인다. 아까보다 더 부었고 팽팽하게 당겨진 피부는 검은색과 자주색과 붉은색으로 얼룩덜룩하다. 그는 신음 소리를 내며 다시 짚단 위로 드러눕는다.

발목이 망가진 상태로는 멀리까지 걸을 수 없다. 게다가 이런 몰골이니 아무리 흰색 칼라를 달았더라도 차를 얻어 탈 수도 없을 것이다. 진통제가 있어야겠다. 그는 몸을 돌려 외양간 벽에 뚫린 구멍 너머를 바라본다. 벌판 저편 농가 창문에서 따뜻한 불빛이 비친다.
넌 지금 흰색 칼라를 달고 있잖아. 가서 사고를 당했다고 해. 그럼 들어오라고 할 거야.
그러고는? 나는 더 이상 아무도 해치고 싶지 않아.
하지만 저 집에는 진통제가 있을 거 아냐. 술도. 어쩌면 현금도.
아니다. 저 집에는 아이들도 있을 것이다. 아이들은 아무 죄가 없다. 아무 죄가 없는 사람을 해칠 수는 없다.
세상에 죄가 전혀 없는 사람은 없어.
그의 발목이 아프다고 아우성이다. 무시하려고 해보지만 소용이 없다. 그는 일어나 앉는다. 농가를 다시 돌아본다. *진통제. 술.* 어쩌면 그들을 해칠 필요가 없을지 모른다. 많이는 말고. 참을 수 있을 정도만. 필요한 걸 들고 나올 수 있을 정도만. 그러지 않으면 무슨

수로 그녀에게 갈 수 있겠는가.

그는 억지로 발을 딛고 일어선다.

36

나는 무릎을 꿇고 앉아 손전등으로 축구공만 한 크기의 구멍 아래를 비춘다. 교회 아래에 납골당이 있다. 아치 모양의 벽이 보인다. 내 살짝 왼편에는 돌계단처럼 보이는 것이 있다. 그리고 관이 있다. 세 개다. 한쪽 구석에 아무렇게나 쌓여 있다. 나무는 썩고 뒤틀린 것처럼 보인다. 하나는 뚜껑이 깨져서 틈새로 음흉하게 웃고 있는 두개골이 보인다.

"내가 좀 봐도 될까요?" 마이크가 묻는다.

내가 괜찮다고, 보호자는 필요 없다고 아무리 사양해도 그가 교회까지 따라왔다. 나는 폴로의 다리를 살핀 뒤—심하게 긁히기는 했지만 다행히 부러지지는 않았다—리글리와 함께 사택에서 우유와 비스킷을 먹게 했다. 초콜릿 호브노브 비스킷 통 때문에 다칠 일은 없을 테니까.

플로는 교회 안으로 누가 들어가는 걸 본 것 같아서 살피러 갔다가 어디에 걸려 넘어지면서 무너진 판석 사이로 발이 빠졌다고 했다. 리글리는 (이 마을의 다른 주민들처럼) 우연히 지나가다 그녀의 비명을 듣고 와서 그녀를 구출했다. 이 설명에는 교회 바닥에 뚫린 것보다 더 큰 구멍이 있지만 심문은 나중으로 미뤄도 될 것이다.

나는 마이크에게 손전등을 건넨다. "그러세요."

그는 무릎을 꿇고 구멍 안을 들여다본다. "와우, 엄청난 발견인데요. 이게 언제부터 있었던 공간일까요?"

나는 곰곰이 생각한다. "러시턴이 말하길 원래 교회는 화재로 유실됐다고 했어요. 그 터 위에 예배실을 지었다고. 그때 납골당 입구를 막았나 봐요."

하지만 납골당을 왜 폐쇄했을까? 사설 납골당이라니 거기에 묻힌 사람들의 후손은 간직하고 싶어 할 만한 특권의 상징인데.

마이크는 판석을 계속 쳐다본다. "글쎄요. 그보다는 최근에 작업이 이루어진 것 같은데요. 봐요, 이 돌은 바닥의 나머지 부분보다 새것이잖아요. 시멘트도 더 깨끗하고요. 나중에 덧댄 거예요."

"판석 바닥 전문가였어요?"

"내가 워낙 재능이 많거든요."

"그중에 겸손은 없고요."

그는 씩 웃는다. "알았어요. 작년에 교회 복원 사업을 주제로 신문 기사를 쓴 적이 있거든요."

나는 한쪽 눈썹을 추켜세운다. "하루하루가 정신없이 지나가겠어요."

"아야."

나는 시끄러운 머릿속을 달래며 바닥에 난 구멍을 쳐다본다. 그의 말이 맞는다면 예전에 바닥 보수공사를 했다는 건데 예배실 아래에 어마무시하게 넓은 납골당이 있다는 걸 어떻게 아무도 모를 수가 있었을까?

"어떻게 하실 생각이에요?" 마이크가 묻는다.

마음 같아선 타이어 잭을 들고 와서 아래에 뭐가 있는지 지금 당장 알아내고 싶지만, 그렇게 함으로써 윗선에 예쁨을 받을 수 있을지 자신이 없다. 그리고 여기서 윗선이라 함은 하느님이 아니다.

"정식으로 전문가를 불러서 조심스럽게 판석을 제거하고 조사를 해야 하지 않을까 싶어요."

"음, 그거라면 내가 도울 수가 있는데—"

그는 휴대전화를 꺼낸다. "그때 따라다닌 석수 연락처를 가지고 있거든요."

"이런 고마울 데가."

"이후에 두어 번 만나서 같이 술을 마셨어요."

"아."

나는 놀라움을 애써 감춘다. 마이크가 예전에 결혼을 했다고 하길래 이성애자로 간주하고 있었던 것이다.

"실력이 좋은 여자예요." 그가 덧붙인다.

"그렇군요."

여자라잖아. 잭, 이 바보야. 다른 사람도 아닌 내가 넘겨짚다니.

"에어드롭 깔려 있어요?"

"음, 네."

내가 전화기를 꺼내자 띠링 하고 마이크가 보낸 메시지가 수신된다. 나는 수락을 누른다.

"고마워요."

"저 아래에 뭐가 있을까요?" 그가 묻는다.

"글쎄요, 이런 식으로 교회 아래에 건설된 납골당은 대개 돈 많고 영향력 있는 마을 유지용이죠."

"그렇죠. 농민들과 멀찌감치 떨어진 그들만의 묘지 개념이니까."

"맞아요."

우리는 다시 납골당을 쳐다본다.

"그렇다면 관건은 '무엇'이 아니라 '누구'네요."

나는 플로의 침대 가에 앉는다. 플로가 어렸을 때 이후로 한 적이 없는 행동이다. 그녀는 반창고를 붙인 다리를 이불 밖으로 내놓고 베개를 등에 대고 앉아 있다. 얼굴에는 핏기가 없고 눈가는 시커멓다.

"저한테 화나셨어요?"

"화 안 났어." 나는 말한다. "이제는. 그냥 걱정돼서 그래. 너를 안전하게 지키고 싶어서."

"알아요, 엄마. 하지만 엄마가 모든 것으로부터 저를 보호할 수는 없어요. 교회에서 벌어진 일은 그냥 사고였어요."

"그래." 나는 그녀를 좀 더 유심히 쳐다본다. "그런데 누굴 보고 거기에 따라 들어간 거야?"

그녀는 머뭇거린다. 그럼 그렇지. 나에게 얘기하지 않고 숨기는 게 있을 줄 알았다.

"좋아요. 저를 정신병자 취급하지 않겠다고 약속해주세요."

"약속할게."

"묘지에서 그랬던 것처럼 어떤 여자아이가 보인 것 같았어요."

"그 아이가 보였단 말이지."

"아뇨, 이 아이는 머리랑 팔이 있었어요. 하지만 몸에 불이 나서 전부 타버렸어요. 끔찍했어요."

나는 아무 말 없이 그녀를 쳐다본다. *버닝 걸스.*

"제가 지어낸 얘기 아니에요."

"알아." 나는 한숨을 쉰다. "너 버닝 걸스 얘기 들은 적 없는 거 맞니? 리글리한테도 들은 적 없어?"

"왜요? 제가 그 얘기를 듣고 상상으로 이 아이들을 만들어낸 거라고 생각하세요?"

"논리적으로 설명할 방법을 찾는 거야. 나는 유령을 믿지 않는 사람이라."

"저도 마찬가지예요."

"하지만 너는 믿어."

내가 덧붙이지 않은 말이 있다면 지난 몇 주 동안 정신적으로 힘들었다는 것도 안다는 말이다. 노팅엄에서 벌어진 온갖 사건. 갑작스러운 이사. 플로는 지금까지 그녀의 정신 건강에 대해 걱정할 만한 원인을 제공한 적이 없다. 항상 놀라울 정도로 안정적이었다. 하지만 생각해보면 조너선도 연극에 일가견이 있었다. 그리고 정신

질환이 유전된다고 믿는 전문가들도 있다.

"그럼 이제 우리 어떻게 해야 해요?" 플로가 묻는다.

"글쎄."

"구마의식을 실시해야 해요? 엄마한테 그 세트도 있잖아요."

나는 힘없이 웃는다. "길을 잃고 이승을 떠도는 영혼이 있다 한들 난폭하게 떼어내 분노를 유발하는 건 최선이 아니라고 본다만. 안 그러니?"

"그러게요."

"마을 전설에 따르면 문제가 생긴 사람 눈에 그 아이들이 보인대."

"그럼 저한테 문제가 생겼다고 생각하세요?"

나는 대놓고 그녀의 다리를 쳐다본다.

"사고였다니까요." 그녀는 다시 강조한다.

"이틀 만에 두 번째 사고잖아."

"또 그러신다. 이제 리글리를 탓하시려고요?"

"두 번 다 그 아이를 만났을 때 안 좋은 일이 벌어졌어."

"오늘 저녁에는 걔가 저를 구해줬어요."

"걔가 너를 찾아서 다행이라고 생각해."

"왜요?"

"교회에 몰래 들어간 사람이 걔였으면 어쩔 뻔했니?"

"아니었잖아요."

"그렇지. 하지만 네가 걔에 대해서 아는 게 뭐가 있니?"

"엄마랑 같이 이 마을 바로 옆에 살아요."

"그리고?"

"음, 제가 철저하게 심문을 한 건 아니라서요."

"아무래도 걔 엄마를 만나봐야겠다."

"우리 사귀는 거 아니에요."

나는 눈썹을 추켜올린다.

"그런 사이 아니에요."

"걔도 그걸 아니?"

"네, 엄마랑 그 마이크라는 아저씨는 뭔데요?"

"절대 그런 사이 아니야."

"그분도 그거 알아요?"

"됐어요, 그만합시다, 아가씨." 나는 일어선다. "이 문제는 내일 아침에 다시 얘기하자."

그녀는 몸을 돌려서 불을 끄려다 멈춘다. "엄마, 그 납골당에 있는 거 누구 시신일까요?"

"전혀 모르겠어. 내일 알아봐야지. 좀 쉬어. 잘 수 있겠어?"

그녀는 하품을 한다. "버닝 걸스는 교회에만 나타나는 거 맞죠?"

"아마도."

"그럼 푹 잘 수 있을 거예요."

"굿나잇. 하늘만큼 땅만큼 사랑해."

그녀가 어렸을 때 우리가 자주 썼던 말이다.

"하늘만큼 땅만큼 바다만큼 사랑해요."

"하늘만큼 땅만큼 온 세상만큼 사랑해."

"하늘만큼 땅만큼 우주만큼 사랑해요."

나는 미소를 지으며 화장실로 건너간다. 씻고 이를 닦고 잘 준비를 한다. 피곤하지만 뭔가가 벌어질 것 같은, 뭔가 나쁜 일이 벌어질 것 같은 예감 때문에 신경이 곤두서 있다. 그런 예감이 현기증처럼 나를 휩쓸고 지나간다.

사악한 뭔가가 이쪽으로 다가오고 있어.

나는 목에 건 은색 체인을 손으로 잡는다. 그런 다음 방으로 들어가 침대 옆에 무릎을 꿇는다. 하지만 기도를 하지는 않는다. 매트리스 아래로 손을 넣는다. 손으로 나무 판을 건드리며 이리저리 더듬는다. 나는 미간을 찌푸린다. 매트리스를 들고 믿을 수 없다는 듯이 그 아래를 쳐다본다.

칼이 사라졌다.

37

기도는 이기적이지 말아야 한다. 예전에 내 멘토였던 블레이크에게서 들은 말이다. 하느님은 심부름 대행업체가 아니야. 자네가 부르기만 하면 달려오는 분이 아니란 말이지. 온 힘을 다해서 인도해달라고 외치되 도움이 필요한 경우에는 스스로 해결할 방법을 찾아야 해.

나는 항상 그의 조언을 따르려고 노력한다. 내가 중요하게 여기는 그의 성경적 가르침이 하나 더 있다. 한숨 푹 자고 진한 커피를 마시고 담배를 피우면 모든 게 괜찮아진 것처럼 느껴진다는 것.

나는 옷을 갈아입고 1층으로 내려가 커피를 아주 진하게 끓이고 롤링 박스와 종이를 꺼낸다. 그런 다음 그걸 다 들고 2층으로 올라가 내 방 창문을 열고 창턱에 걸터앉는다. 내 방 창문 앞에서 담배를 피우는 것은 안전하지도 위생적이지도 않다. 하지만 생각을 해야 하고 전화도 몇 군데 걸어야 하는데 그 두 가지를 모두 할 수 있는 곳은 여기뿐이다.

나는 길 건너편의 벌판을 내다보며 담배를 만다. 풀밭이 이슬로 반짝거린다. 태양은 안개 긴 파란 하늘에 걸린 은색 원반 같다. 아름답지만 내 기분을 달래는 데에는 아무 효과가 없다.

칼이 사라졌다. 나는 일어났을 때 다시 확인했다. 매트리스 아래에도 옷장에도 상자에도 없었다. 그게 어떻게 사라질 수 있을까? 누가 들고 갔을 가능성이 있을까? 간밤에 이 집에 있었던 사람은 둘뿐이다. 플로와 리글리.

플로가 그걸 보았을까? 그래서 담배를 숨기듯 치워버렸을까? 내 안전을 위해서? 나를 걱정하는 마음에? 하지만 무슨 수로 그걸 찾았을까? 내 침대 매트리스 아래를 뭐 하러 뒤졌을까?

처음엔 간밤에 딸아이에게 따져 물으려고 했다. 그러다 생각을 바꿨다. 늦은 시각이었다. 우리 둘 다 피곤했다. 그리고 딸아이가 들고 가지 않았다면 좀 더 불편한 방향으로 얘기가 흘러갔을 것이다. 내가 왜 매트리스 아래에 칼을 숨겼는지. 오늘 집 안에 또 누가 있었고 누가 이리저리 훔쳐보고 다닐 기회가 있었는지. *리글리?*

여기로 이사한 이유는 골치 아픈 문제들에서 벗어나기 위해서였다. 달아나기 위해서였다. 상황을 정리하기 위해서였다. 하지만 걱정거리와 해답 없는 질문만 늘어가고 있다. 물웅덩이 안으로 들어갔는데 알고 보니 퀵샌드이고 빠져나오려고 하면 할수록 수렁 속으로 점점 더 빠르게 빨려 들어가는 듯한 심정이다.

조기 출소 통지서가 자동차 글러브박스 안에서 계속 곪아가고 있다. 브래들리 신부의 죽음이 머릿속에서 떠날 줄 모른다. 그 둘은 서로 연관성이 없다고 내 자신을 계속 설득하지만 의구심이 가실 줄 모른다. 그리고 누가 내 앞으로 두고 간 정체 모를 물건은 또 뭘까? 신문에서 오려낸 기사는 또 어떻고. 그걸 두고 간 사람은 누굴까? 무슨 메시지를 전하려는 걸까?

나는 담배를 더 세게 빨며 휴대전화를 꺼낸다. 좋다. 첫 번째 일부터 해결하자. 석수에게 전화해 예배실 아래 있는 게 정확히 뭔지, 그것의 존재를 아는 사람이 아무도 없어 보이는 이유가 뭔지 알아내달라고 하자. 이제 막 8시 30분이 지났다. 아직 영업 시작 전이겠지만 밑져야 본전이다. 음성사서함으로 넘어가겠거니 생각하며 통화 버튼을 누르는데, 놀랍게도 어떤 여자가 명랑한 목소리로 전화를 받는다.

"네, TPK입니다."

"아, 안녕하세요. 저는 채플 크로프트의 브룩스 신부예요."

"안녕하세요."

"오셔서 교회 바닥의 훼손된 부분을 봐주실 수 있나 해서요."

"네, 그럼요. 어떤 식으로 훼손됐는데요? 깨졌나요? 금이 갔나요?"

"바닥에 커다란 구멍이 뚫렸는데 그 아래에 비밀 납골당이 있는 것 같아요."

"우와— 흥미진진해지는데요? 사실 오늘 아침에 잡혀 있던 일이 취소됐어요. 30분쯤 뒤에 갈 수 있는데 괜찮으실까요?"

"아주 좋아요. 고맙습니다."

"좀 있다 뵐게요."

나는 전화기를 내려놓는다. 한 가지 일이 끝났다. 그다음은, 전화기 수신 막대 세 칸을 위해 내 목숨과 팔다리를 걸 수는 없다. 전화국에 연락해서…….

"안녕하세요!"

나는 깜짝 놀라는 바람에 창턱에서 휘청거리다가 창틀을 부여잡는다.

"뭐야!"

아래를 내려다본다. 전화국 유니폼처럼 생긴 옷을 입은 대머리 남자가 창문 아래에 서 있다. 내가 하도 딴 데 정신이 팔려 있느라 밴이 와서 주차한 것도 모르고 있었다.

"브룩스 신부님을 찾아왔는데요. 사모님이신가요?"

나는 미소를 짓는다. *하느님, 감사합니다.*

"*제가 잭 브룩스 신부예요.*"

"아, 그러시군요. 저는 전화국에서 나온 프랭크라고 합니다."

"*당신이야말로 기도에 대한 응답이네요.*"

전화국에서 나온 프랭크가 선을 만지고 거실 벽에 구멍을 뚫는 동안 나는 샤워를 하고 옷을 갈아입는다. 막 1층으로 내려가려는데 플로가 자기 방문 밖으로 산발한 머리를 내민다.

"저 소리 뭐예요?"

"문명사회와 다시 연결 중인 소리야."

"인터넷이에요?"

"응."

"할렐루야."

나는 그녀를 잠깐 들여다본다. 칼.

"다리는 어때?"

"좀 시큰거리기는 하지만 괜찮아요."

"차나 커피 한잔 마실래?"

"커피요."

"오케이. 내가 끓여다 줄게."

그녀는 의심스러워하는 눈빛으로 나를 빤히 쳐다본다. "왜 이렇게 잘해주세요?"

"너를 사랑하니까."

"그리고요?"

"또 다른 이유가 있어야 하니?" 나는 다정하게 미소를 짓는다.

"엄마 지금 이상해요." 그녀는 이렇게 말하고는 다시 방으로 들어간다.

나는 1층으로 내려가 우유와 설탕 한 스푼을 넣어서 커피를 끓인다. 거실 안으로 고개를 디밀고 프랭크를 체크한다.

"잘돼가고 있어요?"

"여긴 거의 다 끝났어요, 달링. 도로로 나가서 거기 선만 확인하면 돼요."

나는 깍듯하게 미소를 지어 보이고 달링이라고 불린 것에 대한 짜증을 달래려고 한다.

"고마워요. 다시 인터넷을 쓸 수 있어서 얼마나 행복한지 말로

불타는 소녀들

표현할 길이 없네요."

"재밌네요. 신부님들도 인터넷 쓰는 줄 몰랐는데."

"세인즈베리에서 살 게 있을 때 기도를 해봐야 효과가 별로 없거든요."

그는 나를 빤히 쳐다보다 어색하게 웃음을 터뜨린다. "아, 그렇죠. 농담도 잘하시네." 그는 좌우를 두리번거린다. "전에 여기 사셨던 분이 기억나요."

그렇겠지. 손바닥만 한 마을인데. 심지어 전화국 직원도 한 마을 사람이다.

"플레처 신부님요?"

"네, 좋은 분이었는데. 그런 일이 벌어졌다니 안타까워요."

"그러게요. 아주 슬픈 일이죠."

"솔직히 그런 일도 있고 해서 문을 닫을 줄 알았어요."

"뭐가요?"

"여기요. 교회요."

"왜요?"

"뭐, 예전에 한번 매물로 나온 적이 있거든요."

나로서는 금시초문이다. "그래요?"

"네. 왕년에 마시 신부님이 은퇴했을 때 1년 넘게 문을 닫았어요. 그러다 러시턴 신부님이 여기를 살리자는 캠페인을 벌였어요. 엄청난 기부금이 들어와서 명맥을 유지하게 됐죠."

"아주 운이 좋았네요. 그 통 큰 기부자가 누구였어요?"

"이 마을 사람이었어요. 사이먼 하퍼. 독실한 타입인 줄 전혀 몰랐는데 그게 이 마을의 전통인가 봐요?"

"그러게요." 나는 말한다.

"다 됐네요." 그가 일어선다. "얼른 나가서 도로 살피고 올게요. 금방이면 돼요."

"네."

나는 플로의 커피를 들고 2층으로 올라가며 머리를 굴린다. 그러니까 사이먼 하퍼가 교회에 엄청난 금액을 기부했단 말이지? 러시턴은 그 집안이 교회를 위해 '많은 일을 했다'고 했다. 긴급 구제금 얘기였나 보다. 하지만 왜 그랬는지 이유가 궁금해진다. 좋은 사람처럼 보이고 싶어서? 아니면 다른 뭔가가 있었을까?

나는 플로의 방문을 두드린다.

"들어오세요."

나는 안으로 들어간다. 그녀는 헤드폰을 쓰고 침대에 대자로 누워 있다. 나는 침대 옆 테이블에 커피를 내려놓는다.

그녀가 중얼거린다. "고맙습니다."

나는 기다린다. 그녀는 내가 나가지 않는 것을 보고 헤드폰을 벗는다.

"왜요?"

칼.

"어젯밤에 있었던 일에 대해서 뭐 하나 물어보고 싶은 게 있어서."

"뭔데요?"

"리글리랑 집에 있었을 때 말이야, 둘이 계속 같이 있었니?"

"네, 왜요?"

너무 금세 대답한다. 거짓말이라는 뜻이다.

"그러니까 걔가 화장실에 가거나 하진 않았고?"

"아마도요. 왜 물어보세요?"

나는 어깨를 으쓱한다. "변기 뚜껑을 다시 내려놓지 않았길래."

"그게 범죄예요?"

"이 집에서는 범죄야."

그녀는 실눈을 뜬다. "물어보시는 *진짜* 이유가 뭔데요?"

나는 망설인다. 증거도 없이 리글리를 의심하기도 싫고 또다시 말싸움을 벌이기도 싫다. 다행히 현관문을 두드리는 소리가 나를 구원한다. 프랭크다.

"가서 문 열어줘야겠다." 내가 말한다.

"그러세요." 그녀는 다시 헤드폰을 쓴다.

아무튼 원하던 답은 얻었다. 보아하니 루커스 리글리 군과 다시 얘기를 좀 해야 할 것 같다. 나는 1층으로 내려가 햇빛을 받아 희미하게 반짝이는 프랭크의 대머리가 보이겠거니 생각하며 문을 연다. 그런데 머리를 짧게 치고 티셔츠 밖으로 나온 팔뚝에 해골 문신을 새긴 젊은 여자가 문 앞에 서 있다. 어쩐지 낯이 익다.

"또 만났네요." 그녀가 말한다.

순간 퍼즐이 딱 맞아떨어진다. 마을회관에서 만났던 그 여자다. 커스티라고 했던가?

"아, 안녕하세요. 어쩐 일이세요?"

"저를 부르셨잖아요." 그녀는 옆면에 'TPK 석수'라고 적힌 큼지막한 공구상자를 들어 보인다.

그녀가 씩 웃는다. "비밀 납골당이 있다고 하셨죠?"

38

그 집에 아이는 없다.

개는 있다. 갈색과 흰색이 섞인 조그만 테리어가 남자의 발치에 앉아 있다가 그가 먹는 베이컨 샌드위치를 빤히 쳐다본다. 그러다 흥분해서는 거실로 나가는 문을 발로 반복해 긁는다.

"진정해." 그는 말하고 베이컨 비계를 조금 던져준다.

개는 문을 쳐다보면서 낑낑대다 터벅터벅 돌아와서 베이컨을 먹는다.

인간의 가장 좋은 친구지. 그는 생각한다. *아무렴, 그렇고말고.* 개의 충성도는 사료와 함께 시작되고 끝난다. 하지만 솔직히 이 테리어는 주인들이 앞으로 자기를 데리고 산책을 나갈 일이 없을 거라는 사실을 아마 잘 모르고 있을 것이다.

그는 문을 흘긋 쳐다본다. 이럴 생각은 아니었다. 하지만 선택의 여지가 없었다. 농가에 도착했을 무렵에는 발목이 너무 아파서 절뚝거리며 걷지도 못할 정도였다. 어찌어찌 말을 잘해서 안으로 들어간들 그들을 힘으로 제압할 도리가 없었다. 남은 방법은 기습뿐이었다. 그는 조그만 야외 헛간에서 장작에 박혀 있는 도끼를 발견했다. 이 집에 사는 사람들이 베란다 문 너머로 보였다. 문은 잠겨 있지 않았다. 노인들이란. 세상을 너무 믿는다. 이런 깡촌에도 얼마나 끔찍한 것들이 집 밖에 도사리고 있는지 전혀 모른다.

순식간에 끝났다. 유혈이 낭자하기는 했지만 순식간에 끝났다. 두 사람 모두 그를 등지고 앉아서 텔레비전을 보고 있었다. 듬성듬성한 백발로 덮인 아내의 머리가 한 방에 거의 깨끗하게 잘려나갔다. 똑같이 머리가 하얗고 쭈글쭈글한 남편이 자리에서 일어나려고 했지만 이번에는 한 방에 그의 가슴이 벌어졌다. 마지막 한 방은 그의 두개골을 거의 둘로 쪼갰다. 테리어가 미친 듯이 짖고 또 짖었지만 그가 피가 뚝뚝 흐르는 도끼를 들고 녀석 쪽으로 몸을 돌리자 달아나 자기 집에 숨었다.

그는 낡은 카펫 위로 쓰러진 피투성이 시신을 물끄러미 바라보았다. 2, 3분 새 그들의 숨통이 끊겼다. 하지만 노인들이었잖아. 그는 합리화했다. 이미 살 만큼 살았다고. 어쩌면 수명이 몇 년 단축된 것에 불과할지 몰랐다. 그는 별로 양심의 가책을 느끼지 않았다. 어쩔 수 없는 조치였다.

그는 2층으로 올라가 화장실을 뒤져 진통제를 찾았다. 그들이 노인이라 좋았던 또 한 가지가 화장실 수납장에 약이 그득하다는 것이었다. 그는 코데인 네 알을 먹고 다시 술을 찾아서 1층으로 내려갔다. 부엌 천장에 셰리주 두 병과 제법 괜찮은 브랜디가 한 병 있었다. 그는 브랜디를 따서 몇 모금 벌컥벌컥 마셨다. 그러고는 마지막으로 그들의 널찍한 더블베드에 누워 눈을 감았다.

그는 꿈을 꾸었다. 꿈에 오래전의 어느 집이 나왔다. 그의 누나가 나왔다. 누나는 그가 울면 침대 옆에 누워서 그를 두 팔로 감싸 안고 내일 어쩌고 하는 노래를 불러주었다. 그러다 어느 날 밤 그의 곁을 떠났다. 그러고는 그 길로 영영 돌아오지 않았다.

그는 샌드위치를 마저 해치우고 찻잔을 향해 손을 내민다. 그러다 생각을 바꿔 좀 전에 따놓은 셰리주 병을 집는다. 한 모금 꿀꺽 마셔 목구멍이 달콤하게 타들어가는 느낌을 음미한다.

발목이 어전히 불그죽죽하고 어제보다 더 부었다. 살이 찢어진 것처럼 보이고 부러진 게 분명하다는 확신이 점점 커진다. 하지만 진통제와 알코올 덕분에 통증이 거의 느껴지지 않는다.

몸에서 심하게 냄새가 난다는 건 느낄 수 있다. 샤워를 해야겠네. 그는 생각한다. 그러고는 노부부의 도요타를 몰고 채플 크로프트에 가서 한 바퀴 둘러볼 것이다. 이미 열쇠를 챙겨서 식탁에 올려놓았다. 마지막으로 운전한 지 제법 됐다. 하지만 새 차니 오토매틱이기만을 바랄 따름이다. 노인들은 대개 오토매틱을 몰지 않나?

그는 다시 셰리주를 향해 손을 내밀다…… 긴장한다. 무슨 소리가 들린 것 같았다. 자동차 엔진 소리와 타이어가 자갈 깔린 진입로를 밟는 소리다. 테리어가 요란하게 짖으며 부엌에서 입구를 지나 현관홀로 달려 나간다. 그는 자리에서 일어나 녀석을 따라간다. 나무로 된 현관문 옆에 조그만 창문이 달려 있다. 그는 그곳으로 밖을 내다본다.

과연 은색 닛산이 집 앞 진입로에 주차되어 있다. 옆면에 '캐시 클리닝'이라고 적힌 차다. 어쩐다? 초인종 소리를 무시하더라도 청소부가 열쇠를 가지고 있을 것이다. 게다가 개새끼가 미친 듯이 짖어대고 있다. 쌍.

그는 호리호리한 여자—30대 중반이고 짙은 금발이다—가 차에서 내리는 것을 지켜본다. 거실을 흘끗 돌아본다. 도끼가 노인의 머리에 계속 꽂혀 있다. 그는 절뚝절뚝 부엌으로 들어가 식사도구 서랍을 연다. 예리한 빵칼을 골라 쿵쾅거리는 심장을 달래며 다시 현관문 앞으로 돌아간다.

창밖을 내다본다. 여자가 트렁크에서 청소기와 청소도구가 든 상자를 꺼낸다. 상자를 현관문 앞으로 들고 온다. 그는 칼을 쥔 손에 힘을 준다. 여자는 문간에 상자를 내려놓고 다시 차로 간다. 트렁크 문을 닫고 청소기를 든다. 그러다 깜빡한 게 생각났는지 걸음을 멈춘다. 뒷문을 열고 로고가 박힌 자주색 튜닉을 꺼내 티셔츠 위로 입는다. 그는 빤히 쳐다본다. 자동차 뒷자리에 카시트가 있다.

그녀는 문을 잠그고 자그락자그락 자갈을 밟으며 현관문 쪽으로 걸어온다. 그는 칼을 내려다본다. 다시 문을 쳐다본다. 이제 보니 체인이 달려 있다. 그는 얼른 체인을 건다. 그런 다음 뒤로 물러난다. 초인종이 울린다. 테리어가 미친 듯이 짖으며 문을 긁는다. 여자의 목소리가 들린다.

"안녕, 캔디. 무슨 일 있니?"

여자가 다시 초인종을 누른다. 그는 계단을 올라가 층계참에 앉아서 몸을 숨긴다. 그녀가 열쇠를 구멍에 넣고 문을 여는 소리가 들린다. 체인이 걸린다.

"안녕하세요. 로즈, 제프? 체인이 걸려 있네요?"

개가 틈새를 핥킨다.

"안녕, 캔디. 괜찮아, 멍멍아."

그녀는 다시 문을 잡고 흔든다. 그녀가 혀를 차는 소리가 들린다. 왜 그냥 가지 않는 걸까? 뭐 하는 걸까? 그의 질문에 대답이라도 하듯 집 안에서 갑자기 휴대전화가 울린다. 다섯 번 만에 끊긴다. 밖에서 여자의 목소리가 들린다.

"안녕하세요, 저 캐시예요. 집에 왔는데 체인이 걸려 있어서 들어갈 수가 없네요. 별일 없으신 거죠? 연락 주세요. 지금은 일단 가지만 나중에 아무 때나 다시 오면 돼요. 네. 그럼 끊을게요."

그는 기다린다.

"안녕, 캔디. 코 집어넣어."

그녀는 문을 닫고 그는 그녀가 자갈을 밟으며 차를 세워놓은 곳으로 돌아가는 소리를 듣는다. 몇 초 뒤에 차가 멀어지는 소리가 들린다. 그는 안도의 한숨을 내쉰다.

그는 부엌으로 들어가 도요타 열쇠를 집는다. 부엌에는 밖으로 나가는 샛문이 달려 있다. 그는 그 문을 열고 절뚝절뚝 앞으로 돌아 나간다.

차를 몰고 가면 안 돼.

왜?

시신이 발견되면 경찰에서 제일 먼저 차량부터 수배할 테니까.

그의 심장이 철렁 내려앉는다. 그렇다. 지금은 그가 누군지, 어떻게 생겼는지 아무도 모른다. 하지만 차를 몰고 가면 경찰에서 그 차를 수배할 것이다. 차는 태워버리더라도 숨기기가 쉽지 않은 물건이다.

그는 주위를 살피다 발견한다. 자전거가 장작 헛간에 기대어 세워져 있다. 그는 얼른 그쪽으로 다가가 안장 너머로 다리를 넘긴다. 발목이 좀 그렇긴 해도 그럭저럭 페달을 밟을 수 있다. 테리어가 집 안에서 미친 듯이 울부짖는다. 지붕에 앉아 있던 갈까마귀 떼가 깍깍대며 날아갈 정도다. 개도 죽여버릴 걸 그랬다.

그는 농가를 돌아보며 고민한다. 그러다 자전거 바퀴로 자갈을 튀겨가며 집 앞 진입로를 빠져나온다. 개 짖는 소리가 그의 뒤에서 메아리친다.

39

"마을회관에서 근무하시는 줄 알았더니요."

우리는 사택에서 나와 교회로 걸어간다. 프랭크가 나를 찾으면
교회에 있다고 얘기하라고 플로에게 말해놓았다.

"카페 일은 사실 봉사 차원에서 돕는 거예요." 커스티가 말한다.
"할머니가 살아 계셨을 때 다과회를 워낙 좋아하셨기 때문에 은혜
를 갚는 기분이 들거든요. 청소년부도 마찬가지예요. 10대 시절에
제가 청소년부 활동을 좋아했어요."

"대단하시다. 그럼 본업은 이거예요?"

"대개는요. 아빠랑 남동생이랑 같이 하는 일이에요. 가끔 대규모
프로젝트 때문에 정신없을 때도 있지만 그럴 때가 아니면 손가락
만 빨아요."

"그렇구나. 당신이 지금 손가락 빠는 시기라서 다행이네요."

나는 교회 문을 열고 그녀와 함께 들어간다.

커스티는 주위를 두리번거린다. "전부터 여기는 좀 섬뜩하고 으스스하더라고요." 그녀는 나를 흘끗 쳐다본다. "죄송해요. 기분 나쁘게 듣지 말아주세요."

"괜찮아요." 나는 미소를 짓는다. "그 말이 맞아요."

우리는 신도석 통로를 따라가 교회 바닥에 뚫린 구멍을 본다. 커스티가 숨을 들이마신다.

"우와, 음, 진짜 난장판이네요."

"그러니까요."

"구멍을 두고 한 말이 아니에요. 물론 구멍도 난장판이긴 하지만요." 그녀는 무릎을 꿇고 앉는다. "이 석조 공사 말이에요. 누가 보수하려고 한 건지 몰라도 진짜 쓰레기같이 해놨어요."

그녀는 공구상자를 열고 끌을 꺼내 바스러진 돌을 찌른다. "말 그대로 땜빵이에요. 돌도 요즘 생산되는 싸구려를 대충 썼고 시멘트도 대충 배합했어요." 그녀는 미간을 찡그린다. "게다가 왜 그랬는지 모르겠어요. 이쪽 바닥 아래 목재가 썩은 것 같거든요. 썩은 기반 위에 시멘트를 바르면 안 돼요. 그러면 바닥이 다시 주저앉거든요. 저 아래로 추락한 사람이 없었기 망정이지."

"제가 하마터면 그럴 뻔했어요."

우리는 고개를 돌린다. 플로가 문 앞에 서 있다가 우리를 향해 절뚝절뚝 다가온다. "바닥 사이로 발이 빠졌어요."

"맙소사." 커스티가 말한다. "안 다쳤니?"

"네, 다행히 다리를 긁히기만 했어요."

"운이 좋았네. 언제든 이 일대가 주저앉을 수도 있었는데."

플로는 근처 신도석에 앉는다.

"프랭크 갔니?" 나는 그녀에게 묻는다.

"네, 한 시간쯤 지나면 인터넷을 쓸 수 있을 거라고 했어요."

"그래, 잘됐네."

커스티는 엉덩이를 깔고 앉는다. "자, 맨 먼저. 이 싸구려 판석을 제거해야 해요."

"그럼 저 아래로 내려갈 수 있어요? 관들 좀 보고 싶은데."

"안전한지 확인부터 하고요. 천장이 신부님 머리 위로 무너지면 안 되잖아요." 그녀는 손전등으로 구멍 안을 비춘다. "계단이 보여요. 원래 입구가 살짝 왼쪽에 있었나 봐요. 애초에 여길 시멘트로 덮은 이유는 아직도 모르겠지만요."

"그러게 말이죠." 나는 말한다. "언제 덮인 것 같아요?"

"보아하니 몇 달 안 됐어요."

몇 달? 그러니까 플레처가 재직하던 동안이라는 뜻이다. 문득 상자에 들어 있던 설계도면이 생각난다. 그가 납골당을 발견했을까? 아래로 내려가는 길을 발견했을까? 하지만 왜 다시 덮었을까?

"오케이." 커스티가 공구상자에서 보호용 고글과 방진 마스크와 망치와 끌을 또 하나 꺼낸다. "뒤로 물러나 계세요. 시작할게요."

끌로 돌을 치는 소리가 빈 교회 안에 메아리친다. 누가 끌을 내 뼈에 갖다 대고 있기라도 한 듯 내 몸까지 진동한다. 나는 플로를 흘끗 쳐다본다. 그녀는 인상을 쓰며 손가락으로 귀를 막는다.

커스티가 망치로 끌을 다시 내려치고 판석 덩어리를 하나 잡아

당긴다. "금방 끝날 거예요." 그녀가 말한다. "이게 종이반죽이나 다름없어서요."

안타깝게도 소리상으로는 그렇지가 않다. 그녀가 다른 쪽 구석에 끌을 대고 다시 망치를 휘두르자 나는 얼굴을 찡그린다. 이번에는 그쪽이 아예 바스러져 훨씬 넓어진 구멍 아래로 떨어진다. 파편이 아래쪽 납골당에 부딪히는 소리가 들린다.

커스티가 마스크를 내리고 상황을 체크한다. "오케이. 여기 깔린 기존의 판석을 들어올리기만 하면 계단 꼭대기가 보일 것 같아요."

그녀는 허리를 숙여서 돌을 들어 올리기 시작한다. 내가 가서 돕는다.

"조심하세요." 그녀가 말한다. "깨뜨리면 안 되니까."

우리는 돌을 꿈틀꿈틀 움직여 부서진 시멘트에서 떼어낸다.

"하나, 둘, 셋……." 커스티가 말한다. "들어요."

우리는 돌을 들어서—허리에서 찌릿한 통증이 느껴진다—한쪽 옆에 내려놓는다.

"우와." 플로가 중얼거리며 다가온다.

우리는 구멍 아래를 내려다본다. 판석을 치우자 아치형 터널을 통해 내려가는 가파르고 울퉁불퉁한 계단이 드러난다.

커스티가 곧바로 엎드려 손전등으로 터널 지붕을 살핀다. "다른 쪽 바닥은 괜찮아 보여요. 이쪽만 썩었네요."

"그렇군요." 나는 말하며 주머니에서 들고 온 손전등을 꺼낸다. "내가 먼저 내려갈게요. 플로, 너는 여기 있어."

"그건 절대 안 되죠." 그녀는 팔짱을 낀다. "같이 가요."

옥신각신해봐야 소용없다. 나는 그 표정을 안다. 내가 물려준 표정이다.

"알았어. 그럼 다 같이 가자."

나는 손전등을 켜고 조심스럽게 돌계단을 내려가기 시작한다. 넓이가 내 발바닥 절반 정도밖에 안 되고 반질반질하고 살짝 축축하며 둥그스름한 벽 말고는 잡을 데가 아무 데도 없다. 예전에는 여기 문이 달려 있었을 텐데. 나는 생각한다.

"발 디딜 때 조심해요." 나는 바짝 뒤따라오는 플로와 커스티에게 말한다.

손전등이 네댓 계단 앞을 비춘다. 어깨가 벽돌에 쏠린다. 바닥 근처에 다다르자 납골당이 펼쳐진다. 나는 허리를 펴고 손전등을 이리저리 비춘다. 커스티의 휘파람 소리가 들린다. 지하실은 작고 좁다. 머리 위 천장은 둥그스름하다. 한쪽 아치 아래에 관 세 개가 옹기종기 모여 있다.

플로가 중얼거린다. "완전 브램 스토커* 같아요."

나는 살짝 오싹해진다. 물론 말도 안 되는 얘기다. 나는 신부다. 나는 죽음과 관을 상당히 주기적으로 상대한다. 하지만 여기, 이 어두컴컴한 지하는…….

"여기가 지하 납골당인가 보네요." 커스티가 말한다.

"지하실이 대개 그런 용도로 쓰이죠." 내가 말한다. "기본적으로 마을 유지들이 안치된 고급 공동묘지예요."

---

* 『드라큘라』의 작가.

호기심이 폐소공포증을 이긴다. 나는 관 앞으로 다가가 손전등을 비춘다. 하나같이 조금 곰팡이가 피고 뒤틀렸지만 맨 위에 놓인 관만 완전히 열려서 그 안의 유골이 드러났다.

유골이 문을 할퀴어서 탈출하려고 한 건 아니고?

나는 이 영특한 발상을 한쪽으로 밀어버리고 애써 집중한다. 관마다 조금 부식된 황동 명판이 달렸고 거기에 망자의 이름이 새겨져 있다.

제임스 오즈월드 하퍼, 1531~1569. 이저벨 하퍼, 1531~1570.

그리고 마지막으로 앤드루 존 하퍼, 1533~1575.

하퍼 집안의 납골당이다. 그런데 뭔가가 이상하다. 뭔가가 내 머릿속을 간질인다.

"말이 안 되는데." 나는 말한다.

"왜요?" 플로가 묻는다. "돈 많은 집안사람들이 납골당에 자기들 관을 안치한다면서요?"

"응, 그런데 전설에 따르면 하퍼 집안사람들은 서식스의 순교자로 개종을 거부해서 화형당했다고 했거든."

"맞아요." 커스티가 말한다. "그 집안사람들 이름이 기념탑에 새겨져 있어요. 작년에 복원한 기념탑에요."

내가 찜찜했던 게 그거다. 기념탑에 새겨진 이름. 같은 이름이다. 하퍼 집안사람들이 화형을 당했다면 왜 여기 묻혀 있을까?

"채플 크로프트에서 청교도 숙청이 이루어진 게 언제였죠?"

"아, 학교에서 배웠어요." 커스티가 말한다. "채플 크로프트 청교도 숙청 사건은 1556년 9월 17일 밤에 벌어졌어요."

나는 관에 달린 명판을 가리킨다. "그럼 이들의 사망 연도가 각기 다른 이유가 뭘까요? 게다가 10여 년 뒤고."

우리는 일제히 관을 쳐다본다.

"이 사람들이 화형당한 순교자가 아니라는 말씀이에요?" 플로가 묻는다.

"아무래도 그런 것 같은데."

아무래도 중간에 누군가가 역사를 다시 쓰기로 작정한 것 같다. 그거야 식은 죽 먹기다. 16세기에는 문서 관리가 형편없었다. 러시턴도 화재로 교구 기록이 대부분 소실됐다고 하지 않았던가.

그리고 역사는 잔인한 자들이 남긴 기록이지.

"하지만 하퍼 집안사람들이 서식스의 순교자였다는 건 누구나 아는 사실이에요." 커스티가 말한다. "여기서는 아주 중요한 문제거든요. 그게 사실이 아니면……." 그녀는 말끝을 흐린다.

그게 사실이 아니면 하퍼 집안의 이름은 돌이킬 수 없을 만큼 더럽혀진다. 버닝 걸스를 배신해 죽음으로 몬 장본인이 그들이었다는 뜻이 될 수도 있다. 작은 마을에서 그건 중요한 문제다. 사이먼 하퍼는 자기 집안의 명성이 거짓말에서 출발했다는 걸 알고 있을까? 그래서 교회에 거액을 '기부'한 걸까? 그걸 감추기 위해? 하지만 만약 그렇다면 교회 내에 은폐 작전의 공범이 있었다는 뜻이 된다.

나는 제임스 오즈월드 하퍼의 유골을 쳐다본다. 놀라우리만치 상태가 좋다. 나는 미간을 찌푸린다. 잠시 후에 손전등으로 관 안쪽을 비춘다. *이게 뭐지?*

"커스티, 손전등으로 이쪽을 비춰줄래요?"

"네."

"왜요?" 플로가 묻는다.

나는 아무 대답도 하지 않는다. 손전등을 입에 물고 두 손으로 벌어진 관의 갈라진 나무를 잡아당긴다.

"엄마." 플로가 불안해하는 목소리로 나를 부른다. "뭐 하시는 거예요?"

나는 끙끙대며 다시 당긴다. 끼이이익 하는 소리가 조그만 공간에 메아리치고 나무로 된 관 뚜껑이 통째로 떨어져 나온다. 나는 부러진 뚜껑을 부여잡고 비틀비틀 뒷걸음질 친다. 관이 한쪽으로 기울고 유골이 쏟아져 나온다.

플로가 꺅 하고 비명을 지른다. 심지어 커스티마저 "망할!" 하고 중얼거린다.

나는 바닥으로 쏟아진 유해를 빤히 쳐다본다. 잠시 후에 관을 다시 돌아본다. 훨씬 많이 부식된 갈색 유골이 그 안에 들어 있다. 내가 본 게 그거였다. 두 번째 유골. 관에 들어 있는 두 번째 시신.

"왜— 왜 두 개일까요?" 커스티가 헉 소리를 낸다.

좋은 질문이다. 나는 첫 번째 유골 옆에 쭈그리고 앉는다. 아주 살짝 누레졌다. 검은색의 성직자 예복을 입고 목에 흰색 칼라를 달았다. 금발 몇 가닥이 아직 두피에 매달려 있다. 이윽고 내 눈에 또 다른 어떤 것이 들어온다.

한 손가락에 두툼한 은색 인장 반지가 끼워져 있다.

나는 앞으로 기어가 유골의 손가락을 가만히 들어서 반지를 좀 더 유심히 들여다본다. 앞면에 십자가와 칼을 든 성인이 새겨져 있

불타는 소녀들

다. 라틴어 문구가 그 주변을 뺑 둘러쌌다.

상테 미카엘 알칸젤레 데펜데 노스 인 프렐리오.

성 미카엘 대천사님, 싸움 중에 있는 저희를 보호하소서.

현기증이 나를 덮친다. 나는 엉덩이를 깔고 앉는다.

"엄마?" 플로의 목소리가 멀게 들린다. "괜찮으세요? 뭘 발견하신 거예요?"

나는 고개를 끄덕이지만 괜찮지가 않다.

아무래도 우리가 사라진 부제를 찾은 모양이다. 벤저민 그레이디를.

***

창문이 덜커덩거렸다. 유골의 손톱이 유리창을 긁었다.

메리는 게슴츠레한 눈을 껌뻑이며 일어나 앉았다. 그녀의 방 안은 그림자로 넘실거렸다. 창가에서 달빛이 흔들거렸다.

덜거덕, 탁. 덜거덕, 탁.

손가락이 아니다. 조약돌이다. 돌멩이다.

그녀는 터벅터벅 방을 가로질러 커튼을 걷고 밖을 내다보았다. 창문 아래에 서 있는 사람을 보고 그녀의 눈이 휘둥그레졌다. 조이였다. 그녀는 얼른 창문을 열었다.

"여긴 어쩐 일이야?"

"너를 만나야 해서."

"한밤중에?"

"이 방법밖에 없었어. 제발 이해해줘."

불타는 소녀들   349

그녀는 고민하다가 고개를 끄덕였다.

"거기서 기다려."

그녀는 가운을 집어 들고 까치발로 살금살금 방을 빠져나왔다. 옆 방에서 코 고는 소리가 들렸다. 엄마는 차를 마신 뒤에 곧바로 와인 두 병을 해치웠으니 인사불성일 것이다. 그래도 메리는 숨을 참은 채 계단을 내려가 뒷문으로 빠져나갔다. 얇은 잠옷 사이로 불어오는 밤 바람이 시원했다.

"무슨 일이야?"

조이가 요란하게 울음을 터뜨렸다. "정말 미안해. 내가 널 실망시 켰어."

메리는 불안한 눈빛으로 그녀의 집을 흘끗 돌아보았다. "울지 마. 저쪽으로 가자."

그들은 마당 끝까지 걸어가서 우물 근처의 무너진 담벼락 위에 앉 았다.

"내가 정말 바보 같았어." 조이는 흐느꼈다. "좋은 분인 줄 알았는 데 악마였어."

"누가? 지금 누구 얘기하는 거야?"

하지만 조이는 고개만 저었다. "우리가 예전에 했던 얘기 기억해? 도망치자고 했던 거."

메리는 기억했다. 하지만 요즘 들어서는 둘이서 그 얘기를 별로 한 적이 없었다. 서로 거의 만나지도 않았다.

"네 생각이 바뀐 줄 알았는데."

"아니야. 지금도 도망치고 싶은 생각 있어?"

그녀는 엄마에 대해 생각했다. 상태가 점점 심해지고 있었다. 요전
날 저녁에는 메리에게 마귀가 쓰였다며 마귀를 몰아내야 된다고 했
다. 메리는 얼음처럼 차가운 물이 가득 담긴 욕조를 보고 도망쳐 숲
속에 숨었다.

"응." 그녀는 딱 잘라서 말했다.

"언제 떠날까?"

그녀는 고민했다. "내일 밤. 짐 싸. 여기서 만나자."

"돈은 어쩌고?"

"엄마가 돈 숨겨놓은 데 알아."

"어디로 갈 건데?"

메리는 미소를 지었다. "아무도 찾지 못하는 데."

40

풍파에 시달린 하얀색 표지판을 보면 8킬로미터밖에 안 된다는 데, 그의 느낌상으로는 농가에서 채플 크로프트 외곽까지 자전거로 한참 걸렸다.

셰리주 때문에 머리가 지끈거리고(아니면 셰리주를 그만 마셨기 때문일 수도 있고) 발목은 불이 난 것 같다. 그는 여러 번 자전거를 멈춰 숨을 고르고 발목을 주무르지만 별 소용이 없다. 염증이 점점 번지고 있다. 자주색으로 퉁퉁 부은 살이 양말을 넘어 종아리까지 이어진다. 하지만 계속 가야 한다.

도중에 그는 울타리 계단 근처에서 숨을 돌린다. 저편에 양 구유가 보인다. 그는 울타리를 넘어가 구유에 얼굴을 박고 물을 마신다. 물은 갈색이고 시큼하지만 그럭저럭 시원해서 갈증을 달랠 수 있었다.

마침내 긴 굽이를 지나자 보인다. 저 멀리에 하얀색 교회가 있다. 그곳일 수밖에 없다. 그의 흥분이 고조된다. 이제 다 왔다. 그런데 그 앞에 일렬로 주차된 경찰차가 보인다. 제복을 입은 경관도 있고 길가에는 폴리스 라인이 쳐져 있다.

무슨 일이지? 경찰이 왜 저기 있어? 그녀에게 무슨 일이 생겼나?

그는 고개를 숙이고 자전거를 타고 지나간다. 안전한 거리가 확보되자 멈추어 서서 자전거에서 내려 받침다리를 세운다. 그리고 그 옆에 쭈그리고 앉아 체인을 만지작거리는 척하며 교회를 몰래 훔쳐본다.

잠시 후에 그녀가 눈에 들어온다. 14년 만에 만난 그녀는 나이 많은 여자와 키가 큰 남자와 10대 여자아이와 함께 사택으로 걸어가고 있다. *그녀의 딸이다.* 오만 감정이 그를 덮친다. 충격. 딸이 그 시절 그녀와 너무 닮았다. 안도. 그녀는 여기 있고 무사하다. 혼돈. *경찰이 어쩐 일로 출동했을까?*

그가 농가에서 저지른 일과 연관이 있을 리는 만무하다. 시신이 벌써 발견됐을 리 없다. 하지만 예감이 안 좋다. 그가 일을 그르쳤다. 외양간에 가만히 있었어야 하는 건데. 아무에게도 거치적거리지 않게. 그랬더라면 아무도 다치지 않았을 텐데. 그나마 다행인 점이 하나 있다면 그의 정체나 생김새를 아무도 모른다는 것이다. 하지만 그것도 조만간 달라질 것이다. 게다가 그는 너덜너덜하고 지저분한 옷을 입었고 발목이 시뻘겋게 부었으니 눈에 띄지 않을 리 없다. 어딘가에 몸을 숨겨야 한다. 정신을 추슬러야 한다. 계획을 세워야 한다.

뭐 하러? 그녀가 너를 사랑한다면 네 차림새는 상관이 없을 거 아냐. 뭐가 두려운 거야?

아니다. 그는 아무것도 두렵지 않다. 그냥 제대로 하고 싶을 뿐이다. 제대로 해야 한다. 그러지 않으면……

……그녀가 너를 다시 거부할지 모른다고? 네 곁을 다시 떠날지 모른다고?

아니다. 그가 나쁜 짓을 했다. 실수를 저질렀다. 하지만 이제 그녀에게는 시간이 있다. 그가 그녀를 용서했듯 그녀도 그를 용서할 시간이.

그는 다시 자전거에 올라타 페달을 밟는다. 이번에는 마을 반대편에 다다를 때까지 멈추지 않는다. 길에는 아무도 없다. 양쪽으로는 벌판과 소 떼만 보인다. 잠시 후 왼쪽에 대문이 하나 등장한다. 녹이 슬었고 맹꽁이자물쇠가 달려 있다. 바퀴 자국이 깊이 파였고 무성한 풀로 덮인 오솔길이 도로에서 갈라져 나와 좀 더 복잡하게 엉킨 덤불 속으로 사라진다. 제멋대로 자란 덤불 너머 저 멀리에 세월의 풍파에 시달린 지붕 꼭대기가 보인다.

그는 자전거를 그 대문 쪽으로 돌린다. 잠깐 망설인 끝에 대문 너머로 자전거를 던진다. 그런 다음 뒤이어 들어간다.

모든 도시와 마을과 근교마다 버려진 건물이 있다. 그는 길거리에서 지내던 시절을 통해 그걸 터득했다. 아무도 소유권을 주장하지 않거나 좀 더 정확하게는 아무도 소유권을 주장하고 싶어 하지 않는 그런 건물.

심지어 부촌에도 팔리지 않고 계속 빈집으로 남아 있는 그런 집이 있다. 법적인 문제 아니면 형식적인 절차 때문에, 그것도 아니면 아무도 그 안에서 살고 싶어 하지 않기 때문에. 그 벽들은 너무나 많은 고통과 아픔을 흡수했다. 그걸로 넘칠 지경이다. 그것이 모든 벽돌 틈새와 뒤틀린 마룻널에서 스며 나온다. 사람이 살기에 적합하지 않은 곳, 살 수 없는 곳. 들어오지 마. 아무도 널 환영하지 않아. 저리 가.

꼭 이 집처럼.

그는 폐가를 올려다본다. 어두컴컴한 창문들이 그를 마주 노려보고 꺼진 지붕은 찡그린 눈썹 같다. 빼꼼 열린 현관문이 소리 없는 아우성을 지른다.

그는 키가 큰 풀을 헤치며 그곳으로 걸어간다. 문 너머를 빼꼼 들여다보고 안으로 들어간다. 그 시골집은 어둑어둑하다. 해가 중천에 떴는데도 빛이 방 안에까지 스며들지 않는다. 그림자가 너무 깊다. 어둠이 너무 꽁꽁 붙들려 있다.

그래도 상관없다. 냄새도, 바닥에 떨어진 으스러진 캔과 담배꽁초도, 2층 벽에 그려진 이상한 낙서도.

그는 미소를 짓는다.

이제 집에 도착했다.

41

"100퍼센트 확실치는 않지만 동일한 반지로 *보이기*는 하네요."

평상복을 입은 데릭 경위가 사진을 식탁에 다시 내려놓으며 안경을 벗는다. 그는 키가 크고 인상이 선한 50대 후반이다. 살인 사건을 수사할 것이 아니라 텃밭을 가꿨어야 할 사람처럼 보인다.

"그럼 그 사람이에요? 그레이디예요?" 조앤이 눈을 반짝이며 커피 잔 너머로 그를 빤히 쳐다본다.

나는 경찰에 신고한 직후에 그녀에게 연락했다. 그녀는 차를 몰고 당장 달려오겠다고 했다. "*어떤 사람이 달구지로 내 거실을 들이받은 이래 이렇게 짜릿한 사건은 처음이에요.*"

데릭은 조앤에게 미소를 지어 보인다. "그레이디가 반지를 다른 사람에게 주었거나 누가 그걸 훔쳤거나—"

그녀는 코웃음 친다. 나는 미소가 나오려는 걸 참는다. 가끔은 나도 뻔뻔하게 결례를 저질러도 될 만큼 나이가 많았으면 좋겠다는 생각이 든다.

그는 시인한다. "유해가 벤저민 그레이디일 가능성이 크긴 합니다. 하지만 법의학 팀에서 유골과 의복을 분석하기 전까지는 장담할 수 없어요."

나는 창밖을 내다본다. 제복을 입은 경관이 교회 입구를 지키고 섰고 또 다른 경관이 묘지 정문 근처의 인도에 서 있다. 폴리스 라인이 길가에 쳐졌다. 그전에는 법의학 팀이 이동식 조명을 든 사진사와 함께 교회로 행군해 들어갔다. 나는 그들이 증거 앞에 번호판을 놓고 사진을 찍고 증거를 수집하는 광경을 상상한다. 순교자 시절 이후로 교회가 이렇게 북적거린 건 처음이지 않을까 싶다. 플로는 묘지로 나가서 벌어지는 모든 일을 지켜보며 휴대전화로 몰래 사진을 찍고 있다.

"그레이디가 사라진 게 30년 전이에요." 조앤이 말을 잇는다. "1990년 5월. 이 마을에 살던 메리와 조이라는 여학생이 사라진 직후였죠. 그거 알고 있었어요?"

"그 사건이라면 압니다."

"교회에 다른 유해가 있는지 수색할 건가요?"

"납골당에 있는 다른 유골은 오래된 것 같던데요."

"사건을 재수사할 거예요?" 그녀는 다그친다.

"새로운 증거가 등장하기 전에는—"

"교회 납골당에서 죽은 신부가 발견됐는데 무슨 증거가 더 필요해요?"

이번에는 내가 코웃음 칠 차례다. 커피가 코에서 뿜어져 나온다.

데릭은 아까보다 어색한 미소를 짓는다. "억측은 지금 당장 수사에 아무 도움이 되지 않습니다. 하지만 지난 30년 동안 이 교회에서 근무했거나 자유롭게 출입할 수 있었던 모든 사람의 명단이 필요할 겁니다."

"교회 기록은 사무실 파일 캐비닛에 있어요." 나는 말한다. "하지만 당시 기록은 없지 싶은데요."

"마시 신부가 1980년대부터 5년 전까지 여기 담임 신부였어요." 조앤이 말한다. "헌팅턴병을 심하게 앓고 있지만 서류를 몇 개 보관하고 있을지 몰라요."

"그분의 아들 에런이 현재 관리인이에요." 나는 덧붙인다. "그가 도움이 될지 몰라요." 나는 말을 하다 멈춘다. "그리고 러시턴 신부가 바로 옆 워블러스 그린의 교회를 거의 30년째 맡고 있고요."

데릭은 우리가 한 말을 모두 받아 적는다. "감사합니다. 그 두 분을 만나볼게요." 그는 수첩을 덮고 나를 돌아본다. "충격적이셨겠습니다."

"그렇다고 볼 수 있죠."

"아주 대단한 첫 주를 보내고 계시네요!"

"네…… 다사다난했어요."

"음, 또 생각나시는 게 있으면 연락 부탁드립니다."

그가 내게 명함을 건네자 나는 받아서 주머니에 챙긴다. "고맙습니다."

나는 그를 배웅하고 성큼성큼 교회로 돌아가는 그의 모습을 지켜본다. 나는 묘지를 두리번거리다 욕을 한다. 길가를 지키던 경관이 호기심 많은 마을 주민들에게 불려 간 모양이다. 그런가 하면 고물 MG가 경찰차 뒤편에 세워져 있고 낯익은 인물이 인도에 서서 휴대전화로 사진을 찍고 있다.

나는 마이크 서더스가 있는 진입로 쪽으로 내려간다. 그는 웃으며 손을 흔든다.

"여긴 어쩐 일이에요?" 나는 무뚝뚝하게 묻는다.

그의 얼굴에서 미소가 사라진다. "어, 일 때문에요. 교회 납골당에 시신이 숨겨져 있었다면서요? 지역신문사로선 특종이죠."

"시신 얘기는 누구한테 들었어요?" 나는 묻는다. "아니, 잠깐, 내가 알아맞혀볼게요. 커스티예요?"

그는 그나마 양심이 있는지 겸연쩍어한다. "커스티가 슬쩍 흘렸을 수도 있고요. 미안해요— 커스티는 비밀인 줄 모르고 그랬어요."

"그렇군요."

그는 궁금해하는 눈빛으로 나를 쳐다본다. "무슨 문제 있어요?"

"그러니까— 이거 말고요?" 나는 폴리스 라인을 손짓한다.

"미안해요. 바보 같은 질문이었어요."

나는 한숨을 쉰다. 내가 그를 부당하게 몰아붙이고 있다. 그는 자기 일을 하고 있을 뿐인데. 하지만 경찰, 언론. 덕분에 나쁜 기억이 되살아나고 있다.

"저기— 지금 내가 파악해야 하는 게 너무 많아서요."

"그렇겠죠. 누구 시신인지 대강의 윤곽이라도 잡혔나요?"

"아뇨."

"그럼 30년 전에 사라진 벤저민 그레이디 부제가 아니에요?"

나는 그를 빤히 쳐다본다. "노코멘트예요."

"그가 살해당했나요?"

"이거 인터뷰예요?"

"아뇨. 어—"

나는 팔짱을 낀다. "나는 정말 아무것도 몰라요. 그러니까 그냥 사진만 찍고 가요. 알았죠?"

그의 얼굴에서 표정이 사라진다. "알았어요."

나는 몸을 돌리고 씩씩대며 진입로를 다시 올라가 사택 안으로 들어간다. 엉망으로 대처를 하고 말았다. 그러거나 말거나 이제는 상관없지만. 내가 부엌으로 들어가자 조앤이 고개를 든다. "별일 없는 거죠?"

"네, 아무 일 없어요." 나는 애써 미소를 짓는다. "커피 한 잔 더 드릴까요?"

그녀는 고개를 젓는다. "아뇨, 이제 그만 가봐야죠. 신부님이 여기서 처리해야 할 일도 많은데."

"그러실 것—"

"내가 여든다섯 해를 살면서 배운 게 하나 있다면 눈치 없이 너무 오래 앉아 있지 않는 거예요."

그녀는 천천히 자리에서 일어나 창밖을 흘끗 내다본다.

"내가 그레이디를 오해했어요." 그녀는 중얼거린다.

"어떤 식으로요?"

"지금까지 그가 실종된 아이들과 연관이 있다고 생각했거든요.

그런데 그가 죽었다면 용의선상에서 제외되는 거 아니겠어요?"

"아마도요."

그녀는 심란한 표정으로 몸을 돌린다. "하지만 그레이디가 저 밑에 있다는 걸 알고 있는 *사람*이 있었어요. 아마도 교회 내부 인물 중에서." 그녀는 뼈만 앙상한 한쪽 손을 내 손 위에 얹는다. "조심해요, 신부님."

"그분이 어쩌다 그렇게 된 거 같아요?"

플로가 파스타 너머로 나를 쳐다보며 묻는다. 이제 막 오후 7시가 지났다. 경찰과 법의학 팀이 교회에서 일을 마친 지 한 시간이 지났다. 폴리스 라인이 문을 계속 막고 있고 나에게는 문을 잠가놓으라는 지시가 전달됐다.

나는 포크로 브로콜리를 찍는다. "누가?"

그녀는 천천히 눈을 부라린다. "납골당 시신요. 그레이디라던가?"

나는 대답하기 전에 잠시 뜸을 들인다. "뭐, 그건 경찰에서 알아내겠지."

"궁금하지 않으세요?"

"당연히 궁금하지."

"살해당했을까요?"

"뭐, 제 발로 거기 들어갔을 리는 없을 테고."

"아니, 세상에 누가 신부를—"그녀는 갑자기 말을 끊고 충격을 받은 눈빛으로 나를 쳐다본다. "죄송해요, 엄마. 제 말은—"

나는 애써 희미한 미소를 짓는다. "괜찮아. 그리고 네 질문에 답하자면 이 세상 사람들은 온갖 이유로 살해를 저질러. 우리가 이해할 수 있는 이유도 있고. 이해하지 못하는 이유도 있고."

한참 동안 정적이 흐른다. 플로는 파스타를 이리저리 뒤적인다. "어떤 사람이 나쁜 짓을 저지른다면 그 사람은 철두철미하게 나쁜 사람이에요?"

"흠, 예수님이 용서에 대해 하신 말씀의 주안점이 그거지."

"제가 궁금한 건 예수님이나 하느님의 생각이 아니에요. 엄마의 생각을 알고 싶은 거라고요."

나는 포크를 내려놓는다. "나는 나쁜 *짓*을 저지르는 것과 나쁜 *사람*인 건 별개라고 생각해. 인간은 누구나 나쁜 짓, 사악한 짓을 저지를 수 있다고 생각하고. 얼마나 궁지에 몰렸는가 하는 상황에 따라 달라질 뿐. 하지만 죄책감을 느끼면, 용서와 회개를 간구하면 나쁜 사람이 아니야. 인간은 누구나 달라질 기회를 부여받아야 해. 실수를 만회할 기회를."

"아빠를 죽인 사람도요?"

조너선에게 어떤 일이 벌어졌는지 우리 둘이서 대화를 나눈 건 그녀가 일곱 살이었을 때 딱 한 번뿐이었다. 친구의 어머니가 암으로 세상을 떠난 지 얼마 되지 않은 때였다. 플로는 자기 아빠도 아파서 죽었는지 궁금해했다. 나는 그렇다고 거짓말하고 싶은 유혹을 느꼈지만 최대한 잘 대답했고 그걸로 상황은 정리된 듯했다. 조너선이 죽었을 때 플로는 워낙 어린 나이였기 때문에 그를 기억하지 못한다. 그래서 그의 죽음으로부터 초연한 게 아닌가 싶다. 하지만 솔직히 나는 언젠가 그녀가 이런저런 질문을 시작하는 날이 오지 않을까 싶어서 가끔 마음을 졸인다.

"응." 나는 조심스럽게 대답한다. "그 사람도."

"감옥으로 면회 간 이유가 그 때문이에요? 용서하기 위해서?"

나는 망설인다. "용서를 구해야 해. 달라지고 싶어 해야 해. 네 아빠를 죽인 사람은 그러지 못했어."

"약물중독자였다고 하셨죠?"

"응."

"그럼 약을 끊으면 달라질 수도 있겠네요?"

"아마도. 지금 이런 질문을 하는 이유가 뭐야? 무슨 생각을 하느라 그래?"

"아무것도 아니에요……."

"엄마한테는 얘기해도 돼."

"알아요."

"리글리 때문이야?"

셔터가 올라간다. "왜 그런 말씀을 하세요?"

"나는 그냥—"

"또 시작이네. 엄마는 걔가 마음에 안 들죠?"

"아직 마음을 정하지 않았어."

"근육긴장이상증 때문이에요?"

"아니."

"걔가 정상이 아니라고, 탐탁지 않다고 생각하시죠?"

"아니야. 그리고 네 멋대로 넘겨짚지 마."

"걔가 어젯밤에 저를 구해줬어요."

못된 짓을 벌이려고 교회 주변을 살금살금 돌아다니고 있었기 때문이지. 나는 이렇게 말하고 싶지만 참는다. 나는 칼에 대해 다시 생각한다.

"플로, 이 얘기를 꺼내는 게 좋을지 어떨지 모르겠지만 어젯밤에 내 방에서 없어진 물건이 있어."

"뭔데요?"

"구마의식 세트에 들어 있었던 칼. 이 집에 너랑 리글리, 둘뿐이었잖아."

그녀의 눈이 동그래진다. "*리글리가* 그걸 들고 갔다고 생각하세요?"

"글쎄다, 설마하니 *네가* 들고 가지는 않았을 테고."

"네, 하지만 걔가 유일한 용의자는 아니에요. 간밤에 엄마는 계속 집을 비웠잖아요. 저는 교회에 갇혀 있었고요. 사택은 문이 잠겨 있지 않았어요. 누구든 들어올 수 있었어요."

일리가 있다. "하지만 뭐 하러 몰래 들어와서 칼을 훔치겠어?"

"리글리는 뭐 하러 그걸 훔치겠어요?"

"나야 모르지."

그녀는 나를 빤히 쳐다본다. 상처와 당혹으로 가득한 그녀의 표정을 보자 나는 가슴이 아파진다. 아, 열다섯 살 때는 모든 게 얼마나 힘든지 모른다. 세상이 흑 아니면 백이라고 믿고 싶어진다. 하지만 어른이 되면 대부분의 사람들이 그 중간 회색 지대에 존재한다는 것을 알게 된다. 다들 그냥 중간에 끼어서 갈팡질팡하는 거다.

"플로—"

"걔는 들고 가지 않았어요, 됐어요? 걔는 칼을 들고 다니는 거 바보 같은 짓이라고 생각해요, 됐어요?"

아니다. 되지 않았다. 하지만 그걸 입증할 방법이 없다. 지금 당장은.

"알았어."

그녀는 의자를 뒤로 민다. "제 방으로 올라갈게요."

"파스타 남았잖아."

"배 안 고파요."

나는 씩씩대며 부엌에서 나가는 그녀를 속수무책으로 지켜본다. 계단이 삐걱거리고 2층에서 문이 쾅 닫히는 소리가 들린다. 끝내주네. 나는 머리칼을 두 손으로 쓸어 넘긴다. 플로와 나는 원래 잘 싸우지 않는 편이다. 하지만 여기로 내려온 이래 모든 게 너덜너덜해지고 나를 둘러싼 일상이 흐트러지는 느낌이다. 나는 접시를 들어서 손도 대지 않은 파스타를 쓰레기통에 버리고 접시를 개수대에 넣는다.

담배를 피워야겠다. 나는 롤링 박스를 꺼내 식탁에서 얼른 한 대 말고 뒷문을 연다. 밖으로 발을 내디뎠다가 당장 거둔다.

문 앞에 뭐가 있다. 나뭇가지로 만든 인형 두 개다. 기존 인형들에 비해 크고 앉은 자세로 만들어졌다. 나뭇가지로 만든 다리는 쭉 뻗어 있고 두 팔은 꼬여 있다. 한쪽 인형 머리에는 금발이, 다른 쪽 인형에는 검은 머리가 엮여 있다. 그리고 움직인다. 안절부절못하는 것처럼 좌우로 조금씩 들썩인다.

이게 뭐야?

나는 쿵쾅거리는 심장을 달래며 허리를 숙여서 인형을 집는다. 그러자 한쪽 인형에서 투실투실하고 하얀 뭔가가 꿈틀꿈틀 빠져나와 바닥으로 철퍼덕 떨어진다.

"어우 씨!"

나는 혐오감에 비명을 지르며 인형을 다시 떨어뜨리고 두 손을 청바지에 대고 닦는다.

두 인형 안에 구더기가 가득 들어 있다.

42

방 안이 덥고 답답하다. 나는 알몸으로 이불 위에 누워 있다. 땀 방울이 목을 타고 가슴 사이로 흘러내린다. 나는 좀 더 시원한 자리를 찾아서 몸을 돌리려고 한다. 하지만 그럴 수가 없다. 손목과 발목이 침대 기둥에 묶여 있다. 나는 붙잡혀 있다. 나는 포로다.

그리고 누군가가 다가오고 있다.

그들이 천천히 계단을 오르는 발소리가 들린다. 점점 더 가까워진다. 공포가 나를 사로잡는다. 나는 다시 몸을 비틀지만 아무 소용이 없다. 나는 문손잡이가 돌아가는 것을 지켜본다. 문이 열린다. 검은 옷을 입은 사람이 들어오는데, 목 근처에서 흰색의 무언가가 언뜻 보이고 한 손에 은색의 날카로운 물건을 들고 있다. 칼이다.

그들의 속삭임이 들린다.

상테 미카엘 알칸젤레 데펜데 노스 인 프렐리오.

성 미카엘 대천사님, 싸움 중에 있는 저희를 보호하소서.

나는 올려다보며 간청한다. 제발 이러지 말아요. 제발 풀어주세요. 그들이 내 위로 몸을 숙인다. 나는 어둠 속에서 그들의 얼굴을 찾다가 그들에게 얼굴이 없는 것을 보고 경악한다. 꿈틀대고 꼼지락거리는 구더기만 있을 뿐……

"아아악!"

나는 땀에 젖은 몸으로 정신없이 이불을 쓸며 화들짝 눈을 뜬다. 몸을 돌린다. 시계가 오전 5시 33분을 알린다. 나는 운동복 바지를 입고 1층으로 내려간다. 롤링 박스를 꺼내는 대신 묵직한 쇠 열쇠를 챙겨 들고, 문을 열고 교회까지 짧은 길을 걸어간다. 안개가 낀 하늘 위에 희미한 은색 원반 같은 태양이 떠 있다. 따뜻한 공기가 맨살이 드러난 내 팔을 스친다. 재스민과 희미하게 코를 톡 쏘는 퇴비와 건초 냄새가 난다. 그 냄새가 아주 오래전의 어느 날 아침을 소환한다. 혼자 길가에 서서 어디로 가면 좋을지 몰라 무서워하던 그때.

경찰에서는 교회 안에 아무도 들이지 말라고 했지만 거기에 나도 포함되는지는 밝히지 않았다. 나는 열쇠를 넣어서 돌리고 묵직한 문을 밀어서 연다. 안이 기분 좋게 시원하다. 나는 가운데 통로를 지나 저쪽 끝에 가까운 신도석에 앉는다. 납골당 입구가 어두컴컴하게 입을 벌리고 있다. 범죄 현장을 표시하는 폴리스 라인이 가장자리에 묶여 있다. 나는 그 테이프를 응시한다. 벤저민 그레이디의 마지막 안식처. 그는 어쩌다 여기 신세를 지게 됐을까? 그리고 그걸 누가 알았을까?

자기의 죄를 숨기는 자는 형통하지 못하나 죄를 자복하고 버리는 자는 불쌍히 여김을 받으리라.

나는 제단 쪽으로 다시 몸을 돌리고 고개를 숙여 기도한다.

어느 정도 시간이 지나자 예전처럼 마음이 좀 더 차분해진다. 믿음은 무한한 자원이 아니다. 믿음도 말라버릴 수 있다. 아무리 성직자라도 가끔 재충전해주어야 한다. 이윽고 나는 자리에서 일어나 성호를 긋고 교회를 나선다.

이제 뭘 해야 하는지 나는 안다.

'장난감 같다'는 표현은 러시턴 부부의 사택을 위해 만들어진 단어일지 몰랐다. 따뜻한 빨간색 벽돌이 오전의 햇살 아래 불그스름하게 빛난다. 지붕은 깔끔한 초가지붕이다. 조그만 납틀 창문이 햇빛을 받아 반짝이고 덩굴식물이 꽃을 따라 담벼락을 타고 오른다. 사택 한편에는 워블러스 그린 교회가 바짝 붙어 있고 다른 편에서는 조그만 시냇물이 블랙 덕이라는 주점 앞을 콸콸 흐른다.

러시턴이 여기를 좋아하는 이유를 알겠다. 그리고 이곳에서의 안락한 삶을 지킬 수 있다면 무슨 짓이든 마다하지 않을 이유도 알겠다.

그가 문을 연다. 평소에는 명랑했던 표정이 오늘은 침울하고 심지어 곱슬머리마저 납작하다. 그는 나를 보고 놀라지 않은 눈치다.

"들어와요. 클라라는 방금 전에 좀 걸으러 나갔어요."

그는 널찍하고 햇빛으로 아롱다롱한 뒤편의 부엌으로 나를 안내한다. 얼기설기 퍼진 마당에는 알록달록한 꽃들이 활짝 피어 있는

데, 여기로 나가는 프렌치도어가 열려 있다. 시원한 바람이 한들한
들 불어와 한낮의 열기를 기분 좋게 식혀준다.

"커피 줄까요?"

"아뇨, 괜찮아요."

그는 식탁을 사이에 두고 내 맞은편에 앉아 서글픈 미소를 짓는
다. "먼저 밝히자면 경찰과 얘기 마쳤고…… 사과할게요."

"그 납골당에 대해 알고 계셨어요?"

"네, 하지만 경찰에도 밝혔다시피 시신에 대해서는 전혀 몰랐어
요. 그건 정말이지ㅡ"그는 고개를 젓는다. "ㅡ어마어마한 충격이
에요."

"언제부터 알고 계셨어요?"

그는 한숨을 쉰다. "인지되자마자 마시 신부님에게 들었어요. 그
전해에 바닥 판석 보수공사를 하다가 납골당이 발견됐다고요. 하지
만 하퍼 집안의 명성에 금이 갈 테니 공개하지 않기로 했다고요."

"그 집안의 조상이 순교자가 아니라서요?"

그는 고개를 끄덕인다. "신부님 입장에서는 이해가 안 될지 모르
겠지만 채플 크로프트에서는 아주 중요한 문제거든요. 아직까지도
순교자의 직계가족은 존경을 받아요. 그렇지 않은 집안은 딱한 친
척으로 간주되고요."

"그래도 한 집안의 명예보다 진실이 더 중요하지 않을까요?"

"나도 그 비슷하게 얘기했을 거예요. 그랬더니 마시 신부님이 교
회 지붕 수리비를 누가 부담한 줄 아느냐고 묻더군요. 교회 행사는
누가 후원하느냐고. 유소년부에 필요한 비품과 장비는 누가 부담하

느냐고."

"하퍼 집안이죠."

그는 고개를 끄덕인다. "그들은 해마다 교회에 상당한 금액을 기부해요. 역사 보존을 위해."

"그래서 신부님도 덮고 지나가기로 하신 건가요?"

그는 다시 한숨을 쉰다. "캐내지 않기로 한 거죠."

하지만 중요한 사실을 생략한 거짓말도 거짓말이다. 그러다 생각한다, 내가 무슨 자격으로 남을 판단할까?

"아는 사람이 또 누가 있어요?" 나는 묻는다.

"얼마 전까지 나, 에런 그리고 사이먼 하퍼만 알고 있었어요." 그는 말을 하다 말고 잠깐 멈춘다. "그런데 플레처 신부가 교회의 역사를 파헤치기 시작했죠."

"그가 설계도면 사본을 찾았나요?"

"네, 숨겨진 납골당이 있을지 모른다며 무척 흥분했어요. 에런이 어느 날 아침에 교회에 들어가보니 그가 바닥 절반을 파헤쳐 예전 입구를 찾아냈다고 하더군요."

"그래서 어떻게 하셨어요?"

"아무한테도 얘기하지 말라고 그를 설득하려고 했죠. 하지만 그는 납골당과 관이 중요한 역사 유물이라고 생각했어요. 그래서 내가 사이먼 하퍼에게 그와 얘기해보라고 했죠. 그가 무슨 말을 했는지 몰라도 효과가 있는 눈치였어요. 플레처는 가만히 있겠다고 했고 얼마 지나지 않아서 사직서를 제출했어요."

"그냥 그렇게요?"

"네, 내가 아는 타일 기술자를 불러 입구를 막아달라고 했어요. 나는 그걸로 끝일 줄 알았고요."

"그런데 얼마 후에 플레처가 스스로 목숨을 끊었군요?"

"그렇죠, 안타깝게도."

"지금도 그게 자살이었다고 생각하세요?"

"네. 그렇게 생각해요." 그의 말투는 단호하고 짜증이 섞여 있다. "설마하니 누군가가 납골당 때문에 그를 죽였다고 생각하는 건 아니겠죠?"

"그 안에 뭐가 숨겨져 있는지 아는 사람이었다면 또 모르죠. 그가 너무 많이 파헤치고 있어서 불안해한 사람이었다면요."

러시턴은 고개를 젓는다. "나는 이 마을을 알아요. 이 마을 주민들을. 여기서 누굴 죽일 수 있는 사람은 없어요."

"납골당에서 발견된 시신을 보면 그렇지가 않던데요." 그가 뭐라고 반박하기 전에 내가 묻는다. "마시 신부님은 시신이 거기 있는 걸 알았을 거라고 생각하세요?"

"경찰에서도 같은 질문을 했고 내가 뭐라고 대답했는지 알려줄게요. 마시 신부님은 훌륭한 분이었어요. 아주 독실하셨고. 그런 분이 뭐 하러 살인을 은폐하셨겠어요?"

정말 왜 그랬을까? 나는 시간 순서대로 짚어본다. 마시는 메리와 조이가 사라지고 그레이디가 (추정상) 마을을 떠났을 무렵에 납골당을 발견했을 것이다. 그리고 입구에 시멘트를 바르기 전 어느 시점에 그레이디의 시신이 그 안에 숨겨졌을 것이다. 간격이 얼마 되지 않는다. 그리고 교회 외부인 중 아무도 납골당에 대해 몰랐다면 용의자는 몇 명 되지 않는다.

"조앤에게 메리와 조이의 실종 사건에 대해 들었어요." 나는 말한다. "벤저민 그레이디는 그와 비슷한 시기에 마을을 떠난 것으로 추정됐다고 했고요. 그런데 이제는 그게 아니었던 걸로 밝혀졌죠. 그 둘이 서로 연관성이 있을까요?"

"무슨 연관성이 있겠어요? 그 아이들은 가출했는데."

"하지만 정말 가출이었을까요?"

"잭, 제발 그만해요." 그가 언성을 높인다. 얼굴이 점점 벌게진다. "매튜가 이랬어요. 조앤이 옆에서 계속 속닥거리니까 거기에 집착하게 됐다고요. 그 결과 어떻게 됐는지 우리 둘 다 알잖아요."

나는 이게 완곡한 협박인지 궁금해하며 그를 빤히 쳐다본다.

그는 숨을 들이마시며 애써 미소를 지으려고 하지만 명랑한 신부 흉내는 이제 더 이상 훌륭하지가 않다. "관심이 동하는 건 이해해요. 당연히 궁금하겠죠. 하지만 수사는 경찰에게 맡겨야죠. 지금 같은 때는 우리 모두 힘을 합쳐야 하지 않겠어요? 교회와 마을을 위해."

"그리고 하퍼 집안을 위해서요?"

"좋으나 싫으나 채플 크로프트 같은 마을에서는 하퍼 같은 집안이 필요해요. 그들의 가업이 수많은 일자리를 제공해요. 자선단체에 기부도—"

"그건 저도 이해해요. 하지만 신부님은 한 집안을 회유하기 위해 범죄를 은폐하셨어요."

어쩌면 하나뿐이 아닐지도 모른다.

러시턴은 매서운 눈빛으로 나를 노려본다. "잭 신부님은 자기 자신이나 다른 사람을 위해 소소한 진실을 숨기려고 시도해본 적이 한 번도 없는 모양이죠?"

"여기서 중요한 문제는 제가 아니죠." 나는 자리에서 일어난다. "이제 그만 가볼게요."

그가 따라서 일어나려고 한다.

"그냥 계세요." 나는 말한다. "나가는 길은 저도 아니까요."

나는 그의 집을 등지고 눈부시게 작열하는 태양 아래로 다시 나선다. 러시턴의 집에서 조금만 가면 나오는 나무 그늘에 차를 주차해놓았다. 그랬음에도 운전석으로 올라타는데 찜통에 들어온 느낌이다. 나는 더위와 분노와 그보다 더 심각하게는 환멸을 느끼며 창문을 내린다. 나는 러시턴이 좋았다. 그를 믿고 싶었다. 내 판단이 틀렸다.

막 출발하려는데 클라라가 저쪽에서 걸어온다. 반바지에 등산화를 신고 있다. 한쪽 어깨에 큼지막한 캔버스 토트백을 걸쳤다. 그녀는 집 대문 바로 앞에서 걸음을 멈춘다. 가슴을 들썩이고 있다. 눈이 빨갛다. 울고 있는 것이다. 본능은 내게 다가가 위로하라고 한다. 또 다른 어딘가에서는 그러지 말라고 한다. 그녀는 일부러 집 앞에서 걸음을 멈추었다. 남편에게 이런 모습을 보이기 싫은 것이다.

물론 그녀가 심란한 데에는 여러 이유가 있을 수 있다. 하지만 교회에서 최근에 뭐가 발견됐는지를 감안했을 때 내가 짐작할 수 있는 이유는 하나뿐이다. *그레이디.* 단순한 친구 사이였어도 저런 식으로 눈물을 흘릴까?

나는 그녀가 눈물을 닦고 눈처럼 하얀 머리칼을 매만진 후 대문을 여는 것을 지켜본다. 대문을 여느라 어깨에 멘 캔버스 가방 입구가 벌어진다.

　그 안에 나뭇가지가 잔뜩 들어 있다.

43

플로는 화장실 창문에 판지를 댄다. 엄마가 외출했으니 집에 혼
자 있는 동안 두 번째 필름을 현상하는 것이 좋겠다는 결론을 내린
참이다.

그러면 잡념이 사라질지 모른다고 생각했던 것도 있는데, 별로
도움은 되지 않는다. 어쩌면 그럴 만도 하다. 그녀는 불길에 휩싸인
유령을 보고 공포를 느꼈고, 하마터면 교회 바닥으로 떨어져 죽을
뻔했고, 납골당에서 아주 오래된 해골과 살해당한 부제를 발견했
다. 세일럼에서의 평범한 한 주라고 할까.

그녀는 욕조에서 조심스럽게 내려와—왼 다리가 아직 조금 뻣
뻣하다—변기와 바닥 위에 현상 접시를 늘어놓는다. 그녀는 얼른
노팅엄으로 돌아가 멀쩡하게 살고 싶다. 그런가 하면 이런 특이함
이 재밌기도 하다. 납골당에서 해골을 맞닥뜨리다니 교회 계단에

서 누가 쓰고 버린 주삿바늘을 주운 것과는 확실히 차원이 다르다. 그리고 어쩌면, 정말 어쩌면 여기 있고 싶은 이유가 또 하나 있을지 모른다. 까만 머리와 초록색 눈의 *리글리*.

그녀는 그가 좋다. 그리고 그녀가 곤궁에 처한 아가씨는 아닐지 몰라도 어젯밤에 그에게 구조된 건 *사실*이었다. 하지만 전에 다니던 학교에 불을 지르려 했다고 고백한 아이를 정말 믿어도 될까? 방화라니 상당히 하드코어다. 그리고 또 칼은 뭘까? 엄마에게는 그가 들고 갔을 리 절대 없다고 했지만 그 손톱만 한 의혹의 씨앗을 뭉개버릴 수가 없다. 자기도 모르게 거스러미처럼 자꾸 그걸 물어뜯고 있다. 엄마에게 폭발했던 것도 그 때문인지 모른다. 엄마의 짐작이 맞을지 모른다고 인정하기 싫었던 것이다.

그들은 오늘 아침에 불편한 휴전 상태를 유지했다. 솔직히 엄마는 지쳐 보였고 플로는 마음이 조금 안 좋았다. 플로도 그들 사이에 묘한 분위기가 조성되는 건 싫지만 리글리에 관한 한 엄마가 *너무* 뻣뻣하다. 왜 그에게 기회를 주지 않는지 이해할 수가 없다. 플로에게 좋아하는 남자가 생기면 계속 그럴지 모르겠다. 하지만 그게 다가 아닌 듯한 예감이 든다. 여기로 내려온 데 뭔가가 있는 것 같다.

플로는 이런 얘기를 나눌 사람이 있으면 좋겠다는 생각을 한다. 케일리에게 메시지를 보낼까 했지만 생각해보니 어떤 식으로 설명하면 좋을지 알 수가 없었다. 모든 게 여기서 벌어지는 일이고 노팅엄과는 전혀 다르다. 서로 분리된 세상에서 사는 느낌이다.

그녀는 요전 날 카페에서 드디어 친구들에게 스냅챗 메시지를 보낼 수 있게 됐을 때 친구들이 떠들어대는 이야기에서 묘한 괴리

감을 느꼈다. 사소하고 심지어 재미없게 다가왔다. 그리고 친구들도 그녀가 채플 크로프트를 두고 하는 이야기에 대해 똑같은 기분을 느끼지 않을까 싶었다. 리언은 심지어 관심을 보이는 척도 하지 않았다. 그간 있었던 일들을 전하느라 정신이 없었다. 11학년의 여학생이 임신을 했고 화학 선생님은 공원에서 마리화나를 피우다 걸렸고 그녀가 잘 알지도 못하는 두 여학생이 동성연애를 시작했다고 한다. 급기야 그녀는 굳이 연락한 것을 후회하기에 이르렀다. 친구들과 가까워지기는커녕 그보다 더 멀게 느껴질 수가 없었다.

그녀는 한숨을 쉬고 장비를 설치한다. 그러다 동작을 멈춘다. 무슨 소리가 들린 것 같았다. 쿵쿵거리는 소리다. 다시 한번 들린다. 누군가가 현관문을 두드리고 있다.

헉. 이번에는 또 뭐지?

그녀는 쟁반을 넘어서 문을 열고 1층으로 내려간다. 거실로 살금살금 들어가 커튼 사이로 빼꼼 내다본다. 까만 옷을 입고 비쩍 마른 낯익은 인물이 문 앞에 서서 이 발에서 저 발로 깡충거리고 있다. 그녀는 잠깐 고민한다. 그러다 홀로 다시 나가 문을 연다.

"거울을 보면서 네 이름을 세 번 외치면 네가 등장하는 게 아닌가 하는 생각이 들기 시작한다."

리글리는 씩 웃는다. "하하하."

"무슨 일이야?"

"그냥 안부 확인차 왔어. 그리고 이거 빌려줄까 해서." 그는 구형 아이폰을 내민다. "안 쓰는 거야. 네 유심카드만 넣으면 돼."

"아, 고마워."

"어젯밤에 다 지웠어."

"법에 저촉되는 게 있을까 봐?"

"사실 엄마가 쓰던 거라……."

"내가 빌려 써도 된다서?"

"내가 아마 그냥 들고 왔을걸? 하지만 모르실 거야. 그냥 서랍에
들어 있었거든." 그는 움찔거리며 눈을 찌르는 검은 머리를 치운다.
"아무튼, 괜찮아?"

"응, 고마워."

"그렇구나. 다행이다."

그녀는 망설인다. 그녀 혼자 있는 집에 리글리를 들이면 엄마가
좋아하지 않겠지만 휴대전화도 들고 온 데다 밖에 계속 세워두는
건 실례다. 게다가 음, 엄마가 안 계시지 않은가.

"잠깐 들어올래?"

"어, 오래 있지는 못하지만 그래, 잠깐은 돼."

그녀는 옆으로 비켜서고 그는 조그만 홀로 들어온다. 그들은 어
색하게 서로를 마주 본다.

"사진 인화하려던 참이었어." 그녀는 말한다.

"아, 그렇구나."

"가서 구경할래?"

"어, 재밌겠다."

그는 그녀를 따라 계단을 오른다. 꼭대기에 다다랐을 때 그녀가
걸음을 멈춘다. "되도록 아무것도 건드리지 마, 알았지?"

"알았어."

그녀가 문을 눈곱만치 열고 그들은 안으로 미끄러지듯 들어간
다. 그녀는 얼른 문을 닫고 안전등을 켠다.

"여기가 암실이야?" 리글리가 묻는다.

"당분간은." 그녀가 말한다. "장기적으로는 더 괜찮은 대책을 마
련해야겠지만."

"아냐, 내가 보기에는 훌륭해." 그는 주위를 두리번거린다.

그녀는 필름 통을 집어서 필름을 꺼낸다.

"완전히 새까만 데서 해야 하는 거 아니야?"

"아니, 이건 흑백 필름이라 붉은 빛에 별로 예민하지 않아. 컬러
필름이면 블록 백 안에서 꺼내야 하겠지만."

"요즘도 이런 식으로 인화하는 사람이 있는 줄 몰랐어."

그녀가 필름을 푸는 동안 그가 가까이 다가와 선다.

"별로 없긴 해. 사장되어가는 기술이랄까. 다들 뭐든 즉각적인
걸 원하니까. 휴대전화로 찍어서 필터 처리하면 되는데 뭐 하러 이
러고 있겠어?"

"그런데 너는 왜 이러고 있는데?"

그녀는 원판을 오린다. "당장 해답이 나오는 걸 좋아하지 않거
든. 어떻게 될지 궁금해하며 기다리는 묘미가 있어. 사진이 현상되
는 걸 지켜보면서 말이야. 휴대전화로 수천 장 찍어서 컴퓨터에 넣
어놓고 두 번 다시 거들떠보지 않는 것보다 그게 훨씬 뿌듯해."

그녀는 고개를 돌린다. 리글리가 바로 뒤에 서 있다. 너무 가깝다
고 할 수 있을 정도다.

"맞아." 그가 말한다. "요즘은 모든 게 일회용이야. 감탄도 없

고…… 기대도 없고."

그녀는 그를 쳐다본다. 붉은 불빛 때문에 그의 얼굴이 무슨 만화영화에 나오는 사람처럼 보인다. 머리칼은 새까맣고 초록색 두 눈은 그 어느 때보다 강렬하다. *젠장.* 그녀는 생각한다. *이러다 우리 둘이…….* 과연 예상 적중이다. 그의 입술이 그녀의 입술 위로 포개진다. 기분이 좋은 동시에 묘하고 짜릿하다. 그가 그녀의 등을 벽에 대고 누른다. 그들의 손이 한데 엉키고 그가 그 손을 그녀의 머리 위로 올린다. 그녀는 뭔가가 손목에 걸리는 것을 느낀다. 전깃줄이라는 걸 알아차리지만 이미 늦었다. 딸깍 하는 소리가 들린다.

"망할!"

눈부신 형광등 불빛이 화장실 위로 쏟아진다. 안 돼, 안 돼, 안 돼. 그녀는 몸을 돌리고 전깃줄을 다시 잡아당겨 불을 끈다. 2, 3초에 불과했지만…….

"사진 원화."

그녀는 리글리를 밀치고 필름 앞으로 달려간다.

"미안—" 그가 더듬더듬 사과한다.

그녀는 원화의 절반 정도가 이미 새하얘진 것을 확인한다. 망할.

"괜찮을까?"

"아니, 못 쓰게 됐어."

"정말 미안해. 내가 괜히—"

"네 잘못 아니야. 괜찮아."

하지만 괜찮지가 않다. 원화가 망가졌고 그 안에 담긴 뭔지 모를 순간의 장면이 사라졌다.

"나 그만 갈게."

"그래."

그는 문을 향해 몸을 돌린다.

"잠깐." 플로가 말한다. "저기, 내가 너를…… 내가 너를 좋아하지 않는 건 아니야."

"알았어." 그는 발을 질질 끌고 움찔거린다. "그럼 만회할 기회를 줘."

"어떤 식으로?"

"오늘 저녁에 만나줘."

"어디서?"

"숲속 그 집에서."

"글쎄—"

"왜?"

"엄마한테 뭐라 그래?"

"청소년부 모임에 갈 거라 그래."

그녀는 고민한다. 리글리의 휴대전화가 웅웅거린다. 그는 주머니에서 전화기를 꺼내 흘끗 쳐다본다.

"우리 엄마다. 가야겠어."

"알았어."

"그럼 오늘 저녁에 볼 수 있는 거지?"

"아마도."

"7시."

"알았어."

"나 믿지?"

"그렇다니까. 하지만 좀비한테 공격당하면—"

그는 씩 웃는다. "내가 삽을 들고 갈게."

사진에 대한 그녀의 짐작은 틀렸다. 절반만 못 쓰게 됐다. 나머지는 건질 수 있다. 그녀는 나머지 절반을 확대기를 거쳐 현상액에 담근다. 불빛 덕분에 근사한 효과가 추가된 사진도 있다.

"내가 너라면 리글리하고는 멀찌감치 떨어져서 지내겠어."

하지만 그럴 수가 없다. 가끔 선택의 여지가 없는 경우도 있다.

마침내 현상이 끝나자 그녀는 부엌으로 내려간다. 목이 마르다. 잔을 들고 개수대 앞으로 간다. 찬물을 틀었다가 꺅 하고 비명을 지르며 뒤로 펄쩍 뛴다.

부엌 창밖에서 어떤 남자가 안을 들여다보고 있다.

차림새가 후줄근하고 지저분해 보이며 눈 밑이 시커멓고 불룩하다. 그는 그녀를 보자마자 뒤로 물러나 몸을 돌려서 성큼성큼 걸음을 옮긴다.

플로는 생각할 겨를도 없이 잔을 내려놓고 현관으로 달려가 문을 열고 밖으로 뛰쳐나간다. 내리쬐는 햇살에 실눈을 뜨고 좌우를 두리번거린다. 사택 뒤편을 돌아 묘지 안쪽으로 멀어지는 남자가 눈에 들어온다.

"저기요!"

그녀는 모퉁이를 돌아 쫓아간다. 그는 묘지 사이로 절뚝거리며 비탈길을 중간까지 올라갔다. 발목을 다친 모양이고 잘은 모르겠지만 사제복을 입고 있는 것 같다.

그를 뒤쫓아 언덕을 올라 거리를 좁혔을 때 바닥에서 튀어나온 뭔가에 그녀의 발이 걸린다. 두 팔을 팔랑개비처럼 돌리며 버텨보지만 워낙 가속도가 붙은 상태라 바닥으로 대차게 넘어진다. 숨이 훅 빠져나간다. 다친 쪽 다리에 통증이 작렬한다.

"아야아아. 아이 씨."

그녀는 부들부들 떨며 그 자리에 누워서 숨을 고른다. 잠시 후에 몸을 일으키지만 남자는 조그만 돌담을 넘어 벌판으로 사라진 뒤다. 이제는 따라잡을 길이 없다. 따라잡는다 한들 어쩔 생각이었을까? 휴대전화도 들고 나오지 않아서 경찰에 신고할 수도 없는데. 대책 없는 행동이다. 하지만 그런 식으로 빤히 안을 들여다보다니 왠지 모르게 부아가 치밀었다.

그녀는 마른 풀밭 위로 일어나 앉아 발이 뭐에 걸렸는지 돌아본다. 지난번에도 하마터면 걸려서 넘어질 뻔했던, 그 쓰러진 비석이다. 사진을 찍으려다 머리도 팔도 없는 여자아이가 등장하는 바람에 거기에 정신이 팔렸었다.

그녀는 부비트랩이라도 되는 양 비석을 노려보다 긴 풀밭 속에 반쯤 숨겨져 있는 다른 것을 발견한다. 그녀는 손을 내밀어 그걸 집는다. 변색된 액자에 담긴 사진이다. 10대 소녀와 어린 남자아이다. 낯이 익은데 이유를 잘 모르겠다. 그러다 생각이 난다. 그 오래된 폐가에서 그녀가 밟은 사진이다. 그녀는 미간을 찌푸린다. 노숙자가 떨어뜨렸나? 그가 이 사진을 그 집에서 훔쳤을까? 아까도 여기서 사택을 살피고 있었을까?

그녀는 사진을 물끄러미 쳐다본다. 뭔가가 더 있다. 전에는 몰랐던 사실이 있다. 섬뜩한 일이라…… 온몸에 물결치듯 오한이 인다.

사진 속의 소녀가 그녀를 많이 닮았다.

44

엠마 하퍼는 나를 보고 반가워하지 않는다. 요전 날 밤에 주점에서 말을 너무 많이 한 건 아는데 무슨 말을 했는지 기억을 못 해서 그러는 것 같다.

두말하면 잔소리지만 나는 여길 찾아오면 안 됐다. 러시턴이 이런 맥락에서 모두 힘을 합쳐야 하지 않겠느냐는 둥 그러지는 않았을 것이다. 하지만 러시턴의 집에서 나오는 길에 퍼뜩 생각난 게 있었다. 플레처는 교회의 역사와 사라진 아이들을 조사하는 데 많은 시간과 노력을 할애했다. 그럼에도 사이먼 하퍼의 말 한마디에 군소리 없이 사임하기로 조용히 합의했다. 사이먼 하퍼가 그에게 뭐라고 했는지 궁금하다.

"번거롭게 해서 죄송해요." 나는 말한다.

그녀는 언제든 내 면전에 대고 닫을 요량으로 문을 반만 연 채 붙잡고 있다. "죄송하지만 지금은 좀 그런데요. 제가 지금 바빠서—"

"사실 사이먼을 만나러 왔어요."

"사이먼요? 아, 음, 그이는 농장에 있어요."

"제가 가서 찾아봐도 될까요?"

"무슨 일로 그러시는데요?"

"교회 때문에요. 납골당요."

그녀는 멍하니 나를 쳐다본다. 사이먼이 아내에게 숨겨진 납골당 얘기는 한 적 없는 모양이다.

"아, 저기, 교회 문제면 사이먼이랑 말씀하시는 게 좋겠어요. 제가 전화해서 어디 있는지, 집으로 오는 중인지 알아볼게요." 그녀는 좌우를 두리번거린다. "휴대전화가 2층에 있는 것 같은데. 들어오세요."

그녀는 계단을 올라간다. 나는 거대한 현관홀로 들어간다. 왼쪽의 문들 사이로 온실 바닥에서 인형 놀이를 하는 파피가 보인다. 내가 들어가도 그녀는 고개를 들지 않는다. 그녀가 엄숙해 보이는 동시에 묘하게 어린애 같다는 생각이 다시금 든다. 열 살이면 대개 인형이 아이패드로 대체될 나이 아닌가?

나는 다가가 그녀의 옆에 쭈그리고 앉는다.

"안녕."

그녀는 고개를 들지 않는다.

"무슨 놀이야?"

그녀는 어깨를 살짝 으쓱한다.

"네가 제일 좋아하는 인형이야?"

그녀는 고개를 끄덕인다.

"이름이 뭐야?"

"파피랑 타라요."

타라. 죽은 아이다.

"둘이 서로 친구야?"

"제일 친한 친구요."

"좋네. 둘이 같이 자주 놀아?"

"만날 같이 놀아요."

"다른 친구는 없어?"

"네, 다들 나랑 같이 노는 거 싫어해요."

"왜?"

"타라처럼 죽을까 봐서요."

나는 오싹한 기분을 달래며 그녀를 쳐다본다.

"브룩스 신부님?"

나는 움찔했다가 엠마가 홀로 들어오는 것을 보고 허리를 편다. "사이먼은 양 축사에 있어요. 거기로 가셔도 되고 여기서 기다리셔도 돼요."

"제가 갈게요. 모퉁이만 돌면 바로 축사죠?"

"맞아요."

"고마워요."

나는 문을 향해 걸어간다. 그러다 멈춘다. 우산꽂이 옆에 공기총이 세워져 있다.

"저거 공기총인가요?"

"아, 네. 톰 거예요."

"톰요?"

"로지 사촌요. 둘이 지금 2층에서 엑스박스 하고 있어요."

"총 쏘는 거 좋아하나 봐요."

"시골에서는 사격이 일상이죠."

나는 희미하게 웃는다. "그런가 봐요."

나는 농가에서 나와 말없이 씩씩대며 진흙길을 걸어간다. 그 공기총은 우연의 일치일 수도 있다. 하지만 내가 보기엔 아니다. 이렇게 조그만 마을에서는 아니다. 톰이 플로를 쏜 게 분명하다. 하지만 과연 사고였을까? 이 집안사람들이라면 뭐든 가능하다고 본다. 나는 다시 파피를 떠올린다. 그 아이는 단짝 친구의 죽음으로 여전히 괴로워하고 있다. 하지만 그게 다가 아니다. 이 집은 뭔가가 이상하다. 나의 직감일 뿐이다. 하지만 문제 가정에 관한 한 나는 일가견이 있다.

축사가 시야에 들어온다. 풍파에 찌든 골판 건물이다. 똥과 썩어가는 채소 냄새가 허공에 감돈다. 나는 안으로 들어간다. 우리가 양쪽으로 줄줄이 이어진다. 바버 재킷을 입고 장화를 신은 사이먼 하퍼가 갈퀴로 새 볏짚을 우리에 넣고 있다.

"안녕하세요?" 나는 외친다.

그는 볏짚을 한 우리에 던져 넣고 갈퀴를 철제 난간에 기대어놓은 다음 재킷에 손을 닦는다.

"브룩스 신부님? 여기까지는 어쩐 일이실까요?"

"교회 문제로 여쭤보고 싶은 게 있어서요."

"뭔데요?"

"숨겨져 있던 납골당이 발견됐어요."

"놀라워라." 그는 몸을 돌려서 갈퀴를 집는다. "다시 막으세요."

"네?"

"들으셨잖아요. 다시 막아버리시라고요. 바닥을 새로 까는 비용과 교회에 필요한 비용은 뭐든 내가 부담할게요."

"그건 안 되겠—"

"아뇨, 돼요. 그 납골당은 제 것이에요. 저희 조상이 묻혀 있으니까요."

"일단 안장되면 교회의 재산이 돼요."

그는 내 쪽으로 몸을 돌린다. "그 빌어먹을 교회 자체가 거의 제 것이에요. 납골당 다시 막으면 교구 앞으로 수표 한 장 다시 써드릴게요."

"미안하지만 그렇게는 못 하겠어요."

그는 갈퀴로 짚단을 찌른다. "도대체 왜 이러시는지 모르겠네요."

"납골당에 숨겨져 있던 시신이 발견됐어요. 30년 전에 실종된 젊은 부제 벤저민 그레이디의 시신 같고요."

그는 몸을 홱 돌린다. "뭐라고요?"

"모르셨어요?"

"당연히 몰랐죠. 맙소사!" 그는 손으로 머리칼을 쓸어 넘긴다.

"그럼, 뭐예요, 살해된 건가요?"

"그런 것 같아요."

"끝내주는구만. 그럼 이제 이 소식이 대대적으로 보도되겠네요."

"아마도요." 나는 말하고 거기까지는 미처 생각하지 못했다는 사실을 깨닫는다.

"하퍼라는 이름을 거기서 뺄 방법은 없을까요?"

나는 그를 빤히 쳐다본다. "시신이 발견됐다는데 걱정되는 게 오로지 그거예요? 제일 중요하게 생각하는 게 뭔지 알아서 좋네요."

"내가 제일 중요하게 생각하는 건 우리 가족과 사업이에요. 이일로 양쪽 모두가 망가질 수 있어요."

"당신 조상이 순교자인 게 *왜* 그렇게 중요한가요? 수백 년도 더된 일인데."

그는 쓸쓸한 미소를 짓는다. "순교자였기 때문에 역사의 일부로남은 거예요. 목숨을 부지하겠답시고 믿음을 저버린 겁쟁이였다면아무것도 아닌 게 돼요. 하퍼라는 *이름*이 별것 아닌 게 돼요. 시골에서 사업을 하기가 얼마나 힘든지 아세요, 신부님?"

"아뇨."

"엄청 힘들어요. 우리는 평판 덕분에 성공할 수 있었어요. 여기서 수 세대 동안 살았던 집안이라 사람들이 신뢰하거든요."

"이런 일이 있어도 여전히 신뢰할 거예요."

"신부님은 채플 크로프트 같은 마을이 어떤 곳인지 모르시잖아요. 이해하지 못하실 거예요."

"저를 모르시잖아요."

"신부님 같은 부류라면 잘 알아요."

"저 같은 부류요?"

"아무 데나 코를 디밀고 다니는 골칫덩어리." 그는 내 쪽으로 한 발 다가온다. "지난번 부임지에서 어떤 일이 있었는지 다 알아요. 그 흑인 여자아이가 어떻게 됐는지."

나는 불필요한 형용사를 감지한다. "신문 기사를 보낸 사람이 당신이었군요?"

"맞아요." 그는 비웃는다. "거기에서는 남의 일에 참견하다 잘 안 된 모양이던데요?"

나는 애써 분노를 자제한다. "플레처 신부한테도 이랬어요? 괴롭히고? 협박하고? 그래서 그가 납골당에 대해 입을 다물기로 한 건가요?"

그는 고개를 젓는다. "나는 매튜를 좋아했어요. 괜찮은 친구였으니까. 하지만 고집이 좀 세야 말이지. 그래서 그에게도 지키고 싶은 비밀이 있지 않으냐고 추궁했죠."

"예를 들면 어떤 거요?"

"사람들에게 알리고 싶지 않은 관계."

나는 조앤이 그 작가에 대해 했던 말을 떠올린다.

"섀프런 윈터하고의 관계요?"

그는 기분 나쁘게 껄껄 웃는다. "그 친구는 사람들이 그렇게 생각해주길 바랐을지도 모르죠."

"그게 무슨 말씀인지 모르겠는데요."

"섀프런 윈터는 사실 플레처의 취향이 아니었어요. 그게 무슨 뜻인지 아실지 모르겠지만."

내가 보기에는 양들도 그게 무슨 뜻인지 알 것이다. 하지만 그러면 안 되는 줄 알면서도 궁금해진다.

"그럼 누구요?"

45

그 오래된 빅토리아풍의 주택은 교회에서 길을 따라 1.5킬로미터 정도 가다 보면 나온다. 예전에는 근사했을지 몰라도 지금은 무성하게 자란 풀로 마당이 뒤덮여 있고, 창틀은 썩었고, 기우뚱한 굴뚝은 강풍이라도 불면 굴러떨어질 것 같다.

우리는 뒤편의 식당에 앉는다. 어두컴컴하고 어수선하다. 의약품 상자가 식탁의 거의 대부분을 차지하고 있다. 붙박이장과 사이드보드는 책, 잡지, 깡통 제품의 차지다. 냄새도 난다. 시설 냄새다. 학교 식당이나 병원에서 항상 풍기는 냄새다. 오래된 음식, 소변, 대변 냄새.

나는 에런을 동정하지 않으려고 한다. 하지만 잘되지 않는다.

"사표를 수리하겠다고 하시면 받아들이겠습니다." 그는 뻣뻣하게 말한다.

"사표를 내기를 바라는 마음은 없어요, 에린. 다만 납골당에 대해서 미리 얘기해줬으면 좋았을 텐데."

"죄송해요. 저는 교회를 위해 올바른 일을 하고 있다고 생각했어요."

"매튜와의 관계를 숨긴 것도 그 때문이었나요?"

그는 나를 빤히 쳐다본다. 그가 침을 삼키자 후골이 움직이는 것이 보인다.

"당신의 성 정체성은 상관없어요." 나는 부드럽게 말한다. "하지만 사이먼 하퍼가 그걸로 플레처 신부를 협박해 납골당에 대해 입을 다물게 했던 건 상관있죠."

"네?"

"사이먼 하퍼가 당신들의 관계를 알아차렸어요. 매튜가 사임한 이유가 그걸 폭로하겠다고 협박한 사이먼 하퍼 때문이었고요."

그의 얼굴이 떨리면서 시선도 아래로 떨어졌다. "저는…… 저는 몰랐어요."

"매튜는 당신을 보호하고 싶었던 모양이에요, 동성애가 부끄러워할 일은 아니지만."

"죄악이죠."

"성경 어디에도 예수님이 동성애를 죄라고 말씀하신 부분은 없어요."

"구약에서는—"

"구약은 쓰레기예요. 여성혐오, 고문, 모순으로 도배되어 있는. 예수님은 사랑을 설교하셨어요. 모든 종류의 사랑을."

그는 묘한 미소를 짓는다. "사랑이 아니었다면요, 신부님? 그냥 육체적인 관계였어요. 그럼 예수님은 뭐라고 하실까요?"

"하느님이나 예수님은 상관하지 않으실 거예요."

"하지만 이 마을 사람들은 대부분 얘기가 다르죠."

"사람들이 생각보다 편견이 없는 경우도 많아요."

하지만 이런 말을 하는 도중에도 나는 잘 모르겠다는 생각이 든다. 여기 채플 크로프트에서는 말이다.

에런은 고개를 젓는다. "저는 어머니가 돌아가신 뒤에 아버지 손에서 컸어요. 아버지는 부모로서 훌륭한 분이셨어요. 다정하고 참을성이 많고. 하지만 보수적이세요. 저를 절대 받아들이지 않으실 거예요. 저는 아버지를 실망시킬 수 없고요. 모든 걸 잃으셨는데 마지막 남은 하나—자식에 대한 자부심—를 빼앗으면 되겠어요?"

나는 한숨을 쉰다. 이해가 된다. 인간은 '거짓된 삶'을 살면 죄책감을 느끼게 마련이다. 하지만 사랑하는 사람들 모르게 자기 일부분을 감추지 않는 사람이 어디 있을까? 그들에게 상처를 주기 싫으니까. 그들의 실망한 표정을 보기 싫으니까. 사랑은 조건이 없는 법이라고들 하지만 그걸 시험해보고 싶은 사람은 없을 것이다.

"에런." 나는 천천히 얘기한다. "이런 질문 해서 미안하지만—아버님이 납골당의 시신에 대해 아실 수도 있을까요?"

그는 머뭇거린다. 고민하고 있다는 걸 알겠다. 마침내 그가 얘기한다. "제가 지금 드리는 말씀은 외부로 유출되는 일이 없었으면 합니다."

"약속할게요."

"제가 네 살쯤 됐을 때 어느 날 밤에 아버지가 집으로 들어오시는 소리에 깬 적이 있었어요."

"어디 다녀오시던 길이었는데요?"

"그건 몰라요. 아버지는 밤에 외출하시는 법이 없는 분이라 아주 흔치 않은 일이었죠. 저는 살금살금 1층으로 내려갔어요. 부엌에 계신 아버지가 보이더군요. 옷을 모두 벗어서—예복을 입지 않은 아버지의 모습은 한 번도 본 적이 없는데 말이죠—어머니에게 들키고 싶지 않은 듯 세탁기에 쑤셔 넣고 계셨어요. 그런데 가장 희한했던 게 뭐였냐면 울고 계셨어요."

"아이들과 그레이디가 사라졌을 무렵인가요?"

"날짜는 잘 모르겠어요."

"이 얘기를 경찰에 했어요?"

그는 고개를 젓는다. "아뇨. 왜냐하면 저는 아버지를 알아요. 아무도 해치지 못할 분이라는 걸요. 아버지는 평생 교회와 이 마을과 가족을 위해 일하셨어요. 그런 분이 왜 그 모든 걸 걸고 살인을 은폐하겠어요?"

좋은 질문이고 나는 그 질문에 답할 방법이 없다.

나는 답을 하는 대신 이렇게 묻는다. "뵐 수 있을까요?"

그는 나를 쳐다본다. 그러다 잠시 후 고개를 끄덕인다. 그가 홀을 지나 반쯤 열려 있는 문 앞까지 앞장선다. 시설 냄새가 여기서는 더 심하게 난다.

"몇 년 전에 아버지를 1층으로 옮기고 거실을 침실로 개조했어요."

에런이 문을 열고 우리는 안으로 들어간다.

방이 넓다. 한쪽 벽면에 책꽂이가 늘어서 있다. 다른 쪽 벽에는 큼지막한 십자가가 걸려 있다. 방 한복판 병원 침대에 마시 신부가 누워 있다. 욕창 방지용 에어 매트리스가 희미하게 슉슉거리는 소리가 들린다. 소변줄에서 나는 시큼한 지린내와 휴대용 변기에서 나는 희미한 냄새도 느껴진다. 요양원과 병원에 찾아다니면서 익숙해진 냄새다.

마시는 창백하고 뼈만 남았다. 새까맣고 숱이 많던 머리는 하얗게 세었고 솜사탕처럼 가늘다. 혈관은 불룩 튀어나왔다. 눈을 감고 종잇장처럼 얇은 눈꺼풀을 가볍게 떨며 잠을 자고 있다.

"계속 약물을 투여 중이에요." 에런이 조용히 얘기한다. "요즘은 잠을 많이 주무세요. 잠을 주무실 때만 평화로워 보여요."

"고통을 느끼시나요?"

"별로 그렇지는 않아요. 그보다는 좌절, 공포죠. 몸이 무너져 피와 살로 이루어진 감옥으로 변해가고 있다는 걸 아실 정도는 되거든요. 자기 안에 갇혀 계신 거예요. 속수무책으로."

다른 방에서 전화벨이 울린다. 에런이 살짝 고개를 숙인다. "잠깐 실례할게요. 병원일 거예요."

나는 고개를 끄덕이고 침대 쪽으로 다가간다. 가만히 서서 마시를 내려다본다. 우리는 모두 질병과 노화에 너무 무방비하다는 생각을 다시금 한다. 낭떠러지를 향해 가는 나그네쥐처럼 아무 생각 없이 그쪽으로 터덜터덜 걷고 있지 않은가. 조그만 인간들이 태어나면 맨 처음에는 다들 귀여워서 어쩔 줄 몰라 하지만 막판에는 지켜보는 것조차 진저리를 낸다.

"유감이에요." 나는 속삭인다. "상황이 이런 식으로 흘러가지 않았더라면 좋았을 텐데."

그가 눈을 뜬다. 나는 움찔한다. 내 눈과 마주친 그의 눈이 동그래진다. 그가 이불 위로 손을 들어 굽은 손가락으로 가리킨다.

"놀라지 마세요." 나는 말했다. "저는—"

그의 목에서 꾸르륵거리는 신음 소리가 난다. 말을 하려는 건데 그보다는 목이 졸리는 소리에 더 가깝다.

"메…… 메에에에에."

나는 후들거리는 다리로 뒷걸음질 친다. 문이 벌컥 열리고 에런이 달려들어 온다.

"무슨 일이에요?"

"미안해요." 내가 말한다. "눈을 뜨시더니 소리를 지르기 시작했어요."

"모르는 얼굴을 보신 적이 거의 없어서요. 아마 충격 때문일 거예요."

그는 아버지 옆으로 가서 가만히 팔을 잡는다. "괜찮아요, 아빠. 괜찮아요. 브룩스 신부님이세요. 새로 부임하신 신부님요."

마시는 팔을 잡아 빼려고 한다. "메, 메."

"저는 밖에 나가서 기다릴게요." 나는 말하고 허둥지둥 문 밖으로 나간다. 복도에서 정신을 가다듬지만 충격이 가시지 않는다. 그의 눈빛. 컥컥거리던 외침. 몇 분 뒤에 에런이 밖으로 나와서 등 뒤로 문을 닫는다.

"이제 진정이 되셨어요."

"다행이네요. 나 때문에 흥분하신 거 같아 미안하네요."

"신부님 때문에 그런 거 아니에요." 그는 헛기침을 한다. "찾아와주시고 힘을 북돋워주셔서 감사합니다."

우리는 서로 바라보며 어색하게 미소를 짓는다.

"이제 그만 가는 게 좋겠어요." 내가 말한다.

에런이 현관까지 나를 배웅한다. 나는 어서 이 집에서 벗어나고 싶다. 그 냄새, 고통, 기억. 하지만 문 앞에서 에런이 머뭇거린다.

"브룩스 신부님?"

나는 호기심 어린 눈빛으로 그를 쳐다본다.

"만약 아버지가 시신을 숨길 만한 이유가 딱 하나 있다면 누군가를 보호하기 위해서였을 거예요."

"누구를요?"

그의 시선이 내 눈과 마주친다. "그게 관건이지 않을까요?"

46

오, 우리는 이 얼마나 복잡한 거미줄을 만들어내는가.* 하지만 사실 그건 아니다. 우리는 거미라기보다 하릴없이 방황하다 재수 없게 끈적끈적한 덫에 걸리고 만 파리에 가깝다.

나는 교회 앞에 차를 대고 사택까지 울퉁불퉁한 길을 걸어 올라간다. 문 앞에서 걸음을 멈춘다. 뒷덜미가 따끔거린다. 누군가가 나를 지켜보고 있는 듯한 묘한 기분이 든다. 나는 고개를 돌려 도로와 인근 벌판을 훑어본다. 차는 없다. 사람도 없다. 멀리서 농기구 소리가 들린다. 그것 말고는 아무것도 없다.

불안해서 신경이 곤두선 모양이다. 내 머리는 오늘 접수된 새로운 정보를 계속 처리하는 중이다. 지금까지 사람들에 대해 넘겨짚

---

* 영국의 시인 겸 소설가 월터 스콧이 남긴 문구다.

었던 부분들을 수정하는 중이다. 하지만 사이먼 하퍼는 아니다. 그는 여전히 밥맛이다. 그리고 정답을 알아내기 직전인 듯 기분이 묘한데, 정답을 진심으로 알고 싶은지는 잘 모르겠다.

나는 미간을 찌푸리고 마지막으로 주위를 둘러본 다음 문을 열고 들어간다.

"나 왔어."

아무 대꾸가 없다. 나는 거실로 고개를 들이민다. 플로가 한쪽 팔걸이에 다리를 걸치고 소파에 대자로 누워서 휴대전화를 들여다보다가 고개를 든다. "오셨어요."

"나 보고 싶었니?"

"별로요."

"고맙네."

그녀는 다리를 내리고 일어나 앉는다. "엄마, 어제저녁에는 죄송했어요."

"나도."

나는 소파 끝에 걸터앉는다. "나는 너를 어린애처럼 대하고 간섭하는 그런 엄마는 되고 싶지 않아."

"엄마 안 그래요. 대개는요. 음, 가끔 그럴 때가 있긴 하지만. 조금은."

나는 미소를 짓는다. "나는 *엄마*잖아. 그리고 나이를 먹었고. 믿거나 말거나 나도 예전에는 10대였고 한심한 짓 많이 저질렀어."

"예를 들면 어떤 거요?"

"따라 할까 봐 안 가르쳐줄래."

그녀는 씩 웃는다.

"하지만 엄마다 보니." 나는 말을 잇는다. "너를 안전하게 보호하는 데 집착할 수밖에 없어."

"걱정할 거 하나도 없어요. 저를 안전하게 보호하고 싶은 엄마 심정은 이해하지만 제 판단도 믿어주세요."

"그냥, 새로 사귄 친구 때문에 문제가 생기는 경우도 있어서 그래."

그녀는 눈썹을 추켜세운다. "리글리 때문에 문제 생긴 적은 없어요. 저 스스로 문제를 일으켰고 걔는 거기서 빠져나올 수 있게 도와준 거지."

"어쩌면 그 말이 맞을지도 모르고."

"맞아요. 이러지 말아요, 엄마. 이 문제로 계속 싸우기 싫어요."

나도 마찬가지다. 하지만 딸아이와 남자친구를 상상만 해도 덜컥 겁이 나는 이유를 실토할 수는 없다. 온 사방에 포식 동물 같은 남자들이 널리고 널렸다고. 여자가 아무리 영리하고 말을 잘하고 친절하고 재능이 많아도 남자가 물리적인 힘을 동원하면 그걸 모두 빼앗기고 비하와 학대를 당하고 피해자로 전락할 수 있다고.

"미안해." 나는 말한다. "리글리를 좋게 보려고 노력해볼게."

"다행이다." 그녀는 일어나 앉는다. "왜냐하면 리글리가 오늘 저녁에 청소년부 모임에 같이 가자고 그랬거든요."

이거였군.

"청소년부 모임?"

"네."

"리글리랑 같이?"

"네."

"걔가 언제 같이 가자고 했는데?"

"아까 잠깐 왔었어요."

"뭘 어쨌다고?"

"임시로 쓸 휴대전화를 빌려주려고 왔더라고요. 고맙죠?"

하지만 내가 없을 때 왔다는 거 아닌가. 나는 짜증이 나려는 것을 애써 참는다.

"모임이 어디서 열리는데?"

"헨필드요."

"거기까지는 어떻게 가려고?"

"버스요."

"글쎄다."

"엄마, 제발요."

그녀를 보내고 싶지 않다. 하지만 원망을 듣고 싶지도 않다.

나는 말한다. "가도 좋지만 한 가지 조건이 있어."

"뭔데요?"

"걔 엄마랑 통화해서 확인해야겠어."

"어린애 취급하지 않겠다고 하시더니 금세 이러시기예요?"

"뭐, 열여섯 살까지는 법적으로 어린애 맞잖니."

그녀는 강철도 뚫을 것 같은 눈빛으로 나를 노려본다. 나는 차분하게 그 눈빛을 마주 본다. "문자 보내서 걔네 엄마 연락처 알려달라고 해."

"허어어얼."

하지만 그녀는 전화기를 집어서 문자를 입력한다.

나는 현관홀로 나가 신발을 벗는다. 플로의 전화기에서 알림음이 울린다.

"에어드롭으로 보내드릴게요."

나는 전화기를 꺼내 왓츠앱 링크에 접속한다. 한쪽 구석에 큼지막한 밀짚모자를 쓰고 칵테일을 들고 있는 여자의 조그만 사진이 있다. 얼굴은 잘 보이지 않는다.

플로가 다정하게 미소를 지어 보인다. "이제 만족하세요?"

아직은 아니지만 시작은 좋다. 나는 문자를 입력한다.

"안녕하세요, 저는 플로렌스의 엄마 잭 브룩스예요. 플로와 루커스가 친구가 된 모양이라 저희 둘도 알고 지내면 좋을 것 같아서요. 나중에 커피 한잔 같이하시겠어요? 그리고 오늘 저녁에 아이들이 청소년부 모임에 간다는데 괜찮으신지 그것도 확인하고 싶어서 연락 드렸어요."

메시지를 보내자마자 답장이 온다. 나는 답장을 읽는다.

"안녕하세요, 메시지 감사해요. 네, 저도 같은 생각 하고 있었어요. 루커스에게 청소년부 모임 얘기 들었어요. 둘이 재밌게 놀다 올 거예요. 제가 나중에 애들 데리러 갈까요?"

불안했던 마음이 조금 가벼워진다. 나는 답장을 보낸다.

"부탁드려도 될까요?"

"그럴게요!♡♡"

"뭐라셔요?" 플로가 뚱한 표정으로 나를 쳐다본다.

"리글리 엄마가 나중에 너희 데리러 가신대."

"그럼 가도 돼요?"

"아마도."

아이의 표정이 밝아지고 나는 마음이 약해진다. "고마워요, 엄마."

"내가 태워다 주지 않아도 되겠어?"

"네, 괜찮아요. 오늘 저녁에는 욕조에 몸도 담그고 좀 쉬세요."

퍽이나 그럴 수 있겠다.

"노력해볼게."

"아, 하마터면 깜빡할 뻔했네." 그녀가 말한다. "오늘 오후에 이상한 일이 있었는데—"

"이상한 일? 어떤 이상한 일?"

"어떤 남자가 이 근처를 어슬렁거렸어요."

나는 그녀를 빤히 쳐다본다. "남자? 어떤 남자였는데?"

"노숙자 같았어요."

"어떻게 생겼어?"

"꾀죄죄하고 머리는 까만색이었어요."

나는 신경이 곤두선다. 제이컵일 수 있다. 하지만 다른 사람일 수도 있다. 그가 무슨 수로 나를 찾겠는가.

"너한테 말을 걸었어?"

"아뇨. 묘지에서 얼쩡거리다 사라졌어요."

내가 피해망상증 환자처럼 굴고 있는지도 모른다. 하지만 지난번에는 그가 나를 찾아내지 않았던가.

"전에 본 적 있는 남자였어?"

"아뇨!"

나는 애써 공포를 달랜다. "모르는 남자들이 근처에서 얼쩡거린 다는 상황 자체가 싫은데."

"교회에 들어가려고 했는데 잠겨 있어서 그랬던 거 아닐까요?"

"그럴지도 모르지."

그녀는 걱정하는 눈빛으로 나를 본다. "그래도 오늘 저녁에 가도 되죠? 이 일로 난리 부리시는 건 아니죠?"

께름칙하긴 하지만 그렇다고 이미 뱉은 말을 무를 수는 없다.

"가도 돼. 하지만 제발 조심해."

그녀의 표정이 풀린다. "그럴게요. 고마워요, 엄마."

나는 자리에서 일어선다. "커피 마시고 저녁 준비해야겠다. 칠리 괜찮지?"

"네, 저는 저녁 먹고 버스 타러 나갈 준비 할게요."

"그래."

나는 부엌으로 들어가 찬장에서 머그잔을 두 개 꺼낸다. 아드레 날린 때문에 온몸이 부들부들 떨린다. 남자. 모르는 남자. 머그잔을 조리대에 내려놓으려는데 한 개가 미끄러져 낡은 리놀륨 바닥 위로 삐죽삐죽한 파편을 튀기며 박살 난다.

"무슨 소리예요?" 플로가 거실에서 묻는다.

"머그잔을 떨어뜨렸어. 걱정할 것 없어."

나는 무겁게 숨을 쉬고 깨진 머그잔 조각을 바라보며 면도날처럼 날카로운 그 위에서 맨발로 깡충깡충 뛰는 상상을 한다. 그러다 잠시 후 쓰레받기와 빗자루를 들고 온다. *진정하자.*

플로는 진입로를 느긋하게 걸어 내려가 도로를 따라 버스 정류
장 쪽으로 간다. 스키니 진에 헐렁한 민소매 윗도리를 입고 자주색
닥터 마틴을 신은 모습이 눈부시게 예쁘다. 리글리에게 그녀는 과
분하다. 모두에게 그렇다. 어느 누구보다 내게 그렇다.

나는 따라가 버스를 제대로 타는지 확인하고 싶은 마음을 누르
며 천천히 문을 닫는다. 그녀가 보았다는 남자 때문에 불안하다. 제
이컵이 아니었더라도 모르는 남자가 주변에서 얼쩡거리다니 위험
할 수 있다. 나는 아직 해가 지지 않았다고 내 자신을 다독인다. 버
스 정류장은 집 바로 앞이다. 그녀는 아무리 늦어도 10시까지는 돌
아올 것이다. 청소년부 모임에 가려는 것뿐이다. 나이트클럽이 아
니라. 주점이 아니라. 그리고 플로는 자기방어를 할 줄 안다. 괜찮
을 것이다.

하지만 배 속에 들어앉은 불안 덩어리를 옮길 방법이 없다. 태워
다 주겠다고 했을 때 그녀가 너무 냉큼 거절하지 않았나? 아니면
내가 너무 지나치게 의심하는 건가? 청소년부 모임에는 다른 아이
들도 있을 것이다. 다른 어른들도 있을 것이다. 그리고 리글리의 엄
마가 데리러 갈 것이다. 아닌가? 그녀와 실질적으로 통화를 하지는
않았다. 그녀가 보낸 메시지가 아니었다면 어쩔 건가?

아, 제발, 잭. 정신 좀 차려.

아니면 긴장의 끈을 좀 놓아야 할지 모른다. 10대들은 모래와 같
다. 틀어쥐려고 하면 할수록 손가락 사이로 빠져나간다. 나는 그녀

에게 자유를 허락해야 한다. 자기 친구와 남자친구를 직접 선택하게 해야 한다. *하지만 그게 꼭 리글리라야 할까?*

나는 부엌으로 들어가 조리대에 놓여 있던 레드 와인을 집는다. 원래 집에서는 술을 잘 마시지 않지만 오늘 저녁에는 한잔하고 싶다. 병을 따서 반 잔가량 따른다.

이성의 목소리가 두어 주만 지나면 여름방학도 끝이라고 나를 다독이려 한다. 학기가 시작되면 플로는 새로운 친구를 사귈 것이다. 리글리와 노는 것이 별로 재미없게 느껴질지 모른다. 하지만 안타깝게도 나는 내 딸을 안다. 그녀는 의리가 있고 나를 닮아서 약자에게 애틋하다.

그러고 보니 다시 에런이 생각난다. 그의 아버지가 그레이디의 시신을 숨겼을까? 그것이 가장 가능성 있는 시나리오 같다. 마시는 교회를 자유롭게 들락거릴 수 있었다. 그 납골당의 존재를 알았다. 그리고 누군가를 보호하기 위한 조치로 여겼다면 동기도 있다. 게다가 그는 그레이디의 갑작스러운 증발을 은폐하기에 가장 알맞은 위치였다. 하지만 어딘지 모르게 앞뒤가 맞지 않는다. 어디가 앞뒤가 맞지 않는지는 모르겠지만.

그리고 플레처 신부는 어떻게 된 걸까? 여러모로 걱정이 많았던 남자. 부적절한 관계, 하퍼의 협박, 믿음과의 갈등. 어쩌면 그의 죽음은 납골당에서 발견된 시신과 아무 상관 없을지 모른다.

나는 와인을 식탁으로 들고 가 의자에 앉는다. 사태 파악에 도움이 될 만한 사람들 중에 만나지 않은 사람이 한 명 남았다. 정체를 알 수 없는 새프런 윈터다.

나는 구닥다리 노트북을 연다. 드디어 인터넷을 쓸 수 있다. 속도가 괴로울 정도로 느리니 여기서 방점이 찍히는 단어는 '드디어'다. 하지만 찬밥, 더운밥, 어쩌고저쩌고다. 나는 섀프런의 이름을 검색한다. 플레처가 그녀에게 자기 비밀을 털어놓았을 텐데 나는 이 은둔 작가에 대해 아는 것이 별로 없다.

인터넷에 게재된 사진은 그녀의 책 뒷면에 실린 사진을 확대한 것이다. 짧은 프로필이 있지만 별 도움이 안 된다. 그녀의 작품과 연결된 링크가 있다. 마녀학교에서 벌어지는 일을 다룬 청소년 소설 다섯 편이다. 이메일 주소도 있길래 나는 내가 누구인지 설명하고 잠깐 얘기 좀 할 수 있겠느냐고 간단하게 메일을 보낸다. 혹시나 해서 트위터, 페이스북, 인스타그램에서 그녀의 이름을 검색해본다. 아무것도 없다. SNS를 하지 않다니 작가로서는 이례적이다.

나는 생각에 잠긴 채로 노트북을 쳐다본다. 조앤은 섀프런이 어디 사는지 알 테고 나는 '불쑥 집으로 찾아가는' 시골 사람들의 생활방식에 적응해나가고 있긴 하지만, 섀프런 윈터는 프라이버시를 중요하게 여길 것 같은 예감이 든다. 상관없다. 그런 성격이라면 시골로 이사한 게 나쁜 선택이라 하겠지만.

소설에서는 사람들이 숨고 싶으면 조그만 마을로 간다. 엄청난 실수다. 조그만 마을에 대해 장담할 수 있는 게 하나 있다면 다들 남의 개인사를 궁금해한다는 점이다. 익명성을 원하면 대도시에서 살아야 한다. 도시에서는 예전의 허물을 하수구에 동전 빠뜨리듯 벗을 수 있다. 이름을 바꾸고 차림새를 바꾸고. 전혀 새로운 인물로 변신해 다시 등장하는 것이다. 원한다면.

410

나는 노트북을 닫는다. 이제 뭘 한다? 텔레비전? 영화? 플로가 조언한 대로 욕조에 한참 동안 몸을 담그고 좀 쉬는 게 좋을 수도 있겠다. 여기 내려온 뒤로 그런 적이 거의 없었다. 나는 좁은 계단을 올라가 화장실 문을 연다.

"아."

플로가 화장실을 다시 암실로 쓰고 있다는 걸 깜빡했다. 저녁을 먹기 전에 볼일을 보러 올라왔다가 장비를 몇 개 옮겨야 했다. 플로가 일부 치우기는 했지만 욕조에 버린 것에 불과하다. 게다가 변기 꼭대기에 사진이 두 무더기 쌓여 있다.

첫 번째 더미를 집어 든다. 교회와 묘지를 찍은 사진이다. 버닝걸은 보이지 않는다. 나는 이 사진들을 한쪽 옆으로 내려놓고 두 번째 더미를 향해 손을 뻗는다. 심장이 나락으로 추락한다.

첫 번째 사진은 폐가로 보이는 건물이다. 뻥 뚫린 창문이 시커멓게 밖을 내다보고 있고 지붕에는 구멍이 숭숭 뚫렸다. 그냥 사진만 봐도 불길한 곳이라는 걸 알 수 있다. 플로가 언제 이 사진을 찍었을까? 그 아이 말로는 리글리와 함께 숲에 다녀왔다는 날 찍은 게 분명하다.

나는 집 외부를 찍은 사진에서 내부를 찍은 게 분명한 사진까지 한 장씩 넘겨 본다. 폐허가 된 방과 박살 난 가구를 쳐다본다. 벽은 낙서로 뒤덮여 있다. 이교도의 상징. 악마의 눈. 사탄 숭배의 상징.

나는 내려놓은 변기 뚜껑 위로 털썩 주저앉는다. 오래된 폐가를 돌아다니다니 무슨 생각으로 그랬을까? 10대들이 어떤 식인지 알지만 그래도 화가 난다. 플로에게. 나에게. 내가 그 아이를 여기로 데려왔다. 이건 내 책임이기도 하다.

남은 사진을 휙휙 넘겨 본다. 중간부터 원화가 빛에 노출된 모양이다. 사진들이 부분적으로 하얘졌다. 마지막 사진은 거의 추상화다. 안으로 들어가 2층 창밖을 찍은 사진이라는 것을 알 수 있다. 숲은 시커먼 잉크 얼룩이다. 벌판은 회색 덩어리다. 가장자리가 흰색으로 조금 더 선명하게 희끗거린다. 나는 실눈을 뜨고 그 부분을 쳐다본다. 배 속에서 뭔가가 꿈틀거린다.

방으로 사진을 들고 가 침대 옆 테이블에서 안경을 집는다. 안경을 끼고 좀 더 유심히 들여다본다. 빛의 농간이 아니다. 나무와 집을 에두른 담벼락 사이에 누군가가 서 있다. 유령처럼 희끄무레하다. 하지만 유령이 아니다. 멀쩡하게 살아 있는 사람이다.

내가 아는 사람이다.

47

하늘은 트레이싱페이퍼 같은 회색이다. 어두워지려면 두어 시간 남았다. 하지만 숲은 벌써부터 야간 모드다. 나무에서 뻗어 나온 가지들이 잎이 무성한 대형 담요처럼 빛을 차단한다. 플로는 휴대전화 플래시를 켜고 좁은 오솔길을 따라 걸으며 이게 과연 얼마나 현명한―또는 바보 같은―짓인지 다시금 돌아본다.

물론 여기서 이렇게 숲속을 걷고 있는 지금보다 노팅엄 도심을 걸어 다니던 때가 그녀에겐 훨씬 더 위험했을 것이다. 잠재적 성폭행범, 살인범, 강도는 어느 촌구석의 허허벌판보다 북적대는 대도시의 길거리에 있을 가능성이 더 크다. 하지만…… 어떤 공간이 예쁘고 예스럽다고 해서 나쁜 일이 벌어지지 말라는 법은 없다.

그녀는 창문 앞에 서 있던 남자를 떠올린다. 그가 지금도 근처어딘가에 계속 숨어 있을까? 그럴 리 없다. 그는 훔칠 만한 것을 찾아서 빈집과 잠기지 않은 문을 노리고 다니며 기회를 엿보는 사람이었을 것이다. 그리고 사진은? 그 사진은 섬뜩한 우연의 일치로 간주하고 결국 묘지에 그냥 두고 왔다. 어렴풋이 비슷했을 뿐이다. 그녀가 심리적으로 너무 호들갑스럽게 반응하고 있었다. 이 빌어먹을 마을에서는 모든 게 묘하고 섬뜩하다.

그녀는 조그만 개울에 놓인 나무다리가 보이자 다리를 건너고 울타리 계단을 반쯤 넘다 말고 동작을 멈춘다. 무슨 소리가 들린 것 같았다. 앞에서 뭐가 움직인다. 또다시 부스럭거린다. 사슴 한 마리가 덤불 속에서 뛰쳐나왔다가 놀라서 그 자리에 멈춘다.

"안녕."

사슴은 동그란 눈을 반짝이며 그녀를 쳐다보다가 꼬리를 흔들고 벌판을 깡충깡충 가로지르며 사라진다. 그녀는 기다린다. 아니나 다를까, 서너 마리가 발굽으로 지면을 스치며 빠르고 가볍게 그 뒤를 따라간다.

그녀는 녀석들이 뭣 때문에 겁을 먹었을지 궁금하다. 그러다 자신 때문일지 모른다는 걸 깨닫는다. 어떨 때는 내가 포식자가 된다. 또 어떨 때는 먹잇감이 된다. 그저 관점에 따라 달라질 뿐이다.

그녀는 다른 쪽 다리도 울타리 너머로 끌어 올리고 사방을 둘러본다. 벌판에 아무도 없어 보이지만 혼자가 아니라는 예감이 든다. 동물들이 덤불 아래에 숨어 있다. 이파리가 무성한 나무 뒤에 숨어서 지켜보고 있다.

그녀는 후드점퍼를 입고 오지 않은 것을 후회하며 몸을 부르르 떨고 긴 풀을 헤치며 오래된 집을 향해 터벅터벅 걸어간다. 뻥 뚫린 창문이 그녀를 음산하게 노려본다. 2층 어느 창문 너머에서만 불빛이 깜빡거린다. 그녀는 속도를 높여 무너진 담벼락을 뛰어넘고 휴대전화를 내밀어 우물을 비추며 빙 돌아간다. 계단을 가볍게 달려 올라가 안방에 다다른다.

"리글리?"

반쯤 열린 방문 너머로 벽에 어른거리는 불꽃이 보인다. *으악, 설마. 걔가 불을 지른 건 아니겠지?*

그녀는 방 안으로 왈칵 들어가다…… 걸음을 멈춘다.

촛불이 동그랗게 놓여 있다. 유리병과 깡통에 꽂힌 촛불이다. 리글리가 지저분한 바닥에 담요를 펼쳐놓고 그 위에 앉아 있다. 감자칩, 초콜릿, 와인, 플라스틱 컵 두 개를 꺼내놓았다.

그가 두 팔을 활짝 벌리자 그녀는 그가 몸을 떨지 않으려고 얼마나 노력하고 있는지 느낄 수 있다.

"어서 와!"

"우와! 너 무슨 개떡 같은 10대 로맨스 드라마를 보고 흉내 낸 거야?"

"감동을 받았다니 다행이야."

"감동받은 거 맞아. 그냥—"

"너무 과하다고?"

"조금."

"그렇구나."

그는 고개를 숙인다.

그녀는 얼른 덧붙인다. "하지만 마음에 들어. 그러니까, 지금까지 날 위해서 집에 불을 지른 사람은 없었거든." 그녀는 말을 뚝 끊는다. "미안. 내 말은ㅡ"

"알아."

그녀는 그의 옆에 털썩 주저앉는다. "그래서 술 한잔 따라줄 거야?"

그는 플라스틱 컵에 와인을 조금 따라서 건넨다.

그녀는 한 모금 마신다. 씁쓸하고 미지근한데, 온몸으로 천천히 온기가 퍼지는 게 느껴진다. 그녀는 다시 한 모금 마신다.

"너무 무리하지 마."

그녀는 입을 닦는다. "이 정도는 괜찮아."

그는 자기 잔을 따르고 찔끔 마신다. 우거지상을 쓴다. "이런 걸 왜 마시는지 이유를 모르겠네."

"대개는 취하기 위해서지."

그는 미소를 짓는다. "그러게." 그의 눈동자에 박힌 은색 반점이 반짝인다. 그는 잔을 다시 들어서 기울이지만 손이 움찔거리는 바람에 턱과 후드점퍼 위로 와인을 쏟는다.

"에이 씨!" 그는 소매로 와인을 닦는다. "이 *지랄* 맞은 발작. 꼴이 이게 뭐야."

"야, 괜찮아."

"아니, 괜찮지 않아. 나는 제대로 하고 싶었다고ㅡ"

그녀는 몸을 숙여 그의 입에 입술을 갖다 댄다. 그의 입에서는 소금과 시큼한 와인 맛이 난다. 그는 망설이다가 그녀의 목을 손으로 감싸고 머리칼을 움켜쥐고 걸신 들린 듯 입을 맞춘다. 아까 화장실에서 했던 것과는 다르다. 파티에서 다른 남자애들과 했던 것과도 다르다. 그때는 보드카와 맥주와 침 냄새만 났다. 이번엔 진짜 같고 절박해서, 처음으로 그녀는 가벼운 혐오감 말고 다른 걸 느낀다. 욕망을 느낀다.

그녀는 그가 이끄는 대로 담요 위에 누우며 얼핏 생각한다. 엄마가 알면 죽이려 들 텐데, 오늘 갈 데까지 가는 걸까, 그가 피임도구는 챙겼을까. 그의 손이 민소매 윗도리를 들어 올리고 그녀의 젖가슴을 훑는다. 그녀는 손을 아래로 뻗어 그의 청바지를 더듬는다. 바로 그때 1층에서 무슨 소리가 들린다. 그녀는 일어나 앉아서 그를 옆으로 밀친다.

"저거 무슨 소리야?"

"뭐가?"

다시 들린다. 쿵. 문을 힘껏 밀쳐서 여는 소리와 비슷하다. 그들은 서로 쳐다본다.

"누가 또 있나?"

"모르겠는데. 잠깐만."

그는 일어나 눈을 덮은 머리칼을 쓸어 넘긴다. "내가 가서 확인해볼게."

"나도 같이 갈게."

"아니야, 넌 여기 있어."

그녀는 호신술을 아는 사람은 자기라고, 지난번에 그를 혼쭐낸 쪽도 자기였다고 짚고 넘어가고 싶다. 하지만 그에게 굴욕감을 안기고 싶지는 않다. 그냥 내버려두자. 여차하면 따라가면 된다. 아마 아무것도 아닐 거다. 바람. 새. 동물.

그는 좌우를 두리번거리다 와인 병에 꽂힌 양초를 휙 든다. 촛불을 불어서 끄고 양초를 바닥으로 떨어뜨린다. 그러고는 병목을 잡는다. "혹시 모르니까."

그녀는 고개를 끄덕이고는 그가 까치발을 하고 층계참으로 나가는 것을 지켜본다. 귀를 쫑긋 세운다. 저거 삐걱거리는 소리 아닌가? 사람 목소리 아닌가? 그녀는 조금 불안해지기 시작하자 일어선다. 「텍사스 전기톱 연쇄살인사건」 스타일의 사이코 연쇄살인범이 밖에 숨어 있거나 「절규」 마스크를 쓴 정신병자나 좀비나 또……. *젠장, 그만해.*

"리글리?"

멀리서 유리 깨지는 소리가 들린다. 그녀는 움찔한다.

"리글리?"

그녀는 한 번에 두 칸씩 계단을 달려 내려간다. 맨 아래 칸에 다다르자 휴대전화 플래시를 켠다. 그걸로 사방을 비춘다. 리글리는 보이지 않는다. 잠시 후에 누군가가 뒤에서 그녀를 잡고 머리 위로 자루를 씌운다. 더는 아무것도 볼 수 없게 된다.

48

"제가 불쑥 찾아와서 폐 끼치는 거 아닌지 모르겠어요."

조앤은 우리 앞에 있는 식탁 위에 커피 두 잔을 내려놓는다.

"그래서 「코로네이션 스트리트」와 함께 신나는 저녁 시간을 못 보내게 됐냐고요? 아니에요, 설마."

나는 웃으며 커피 잔을 향해 손을 뻗는다. "고맙습니다."

올까 말까 고민했었는데 조앤은 문을 열었을 때 나를 보고 놀라지 않는 눈치였다.

"납골당에서 발견된 시신과 관련해서 새로운 소식은 더 없나요?"

"러시턴 신부님은 납골당이 있는 건 알았지만 시신에 대해서는 몰랐더라고요. 그걸 덮는 조건으로 하퍼 집안사람들에게 기부금을 받았고요."

그녀는 입술을 오므리더니 한숨을 쉰다. "놀라워해야 하는데 놀랍지가 않네요."

"왜요?"

"러시턴 신부는 시끄러운 걸 좋아하지 않아요. 교회와 자기 자신을 보호하는 게 최우선이에요."

나는 커피를 한 모금 마신다. "마시 신부님은 그레이디의 시신에 대해서 알고 계셨고 어쩌면 거기 숨긴 사람이 그분일 수도 있다고 봐요."

"그렇군요."

"여전히 충격을 받지 않으신 말투네요."

"납골당의 존재를 알았거나 거기 쉽게 출입할 수 있었던 사람이 몇 명 안 되니까요. 진짜 중요한 문제는 이거예요. 헌신적인 신부가 어떤 연유에서 시신을 감추었을까? 그리고 두말하면 잔소리지만 누가 그레이디를 살해했을까?"

그것이 중요한 문제긴 하다. 그리고 나는 답을 모른다. 아직은.

그녀는 미소를 짓는다. "또 다른 게 있나요?" 그녀가 묻는다.

"이걸 보여드리고 싶었어요."

나는 플로가 폐가를 찍은 사진을 주머니에서 꺼내 식탁 위에 펼쳐놓는다.

조앤은 사진을 쳐다본다. 안색이 살짝 창백해진 것 같기도 하다.

"누가 찍은 거예요?"

"제 딸 플로요."

"레인네 집이에요. 메리가 살았던 곳. 따님한테 그 근처에는 얼씬도 하지 말라고 전하세요."

"아직 팔리지 않았다니 뜻밖이네요."

"아, 법적으로는 아직 메리 어머니의 집이에요. 하지만 어느 정도 시간이 지나면 방치된 부동산의 소유권을 넘겨받을 수 있나 봐요. 마이크 서더스 부부가 그걸 알아보고 있었는데 딸을 잃는 바람에 흐지부지됐어요. 최근에는 사이먼 하퍼가 일부 권리를 주장하고 나선 걸로 알아요."

"그래요?"

"돈을 벌 기회를 절대 놓치지 않는 작자라. 그 집이 입지가 좋고 부지가 넓거든요. 집을 헐고 땅을 개발업자에게 매각하는 것이 장기적인 목표일 거예요. 어쩌면 그게 최선일 수도 있고요."

나는 사진들을 한쪽 옆으로 치우고 숲과 무너진 담벼락 사이에 서서 집을 응시하고 있는 인물이 담긴 마지막 사진을 꺼낸다. 나는 사진을 손가락으로 톡톡 두드린다.

"낯이 익으신가요?"

그녀는 실눈을 뜨고 사진을 쳐다본다. 듬성듬성한 흰색 눈썹을 추켜올린다. "재밌네요. 그리고 이상하고. 레인네 집까지 가기가 만만치 않거든요. 사이먼 하퍼가 도로에서 들어오는 입구에 울타리와 문을 새로 설치했어요, 애들이 드나들지 못하게. 그 입구 말고는 교회 뒤편의 숲과 벌판을 가로질러서 가는 방법밖에 없어요. 그냥 지나가다 들를 수 있는 곳이 아니에요."

나는 사진을 다시 들여다본다. 나도 같은 생각을 했었다. 물론 누구든 얼마든지 순수한 이유에서 그 집을 찾을 수도 있다. 옛날 건물

불타는 소녀들

에 관심이 있다거나 하는? 하지만 왠지 모르게 신경 쓰이는 구석이
있다.

"무슨 생각 해요?" 조앤이 묻는다.

"모르겠어요. 빵을 만들어보겠답시고 빵 부스러기를 줍는 심정
이에요."

"그래서 잘되고 있어요?"

"지금으로서는— 아직 모자라요."

"섀프런은 만나봤어요?"

나는 고개를 젓는다. "아뇨, 메일을 보냈는데 답이 없네요."

"사람들 앞에 잘 나서지 않는 성격이에요."

"최근에 만난 적 있으세요?"

"아뇨, 매튜 장례식장에도 오지 않았어요. 너무 충격을 받았나
봐요."

나는 커피를 벌컥벌컥 마신다. 섀프런을 만난들 무슨 소득이 있
을까 싶다. 또 한편으로는 그녀를 만났는데도 과자로 만든 집에 가
까워지지 못한다면 숲에서 나올 때가 됐다는 결론을 내릴 수 있을
지도 모른다.

나는 조앤을 쳐다본다. "그분이 어디 사는지 혹시 아세요?"

그녀는 다시 미소를 짓는다. "흠, 그걸 물어보다니 재밌네요."

49

그녀는 숨을 쉴 수가 없다. 머리를 덮은 자루는 두툼하고 거칠며 건초와 거름 냄새가 난다. 그것이 그녀의 목을 단단히 조이고 있다. 반항할 겨를도 없이 양쪽 손목에 케이블 타이가 묶였다. 목구멍 안에서 공포가 부글거린다. 그녀는 호신술 수업에서 배운 기술을 소환해보려고 하지만 팔다리를 쓸 수 있는 상태로 공격자를 마주 보고 있을 때나 가능한 거다. 기습 공격을 당해 앞을 보지 못하고 숨을 쉬려고 버둥거릴 때는 아무 소용이 없다.

누군가가 그녀를 거칠게 앞으로 떠민다.

"풀어줘." 그녀는 크게 외치려고 하지만 자루가 그녀의 말을 삼킨다.

침착하자. 그녀는 속으로 중얼거린다. 싸울 수 없을 때는 공격자와 주변 환경에 대해 정보를 수집하며 도망칠 기회를 엿보면 된다

불타는 소녀들

는 걸 명심해. 상황이 어떻게 돌아가는지 파악하면 된다는 걸. 그녀는 집 밖으로 떠밀려 나가고 있다. 그 말은 공격자가 그녀를 성폭행하지는 않을 거라는 뜻일지 모른다. 성폭행할 생각이라면 밖으로 끌고 나갈 리가 없지 않은가. 그렇다면 이게 무슨 상황이고 리글리는 어디 있을까?

"얼른 가." 남자의 목소리가 나지막이 쏘아붙인다. 들어본 목소리인가? 그런 것 같다. 머리에 자루를 쓰고 있으니 장담은 못 하겠다. 자루 때문에 모든 게 희미하게 들린다.

그가 그녀를 다시 밀치자 앞으로 비틀거린다.

"어쩌려는 거야?" 그녀는 헐떡거리며 묻는다. 그가 다시 말을 꺼내면 그녀의 짐작이 맞는지 알아낼 수 있기 때문이다. *공격자를 파악하라.* 그래야 논리적으로 설득하거나 약점을 찾을 가능성이 높아진다.

"두고 보면 알아."

그가 하도 세게 밀치는 바람에 그녀는 하마터면 마당의 뒤엉킨 잡초에 발이 걸려서 넘어질 뻔한다.

"리글리!" 그녀는 자루 속에서 외친다. "어디 있어?"

"플로." 그녀의 오른편 앞쪽 어딘가에서 목 졸린 외침이 들린다. "나 여기 있어."

"조용히 해." 제2의 인물이 쏘아붙인다. 여자다. 이제 그녀는 공격자의 정체를 확실히 파악했다. 로지와 톰이다. 이로써 상황이 좋아졌는지 나빠졌는지는 알 수가 없다.

"이러지 마." 그녀는 애써 침착하고 이성적인 말투를 유지한다.

"이 정도면 충분해. 우리 충분히 겁먹었어. 그러니까 이제 풀어줘."

"아, 보내줄게. 우물 속으로."

하느님 맙소사. 공포로 그녀의 몸이 땀범벅이 된다. "미쳤어?"

"무섭니, 뱀파이어?" 로지 목소리가 이제는 더 가까이서 들린다.

"제발 이러지 마."

"남자친구한테 작별 인사나 하시지."

옥신각신하는 소리가 들린다. 난투극이다. 그리고 잠시 후에 비명 소리가 들린다. 공포에 질린 원시적인 비명 소리가 저녁 하늘 높이 솟구쳤다가 침묵 속으로 떨어진다.

"리글리!"

"한 명 보냈고." 톰이 키득거린다.

그녀는 발뒤꿈치로 땅을 디디고 뒤편의 건장한 몸뚱이를 밀치려고 한다. 하지만 다른 손이 그녀를 붙잡고 앞으로 밀친다. 혼자서 둘을 상대하기에는 역부족이다. 신발 앞코가 우물 가장자리에 닿는 것이 느껴진다. 그들이 정말 이런 짓을 저지르려 하고 있다. 그녀는 눈을 감고 추락에 대비한다.

"안 돼애애애애!"

어디에선가 고함 소리가 들린다. 성난 짐승 같다. 묵직한 발이 바닥을 두드린다.

"썅, 뭐야?"

"도망쳐!"

그녀는 한쪽 옆으로 거칠게 밀쳐진다. 발이 걸려서 중심을 잃는다. 손을 내밀 수가 없으니 그대로 쓰러지며 옆통수를 바닥에 세게 부딪힌다. 그녀는 무성한 잡초 위에 누워 현기증을 달래며 숨을 헐떡인다.

로지하고 톰은 갔을까? 그녀는 몸을 일으키려다 누군가가 다시 다가오는 소리를 듣는다. 마른 풀이 밟혀서 바스라진다. 문제의 인물이 옆에 쭈그리고 앉자 그녀는 긴장한다. 상대에게서 뜨겁고 눅눅한 열기가 뿜어져 나오고 악취가 심하다. 정말 심하다. 땀과 알코올과 기분 나쁘게 달짝지근하고 썩은 내가 섞여 있다. 맙소사. 여우를 피하려다 호랑이를 만난 격일까?

"가만히 있어."

남자의 목소리는 무뚝뚝하고 북쪽 지방 억양이 살짝 섞여 있다. 그가 그녀의 손목을 잡는 것이 느껴진다. 잠시 후 탁 하는 소리와 함께 그녀의 손을 묶었던 타이가 풀린다.

"그대로 누워 있어. 10까지 센 다음 머리에 쓴 자루를 벗어."

그녀는 만전을 기하기 위해 30까지 센다. 그런 다음 천천히 일어나 앉아서 자루를 벗는다. 온몸에서 힘이 풀린다. 어지럽고 속이 울렁거린다. 그녀는 몸을 숙여 헛구역질을 한다. 그런 다음 주변을 둘러본다. 마당에 아무도 없다. 로지도 톰도. 그녀를 구조한 사람도.

심장이 쿵쾅거린다. 바지에 살짝 지렸더라도 그러려니 할 정도다. 공포. 이런 공포는 처음이다. 버닝 걸스를 봤을 때도 이 정도는 아니었다. 그녀는 우물로 떨어지는 줄 알았다. 죽는 줄 알았다. *리글리.*

그녀는 엉금엉금 우물 입구로 다가간다. "리글리!"

그녀의 목소리가 메아리로 되돌아온다. 맙소사. 리글리가 저 아래에 있을까? 살아 있을까?

그녀는 청바지 주머니에서 더듬더듬 휴대전화를 꺼내 플래시를 켠다. 그걸로 우물 안을 비춘다. 밑바닥까지 닿을 만큼 불빛이 세지는 않지만 그림자 하나가 보이는 것 같다.

잠시 후에 희미하게 꺽꺽대는 그의 목소리가 들린다.

"플로?"

"아, 하느님 감사합니다. 다쳤어?"

"발목이 아작 났지만 다른 데는 괜찮아."

오 마이 갓. 이런 기적이 있나.

"망할. 목이 부러질 수도 있었잖아. 염병할 사이코 새끼들."

"그러게. 어떻게 됐어? 걔네들 어디 갔어?"

"모르겠어. 어떤 사람이…… 겁을 줘서 쫓아냈어. 부랑자였나?"

"헐."

"저기, 내가 가서 SOS를 칠게. 거기 가만히 있어, 알았지?"

"어디 갈 수도 없어."

그녀는 공포에도 불구하고 미소를 짓는다.

"플로?"

"응."

"뭐가 있어."

"뭐가?"

"여기 내 옆에 뭐가 있어."

"뭐가? 거미? 쥐?"

"아니, 내 생각에는…… 시신 같아."

50

아이는 절대 낳지 마. 예전에 한 친구가 내게 이렇게 얘기한 적이 있다. 커피 한 잔을 다 마시거나 영화를 끝까지 보거나 밤새 푹 자고 싶으면.

아기 침대 옆을 지키며 숨을 잘 쉬고 있는지 계속 체크하는 처음 몇 개월만 그런 게 아니다. 잠깐 고개를 돌리면 아이들이 소파 등받이에서 열린 창문으로 몸을 던지는 서너 살 때만 그런 것도 아니고, 친구를 사귀고 틀어지고 첫사랑에 빠지는 학창 시절에만 그런 것도 아니다.

부모는 아이들에게 독립심을 길러줘야 하고 그들의 날개를 꺾으면 안 된다는 걸 안다. 그럼에도 부모는 아이들이 10대가 된 뒤에도 무사히 귀가할 때까지 기다린다. 연락이 안 되는 이유가 어느 골목길에 시체로 누워 있어서가 아니라 너무 재미있게 놀고 있

기 때문일 거라고 되뇌며, 그런 연락은 절대 받을 일이 없길 기도하
며……

내 주머니에서 휴대전화 벨이 울린다. 오늘 저녁에는 섀프런 윈
터를 만나러 가지 않기로 결론을 내리고 이제 막 집으로 돌아온 참
이다. 아직 차 열쇠를 손에 들고 있다. 나는 전화기를 꺼내 화면을
쳐다본다. 모르는 번호다. 또 모르는 번호라니. 나는 통화 버튼을
누른다.

"여보세요?"

"여보세요, 브룩스 신부님 되십니까?"

젊고 깍듯하며 거들먹거리는 남자 목소리다. 경찰이다. 몸에서
기운이 다 빠진다.

"네."

"저는 애크로이드 순경입니다—"

"무슨 일이에요? 제 딸한테 문제가 생겼나요? 플로한테?"

"그렇게 허둥지둥하실 필요 없습니다."

"허둥지둥하는 거 아니에요. 묻는 거지."

"따님은 별문제 없는데 사고가 벌어졌어요."

"어떤 사고요?"

"따님과 남자친구가 폭행을 당했습니다."

"폭행요? 맙소사, 우리 아이가 다쳤나요, 아니면—"

"아뇨, 아뇨. 다치지는 않았고 조금 충격을 받은 정도지만 오셔
서 데려가셨으면 해서요."

"청소년부 모임이 열린 곳으로—"

"아뇨." 영문을 모르겠다는 투다. "머클 대로 근처에 있는 옛날 레인 씨네 집으로 오세요. 어딘지 아시죠?"

레인 씨네 집. 내가 휴대전화를 어찌나 으스러져라 쥐었는지 케이스가 깨지지 않은 게 이상할 정도다. "알아요. 지금 바로 갈게요."

나는 오랫동안 쓰인 적 없는 게 분명한 울퉁불퉁한 길을 덜커덩거리며 내달려 폐가 앞에 끼익하고 멈추어 선다. 대문이 열려 있고 맹꽁이자물쇠가 대롱대롱 매달려 있다. 부산하게 오가는 사람들로 북적거린다.

경찰차 두 대와 '과학수사'용 밴이 밖에 주차돼 있다. 파란 경광등이 어둠을 밝힌다. 제복을 입은 사람들과 하얀 옷을 입은 사람들이 이번에도 보인다. 집 뒤편에 투광 조명등이 설치되고 있다. 폭행 사건치고는 너무 떠들썩한 거 아닌가? 공포가 한 단계 커진다.

"무슨 일이시죠?" 제복을 입은 경관이 다가온다.

"저는 잭 브룩스 신부예요. 딸을 데리러 왔어요, 플로요."

"아, 네. 제가 애크로이드 순경입니다. 이쪽으로 오세요."

그가 밴 옆쪽으로 앞장선다. 플로가 문을 열어놓고 경찰차 뒷자리에 앉아 있다. 다리를 밖으로 내놓고 은박지 담요를 두른 채로.

"어머나, 세상에. 플로."

나는 달려간다. 일어나 나를 안는 그녀의 눈에 눈물이 고이기 시작한다. "죄송해요."

나는 아이의 머리칼을 매만진다. "다치지 않았으면 됐어. 어떻게 된 거니?"

그녀는 시선을 떨어뜨린다. 하얗게 질린 얼굴 위에 죄책감이라는 단어가 큼지막하게 적혀 있는 거나 다름없다.

"리글리하고 제가— 오늘 저녁에 여기서 만나기로 했어요."

리글리. 그 빌어먹을 리글리. 내가 그 자식을 죽여버리고 말 테다.

"그럼 청소년부 모임에는 아예 안 간 거야?"

"네, 죄송해요."

나는 분노를 삼킨다. "그 얘기는 나중에 하자. 그래서?"

"저 집 2층에 있었는데 무슨 소리가 들렸어요. 리글리가 알아보겠다고 하고 나갔는데 오지 않길래 제가 찾으러 갔는데 누가 제 머리 위로 이 자루를 씌우고 팔을 묶었어요."

"맙소사." 나는 속이 울렁거린다. "누군지 못 봤어?"

그녀는 고개를 끄덕인다.

"범인들이 다른 짓은—"

"네, 엄마. 그런 건 없었어요. 그냥 저를 밀쳐서 마당으로 데리고 나갔어요."

"리글리는 어디 있었고?"

"걔를 먼저 잡았나 봐요. 비명이 들렸는데 걔를 우물로 밀어 넣을 때 난 소리였어요. 걔네들이 저도 우물에 던지려고 했는데 어디에선가 등장한 어떤 남자가 걔네들을 내쫓았어요. 그러고는 제 손목을 풀어주었는데 자루를 벗어보니까 가고 없더라고요."

"그러니까 너를 공격한 사람도 구해준 사람도 보지 못한 거야?"

"네."

"리글리는?"

"걔도 아무것도 못 봤어요."

"걔는 지금 어디 있는데?"

"응급구조대가 발목이 부러지지 않았는지 체크하고 집에 데려다 준다고 태우고 갔어요."

안타까워라. 내가 목을 부러뜨리려고 했는데.

"너를 공격한 사람이 누군지 *전혀* 모르겠어?"

그녀는 민소매 윗도리의 밑단을 비틀며 머뭇거린다.

"플로." 나는 말한다. "의심이 가는 부분이 있으면 경찰에 알려야 해. 너희 둘 다 죽을 뻔했잖아."

"알아요. 그리고 경찰한테도 얘기했어요. 하지만—" 나는 그녀가 끙끙대는 것을 보고 한숨을 쉰다. "걔네가 맞는지 잘 모르겠어요."

"걔네라니?"

"로지하고 톰요."

"로지 *하퍼*?"

"네."

분노가 격하게 차올라 폭발하기 직전이다. 내가 각고의 노력을 기울여가며 유지한 가면이 지층을 뚫고 나오는 용암처럼 모든 것을 박살 낼 것 같다. 나는 주먹을 불끈 쥔다.

"죽여버리겠어."

"용서해야 된다면서요?"

"용서한 다음 죽일 거야."

"죄송해요, 엄마. 정말 죄송해요."

"알아."

"화 안 나셨어요?"

"당연히 화났지. 네가 거짓말했으니까. 내가 가지 말라고 할 만한 곳에 갔으니까." 나는 한숨을 쉰다. "하지만 다치지 않았으니 그걸로 됐어. 네가 나한테 하고 싶지 않은 얘기가 있다는 거 알아. 엄마 앞에서는 섹스를 운운하는 것조차 뻘쭘하고 역겨운 일이지. 게다가 엄마가 신부면 오죽할까─"

"그런데도 그걸 운운하시네요."

"하지만 대화 상대가 필요하면 내가 옆에 있다는 걸 알아줬으면 좋겠다. 나는 절대 함부로 판단하지 않을 거고─"

"알겠어요, 엄마. 하지만 참고로 말씀드리자면 우리가 그런 걸 하려고 거기 간 건 아니었어요. 일종의, 데이트였어요."

"데이트?"

"네."

"왜 카페나 영화관이나…… 하다못해 청소년부 모임엘 가지 않고?"

그녀는 나를 신랄한 눈빛으로 쳐다본다. "그런 증상이 있으니 리글리가 얼마나 힘들지 생각 안 해보셨어요?"

"좋아. 하지만 숲속 한가운데 있는, 아무도 살지 않는 폐가보다 훨씬 안전한 곳도 많잖아. 너 「이블 데드」 안 봤어?"

"네."

"알았어. 음, 나중에 같이 보자."

"저희는 그냥 단둘이 있고 싶었을 뿐이에요."

"그렇구나."

"걔를 앞으로 만나지 않았으면 좋겠어요?"

응.

"아니, 하지만 나한테 솔직하게 얘기해줬으면 좋겠다. 앞으로는 비밀 없이."

그녀는 나를 빤히 쳐다보고, 나는 그 순간 그녀도 내게 똑같은 걸 요구하겠구나 하는 생각을 한다. 그건 썩은 벌레가 든, 다른 차원의 깡통이다.

"알았어요." 그녀는 고개를 끄덕인다.

"알았어." 나는 그녀를 꼭 끌어안는다. "로지하고 톰에 대해서도 미리 얘기해줬더라면 좋았을 텐데."

"제가 처리할 수 있을 줄 알았어요."

"뭐, 이제는 경찰에서 해결하겠지."

"실례합니다." 어제 본 평복 차림의 형사—데릭이다—가 옆에서 서성이고 있다. "어…… 브룩스 신부님 되십니까?"

"데릭 경위님이시죠?" 내가 손을 내밀자 그는 악수한다.

"두 분 다 괜찮으십니까?"

"네, 어떻게 된 일인지 플로한테 설명을 듣던 중이었어요."

"아, 그러시군요. 음, 저희도 진술서를 작성했습니다. 나중에 추가 질문을 해야 할 수도 있지만 지금은 따님을 집으로 데리고 가셔도 됩니다."

"고마워요."

그는 다시 플로를 쳐다본다. "너희 둘 다 아주 운이 좋았다. 이런 오래된 건물 주변을 돌아다니면 위험해."

나는 발끈한다. "지금 폭행을 당한 게 제 딸 잘못이라는 건가요?"

"아뇨, 그건 당연히 아니죠. 다만 아이들이 들락거릴 만한 곳은 아니라는 뜻입니다……. 따님의 남자친구가 그런 걸 발견한 마당에 어차피 당분간 아무도 이 근처에 얼씬하지 않긴 하겠습니다만."

나는 리글리가 그런 호칭으로 불리는 게 싫다.

"그러니까 그게 진짜였어요?" 플로가 묻는다.

"감식반원들 생각으로는 그래." 그는 미소를 짓는다. "너와 그 젊은 친구를 채용해야 할지 모르겠다. 이틀 만에 시신 두 구를 발견하다니. 분명 기록적인 수치일 거야."

"*시신이라니*." 나는 데릭을 빤히 쳐다본다. "그게 무슨 소리예요?"

"따님의 남자친구가—"

"리글리요."

"리글리가 우물에 떨어졌을 때 그 안에서 발견한 게 있어요."

"그게 뭐였는데요?"

"인간의 두개골요……. 현재 나머지 유골을 수습하는 중입니다."

**

그녀는 기다렸다. 처음에는 무너져 내린 담벼락에 앉아 있다가 나중에는 왔다 갔다 걸었다. 그들이 만나기로 한 시각은 8시였다. 몰래 빠져나와 버스를 타고 헨필드로 건너가 거기서 브라이턴에 가기로 했다. 브라이턴에서 기차를 타면 어디든 갈 수 있었다.

그녀는 손목시계를 확인했다. 8시 15분이 다 됐다. 구름이 점점 어두워져가는 하늘을 휙휙 지나갔다. 시간이 째깍째깍 흘렀다. 친구는 어디 있는 걸까?

마침내 그녀는 가슴 아픈 진실을 깨달았다.

친구는 오지 않을 것이다.

눈물 때문에 눈이 따끔거렸다. 그녀는 조그만 배낭을 집어 들고 몸을 돌렸다. 그녀의 뒤편에서 부스럭거리며 풀 밟는 소리가 났지만, 올빼미 울음소리에 묻혔다.

누군가가 그녀의 머리채를 잡아채 뒤로 끌고 갔다.

51

나는 여자아이들 꿈을 꾸고 있다. 항상 여자아이들이다. 팔다리
가 잘리고. 학대와 고문과 죽임을 당한. 나는 그들의 얼굴을 본다.
서글프게 망가진 그들의 몸을 본다. 왜 우리는 그들의 비명으로 역
사가 메아리치고, 묘비도 없는 그들의 무덤으로 땅이 뒤덮일 정도
로 그들을 미워하는 걸까?

나는 그들이 묘지의 젖은 풀을 헤치고 다가오는 것을 지켜본다.
미소를 짓는 핏빛 입술처럼 목이 크게 벌어진 루비. 과자처럼 시커
멓게 탄 몸으로 화염을 꽁무니에 매달고 있는 버닝 걸스. 그리고 반
짝이는 은 목걸이를 걸고 손을 잡고 있는 메리와 조이. M과 J. 영원
한 단짝.

나는 교회 앞에 서서 기도를 하려고, 하느님께 자비를 구하려고
한다. 하지만 그들은 내 기도를 듣지 않고 나는 그들 눈에는 내가

신부가 아니라 또 다른 악마처럼 보인다는 사실을 깨닫는다. 하느님이 그들을 버렸으니 그들에게도 그는 아무 의미가 없다. 나는 교회 안으로 달려 들어가 덥석대는 그들의 손을 피해서 문을 닫고 빗장을 건다. 하지만 그들은 계속 아우성치고 나무문을 할퀴고 두드린다.

쿵, 쿵, 쿵.

나는 게슴츠레하게 눈을 뜨고 깜빡인다. 눈꺼풀이 다시 털썩 닫힌다.

쿵, 쿵, 쿵.

나는 다시 억지로 눈을 뜨고 감기지 않게 손가락으로 막는다. 꿈이 점점 희미해지고 아이들의 얼굴이 조각나 바람결에 날리는 잿가루처럼 흩어진다. 나는 시계를 흘끗 확인한다. 오전 8시 30분이다. 남의 집을 찾아가면 안 되는, 비인도적인 시간은 아니다. 하지만 아슬아슬한 시간이다. 나는 하품을 하고 침대에서 기어 나간다.

"나가요." 하고 외치며 옷을 챙겨 입고 계단을 내려간다.

현관에 다다라 잠금장치를 풀고 문을 연다.

사이먼 하퍼가 문 앞에 서 있다. 얼굴이 시뻘겋고 머리는 산발이며 퀴퀴한 술 냄새를 풍긴다. 그가 굳은살 박인 손가락으로 나를 겨눈다.

"이제 기분이 좋으신가요?"

"글쎄요, 잠이 완전히 깨면 내 기분이 어떤지 알려드릴게요. 교회 운영 시각은 오전 10시부터예요."

나는 문을 닫으려고 한다. 그가 진흙 묻은 부츠를 그 사이로 들이민다.

"그 발 좀 치워주시겠어요, 하퍼 씨?"

"내 말을 다 듣기 전까지는 안 돼요."

나는 팔짱을 낀다. "무슨 말을 하고 싶은데요?"

"간밤에 경찰이 우리 집을 찾아왔어요."

"그래요?"

"이 집 딸이 자기를 폭행한 범인으로 로지를 지목했더군요."

"누군가가 우리 딸의 머리에 자루를 씌우고 손목을 묶었고 그 아이 친구를 우물로 밀어 넣었어요."

"로지가 한 짓이 아니에요."

"그래요? 그 아이하고 사촌이 결탁을 한 것 같던데."

"뭐라고요?"

"며칠 전에는 누가 플로에게 공기총을 쐈어요. 톰이 공기총을 가지고 있죠, 아닌가요?"

"경찰에도 얘기했다시피 우리 딸은 간밤에 계속 집에 있었어요."

"거짓말이 그 집안의 가풍인가 봐요."

그가 내 쪽으로 몸을 숙인다. "우리 집안은 건드리지 말아요."

"얼마든지요. 이제 그 발 빼주시죠, 경찰 부르기 전에."

그는 뒤로 한 발짝 물러난다. "앞으로 내가 교회에 기부할 일은 없을 거요. 우리 집안의 원조 없이 얼마나 더 버틸 수 있을지 두고 봅시다."

"납골당에서 발견된 것 덕분에 새로운 관심과 투자를 유도할 수 있을 거라고 봐요. 재밌는 역사 속 추문을 싫어하는 사람은 없으니까요, 아닌가?"

그의 얼굴이 한층 더 시뻘겋게 이글거리다 이내 험상궂은 미소로 바뀐다. "이 집 딸이 어제저녁에 누구랑 같이 있었는지 알아요. 몸을 비틀어대는 루커스 리글리라는 별종이었죠? 우리 딸보다는 그 아이에 대해서 더 신경을 쓰는 게 좋을 텐데요."

"할 얘기가 있으면 얼른 하고 가주실래요?"

"루커스 리글리는 예전에 다니던 학교에서 퇴학당했어요."

"그런데요?"

"불을 질러서 하마터면 어떤 여학생을 죽일 뻔했죠."

나는 멈칫하지만 애써 침착한 말투를 유지한다.

"내가 그 말을 믿어야 하는 이유가 뭐예요?"

그는 주머니에서 쭈글쭈글한 쪽지를 꺼내 내 쪽으로 내민다.

"그게 뭐예요?"

"이네스 해링턴 연락처요. 예전 학교 교장이에요. 전화해서 물어보면 알려줄 거예요."

나는 팔짱을 풀지 않는다.

"마음대로 하시지." 그는 히죽거리며 땅바닥으로 쪽지를 떨어뜨린다. "하지만 나라면 딸이 어떤 놈이랑 떡을 치고 다니는지 알고 싶을 것 같은데."

그는 몸을 돌려 레인지로버로 성큼성큼 돌아간다. 나는 달려가서 그의 등 위에 올라타 곤죽이 될 때까지 주먹으로 머리를 내리치고 싶은 것을 온 힘을 다해 꾹 참는다. 나는 그가 시동을 걸고 출발하는 것을 지켜본다. 그런 다음 허리를 숙여 땅바닥에 떨어진 쪽지

불타는 소녀들

를 줍는다. 손이 벌벌 떨린다. 이걸 갈기갈기 찢어야 한다. 쓰레기통에 던져야 한다. 태워야 한다.

하지만 나는 그러지 않는다. 주머니에 넣고 롤링 박스를 꺼내러 간다.

두 번째 담배를 반쯤 피우고 있을 때 플로가 하품하고 기지개를 켜며 부엌으로 들어왔다가 나를 빤히 쳐다본다.

"지금 담배 피우시는 거예요?"

"응."

"제 앞에서?"

"응." 나는 자다 일어나 퉁퉁 부은 눈으로 그녀를 쳐다본다. "너는 어제저녁에 남자애랑 자려다…… 하마터면 죽을 뻔했잖아."

그녀는 너무 환하게 미소를 짓는다. "커피 드실래요?"

"블랙으로."

나는 담배를 마지막으로 한 모금 더 피우고 사택 벽에다 대고 끈다. 그런 다음 문을 닫고 다시 안으로 들어간다. 쪽지가 주머니에서 부스럭거린다. 나는 플로가 물을 끓이는 동안 식탁 앞에 앉아 있는다.

"기분은 좀 어때?" 나는 묻는다.

"괜찮아요. 악몽을 꾼 느낌이에요."

"그렇구나."

"리글리는 괜찮을까요?"

"별일 없을 거야."

"문자로 물어봐야겠어요."

"당분간 거리를 좀 두는 게 좋지 않을까?"

"왜요?"

"내 입으로 이유를 설명해야겠니?"

그녀는 상처받은 눈빛으로 나를 쳐다보고 자기 커피를 챙긴다. "알았어요. 저는 방으로 올라갈게요."

그녀가 2층으로 사라지자 나는 의자에 털썩 몸을 묻는다. 전화번호가 주머니 안에서 화끈거리는 게 느껴진다. 이네스 해링턴에게 전화하고 싶어서, 만날 약속을 잡고 싶어서 손이 근질거린다. 하지만 그녀가 만나겠다고 해도 플로를 혼자 두고 다녀오고 싶지는 않다. 이런 말 하기는 싫지만 간밤에 그런 일이 있고 난 뒤라 내 딸을 못 믿겠다. 나는 커피를 한 모금 마신다. 휴대전화가 울린다. 마이크 서더스다.

"여보세요."

소리가 지직거린다.

"안녕하세요. ……예요."

"잠시만요."

나는 전화기를 들고 2층으로 올라가 창문을 열고 고개를 내민다.

"안녕하세요. 제 목소리 들리세요?"

"훨씬 잘 들려요. 어떻게 지내세요?"

"잘 지내요. 지난번에 나 때문에 마음 상했다면 미안해요."

"괜찮아요. 이해해요. 타이밍이 안 좋았죠."

"지금도 다를 게 없네요."

"그러게요." 그는 말을 잠깐 멈춘다. "간밤에 무슨 일이 있었는지 들었어요."

"벌써요? 빠르기도 하다."

"여기가 광대역 서비스는 쓰레기 같을지 몰라도 소문이 번지는 속도는 번개 같거든요."

게다가 그는 신문사 기자다.

"플로는 괜찮아요?" 그가 묻는다.

"괜찮아요. 우물에서 뭐가 나왔는지 들었죠?"

"유골들요? 네."

나는 얼어붙는다. "유골들? 여러 구가 나왔어요?"

"아, 이래서 나한테 지역축제와 마을 잔치만 배정된다니까요. 입단속을 잘 못해서."

"그러니까 여러 구가 나왔어요?"

"두 구요."

"누군지 알아냈고요?"

"경찰에서 계속 검사 중이긴 하지만 1990년대에 실종된 두 아이가 아닐까 싶어요. 메리하고 조이요."

"그러게요." 나는 천천히 말한다. "그렇게 생각할 수밖에 없기는 하죠."

"만약 그렇다면 정말 대박이에요. 사건 수사가 재개되고 전국 언론에 대서특필될 거예요."

나는 거기까지 생각하지는 못했다. 기자들이 득시글거리며 과거를 파헤칠 줄은.

"잭, 전화 끊은 거 아니죠?" 마이크가 묻는다.

"네, 얼마나 끔찍할까 생각하느라고요."

"그리고 그보다 더 끔찍한 게 있어요. 그들이 살해당한 게 맞는다면, 그랬을 가능성이 큰데요, 그렇다면 그들이 어떻게 됐는지 아는 사람이 이 마을에 있었다는 얘기가 돼요."

"그러게 말이에요."

그뿐만 아니라 이 마을에 거짓말을 하는 사람이 있다는 뜻이 된다. 진상을 파악해야 하는데 시간이 부족한 느낌이다. 나는 계단 쪽을 흘끗 쳐다본다.

"마이크, 내 부탁 하나 들어줄 수 있어요?"

"물론이죠. 타이어 빚을 아직 못 갚았잖아요."

"두어 시간 정도 시간 좀 내줄 수 있어요?"

52

나는 이네스 해링턴이 사는 루이스의 집 근처 커피 전문점에서 만나기로 약속을 잡았다.

루이스에서는 모든 것이 전문점 아니면 핸드메이드 아니면 주문 제작인 듯하다. 꽃무늬 원피스에 장화를 신고 아폴로, 베네딕틴, 아마레토, 이런 이름의 아이들을 데리고 다니는, 패션 감각이 뛰어난 여자들로 넘쳐난다.

나는 블랙커피를 주문하고 후줄근해서 눈에 띄는 사람이 된 기분을 달래며 구석 자리에 앉는다. 로만칼라를 뗄까 했다가 교사를 만나는 자리니 이걸로 권위를 세우는 편이 낫겠다는 결론을 내렸다. 교사를 만나면 나는 항상 몰리는 느낌이 든다. 동사의 형태를 잘못 썼다고 지적이라도 당할 것 같은. 아니면 거짓말 그만하라고 혼이라도 날 것 같은. 나도 알다시피 내 직업을 감안했을 때 아이러니한 일이다.

나는 출발하기 전에 이네스 해링턴을 검색해봤기에 어떤 사람을 찾으면 되는지 알고 있다. 사진상의 그녀는 희끗희끗한 머리를 짧게 쳤고 각진 얼굴로 활짝 웃고 있는 50대였다. '엄근진'이 이런 얼굴을 두고 만들어진 단어가 아닐까 싶은 인상이었다. 나는 카페를 드나드는 사람들을 훑어본다. 내가 몇 분 일찍 오긴 했다. 잠시 후 문을 열고 들어오는 그녀가 내 시야에 포착된다. 사진보다 조금 더 나이가 들고 통통해 보인다. 그녀가 내 쪽으로 걸어온다.

"브룩스 신부님?"

"네, 잭이라고 불러주세요."

그녀는 손을 내민다. "이네스예요."

우리는 악수한다. 그녀의 손은 단단하고 따뜻하다.

"나와주셔서 감사해요." 내가 말한다.

그녀가 미소를 짓자 단박에 몇 살 어려 보인다. "별말씀을요."

웨이트리스가 온다. "뭐 드릴까요?"

"라테 주세요."

그녀는 내 쪽으로 다시 고개를 돌린다. 나를 똑바로 쳐다본다. "미리 말씀드리지만 저는 원래 어느 누구하고도 예전에 맡았던 학생에 대해 얘기하지 않아요."

"그러시군요."

"사이먼 하퍼가 부탁했기 때문에 특별히 나온 거예요."

"그가 친구인가요?"

"아뇨, 예전에 그 집 딸 로지에게 영어 과외를 한 적이 있어요.

그의 부인 엠마와 친구 사이고요."

"아, 네."

"따님 플로가 로지와 같은 나이라고요."

"네."

"그럼 사춘기가 얼마나 힘든지 아시겠네요."

"아, 그럼요."

"혼란스러운 시기죠. 다들 호르몬이 들끓으니까요. 가끔은 어떤 짓을 저질러놓고 자기들이 왜 그랬는지 모를 때도 있지 않나 싶어요."

웨이트리스가 라테를 들고 와 테이블에 내려놓는다.

"고마워요."

"무슨 말씀인지 알아요. 중고등학생을 가르치려면 힘드시겠어요."

"하지만 보람도 있죠. 아주 껄렁한 불량배였다가 둘도 없이 다정하고 애정이 넘치는 어른으로 자란 아이들을 여럿 보았거든요. 그와 반대로 특A급이었던 학생들이 궤도를 완전히 이탈하는 것도 보았고요. 10대 시절의 모습이 우리를 규정하지는 않아요."

"정말 맞는 말씀이에요. 저도 10대 때는 지금과 전혀 달랐거든요."

"그럼 신부님도 이해하시겠네요."

나는 이해한다. 그와 동시에 엄청나게 힘이 실린 '하지만'의 등장을 직감한다.

"하지만 간혹 종잡을 수 없는 10대를 맞닥뜨리기도 하죠."

"루커스 리글리 말씀이신가요?"

그녀는 고개를 끄덕이고 커피 잔을 든다. 나는 그 잔이 떨리는 것을 알아차린다.

"그 아이에 대해서 좀 들을 수 있을까요?"

"처음에는 딱하다는 생각이 들었어요. 그 아이는 아주 어린 나이에 부모님을 여의었어요. 아홉 살 때 입양이 됐죠. 입양으로 상황이 달라지지는 않았지만. 순탄한 어린 시절을 보내지 못했다는 뜻에서 드리는 말씀이에요. 게다가 근육긴장이상증까지 있으니까요."

"네, 일종의 신경질환이라면서요?"

그녀는 고개를 끄덕인다. "그러다 보니 불가피하게 표적이 될 수밖에 없었죠. 10대 시절에는 남들과 다른 게 가장 큰 적이니까요. 욕하고 괴롭히는 애들이 있었어요."

나는 '불가피하게'라는 단어를 썼다는 데 살짝 발끈한다. 잔학 행위는 불가피한 것이 아니다. 부모와 환경에 의해 양성된 선택적 사항이다. 하지만 나는 그냥 넘어간다.

"학교에서는 취할 수 있는 조치를 취했어요. *제가* 직접 나서서 그 아이를 다독이고 괴롭히는 아이들과 대화도 나누었지만 스스로 어쩌지 못하는 아이들이 있거든요."

"그게 무슨 말씀이세요?"

"루커스는 자기를 괴롭히도록 다른 아이들을 도발하고, 싸움을 유도하고, 괴롭히는 아이들 앞에서 일부러 얼쩡거리는 것처럼 보일 정도였어요. 충돌을 *원했어요.*"

"괴롭힘을 당하고 싶어 하는 아이가 있다니 잘 믿기지가 않네요.”

“저도 다른 때 같았으면 그랬을 거예요.”

“불은 어떻게 된 건가요?”

“루커스가 이비라는 여학생과 가까워졌어요. 그 아이도 학교생활에 잘 적응하지 못하는 편이었죠. 말수가 적고 숫기가 없어서. 그 둘이 붙어 다녔어요. 저는 두 아이 모두에게 잘됐다고 생각했죠.”

“그런데요?”

“이비가 리글리와 절교를 했어요. 다른 여학생들이 그 아이를 자기 그룹으로 데려갔거든요. 그러니까 루커스 리글리와 친하게 지내기 싫어진 거죠. 그 나이대 여자아이들이 어떤 식인지 아시잖아요.”

나는 잘 모르겠다. 플로는 그런 식으로 패거리를 지은 적이 없고, 친구들과의 의리를 목숨 걸고 지킨다. 나도 예전에 그랬다.

“루커스는 속상해했죠.” 이네스는 하던 얘기를 계속했다. “전보다 더 이상한 짓을 저지르기 시작했어요. 학교를 빼먹고. 말썽을 일으키고. 이비는 그 아이가 자기 집까지 따라와 집 앞에서 얼쩡거린다고 하소연했어요.”

“이게 불이 난 것과 무슨 상관인가요?”

“하마터면 죽을 뻔했던 여학생이 *이비*였거든요.”

그 말을 듣고 나는 모든 동작을 멈춘다.

“수요일이었어요. 이비는 체육시간이 끝난 뒤에 장비를 치우는 일을 맡았어요. 그게 마지막 수업이었거든요. 그런데 누가 창고 문을 밖에서 잠가버렸어요.”

“선생님은 어디 계셨어요?”

"선생님은 이비가 창고에 있는 줄 몰랐어요. 학생들이 모두 하교한 줄 알았죠."

"책임감이 투철하시네요."

"맞아요. 하지만 우리 모두 실수를 저지르잖아요. 나중에 루커스가 몰래 학교로 들어가 체육관에 불을 질렀어요."

"범인이 리글리였던 게 확실한가요?"

"그 아이가 도망치는 걸 본 사람이 있어서 용의자로 조사를 받았어요. 다행히 불이 창고까지 번지지는 않았고 이비가 도와달라고 외치는 걸 들은 사람이 있었어요."

"물리적인 증거는요? 성냥이나 아이 옷에 석유가 묻었다든지."

그녀는 한숨을 쉰다. "조사를 받았을 때 그 아이는 집에 있었어요. 얼마든지 옷을 갈아입고 세탁할 수 있었죠."

"그러니까 다른 말로 하자면 실질적인 증거는 없었다는 거네요."

"이비가 그 아이의 소행이라고 했어요. 그 일이 있기 며칠 전에 리글리가 운동장에서 자기를 한쪽 구석으로 데려가더니 불에 태워서 죽여버리겠다고 했대요."

"아이들이 가끔 못된 소리를 할 때가 있죠."

"네, 그리고 그냥 못된 아이들도 있고요."

나는 충격을 달래며 그녀를 빤히 쳐다본다. "좀 전에 '10대 시절의 모습이 우리를 규정하지는 않는다'고 하지 않으셨나요?"

"대개는 그렇죠. 하지만 단순히 10대 특유의 불안 증상이 아닌 아이들도 더러 있어요. 가정환경이나 양육의 문제가 아니에요. 그냥 잘못 태어난 거예요. 그건 고칠 수가 없어요. 한마디로 정리하자면 나는 루커스 리글리가 무서웠어요. 다음번에는 무슨 짓을 저지를지 불안했고요."

"퇴학당한 건 그 때문인가요?"

"그 아이는 퇴학당하지 않았어요. 그 아이의 어머니와 이비의 부모님과 신중하게 의논한 끝에 다른 학교로 전학하는 게 좋겠다는 결론을 내렸죠."

"그럼 이비는요?"

"이비는 그대로 학교에 남았지만 학교 성적이 곤두박질쳤어요. 아이들과 어울리지 않고 우울해했고요. 어머니가 어느 날 아침에 아이를 깨우러 갔더니 방에 없더래요. 마당 한쪽 끝에 있던 조그만 풀숲에서 목을 맸다고 하더군요."

"어머나 세상에." 온몸에 소름이 돋는다. "끔찍해라."

"다들 쉬쉬했어요. 그 가족은 얼마 안 가 다른 데로 이사 갔고요."

"그런데 엠마 하퍼한테 그 얘기를 하신 이유가 뭔가요?"

"몇 달 뒤에 헨필드로 친구를 만나러 갔었는데 로지가 그 아이와 같이 있는 걸 봤거든요."

"루커스 리글리요?"

"네, 그리고 둘이…… 친해 보였어요."

나는 미간을 찌푸린다. 여왕벌 같은 로지가 몸을 움찔대는 어설픈 리글리와 어울려 다녔다? 앞뒤가 맞지 않았다. 그녀와 톰이 그를 우물에 던지지 않았던가.

"그게 언제였는데요?"

"그 아이가 새 학교에 등교하기 시작한 직후였을 거예요."

"그래서 리글리가 로지한테 무슨 짓을 저지를까 걱정되셨나요?"

그녀는 폭소를 터뜨린다. "아뇨."

"네?"

"로지 하퍼는 자기 앞가림을 할 줄 아는 아이예요. 그 둘이 공모해서 무슨 짓을 저지르진 않을까 걱정이 됐었죠."

나는 이 말을 충분히 곱씹는다. "엠마는 어떻게 했어요?"

"로지에게 그 아이를 만나지 못하게 했을 거예요."

"그냥 그걸로 끝이었어요?"

그녀는 어깨를 살짝 으쓱한다. "그 뒤로 그 둘이 같이 있는 걸 다시는 보지 못했지만 사춘기 아이들은 워낙 앙큼하니까요."

정말 그렇다.

"리글리의 어머니는 어떤 분인가요?"

"여느 어머니들처럼 자기 아이의 문제점을 잘 보지 못했어요. 솔직히 내가 보기에는 조금 특이하고 창작 활동에 정신이 팔린 분 같았어요. 자기 아들보다는 상상 속의 마녀들과 보내는 시간이 더 많아 보였고요."

뭔가가 내 머릿속에서 첫소리를 내며 제 위치로 움직인다. 쿵.

"잠깐만요, 창작 활동이라고요? 작가이신가요?"

"네, 청소년 소설 작가요. 학교 애들 사이에서 인기가 많았어요."

"이름이 어떻게 되는데요?"

"아넷 리글리요. 그런데 아마 필명으로 들어보셨을 거예요. 섀프런 윈터."

53

현관문 옆에 팻말이 걸려 있다. '*외판원 및 불청객 사절.*' 어지간히 억척스러운 영업사원이 아닌 이상 여기까지 찾아올 일은 없을 것이다. 여호와의 증인조차 그만한 수고를 들일지 의심스럽다.

섀프런 윈터의 집은 도로에서 보이지 않고 문패도 없다. 길고 울퉁불퉁한 진입로 초입에 다 찌그러진 우체통이 있을 뿐이다. 앞에 차 한 대가 주차되어 있다. 먼지를 뒤집어쓴 빨간색 볼보다. 그러니까 집 안에 사람이 있다는 뜻이다.

나는 누가 봐도 불청객이지만 그래도 초인종을 누른다. 응답이 없다. 하지만 차가 있지 않은가. 차를 다시 돌아보았을 때 뭔가가 내 눈에 들어온다. 타이어 주변에 잡초가 자라 있고 타이어 양쪽 모두 살짝 바람이 빠진 듯하다. 좋다. 그렇다면 섀프런은 한동안 차를 몰고 외출한 적이 없다는 뜻이다. 걸어 다니거나 버스를 타고 다녔

454

을까. 그렇다고 해서 의심스럽다고 볼 수는 없지만 그래도.

나는 다시 집을 돌아본다. 누가 봐도 방치된 집이라고 할 정도는 아니다. 잔디가 깎여 있고 커튼도 젖혀 있다. 하지만 누가 봐도 사람이 사는 집 같다고 할 수도 없다. 텅 빈 분위기를 풍긴다. 꼭 영화 세트장 같다. 멀리서 보면 그럴듯하지만 가까이서 보면 허우대만 멀쩡한 그런 곳. 나는 다시 초인종을 눌러본다. 그런 다음 문을 힘차게 세 번 두드린다.

나는 뒤로 물러나 사람 얼굴이 보이거나 커튼이 움직이지 않는지 창문을 살핀다. 어쩌면 그녀는 집에 없을지 모른다. 그럼에도 불구하고 뭔가가 마음에 걸린다. 섀프런 윈터에 대해. 리글리에 대해. 이 모든 사건에 대해. 그녀가 플레처 신부를 언급한 내 메시지를 받았다면 내가 누군지 알았을 텐데 왜 답장을 보내지 않았을까? 간밤에 그런 일이 벌어졌는데도 왜 연락이 없을까? 왜 플레처의 장례식 전부터 그녀를 본 사람이 없을까? 한 달이 넘게 지났는데.

나는 집 옆으로 돌아간다. 문이 하나 있는데, 잠금장치가 없다. 나는 문을 열고 좁은 진입로를 지나 뒷마당으로 간다. 집의 뒤쪽은 앞쪽보다 훨씬 너저분하다는 것을 한눈에 알 수 있다. 잔디가 무성하게 자랐고 뒷문 앞 조그만 테라스에는 담배꽁초가 흩뿌려져 있다. 아마 섀프런이 담배를 피우는 모양이다. 나처럼 저녁에 밖으로 나와서 시가를 한두 대 피우는 걸까. 어쩌면 우리는 친구처럼 지낼 수 있었을지 모른다. 나는 여기까지 생각했다가 내가 왜 과거시제를 썼는지 의아해한다.

뒷문을 당겨본다. 잠겨 있다. 당연히 그럴 수밖에. 시골 사람들이 남을 더 잘 믿긴 하지만 대부분 문을 잠그지도 않을 만큼 조심성이 없지는 않다. 아무도 자기 집을 들쑤시지 않길 바라는 은둔형의 경우에는 더더욱 그렇다.

나는 부엌 창문을 들여다본다. 내가 비록 세상 둘도 없는 깔끔쟁이는 아니지만 와우. 개수대에 씻지 않은 접시가 쌓여 있다. 모든 공간에 피자 상자와 포장용기와 갖가지 통과 캔이 쌓여 있다.

나는 점점 더 불안해지는 마음을 달래며 뒤로 물러나 담배꽁초를 다시 흘끗 쳐다본다. 뒷문에도 앞문처럼 예일 도어록이 달려 있다. 노팅엄의 예전 집에도 그 도어록이 달려 있었다. 내가 예일 도어록에 대해 아는 게 하나 있다면 잠긴 문 앞에서 발을 동동 구르기 십상이라는 것이다. 특히 담배를 피우러 자주 들락거리는데 열쇠를 깜빡하고 챙기지 않는 일이 많다면 말이다. 그런 일을 여러 번 겪다보면 예방책을 마련하게 된다.

주변을 둘러보던 내 눈에 뒤집힌 화분이 보인다. 화분을 들어본다. 아무것도 없다. 좋다, 이건 너무 빤했다. 나는 어디다 열쇠를 숨겼더라? 나는 집 앞으로 다시 돌아간다. 자동차 뒤 범퍼 옆에 무릎을 꿇고 배기관 안쪽을 들여다본다. 빙고. 열쇠를 끄집어낸다. 보아하니 앞문과 뒷문 열쇠다. 나는 앞문을 쳐다본다. 문을 한 번 더 두드려봐야 하는 건지도 모르겠다. 열쇠가 있으니 엄밀히 따지면 '무단 침입'은 아니지만 그래도 불청객은 불청객이지 않은가.

나는 주먹으로 문을 한 번 더 두드린다.

"안녕하세요. 섀프런? 새로 부임한 잭 브룩스 신부예요. 잠깐 얘기 좀 나눌 수 있을까요?"

아무 대꾸가 없다. 다만 2층에서 망사 커튼이 움직인 것 같은데, 아닌가? 나는 고민하다 열쇠를 꽂는다. 문이 열린다.

"안녕하세요. 아무도 안 계신가요?"

정적뿐이다. 나는 조심스럽게 안으로 들어가다 당장 손으로 코를 막는다. 으웩. 냄새가 지독하다. 퀴퀴하고 시큼한 냄새다. 더러운 냄새다. 나는 몇 발짝 뒤로 물러난다.

"섀프런? 저는— 으아악!"

시커멓고 조그만 뭔가가 계단을 달려 내려와 내 다리 사이로 뛰쳐나간다. 망할. 심장이 튀어 올라 목젖을 누른다. 젠장. 빌어먹을 고양이 같으니라고. 내가 그 염병할 것을 밖으로 내보내고 말았다.

부엌으로 들어간다. 녀석을 꼬드겨 다시 들어오게 하려면 먹을 게 필요할지 모른다. 안으로 들어와서 보니 부엌은 폭탄이 터진 형국이다. 나는 좌우를 둘러본다. 개수대에 쌓인 접시에는 곰팡이가 엉겨 붙었다. 쓰레기통은 지저분한 바닥 위로 넘쳤다. 고양이 배변판에는 똥이 쌓여 있다.

맙소사. 학생 자취방이라면 모를까, 중년 여성의 집이라고는 생각지도 못할 수준의 쓰레기다. 게다가 아이를 키우는 엄마지 않은가. 나는 콧잔등을 찡그리며 밖으로 나간다.

거실은 오른편에 있다. 나는 안을 살짝 들여다본다. 부엌만큼 심각하지는 않지만 그래도 구역질 나는 수준으로 쓰레기가 쌓여 있다. 피자 상자, 씻지 않은 접시, 빈 캔이 나무 바닥 여기저기에 나뒹군다. 한쪽 구석에는 옷이 쌓여 있다. 구깃구깃한 침낭이 소파 위에 놓여 있고 바닥, 의자, 벽 할 것 없이 온 사방에 그림이 흩뿌려져 있

불타는 소녀들

다. 솜씨는 훌륭하지만 소재가 문제다. 살인, 사지절단, 성폭행, 고문을 생생하게 묘사해놓았다. 그리고 사탄의 상징. 오각형의 별 모양, 사탄의 십자가, 악마, 마귀. 그 그림들을 쳐다보는데 소름이 돋는다.

여기가 리글리의 방일까? 여기서 잠을 잘까? 냄새로 봐서는 그런 것 같다. 톡 쏘는 땀 냄새와 호르몬 냄새가 난다. 하지만 새프런이 왜 그러도록 허락했을까? 그녀가 이 집에 살지 않거나 아들을 여기 혼자 두고 어디론가 떠났으면 모를까.

나는 다시 현관홀로 나가 계단을 올려다본다. 손으로 난간을 짚고 올라가기 시작한다. 불길한 예감이 점점 고조된다. 퀴퀴한 음식이나 땀이나 호르몬보다 더 끔찍한 냄새가 훨씬 심하게 진동한다. 거의 참을 수 없을 정도다. 층계참에 다다르자 나는 팔로 코를 막는다. 방이 세 개다. 왼쪽은 화장실이다. 오른쪽은 10대 남자아이의 방이다. 이제 보니 리글리가 왜 자기 방에서 자지 않는지 알겠다. 냄새 때문에 여기에서 잘 수가 없다. 그 냄새는 내 앞에 있는 방에서 풍겨 나온다. 문이 닫혀 있는 방이다. *당연하겠지.*

나는 문을 열지 않아도 된다고 속으로 중얼거린다. 알아내지 않아도 된다고. 지금 당장 경찰에 신고해 그들에게 맡기면 된다고. 하지만 나는 *알아내고* 싶다. 그래서 마음의 준비를 단단히 하고 문을 연다.

"이런 망할."

나는 몸을 돌려서 구역질을 한다. 생각할 겨를도 없이 저질러진 반사적인 반응이다. 나는 침을 흘리며 잠깐 동안 허리를 숙이고 가

만히 있는다. 위장을 다시 다독이고 비명을 지르지 않으려고 애를
쓴다.

　마침내 허리를 펴고 방 쪽으로 몸을 돌린다. 더블베드 위에 시신
이 누워 있다. 아니, 시신의 잔재라고 해야겠다. 시신은 대부분 매
트리스로 흡수됐고 체액이 바닥에 웅덩이처럼 고였다. 그 나머지는
썩어가는 살덩이와 얼룩진 옷이 한데 뭉뚱그려져서 거의 알아볼
수가 없다. 잠옷. 뒤엉킨 까만색의 레게머리.

　새프런 윈터다.

　그녀는 죽은 지 적어도 두어 달은 되어 보인다. 어떤 식으로 죽
었는지는 수수께끼라고 할 것도 없다. 침대 뒤편 벽이 짙은 고동색
의 반점으로 얼룩덜룩하다. 바닥에 그와 비슷하게 적갈색 얼룩이
진 예리한 칼이 놓여 있다.

　잠을 자다가 그 아이 손에 죽은 거야. 나는 생각한다. *그 아이 손
에 도살당한 거야. 도대체 몇 번이나 찔렸을까?*

　여기서 빠져나가야 한다. 경찰에 신고해야 한다. 얼른……. 뒤에
서 마룻바닥이 삐걱거린다. *안 돼.* 나는 몸을 돌린다. 하지만 몇 초
늦었다. 묵직한 뭔가가 두개골을 강타한다. 척추에서 쩍 소리가 나
고 다리에서 힘이 풀릴 정도의 강도다. 고통으로 순식간에 눈앞이
아득해진다. 큰일 났다는 깨달음이 찾아온다. 그러고는 어둠이다.

54

베이비시터라니. 플로는 씩씩댄다. 그녀는 침대에 누워서 귓전을
때리는 나인 인치 네일스의 음악을 듣고 있다. 마이크 서더스는 1층
에 있다. 아마도 그럴 것이다. 그녀는 내려가서 그를 만나거나 인사
를 하지 않았다. 그럴 이유가 없지 않은가? 그녀는 그가 여기 있는
게 싫다. 그가 여기에 있어야 할 이유도 없다. 엄마는 어떻게 생각
할지 몰라도.

그녀가 엄마를 실망시켰다는 건 알지만 그래도 몹시 화가 난다.
이 집과 이 시궁창 마을은 엿 같다. 로지와 그 덜떨어진 사촌도 엿
같다. 여기로 이사한 엄마도 하느님도 엿 같다.

그녀는 다시 리글리에게 문자를 보내지만 답이 없다. 그것도 메
스껍고 화가 난다. 잠수를 타려는 건가? 당황한 걸까? 어쩌면 엄마
가 문자 금지령을 내렸을 수도 있다. 아니면 다른 남자아이들처럼

목적을 달성하면 냉랭해지는 것일지도 모른다. 그가 목적을 달성했다고 볼 수는 없지만 그녀가 마지못해 응한 것도 아니다.

스냅챗에 접속해 케일리의 귀가 따가워질 정도로 하소연을 늘어놓을까 싶지만, 지금 당장은 그녀의 삶이 얼마나 개떡 같아졌는지 공개하고 싶지 않다. 그게 SNS의 문제다. 부정적인 내용은 SNS의 용도에 맞지 않는다는 것. 저마다 자신의 가장 훌륭한 면을 자랑하기에 여념이 없다. 필터를 넣어서 사진을 찍고 완벽한 가짜 삶을 구축한다. 하지만 삶이 완벽하지 않으면 어떻게 해야 할까? 모든 게 엿 같으면. 깊숙한 블랙홀 속으로 빨려 들어가는데 빠져나올 방법이 없는 느낌이면. 깔깔깔.

그때 휴대전화에서 문자가 왔다고 웅웅거린다. 그녀는 전화기를 얼른 낚아챈다. 에스. 리글리다.

"몸은 좀 어때?"

그녀는 미소를 지으며 답장을 보낸다. "괜찮아. 발목은 어때?"

"별 탈 없어."

"다행이다."

"외출금지 당했어?"

"아니, 하지만 엄마가 너랑 같이 다니면 재수가 없다고 생각해!"

"어쩌면 그 말이 맞을지 몰라."

"아냐. 네 잘못이 아니었잖아."

"그래도 속상하다. 거기 가자고 한 게 나였으니까."

"나도 가고 싶었어."

"나는 네가 정말 좋아."

"나도 네가 좋아."

"엄마 지금 옆에 계셔?"

"아니, 하지만 엄마 남자친구가 날 감시하고 있어."

"남자친구?"

"사실은 아니야. 그냥 친구야."

"그렇구나. 잘 지내고 있어. 조만간 만나자."

그는 맨 끝에 까만색 하트 두 개를 덧붙였다.

그녀는 전화기를 바라보며 가슴이 따뜻해지는 것을 느낀다. 좋다, 어쩌면 모든 게 잘 해결될지 모른다. 그녀는 일어나 앉으며 배가 고프다는 사실을 깨닫는다. 아침과 점심을 걸렀는데 5시가 거의 다 됐다.

그녀는 음악을 끄고 침대에서 내려온다. 문을 열고 1층으로 내려간다. 마이크가 부엌에서 통화하는 소리가 들린다.

"시신 두 구요. 바로 옆 마을에서. 망할. 아니, 정확히 따지면 그게 내……. 그래요, 네, 알겠어요. 근처에 있어요. 하지만 지금 하고 있는 일이 있어서. '뭘' 하고 있느냐니 그게 무슨 소리예요? 우물에서 나온 유골 기사를 쓰고 있죠!"

그녀는 부엌 안으로 들어간다. 그는 노트북을 펼쳐놓고 김이 모락모락 나는 커피 잔을 옆에 두고 식탁 앞에 앉아 있다. *아주 그냥 자기 집처럼 계세요.* 그녀는 생각한다.

그녀가 들어가자 그가 흘끗 올려다본다. "저기, 좀 있다 다시 전화할게요." 그는 전화기를 내려놓고 그녀를 향해 미소를 짓는다. "안녕, 컨디션은 좀 어떠니?"

그녀는 그를 빤히 쳐다본다. 엄마의 선택이 최악은 아니라는 생각이 든다. 그는 나이가 있고 우락부락한 분위기를 풍기는 미남에 가깝다. 까칠한 수염. 조금 길고 희끗희끗한 검은 머리. 옅은 파란색 눈가에서 방사형으로 뻗어 나온 주름살.

"좋아요." 그녀는 그를 지나 냉장고 앞으로 간다. "하지만 베이비시터는 필요 없어요."

"그렇겠지. 하지만 네 엄마가 부탁한 거라. 내가 요전 날 빚을 진게 있거든."

그녀는 그가 자기 휴대전화를 흘끗거리는 것을 알아차린다.

"저 때문에 해야 하는 일 못 하고 계신 거 아니에요?"

"아니야, 아니야. 괜찮아."

"통화하는 거 들었어요. 시신 어쩌고 하시던데."

"엿들은 거니?"

"목소리가 좀 크셔야 말이죠."

"하긴. 신문사에서 취재를 맡기고 싶어 하는 사건이 하나 있어서."

"살인 사건이에요?"

"응, 옆 마을에서 노인 두 분이 살해를 당했다네."

"와우, 겁나 고요하던 마을에서 난리도 아니네요."

"채플 크로프트 마을 축제 때 1등으로 뽑힌 호박을 누가 훼손한 이래 이렇게 많은 살인 사건이 벌어지고 아수라장이 되긴 처음이다."

그녀는 자기도 모르게 얼핏 미소를 짓는다. "가보세요."

"네 엄마한테 약속했는데."

"저 아무 일 없을 거예요."

"안 돼."

"그럼 엄마한테 문자 보내서 물어보면 어때요?"

"글쎄다."

그녀는 주머니에서 자기 휴대전화를 꺼낸다. "제가 할까요?"

"아냐, 내가 할게. 네 엄마를 무서워하거나 그런 건 아니니까."

"그래요?"

"음, 어쩌면 조금 무서워할 수도 있고." 그는 휴대전화를 들어서 문자를 입력한다.

플로는 냉장고에서 치즈, 토마토, 버터를 꺼내 샌드위치를 만든다. 그의 전화기에 답장이 도착했음을 알리는 신호음이 들린다.

"뭐라셔요?"

"집으로 오는 길이래. 10분 있으면 도착하니까 일이 있으면 가도 좋다고."

"그것 보세요." 그녀는 어깨 너머를 흘끗 돌아본다. 그가 고민 중이라는 것을 알 수 있다. "10분 동안 저한테 별일 없을 거예요."

"알았다." 그는 노트북을 닫아서 가방에 넣는다. "하지만 문 꼭 잠그고 모르는 사람이 오면 절대 열어주지 않겠다고 약속해."

"제가 바본 줄 아세요?"

"절대 아니지." 그는 가방을 어깨에 걸치고 외투를 집는다. "엄마한테 나중에 연락하겠다고 전해드려, 알겠지?"

"네."

"내가 나가면 문 잠그고. 오케이?"

"알았어요."

그녀는 그를 현관까지 배웅하고 문을 단단히 잠근다. 어휴. 그녀는 다시 부엌으로 들어가 오렌지주스를 한 잔 따른다. 식탁으로 가져가서 샌드위치를 들고 자리에 앉는다. 이제 막 한 입 먹었을 때 누가 현관문을 두드리는 소리가 들린다. 뭐야. 그녀는 샌드위치를 내려놓는다. 마이크인가 보다. 그녀는 생각한다. 깜빡하고 뭘 두고 간 모양이지. 그래도 일단 체크해야 한다.

그녀는 일어나 현관홀을 지나서 거실로 건너간다. 창밖을 내다본다. 그녀의 눈썹이 위로 솟구친다. 뭐지?

그녀는 현관문 앞으로 걸어간다.

모르는 사람이 오면 절대 열어주지 마.

그녀는 도어록을 해제하고 문을 확 연다.

"네가 여긴 어쩐 일이야?"

55

어렸을 때 내가 제일 좋아했던 책은 『어둠을 무서워한 올빼미』였다.

엄마에게 벌을 받을 때마다 그걸 혼자 되뇌었다. 주문처럼 암송했다. "*어둠은 짜릿해, 어둠은 재밌어, 어둠은 예뻐, 어둠은 다정해.*"

물론 나는 나이를 먹으면서 그 안에 담긴 거짓을 간파했다.

어둠은 자기가 올빼미일 때만 짜릿하고 재밌다. 사냥꾼, 포식자일 때만.

힘없는 외돌토리 먹잇감에게는 어둠이 곧 죽음이다.

나는 깜빡이며 눈을 뜬다. 온 사방이 칠흑 같은 어둠이다. 나는 어깨를 찌그러뜨리고 옆으로 누워 있다. 뺨이 거칠고 뻣뻣한 카펫에 닿아 있다. 실이 코를 간질이는 게 느껴지고 목구멍에도 몇 가닥 걸려 있다. 나는 헛기침을 한다. 뜨겁고 예리한 통증이 옆머리를 강타한다. 뭔지 모를 끈적한 것이 귀와 목 주변에 딱딱하게 굳어 있다. 손을 들어서 아픈 부위를 만져보고 싶지만 움직일 수가 없다. 손목이 뒤로 묶여 있다. 발에는 감각이 없지만 마찬가지로 옴짝달싹하지 못할 게 분명하다. *손발이 다 묶였네. 어둠 속에서 속수무책이야.*

나는 애써 공포를 누그러뜨린다. 몸을 살짝 움직여본다. 머리가 어떤 금속에 닿는 순간 통증이 다시금 두개골을 관통한다. 내 위로 공간이 몇 센티미터밖에 안 된다. 몸을 반대편으로 돌리자 코가 좀 더 거친 천에 닿는다. 다리를 펴보려고 하지만 되지 않는다.

나는 좁고 사방이 막힌 곳에 갇혔다. 관 속에. 생매장을 당했다. 공포가 점점 부풀어 올라 터지려고 한다. 안 된다. 눌러야 한다. 멈추어야 한다. 하지만 잘되지 않는다. 공기가 부족하지만 *어디에선가* 바람이 계속 들어오고 있다. 그리고 냄새…… 윤활유와 기름 냄새다.

나는 귀를 쫑긋 세운다. 밖에서 무슨 소리가 들린다. 새 소리다. 저녁 노랫소리다. 나는 땅속에 묻히지 않았다. 갇히기만 했을 뿐. 여기가 어딘지 알아차렸을 때 느낀 공포는 생매장의 공포에 비하면 덜하지만 거의 다르지 않다. 나는 자동차 트렁크 안에 있다. *새프런의 자동차 트렁크 안이다.* 나는 희미한 기억을 소환한다. 위에서 그녀의 시신을 내려다보았던 것. 뒤에서 소리가 들렸던 것. 몸을 돌린 순간 공격을 당했던 것. 무언가가 내 두개골을 강타하자 머리가 쪼개질 듯이 아팠던 것. 하지만 어둠이 내리기 직전에 언뜻 보았다. 은빛이 섞인 초록색 눈을.

리글리가 자기 어머니를 죽였다. 그러고는 죽음을 은폐하며 그녀의 시신과 함께 살고 있다. 내가 받은 메시지는 리글리가 보낸 것이었다. 내 배 속이 요동친다. 섀프런의 썩어가는 시신도 그렇지만 그놈이, 그 사이코패스가 내 딸의 몸에 손을 댔다는 생각을 하면 속이 뒤틀린다. 플로. 맞다. 플로. 플로에게 경고해야 하는데.

잠시 후에 또 다른 소리가 들린다. 조약돌이 깔린 진입로를 밟으며 걷는 소리다. 발소리가 점점 다가온다. 철컹. 난데없이 쏟아져 들어온 햇살에 나는 실눈을 뜬다. 우뚝한 실루엣이 위에서 나를 내려다본다. 내 눈이 빛에 적응한다.

처음에 나는 이 낯선 자가 누군지 알아보지 못한다. 공포와 고통으로 멍했던 정신을 차리고 보니 그자는 머리칼을 거의 두피까지 짧게 쳤다. 그래서 전보다 나이 들어 보인다. 헐렁한 후드점퍼도 사라지고 없다. 대신 짙은 회색 티셔츠를 입었는데 두 팔이 늘씬한 근육질이다.

"안녕하세요, 브룩스 신부님."

"리글리."

하지만 혀에 감각이 없어서 "이그이"로 발음된다.

그는 미소를 짓는다. 나는 달라진 부분을 하나 더 알아차린다. 이제 그는 이상하게 몸을 비틀고 움찔거리지 않는다. 꼼짝 않고 우뚝하게 서 있다.

"움찔거리지 않네?"

"아, 그거요. 네."

그는 갑자기 경련을 일으킨다. 팔다리를 미친 듯이 움직인다. 그러다가 똑바로 서서 웃음을 터뜨린다.

"연기 잘하죠? 가엾은 꿈틀이 리글리." 그는 트렁크 가장자리에 걸터앉는다. 「유주얼 서스펙트」라는 영화 봤어요? 걸작이죠." 그는 허리를 숙이고 속삭인다. "악마의 가장 훌륭한 계략은 존재하지도 않는 척하는 것이다."

그는 폴짝 일어선다. "사람들은 장애인을 잘 쳐다보지 않아요. 민망해지거든요. 딱하다는 느낌뿐이라." 그는 눈을 찡긋거린다. "그걸 활용하면 많은 걸 모면할 수 있어요."

나는 그를 속절없이 쳐다본다. "어쩔 작정이야?"

"기다렸다가 해가 지면 드라이브를 떠날 거예요. 하나만 더 처리하고."

그는 트렁크를 열어놓은 채 내 시야에서 사라진다. 나는 꿈틀거리며 몸을 뒤집고 좌우로 비틀며 손발을 묶은 끈을 당기지만 아무 소용이 없다. 비명을 지를까도 싶지만 리글리 말고는 들을 사람이 없을 테고 괜히 그를 자극하고 싶지도 않다. 휘파람 소리가 들린다. 리글리가 벌써 돌아오고 있다. 살짝 절뚝거리며—발목을 다치기는 한 모양이다—얼룩이 묻은 침대 시트로 싼 길쭉한 뭔가를 들고 오고 있다.

내 배 속이 요동치고 공포가 심장을 할퀸다.

"안 돼."

그는 미소를 짓는다. "죄송해요, 신부님. 좀 비좁겠어요."

이 말과 함께 그는 섀프런의 썩어가는 시신을 내 옆에 넣고 트렁크 뚜껑을 닫는다.

56

그녀는 금발을 하나로 묶었다. 청바지에 헐렁한 후드점퍼를 입고 손을 주머니 깊숙이 꽂았다. 얼굴은 창백하고 잘못을 뉘우치는 표정이다.

플로는 로지를 빤히 쳐다본다. "너 지금 증인을 협박하는 걸로 보일 수도 있다는 거 알지?"

"그러려고 온 거 아니야. 진짜야. 얘기를 좀 하고 싶어서 왔어."

"왜?"

"어…… 미안하다고 사과하고 싶어서."

"알았어. 얘기했으니까 됐지? 안녕."

"잠깐!"

플로는 그러면 안 된다는 걸 알면서도 여전히 아주 살짝 문을 열어놓는다. "뭔데?"

"나는 이렇게까지 할 생각 없었어. 진짜야. 내가 그러자고 한 게 아니었어."

"톰의 머리에서 나온 생각이라고? 못 믿겠는데."

"톰을 말하는 게 아니야."

"그럼 누구 얘긴데?"

"좀 들어가도 될까?"

"여기서 얘기하면 왜 안 되는데?"

"응? 나 이거 들고 왔어."

로지는 잭 스켈링턴 스웨트셔츠를 내민다. 플로가 여기로 내려온 날 파피에게 빌려준 옷이다. 그때가 까마득한 옛날 같다.

플로는 고민한다. 일대일이면 이 여우를 상대할 자신이 있다. "좋아." 그녀는 스웨트셔츠를 낚아채고 문을 좀 더 활짝 연다. "하지만 얼른 끝내. 5분 안에 엄마가 오실 테니까. 너 여기 있는 거 보면 진짜로 죽이려고 하실 거야."

그들은 부엌으로 들어가 뻣뻣하게 선다.

"뭔데?" 플로는 묻는다.

"네가 나 싫어한다는 거 알아."

"왜 그러는지 이유를 모르겠어? 나하고 리글리를 총으로 쏘고 그 애를 우물에 던져놓고?"

"내가 던지지 않았어."

"아, 그렇구나. 그럼 톰이 던진 모양이네?"

"아니야."

"뭐라고?"

"아무도 리글리를 우물로 던지지 않았어."

"너 지금 무슨 소리 하는 거야?"

"우리가 걔를 우물로 던지는 거 *봤어?*"

"아니, 하지만—"

"걔가 다치지 않은 게 이상하다는 생각 안 들어?"

"운이 좋았던 모양이지."

"거기서 만나자고 한 게 누구였니? 리글리였지?"

플로는 그녀를 빤히 쳐다본다. 목이 섬뜩하게 바짝 마른다. "응."

"전부 사전에 계획돼 있었어. 너한테 자루 씌운 거. 공격한 거. 우리 둘이서 개 몸에 밧줄을 묶어서 우물로 넣었어. 처음부터 끝까지 장난이었다고."

"그럴 리가."

"맞아."

"왜? 네가 왜 그런 짓을 해? 톰이 왜 그런 짓을 해?"

"네가 톰의 코를 부러뜨렸으니까."

"하지만 너는 리글리를 싫어하잖아."

"너 진짜 열라 멍청하구나?"

그녀가 바짝 다가온다. 플로는 본능적으로 뒷걸음질 친다.

"리글리하고 나는 한편이야. 소울메이트라고 할 수 있지." 그녀는 미소를 짓는다. "위안이 될지 모르겠지만 걔가 너를 좀 좋아하긴 했어. 하지만 내가 그걸 가만둘 수 없지. 그래서 걔한테 증명해보이라고 했어. 너랑 떡을 치는 걸로."

"네 말 안 믿어."

"나더러 여기로 가라고 한 사람도 개야."

"내가 말했지— 엄마가 지금 당장이라도 올 수 있다고."

"아니, 그렇지 않아."

로지가 주머니에서 손을 꺼낸다. 톱니가 달린 칼을 쥐고 있다. 구마의식 세트에 들어 있었던 칼이다. 리글리가 훔쳐갔을 리 없다고 플로가 엄마에게 장담했던 그 칼. 공포가 플로의 배 속을 으스러뜨린다.

"우리 재미있게 놀아보자, 뱀파이어."

57

그는 교회를 지켜본다. 그는 우뚝한 묘비 뒤편의 풀밭에 배를 대고 엎드려 있다. 그보다 더 가까이는 감히 접근할 수가 없다. 아직은 안 된다. 조금 더 어두워지기 전까지는. 어제 창문 앞에 서 있다가 그녀의 딸에게 들켰으니 더욱 그렇다.

더 이상 실수하면 안 된다. 하지만 그게 잘 안 된다. 통증이 가실 줄 모른다. 피곤하다. 머릿속에서 이런저런 생각들이 느릿느릿 꿈틀대고 있는 듯한 이상한 느낌이다. 온몸이 덜덜거리며 작동을 멈추려고 서행하는 것 같다.

아까 전에 경찰 헬리콥터 소리가 들렸다. 수색하러 나선 것이다. 시신이 발견된 모양이다. 지금까지 그는 그들을 잘 피했다. 하지만 언제까지고 숨어 있을 수는 없다. 옷은 지저분하고 발목은 악취를 풍기며 곪아가고 있으니 눈에 띄지 않을 리 없다.

하지만 여기까지 오지 않았는가.

그는 그녀를 만나서 대화를 나누어야 한다. 그뿐이다.

지난번에는 일을 망치고 말았다. 심하게 망치고 말았다. 그녀가 보낸 편지에 찍힌 희미한 소인— 그것을 유일한 단서 삼아 그녀를 찾아 헤맨 그 오랜 세월. 그러다 그녀를 우연히 맞닥뜨렸다. 무료 급식소에서. 다른 노숙자들과 함께 발을 질질 끌며 이동하는데, 갑자기 눈앞에 그녀가 등장했다. 목에 두른 하얀 칼라를 반짝이며 행복하게 웃는 얼굴로. 믿을 수가 없었지만 그는 어디에서 만나든 누나를 알아볼 수 있었다.

감히 말을 걸 수는 없었다. 그는 그녀를 지켜보고 어떤 식으로 접근하면 좋을지 고민하며 때를 기다렸다. 그는 늘 그런 식이었다. 관찰자였다. 행동이 느렸고 분노로 이성을 잃었을 때만 예외였다. 엄마한테 그랬던 것처럼. 엄마가 너무 심하게 몰아붙이자 그는 반격했다. 나중에 정신을 차리고 보니 반격하는 동안 손에 빵칼이 들려 있었다.

그 남편을 상대했을 때도 마찬가지였다. 그날 밤 교회에서. 그는 그를 해칠 생각이 없었다. 뭐, 아주 살짝 손을 봐주려고 했을 수는 있다. 그가 누나를 어떤 식으로 대하는지 보았으니까. 어떤 식으로 고함을 지르고 때리는지 보았으니까. 그는 벌을 주고 싶었다. 그런데 선을 넘어버렸다.

교도소로 면회를 왔을 때 그녀는 그에게 용서한다고 했다. 하지만 그들의 관계에 대해 아무에게도 얘기하지 않겠다고 약속하게 했다. 그는 동의했다. 그는 자기가 그녀를 실망시켰다는 걸 알았다.

그녀는 또 오겠다고 해놓고 두 번 다시 오지 않았다. 하지만 그는 그랬던 그녀를 용서했다.

지금 저 집에 그녀는 없다. 딸만 있다. 그런데 어떤 여자아이가 찾아왔다. 확실하지는 않지만 어제저녁에 본 그 아이 같다.

폐가에 남자아이가 처음 왔을 때 그는 지하실에 숨어 있었다. 위에서 말소리가 들렸다. 그러더니 비명이 들렸다. 그는 달려 나갔다. 폭행범을 내쫓고 아이를 풀어주었다. 아이의 정체를 알아차렸을 때 그는 다시 숨었다. 그녀에게 자신을 내보일 수 없었다. 아직은 그랬다.

당혹스럽게도 딸이 그 폭행범을 집 안으로 들인다. 뭔가 조치를 취해야 하는 건가 싶지만 당장은 그냥 지켜본다. 조카를 지키는 거지. 그는 생각한다. 가족을. 그는 미소를 짓고 이어서 하품을 한다. 조만간 그녀가 집으로 돌아올 거다. 그들은 만날 거다. 드디어.

58

썩어가는 섀프런의 시신과 연인처럼 몸을 딱 붙인 채로 어둠 속에 얼마나 누워 있었을까. 처음에 나는 이성을 잃는다. 소리를 지른다. 발꿈치로 트렁크를 찬다. 이성의 얇은 끈이 하나씩 끊어지는 게 느껴진다.

그런데 머릿속의 어느 조그만 구석에서 뭔가가 뻗어 나와 그 끈을 붙잡는다. *예전에도 겪었던 일이잖아. 그때도 이겨냈잖아. 이번에도 너는 이겨낼 거야. 그래야 해. 플로를 위해서.*

침착해야 한다. 열기와 냄새와 내 바로 옆 어둠 속에서 뭔가가 움직이는 듯한, 말도 안 되는 공포 말고 다른 데 집중해야 한다. 숨을 헐떡이는 소리, 축축한 입김 그리고 더럽혀진 시트를 잡아당기는 뼈만 남은 손.

그만해. 당장 그만해.

섀프런은 죽었다. 그리고 나는 살아야 한다. 내 딸을 위해. 그 아이는 아직 마이크와 함께 집에 있을까? 둘이서 내게 연락을 시도해 보았을까? 아니면 걱정이 되기 시작해서 나를 찾으러 나서고 경찰에 신고해야겠다고 생각하는 중일까? 아니면 시간의 여유를 두고 좀 더 기다려보기로 했을까?

시간. 이 안에 얼마나 갇혀 있었을까? 4시쯤까지 집에 돌아가기로 되어 있었는데. 시간 개념이 왜곡된다. 어둠과 공포와 고통 속에서는 시간이 훨씬 더디게 흐른다. 하지만 내가 이 집에 온 지 몇 시간은 지났을 거다. 8시나 9시는 됐을 거다. 날이 점점 어두워지고 있을 거다. 리글리는 해가 질 때까지 기다리겠다고 했다.

해가 지면 드라이브를 떠날 거예요.

그가 운전을 할 수 있나? 그렇다고 봐야 한다. 시골에서는 흔한 일이다. 사유지가 딸린 집이 많고 아이들은 열일곱 살이 되기 전부터 운전을 배운다. 하지만 어디로 가려는 걸까? 어쩔 생각일까?

나는 긴장한다. 다시 조약돌을 밟는 소리가 들리고 쾅 하고 차 문이 열린다. 무언가가 뒷자리로 쑤셔 넣어진다. 문이 닫힌다. 누군가가 앞자리에 올라타자 끼익하는 소리와 함께 서스펜션이 내려앉는다. 시동이 걸린다. 차가 움직인다. 나는 트렁크 안에서 이리저리 부딪히며 바람 빠진 타이어를 통해 도로의 모든 요철을 느낀다. 부패되어가는 섀프런의 물컹물컹한 시신과 한데 뒤엉키자 축축한 체액이 내 옷 속에 스며든다. 그러다 마침내 끝난다. 차가 꿀렁거리며 멈추어 선다. 나는 숨을 헉헉대며 누워서 귀를 기울인다. 리글리가 차에서 내린다. 뒷자리에서 뭔가를 꺼낸다. 잠시 후 갑자기 트렁크가 열린다. 상쾌한 공기가 들어온다. 나는 걸신 들린 듯 그 공기를 마신다.

리글리가 안으로 손을 집어넣어 섀프런의 시신을 끄집어낸다. 나는 눈의 초점을 맞춘다. 날이 아직 완전히 어두워지지 않았다. 해 질 녘이다. 그가 그녀의 시신을…… 손수레에 싣는다. 그 위로 담요를 덮는다. 하지만 여기가 어디일까? 하늘과 반짝이는 별들이 보인다. 내 오른쪽에는 울타리와 대문이 있다. 나는 그걸 알아본다. *교회다. 여기는 교회다.*

도와달라고 소리를 질러야 한다. 혀가 이제 다시 제대로 움직이는 것 같다. 누군가가 지나가다가 내 소리를 들을지 모른다. 내 생각을 읽기라도 한 듯 리글리가 주머니에서 뭔가를 꺼낸다. 몸을 숙여 내 머리채를 잡고 지저분한 천을 내 입 안으로 쑤셔 넣는다.

"얼른 다녀올게."

트렁크가 다시 닫힌다. 나는 천을 문 채 좌절의 비명을 지른다. 섀프런의 시신은 사라졌지만 냄새는 남았다. 나는 쥐가 나려는 팔과 다리가 쉴 수 있게 몸을 굴려서 좀 더 편안한 자세를 취한다. 우리를 여기로 데려온 이유가 뭘까? 도대체 무슨 짓을 하려는 걸까? 플로와 마이크는 어떻게 됐을까? 공포가 게걸스럽게 내 배 속을 갉아먹는다.

몇 분 뒤에 트렁크가 다시 열린다.

"당신 차례야."

그는 놀라우리만치 힘이 세다. 나를 들어서 손수레로 옮긴다. 팔다리가 묶였고 입에는 천을 물었으니 나로서는 반항할 방법이 없다. 나는 열심히 주변을 살핀다. 우리가 있는 곳은 교회 앞 갓길이다. 자동차 꽁무니가 교회 쪽을 향하고 있다. 어두컴컴하고 고요한 시골길이라 아무리 눈에 힘을 주어도 손수레에 시커먼 뭔가를 싣고 가는 어떤 어둑어둑한 인물 말고는 아무것도 보이지 않을 것이다. 불빛도 없고 희미한 달빛 한 조각뿐이다. 절망이 내 가슴속에 묵직하게 내려앉는 것이 느껴진다.

리글리가 교회 쪽으로 손수레를 민다. 내 뼈가 덜거덕거린다. 나는 사택 쪽을 흘끗 쳐다본다. 불이 켜져 있다. 하지만 안에 사람이 있을까?

"모든 게 아주 잘 해결이 됐어." 리글리가 스스럼없이 얘기를 꺼낸다. "엄마 시신을 무슨 수로 처리하나 고민 중이었는데 납골당을 발견한 게 선물이었지 뭐야. 시신을 갖다 버리기에 묘지보다 더 알맞은 곳이 어디 있겠어, 안 그래?"

교회 문이 열려 있다. 내 열쇠를 슬쩍한 모양이다. 그는 문지방 너머로 손수레를 밀어서 안으로 들어간다.

"홈 스위트 홈."

등 뒤에서 철컹 하고 문이 닫히고 열쇠가 덜거덕거린다.

나는 사방을 두리번거린다. 촛불이 교회를 밝히고 있다. 양초를 꽂은 병이 신도석과 제단과 바닥에 놓여 있다. 양초 녹는 냄새와 그보다 더 독한 화학약품 냄새가 난다.

하지만 내 방광이 풀린 이유는 그 때문이 아니다.

제단 앞에 플라스틱 의자가 놓여 있다. 그 위 2층 난간에 올가미가 대롱대롱 매달려 있다.

리글리가 내 입에 물렸던 재갈을 뺀다.

"이제 슬슬 기도를 해야 하지 않을까 싶어서."

59

대롱대롱 매달린 올가미를 쳐다보자, 깨달음이 찾아온다.

"너였구나. 네가 플레처 신부를 죽였어."

"뭐, 엄밀히 따지면 자살이었지. 조만간 당신도 그렇게 될 테고."

그는 주머니에서 조그맣고 예리한 칼을 꺼내 내 발목을 묶었던 케이블 타이를 구부려 자른다. "일어나."

"싫어."

그가 손수레를 기울이자 나는 바닥을 향해 앞으로 쓰러지다 막판에 몸을 틀어 촛불을 간신히 피해 옆으로 부딪힌다. 손목 바로 옆에서 펄럭이는 촛불의 열기가 느껴진다.

"무슨 수로? 무슨 수로 그를 설득했지?"

리글리는 씩 웃더니 입속에 손가락을 넣어 휘파람을 분다. 사무실에서 누군가가 등장한다. 로지 하퍼다. *헐, 이게 뭐지?* 그녀가 리글리 옆에 다가가 선다. 그는 그녀를 잡아서 그녀의 목에 팔을 걸고 부드러운 살에 칼을 대고 누른다.

"의자 위로 올라가서 목에 올가미 걸어. 안 그러면 얘 죽일 거야."

"이러지 마. 날 해치지 마." 로지의 눈에 눈물이 그렁그렁 맺힌다.

"얼른." 리글리가 으르렁거린다. "안 그러면 내가 널 천천히 죽일 거야."

나는 경악하며 그 둘을 빤히 쳐다본다. 그러다 갑자기 리글리가 로지를 뱅그르르 돌리더니 둘이 한참 동안 격하게 입을 맞춘다. 내 팔다리에서 힘이 빠진다. 그들은 동시에 깔깔대고 웃는다.

"저 표정 좀 봐." 로지가 말한다.

리글리가 나를 돌아본다. "식은 죽 먹기였어. 그 늙어빠진 바보 색골을 저 위로 올려서 목매달게 만드는 건. 속았다는 걸 깨달았을 때 그의 눈빛을 당신도 보았어야 하는데."

나는 몸을 일으켜 앉아서 뒤편의 촛불 위로 손목을 갖다 댄다.

"왜 그랬어?"

"왜냐하면 입양되기 전에 시설에 있었을 때 신부한테 성폭행을 당했거든. 당신이 듣고 싶은 게 그런 거야? 이유가 필요해? 깔끔한 고백이 필요하겠지. 영화에서처럼. 그걸 들으면 순순히 올라가줄 건가?"

"그럴지도 모르지."

"좋아. 그럼 장단 맞춰줄게. 플레처가 거짓말쟁이 호모였거든. 예전에는 엄마와 나, 단둘이었는데 그자가 갑자기 수시로 들락거리면서 책, 역사, 그딴 헛소리를 대화랍시고 늘어놓더군. 엄마한테 관심 있는 척하면서."

"그래서 질투가 났다고?"

"아니, 그는 엄마를 이용하고 있었어. 그는 엄마를 이성적으로 좋아하지 않았는데 엄마는 그걸 몰랐지. 멍청한 년. 그러다 엄마가 집을 비운 어느 날 내가 마당에서 팔굽혀펴기를 하고 있었거든. 플레처가 뒷마당에서 돌아 나오다가 나를 봤어."

"네가 근육긴장이상증 환자가 아니라는 걸 알아버렸겠네?"

"맞아. 내 입으로 고백하지 않으면 엄마한테 일러바치겠다고 하지 뭐야."

"어머니는 전혀 의심하지 못했나?"

"엄마는 글을 쓰는 데 빠져서 내 머리가 두 개가 됐대도 알아차리지 못했을 거야. 게다가 '망가진' 아이를 입양한다는 발상을 좋아했거든. 애초에 내가 연극을 시작한 것도 그 때문이었어. 버림받은 새끼들 안에서 튀어 보려고. 그런데 그때 플레처 때문에 그 모든 게 망가지게 생겼던 거지."

"그래서 그를 죽여야 했다?"

"그 인간에게 경고하려고 했어, 떠나게 하려고—"

퍼즐 하나가 딱 맞춰진다. "문에다 버닝 걸스를 꽂아놓고. 교회에 불을 지르고?"

"그래도 그 멍청한 새끼는 알아차리지 못하더군."

"섀프런은? 섀프런은 왜 죽였지?"

"거짓말쟁이 호모가 엄마한테 다 불었거든. 그가 죽자 뭔가가 있다는 걸 알아차렸는지 엄마가 계속 질문을 퍼붓더라고." 그는 어깨를 으쓱한다. "머리가 터질 것 같아서—"

촛불 때문에 손목의 피부가 오그라드는 게 느껴지지만 얇은 플라스틱 케이블 타이가 말랑말랑해지는 것도 느껴진다.

"나는 저 위로 올라가지 않을 거야. 순순히 올라갈 생각 없어."

"글쎄, 그래야 할 텐데?"

그가 로지에게 고개를 끄덕이자 그녀가 사무실 안으로 다시 사라진다. 잠시 후에 호리호리하고 얼굴이 하얗게 질린 또 다른 인물을 데리고 다시 나온다.

순간 나는 그의 말이 맞는다는 것을 깨닫는다. 나는 오늘 저녁에 여기서 스스로 목숨을 끊어야 할 것이다.

60

그가 잠깐 잠이 들었나 보다(아니면 정신을 잃었든지). 눈을 떠보니 어두컴컴하다. 몸이 찌뿌드드하고 춥다. 벌벌 떨린다. 발목만 예외다. 다리 끝에 녹은 용암이 달린 것만 같다.

어렴풋이 생각해보니 실신과 오한과 열감, 이 모든 건 온몸으로 세균이 번졌다는 증거다.

하지만 지금은 거기에 신경 쓸 겨를이 없다. 그는 일어나 앉아서 자신의 위치를 파악한다.

묘지. 그렇다. 그가 있는 곳이 거기다. 그녀가 집에 들어왔을까? 그는 사택을 살핀다. 어둠 속에 잠겨 있다. 하지만 교회에서 너울대는 전등이 보인다. 아니다, 전등이 아니다. 불꽃이다. 촛불 비슷한.

교회에 왜 촛불이 있는 걸까? 뭔가가 이상하다. 그렇다는 예감이 든다.

그는 기운이 없고 고통스럽지만 몸을 일으켜서 절뚝거리며 천천히 묘지를 가로지르기 시작한다.

61

"엄마!"

나는 내 딸을 빤히 쳐다본다. "괜찮아, 아가. 다친 데 없지?"

그녀의 팔이 뒤로 묶여 있다. 로지가 그녀의 등에 칼을 대고 있다. 구마의식 세트에 들어 있던 그 톱니 달린 칼이다.

"엄마 말이 맞았어요. 처음부터 다."

나는 서글픈 미소를 짓는다. "그러게 내가 뭐랬느냐고 말하긴 싫다만—"

"다정하기도 하지." 리글리가 말한다.

로지가 플로를 리글리 쪽으로 떠밀자 그는 한쪽 팔로 그녀의 목을 감싸고 다른 쪽 손을 로지에게 내민다.

"자기야, 아무래도 좀 더 큰 칼이 필요하겠어."

그녀는 웃으며 그에게서 작은 칼을 거두고 톱니가 달린 칼을 건

낸다. 그는 칼날을 플로의 눈에 갖다 댄다. 이번에는 장난이 아니라는 걸 알겠다.

"이제 의자 위로 올라가."

"엄마." 플로가 훌쩍거린다. "저는 어차피 죽을 거예요."

"내가 빨리 죽여줄 수도 있고 천천히 죽여줄 수도 있지. 당신이 보는 앞에서 한 겹씩 포를 뜰 수도 있어."

"그런 다음 어쩌려고? 내가 딸을 죽이고 교회에 불을 지르고 목을 매 자살했다고 사람들을 설득할 수 있을 것 같아?"

"당신은 여기에 잘 적응하지 못했어. 예전 교회에서 벌어진 일에 계속 죄책감을 느꼈고. 사실 그건 어쩔 수 없는 일이었지만." 그는 어깨를 으쓱한다. "내가 왜 불을 좋아하는지 알아? 불은 모든 걸 조져버리거든. 경찰에서 진상을 파악하기 시작할 무렵이면 우리는 이미 사라진 지 오래일 거야."

"서식스의 보니 앤드 클라이드로군." 나는 로지를 쳐다본다. "이런 일을 저지를 수 있는 애가 너를 제거할 때 두 번 생각할 것 같니?"

그녀는 으르렁거린다. "입 닥치고 의자에 올라가기나 하시지."

손목이 너무 뜨거워서 비명을 지르고 싶지만 타이가 헐거워지는 것이 느껴진다. 나는 손목을 좌우로 당겨 타이를 끊지만 계속 뒷짐을 지고 있다. 그런 채로 일어나 의자를 향해 뒷걸음질 친다.

리글리가 미소를 짓는다. "그것 봐. 내가 당신도 그렇게 될 거라고 했지?"

나는 몸을 돌린다. 하지만 위로 올라가는 대신 의자를 집어서 리글리에게 던진다.

뭘 던지면 상대방은 그걸 피하려고 하게 되어 있지. 리글리는 본능적으로 팔을 든다. 의자가 그의 손목을 때리자 칼이 그의 손에서 날아간다. 플로가 이 틈을 놓치지 않는다. 그의 발을 세게 밟으며 그에게서 빠져나온다. 의자가 양초 몇 개와 부딪친다. 양초가 바닥에 쓰러지자 온 사방으로 불길이 치솟는다. 나는 독한 화학약품 냄새가 났던 것을 떠올린다. *촉진제다.*

"도망쳐!" 나는 딸에게 외친다.

그녀는 몸을 돌려 문을 향해 질주한다. 로지가 따라가 팔을 잡지만 그녀가 칼을 치켜들 겨를도 없이 플로가 박치기를 한다. 로지는 비명을 지르며 몸을 구부린다. 플로가 무릎으로 얼굴을 찍자 그녀는 고꾸라진다. *잘한다, 내 딸.* 플로는 더듬더듬 열쇠를 돌려 문을 열고는 어둠 속으로 달려 나간다.

안심하기에는 아직 이르다. 리글리가 계속 내 앞을 막고 있다. 그가 나를 향해 다가온다. 나는 뒷걸음질 치다 양초를 또 하나 쓰러뜨린다. 그가 나를 향해 돌진한다. 나는 얼른 피하려고 하지만 그가 더 빠르다. 그의 주먹이 내 얼굴을 강타한다. 나는 비틀거리다 발을 헛디뎌 뒤로 넘어지며 판석에 머리를 세게 부딪힌다. 눈앞에서 별이 번쩍거린다. 리글리가 내 위로 몸을 날려 내 목을 조른다.

"이 개 같은 년아."

나는 발길질하고 몸을 비틀며 그를 떼어내려고 한다. 양초 몇 개가 더 쓰러진다. 그의 손이 내 목을 단단히 조인다. 숨을 쉴 수가 없다. 나는 그의 손을 잡고 손가락을 떼어내려고 한다. 사방에서 이글거리는 불길이 느껴진다. 나의 이점은 하나뿐이다. 체중. 나는 리글리를 매단 채 불길을 향해 오른쪽으로 몸을 굴린다. 티셔츠에 불이 옮겨 붙자 그는 비명을 지른다.

내 목을 조르던 손이 풀린다. 나는 숨을 헐떡이며 일어나 앉는다. 리글리가 옮겨 붙은 불을 끄려고 파닥거리며 바닥을 뒹굴고 있다. 나는 기어서 도망치기 시작한다. 신도석 아래에서 반짝이는 뭔가가 보인다. 톱니가 달린 칼이다. 나는 칼을 향해 손을 뻗는다. 누군가가 내 머리채를 잡고 뒤로 홱 당긴다.

그의 입김이 내 귀를 뜨겁게 달군다. "너는 믿고 싶지도 않을 만큼 조져주겠어."

내 손끝이 뼈로 만든 칼자루에 닿고…… 나는 그걸 움켜쥔다.

"그러기엔 너무 늦었는데."

나는 몸을 돌려서 무작정 칼을 뻗는다. 조준을 잘했다기보다 운이 좋았다. 칼날이 단단한 살 속으로 꽂히는 것이 느껴지고, 그가 아파서 내뱉는 신음소리가 들린다. 그의 눈이 동그래진다. 그는 아래를 내려다보며 자기 배를 움켜쥐고 바닥으로 쓰러진다.

나는 숨을 헐떡이며 몸을 일으킨다. 불길이 사방으로 번져 신도석을 핥으며 오래돼 마른 나무를 삼키고 있다. 로지는 보이지 않는다. 나도 여기서 나가야 한다. 딸을 찾아야 한다.

"제발." 리글리가 뒤에서 끙끙거린다. "도와주세요."

나는 뒤를 돌아본다. 그는 배를 부여잡고 바닥에 웅크리고 누워 있다. 시커먼 얼룩이 진회색 티셔츠 위로 점점 번지고 있다. 티셔츠의 일부분은 그을린 그의 살갗에 들러붙었다. 그는 야위고 어리고 겁에 질린 듯이 보인다.

"나를 두고 가면 안 되는 거 아니에요? 신부님이잖아요."

그의 말이 맞는다. 나는 하는 수 없이 돌아가 그의 옆에 쭈그리고 앉는다. 한 손을 그의 이마에 얹는다. 나는 신부다. 하느님의 종이다.

하지만 엄마이기도 하다.

"미안."

나는 칼을 들어 그의 배에 다시 꽂는다. 세게. 자루가 시작되는 곳까지. 그러고는 어둠이 그를 삼키는 것을 지켜본다.

나는 일어선다. 다리가 나를 지탱하지 못한다. 휘청거리며 신도석을 붙잡으려고 손을 내밀어보지만 온통 불길에 휩싸여 있다. 사방에 연기가 자욱하다. 목이 부은 데다 열기 때문에 뻑뻑하다. 문이 너무 멀게 느껴진다. 피곤하다.

한 발짝 내딛지만 다리 아래가 꺾이자 나는 무릎을 꿇고 앉아서 불길을 멍하니 쳐다본다. 눈에 눈물이 고이고 화끈거린다. 눈물 사이로 뭔가가 보인다.

두 사람이다. 여자아이들이다. 항상 그렇지. 둘이 나란히 서 있다. 다시 온전해졌다. 화염이 후광처럼 그들의 머리를 감싸고 등 뒤에서 날개처럼 펼쳐졌다. 그들이 팔을 내민다. 나는 손끝을 태우는 불길도 느끼지 못한 채 그들을 향해 손을 내민다.

저 아이들은 플로에게 경고하려고 했던 거야. 나는 생각한다. 플레처 신부에게 경고하려고 했던 것처럼.

문제가 생긴 사람 눈에 그 아이들이 보여요.

"고마워." 나는 중얼거린다.

내 눈꺼풀이 닫히기 시작한다. 잠시 후에 두 아이 사이를 성큼성큼 걸어오는 또 다른 인물이 보인다. 거대하고 시커멓고 시큼한 악취를 풍긴다. 그가 복수심에 불타는 악마처럼 위에서 나를 내려다본다.

나는 그를 올려다본다. 내가 아는 사람이다.

내가 뒤로 쓰러지는 순간 그가 나를 붙잡아 불길에서 건진다.

62

기억. 엄마와 누나와 교회 앞에 서 있었던 기억. 누나가 그의 손을 잡았다. 밤공기가 시원했고 연기 냄새로 매캐했다.

묘지의 거대한 기념탑 바닥에 불이 지펴졌고, 많은 사람이 탑을 에워싸고 서서 웃고 떠들었다. 밤하늘 높이 치솟은 불길에 그들의 얼굴은 주황색으로 물들고 미소는 광인의 히죽거림으로 변해갔다.

따끈한 사과술을 담은 큼지막한 주전자가 널따란 테이블 위에서 달짝지근하고 코를 찌르는 향을 풍기며 모락모락 김을 냈다. 마을 사람들은 사과술을 대충 만든 질그릇 잔에 담아 벌컥벌컥 마셨다. 교회 위 시계가 정각을 알리자 까만 옷을 차려입은 신부가 엄숙한 표정으로 걸어 나왔다. 그는 모인 사람들을 둘러보았다.

"해마다 열리는 버닝 걸스 기념 행사에 참석해주셔서 감사합니다. 오늘 저녁은 믿음을 지키기 위해 이 자리에서 순교한 우리 조상들을 추모하는 시간입니다. 그들의 희생에 감사하고 그들의 영혼을 위해 기도하는 시간입니다. 그리고 서식스의 순교자들이 영생을 위해 화염에 육신을 바쳤듯 우리도 제물을 바치는 시간입니다. 다 같이 순교자의 기도문을 낭송합시다."

모인 사람들이 외쳤다. "*우리는 순교자를 위해. 불길 속에 우리의 최후가. 영혼은 풀려나고. 우리는 천국으로 향하네.*"

"이제 버닝 걸스를 불 속에 던져주세요."

그가 지켜보는 가운데 마을 주민들이 한 명씩 나뭇가지로 만든 조그만 인형을 높이 치켜들고 장작불에 던졌다. 엄마가 그를 팔꿈치로 찔렀다. 그는 자신이 만든 조잡한 인형을 주머니에서 꺼냈다. 하지만 인형을 던지고 싶지 않았다. 그녀를 태우고 싶지 않았다. 결국에는 엄마가 그의 손에서 인형을 낚아채 불 속에 던졌다.

나뭇가지로 만들어진 조그만 몸이 뒤틀리고 시커메지고 결국에는 하얀 재만 남았다. 걸신 들린 화염에 산 채로 잡아먹혔다.

그는 자신의 몸을 관통하는 열기를 느낄 수 있었다. 그는 눈을 감았다. 눈물 한 줄기가 뺨을 타고 흘러내렸다.

63

(2주 뒤)

"감자칩이에요."

플로가 내 옆 벤치로 다가와 털썩 주저앉으며 기름진 감자칩이 담긴 쟁반을 내 무릎 위에 올려놓는다. 기름과 식초 냄새가 콧구멍을 근질인다.

"맛있겠다." 나는 이렇게 말하지만 사실은 눈곱만큼도 배가 고프지 않다.

눅눅한 감자칩을 나무 포크로 찍어 들고 바다를 내다본다. 날이 희끄무레하다. 하늘은 빛바랜 회색이고 바다는 음산하고 지저분한 갈색이다. 바다라기보다 진흙마루에 더 가까워 보인다. 그걸 밟고 수평선까지 갈 수 있을 것처럼 느껴진다.

우리는 이스트본 바로 옆 마을의 허름한 여인숙에 머무는 중이다. 으리으리하지도 편안하지도 않지만 교회에서 부담할 수 있는 선이 여기까지이고 채플 크로프트를 들쑤시고 다니는 언론과 멀찌감치 떨어져 지낼 수 있다. 비록 딸을 리글리로부터 보호하지는 못했지만 그 여진에서는 보호할 수 있을 것이다.

마이크가 계속 새로운 소식을 전해주고 있지만 그조차도 우리가 어디서 지내는지 모른다. 나는 그가 사이코패스의 수중에 플로를 혼자 남겨두고 떠난 것을 아직 용서하지 못했지만 리글리가 내 휴대전화로 보낸 문자에 속아 넘어갈 수밖에 없었다는 건 이해한다. 그가 죽은 어머니의 전화기로 보낸 문자에 수많은 사람이 속아 넘어갔던 것처럼 말이다.

요즘은 다들 대면 접촉은 물론 대화마저 꺼리니 남을 사칭하기가 식은 죽 먹기라는 생각이 든다. 다들 문자와 이메일에 의존하고 상대가 누구일지 절대 의심하지 않는다. 비밀번호는 얼마든지 알아낼 수 있다. 리글리는 내가 정신을 잃은 동안 내 엄지손가락으로 휴대전화 잠금을 해제했다. 하지만 생각해보면 대면 접촉한 사람들도 전부 리글리에게 속았다.

악마의 가장 훌륭한 계략은 존재하지도 않는 척하는 것이다.

로지는 잘못을 시인했지만 전부 리글리의 계략이었다고 주장하는 중이다. 그가 무서웠다고. 그가 배후에서 조종했다고. 자신도 피해자라고. 눈을 동그랗게 뜨고 순진한 척하는 데 도가 텄다. 그녀가 벌을 받으면 좋겠지만 워낙 연기를 잘하는 데다 사이먼 하퍼의 재력이면 최고의 변호인단을 동원하기에 충분하다. 법정에서 항상 정의가 구현되는 것은 아니다.

로지의 사촌 톰은 플로에게 '장난'을 친 것 말고는 전부 모르는 일이라고 딱 잡아뗐다. 나는 그의 말을 믿고 싶다. 깡패와 살인범은 많이 다르다.

나는 경찰조사를 받았지만 정당방위였다는 내 주장을 반박할 만한 증거가 없었다. 리글리가 자기 입으로 선언했다시피 불은 모든 걸 *조져버리니* 말이다.

아직 미진한 부분들은 남아 있다. 옆 마을의 부부가 살해된 사건만 해도 그렇다. 모든 게 군더더기 없이 깔끔하게 해결되는 건 아니다. 범행 동기도 마찬가지다. 리글리가 문제아로 간주되긴 했지만 그를 검사한 전문가 중에서 사이코패스 성향을 알아차린 사람은 없었다.

"*그냥 잘못 태어난 거예요. 그건 고칠 수가 없어요.*"

나는 플로를 흘끗 쳐다본다. 이 아이는 고칠 수 있으면 좋겠다. 이 아이는 그간의 일에 대해 별말이 없다. 말수가 좀 줄기는 했어도 겉으로는 멀쩡하다. 하지만 눈빛을 보면 내상을 입었다는 것을 알 수 있다. 나로서는 그것이 평생 지워지지 않는 상처는 아니기만을 바랄 뿐이다. 이 아이는 아직 어리다. 치유할 수 있는 시간이 있다. 트라우마를 완전히 지울 수는 없지만 상처 위에 새살이 돋듯 그걸 땜질하고 새로운 경험으로 덧씌울 수는 있다. 흉터는 남는다. 전보다 덜 아프고 덜 눈에 띌 뿐.

그녀가 나를 흘끗 쳐다본다. "감자칩 안 드세요?"

나는 우거지상을 쓴다. "사실 배가 별로 안 고파."

그녀는 힘없이 웃는다. "저도 그래요."

우리는 잠깐 그대로 앉아서 바다를 바라본다.

"왜 여기 바다는 항상 탁한 찻물 같을까요?"

"그러게. 그래도 바다 보니까 좋지 않아?"

"설마요."

"그리고 바닷바람이 건강에도 좋고."

"하수구랑 갈매기 똥 냄새가 나는데요?"

"어째 기운을 좀 차린 것 같네?"

"조금요." 그녀는 시선을 떨군다. "아직도 리글리 생각이 나요."

"아직 2주밖에 안 지났잖아."

"그런 짓을 저질렀는데도 걔가 죽었다는 게 슬프다면 이상한 걸까요?"

"아니, 걔가 죽었기 *때문에* 걔가 저지른 짓을 받아들이기가 더 힘든 것 아닐까? 그 상황을 처리할 기회가 없었으니까."

"네, 어쩌면요. 걔를 생각하면 아직도 내가 안다고 생각했던 리글리가 떠올라요. 내가 좋아했던 리글리가. 내 웃음보를 터뜨리고 빌 힉스가 한 말을 들먹였던 리글리가."

"자연스러운 현상이야. 하지만 희미해질 거야."

내 희망사항이다.

"아빠도 희미해졌어요?"

나는 긴장한다. "응, 하지만 솔직히 말하면 너희 아빠는 죽기 한참 전부터 희미해졌어."

"그게 무슨 뜻이에요?"

"행복한 결혼생활이 아니었거든. 너희 아빠는 기본적으로 우울한 사람이었고 그걸 가끔 나한테 풀었어. 그이가 죽었을 때 나는 슬프지 않았어. 충격을 받았고 화가 나긴 했지만 죽은 사람은 내가 사랑했던 그 남자가 아니었으니까." 나는 플로가 이 말의 뜻을 이해할 때까지 기다린다. "미안. 진작 솔직하게 얘기했어야 하는 건데."

"괜찮아요." 한참 만에 플로가 말한다. "산다는 게 원래 복잡하잖아요."

나는 그녀의 어깨를 감싸 안는다. "맞아. 우리는 남들보다 훨씬 복잡하게 살아왔지만 그렇다고 해서 사람을 두 번 다시 못 믿겠다고 생각하지는 않았으면 좋겠다."

"알아요. 하지만 데이트는 잠깐 쉴래요."

"흠, 이 엄마는 그 말을 들으니 아주 신이 나는구나."

그녀는 다시 살포시 웃어 보인다. "엄마, 우리 언제쯤 집으로 돌아갈 수 있어요?"

"글쎄. 교회는 당분간, 어쩌면 영영 개축되지 않을 테니까—"

"아니, 거기 말고 집요. 노팅엄요."

"아, 글쎄—" 나는 숨을 마시고, 요즘 들어 고민하고 있던 문제를 털어놓을 마음의 준비를 한다. "완전히 결정하기 전에 더킨 주교와 의논해야겠지만…… 노팅엄으로 돌아가지 않으면 어떨까? 다른 데로 가면 어떨까? 좀 더 멀리."

"예를 들면 어디요?"

"오스트레일리아."

그녀가 뭐라고 대답할 겨를도 없이 내 주머니에서 휴대전화가

진동한다. 나는 휴대전화를 꺼내고 플로를 흘끗 쳐다본다. "마이크
야."

그녀는 받으라는 뜻에서 고개를 끄덕인다.

"여보세요?"

"여보세요."

"둘이서 어떻게 지내고 있어요?"

"잘 지내요."

"다행이네요."

"거기는 상황이 어때요?"

"이제 좀 진정됐어요. 기자들도 줄었고. 경찰 업무가 이제는 대
부분 실험실로 이관됐고 결과가 나오려면 몇 주 걸릴 거예요."

"「CSI」에서는 그보다 훨씬 빨리 끝나던데."

그는 쿡쿡 웃는다. "그 프로그램에도 허구가 섞였다고 어느 누가
상상이나 했을까요."

잠깐 정적이 흐른다.

"당신은 어떻게 지내요?" 내가 묻는다.

로지의 정체가 밝혀지자 그의 딸의 죽음에도 다시금 관심이 쏠
렸다. 파피는 언니가 자기에게 어떤 잔인한 짓을 저질렀는지 폭로
하기 시작했다. 나와 처음 만난 날 파피가 도살장에 들어가게 된 것
도 그녀가 억지로 밀어 넣었기 때문이었다. 사이먼과 엠마의 눈에
서 콩깍지가 벗겨지기 시작했는지, 큰딸이 어떤 일을 벌일 수 있는
아이인지 그들이 알게 됐는지 궁금해진다.

"잘 지내요." 그는 말한다. "진실이 뭐가 됐든 그 아이가 살아 돌

아올 리 없잖아요? 그건 뭘로도 달라지지 않죠."

"맞아요."

아까보다 긴 정적이 흐르고 잠시 후에 그가 말한다. "아무튼 흥미진진한 사실이 또 하나 밝혀졌어요. 우물에서 나온 유골 말이에요. 경찰이 말하길 그중 한 구는 메리인 게 거의 확실하다고 해요. 연령대도 맞고 M이 새겨진 목걸이를 찾았대요. 메리와 조이 둘 다 이니셜을 새긴 목걸이를 하고 있었나 보더라고요."

"나머지 한 구는요?"

"조이가 아니에요. 출산 경험이 있는, 좀 더 나이가 있는 여자예요. 메리의 어머니일 수 있다고 해요. 나중에 살해돼서 거기 버려진 것 같다고."

"그렇군요." 나는 아무 감정이 실리지 않은 투로 말한다. "우물이 시신을 숨기기에 제격인가 봐요."

"그러게 말이죠. 경찰에서는 메리의 남동생을 추적하는 데 아주 열을 내고 있어요."

"그렇군요."

"그리고 하나 더 있어요."

"뭔데요?"

"메리가 임신 중이었어요."

64

사람들이 말하길 모르는 건 아는 것보다 더 나쁘다. 하지만 아는 게 병일 때도 있다. 안다는 건, 건초 더미에서 잘 보이지 않던 바늘을 찾았는데, 알고 보니 그 바늘이 건초 더미가 내 위로 쏟아지지 않도록 지탱해주고 있었다는 사실을 깨닫게 되는 것과 같다.

나는 몇 군데 전화를 건다. 맨 처음은 더킨 주교다.

"솔직하게 대답해주셨으면 하는 게 있는데요."

"꼭 대답을 해야 하나요?"

"채플 크로프트의 공석과 관련해서 제 이름이 거론된 게 언제였나요?"

"플레처 신부가 사직서를 제출하고 얼마 되지 않았을 때였어요."

"그럼 그가 죽기 전이었나요?"

"맞아요."

"누가 저를 추천했는데요?"

"당신도 알다시피 내가 웰던 교구의 고든 주교와 의논 끝에 결정한 일이에요."

"네, 그건 저도 알아요. 그분께 저를 추천한 사람이 누구였는지 알고 싶은 거예요."

"그게 중요한가요?"

"네, 중요해요."

그는 내 말투에 설득됐는지 잠깐 고민하다가 알려준다.

다음 통화 상대는 케일리의 어머니 린다다. 나는 부탁을 하나 한다. 그녀는 기쁘게 수락한다.

내가 플로에게 말하자 그녀는 의심하는 눈빛으로 나를 쳐다본다. "그러니까 케일리네 집에서 며칠 밤 신세를 지라고요? 그럼 엄마는요?"

"여기서 처리해야 할 일이 몇 가지 있어서. 하품 나는 일들이야."

그녀는 계속해서 나를 빤히 쳐다보더니 느닷없이 달려들어 숨이 막힐 정도로 세게 끌어안는다. "사랑해요."

"나도 사랑해."

"바보 같은 짓은 하지 마세요."

"나? 날 뭘로 보고 그런 소리를."

그녀는 포옹을 풀고 나를 빤히 쳐다본다. "제 엄마죠."

나는 플로를 열차에 태워 보내고 차에 올라타 채플 크로프트로 향한다. 마을을 가로질러 2주쯤 전에 찾아갔던 그 쓰러져가는 빅토리아풍 주택 앞에 차를 댄다. 그동안 많은 일이 벌어졌다. 그리고 나는 많은 생각을 했다.

내가 문 앞으로 걸어가는데 노크도 하기 전에 그 문이 열린다.

"브룩스 신부님."

"에런."

"연락 받았습니다."

그가 문을 열자 나는 안으로 들어간다.

"신부님과 따님은 어떻게 지내셨어요?"

"거의 회복했어요. 999에 연락해줘서 고마웠다고 인사할 겨를이 없었네요."

플로는 밖으로 뛰쳐나갔을 때 지나가던 차를 한 대 세울 수 있었다. 에런의 차였다. 알고 보니 그는 매일 저녁마다 차를 몰고 나와서 교회 일대를 순찰하고 있었다. 강박적이고 특이한 습관이었지만 내게는 하늘이 내린 선물이었다.

"별말씀을요. 그나저나 신부님은 좀 어떠세요? 신자로서 그런 행동을 저질렀다는 데 적응하기가 쉽지 않으실 텐데."

"살다 보면 선택의 여지가 없을 때도 있으니까요." 나는 딱딱하게 대답한다.

"신부님을 위해 기도하고 있어요."

"고마워요." 나는 뻣뻣하게 미소를 짓는다. "이제 전화상으로 얘기했던 것처럼 아버님과 말씀을 좀 나누고 싶은데요."

"말씀드렸다시피 전에 만나보셨잖아요. 아버지는 말씀을 하실 수 있는 상황이 아니에요."

"하지만 들으실 수는 있잖아요."

나는 간청하는 눈빛으로 그를 쳐다본다. 마침내 그가 고개를 끄덕인다.

"5분 드릴게요."

마시는 마침 깨어 있다. 숨을 쉬기 힘들어한다. 시설에서 나는 냄새가 전보다 더 심하다. 그리고 다른 게 또 있다. 뭐라고 딱 꼬집어 말할 수는 없다. 하지만 임종을 앞둔 환자 곁을 지켜본 사람이라면 알 것이다. 죽음의 냄새라는 것을.

나는 침대 맡 의자에 앉아서 이토록 잔인할 수 있는 인생과 병마에 대해 생각한다. 이럴 운명에 빠질 수 있다는 걸 알면 어느 누가 연명을 선택할까? 하지만 다시 생각해보면 마시는 적어도 선택의 여지가 있었다. 세상에 태어나기도 전에 다른 사람의 손에 목숨을 빼앗기지는 않지 않았는가.

"안녕하세요, 마시 신부님."

그는 나를 보며 눈을 깜빡인다.

"저 기억하시죠?"

머리가 살짝 움직인다. 고개를 끄덕이는 걸까. 아니면 자기도 모르게 움찔거리는 걸까. 알 수가 없다.

"좋아요. 그럼 간단하게 말씀드릴게요. 교회 지하 납골당이 발견됐어요. 거기서 벤저민 그레이디의 시신이 나왔고요."

그의 숨소리가 살짝 거칠어진다. 나는 몸을 더 바짝 숙인다.

"시신을 거기 숨기는 데 신부님이 관여하셨다는 거 알아요. 교회와 신부님의 가족을 추문으로부터 보호하기 위해 그러셨겠죠. 그런데 제가 보기에는 또 다른 사람을 보호하기 위해서 내린 조치였던 것 같은데요. 겁에 질린 어떤 여자아이요. 맞나요?"

또다시 머리가 살짝 움직인다.

"하지만 문제가 있어요. 저희 둘 다 알다시피 그레이디는 교회에서 죽지 않았어요. 다른 데서 시신이 옮겨졌죠. 그런데 조앤 하트먼에게 들은 이야기가 기억이 나거든요. 신부님은 운전을 못 하신다고 했던 거요. 그러니까 그날 밤에 누군가의 도움을 받으셨을 거란 말이죠."

그는 속절없이 나를 빤히 쳐다본다.

"저는 그 사람이 누군지 안다고 장담할 수 있어요. 제가 이름을 얘기할 테니까 맞는지 확인만 해주세요." 나는 미소를 짓는다. "이제 고해를 하셔야죠."

65

"잭, 만나서 정말 반가워요. 어휴, 그동안 얼마나 힘들었을까."

나는 조금 퀴퀴한 냄새를 풍기며 따뜻하게 끌어안는 러시턴에게 내 몸을 맡긴다.

그가 뒤로 물러난다. "솔직히 그런 일이 있은 뒤에 다시 돌아올 줄은 몰랐어요."

"그러게요. 저도 그럴 줄 몰랐어요. 하지만 정리해야 할 일이 몇 가지 있어서요."

우리는 안으로 들어간다.

"클라라 집에 있나요?" 내가 묻는다.

"아뇨, 나갔어요." 그는 눈을 부라린다. "달리고 걷고. 그러니 살이 찔 리가 있겠어요? 물론 나도 이 몸매를 유지하려고 열심히 노력 중이지만." 그는 껄껄대고 웃으며 자기 배를 두드린다.

나는 서글픈 심정을 달래며 미소를 짓는다.

"그래, 우리 집은 어쩐 일이에요?" 그가 묻는다.

"잠깐 말씀 좀 나눌 수 있을까 해서요. 벤저민 그레이디 문제로요."

그는 한참 동안 나를 쳐다보다가 얘기한다.

"날씨가 좋네요. 마당으로 나갈까요?"

우리는 수양버들 그늘 아래 놓인 조그만 철제 테이블에 앉는다. 온 사방이 알록달록한 야생화 천지다. 벌들이 그 사이를 게으르게 날아다닌다. 새들은 나무 위에서 지저귄다.

"여기 참 예쁘네요."

"그렇지요? 클라라하고 내가 여길 얼마나 좋아하는지 몰라요. 나는 입버릇처럼 말해요, 내가 이 집을 떠나는 날이 곧 내 장례식 날일 거라고. 사실 이 나무 아래에 묻히고 싶은 마음도 있어요."

"좋은데요?"

"그렇지요." 그는 한숨을 쉰다. "어쩌면 그게 내 약점일지 몰라요. 여길 너무 사랑한다는 거. 내 생활, 내 아내, 내 일. 안주하려는 마음이 내 가장 심각한 죄랍니다."

"성직자라는 직업의 저주죠. 죄를 고백하지 않고는 못 배기는 거."

"우리가 가톨릭교도도 아닌데 말이죠."

살짝 미소가 오간다.

"왜 저를 그 자리에 추천하셨어요?" 나는 묻는다.

"사실 내가 추천한 거 아니에요."

"플레처가 사임했을 때 신부님이 고든 주교님에게 저를 거론하셨다면서요."

"클라라가 추천했어요. 신문에서 당신 기사를 보고. 당신 사진을 보자마자 적임자라는 걸 알 수 있겠더라며 아주 강력하게 주장했어요."

내 안에서 뭔가가 해결되는 것이 느껴진다. 잃어버렸던 마지막 조각이 제자리를 찾아간다.

"클라라와 벤저민 그레이디가 어렸을 때 한동네에서 자란 친구 사이라는 걸 아셨나요?"

"네, 알았죠." 그는 애처로운 미소를 얼핏 지으며 나를 쳐다본다. "그리고 물어보기 전에 미리 대답하자면, 맞아요, 클라라가 그를 좋아했다는 것도 알고 있었어요."

나는 놀란 눈빛으로 그를 쳐다본다. "클라라가 얘기했군요."

"할 필요도 없었어요. 그의 이름이 언급될 때마다 짓는 표정을 보면 알 수 있었으니까. 그의 이름이 자주 언급된 건 아니었지만. 클라라는 그의 사진을 간직하고 있어요. 책 속에 숨겨서. 예전에 내가 우연히 본 적 있어요. 클라라는 몰라요."

"그래도 괜찮으세요?"

"첫사랑의 힘은 막강하죠. 빛이 바래거나 실망하거나 시시해질 기회가 없었던 경우라면 더욱 그렇고요. 나는 클라라를 아주 좋아해요. 그녀는 내가 그녀를 사랑하는 만큼 나를 사랑하지 않지만 이 정도면 충분해요."

"그걸로 만족하세요?"

"만족해요. 만족해야지 어쩌겠어요."

아마도 그렇겠지. 나는 생각한다. 하지만 그걸로 만족하지 못하는 사람도 있을지 몰라.

"클라라하고 얘기를 좀 해야겠어요." 나는 말한다. "밖에 나갔다고 하셨죠?"

"네, 걷는다고 나갈 때 어디 가는지 나는 전혀 모르지만."

하지만 나는 알 것 같다.

그녀는 플로의 사진 속에서 그랬듯 그 자리에 서 있다. 말없이 가만히 서서 그 집을 바라보고 있다. 바로 옆에서 우물을 빙 둘러 설치된 폴리스 라인이 펄럭인다.

"클라라!"

그녀가 돌아본다. "잭, 여긴 어쩐 일이에요?"

"제가 묻고 싶은 말인데요."

"아, 그냥 좀 걸으려고 나온 길이에요."

"여기 자주 오시나 봐요?"

그녀가 나를 보며 미소를 짓자 부러움을 살 만한 광대뼈 주변으로 잔주름이 잡힌다. 노년으로 접어들면서 더 아름다워진 여자. 젊고 잘생긴 신부와 전혀 어울리지 않던 그 어설픈 교사의 모습은 온 데간데없다.

인간의 욕망은 가끔 좀 더 음울한 희열로 연결될 때도 있다.

"왜 그렇게 생각해요?"

"알아내기까지 시간이 좀 걸리긴 했어요. 당신이 여기 이 집을 왜 찾아올까? 당신이 교회 가까이 있고 싶어 하는 건 이해해요. 그의 시신이 묻힌 곳이니까요. 하지만 여기는― 그가 죽은 곳이었을까?"

그녀의 미소가 흔들린다.

"그러다 알아차렸어요." 나는 말을 잇는다. "당신이 찾는 곳은 집이 아니라 우물이라는 걸."

그녀는 고개를 젓는다. "미안해요, 잭. 지금 무슨 말을 하는 건지 전혀 모르겠어요."

"아시잖아요. 당신은 우물 속에 시신이 있는 걸 알았어요. 30년 전부터."

"메리의 시신이 우물 속에 있는 걸 내가 무슨 수로 알았겠어요?"

"왜냐하면 메리가 아니니까요. 조이의 시신이죠. 그리고 당신이 조이를 죽였고요."

***

그녀는 일찍 도착했다.

그들이 만나기로 한 시각은 8시였다. 아직 10분도 더 남았다.

조이는 집이 더는 보이지 않는 마당 끝 무너진 담벼락 옆에서 기다렸다. 메리가 뒷문을 열고 나와주기를 바라며 손목시계를 확인했다.

얼른 나와. 그녀는 생각했다. **얼른.** 우리 둘이서 여길 뜨면 돼. 새로운 인생을 시작하면 돼.

그녀는 자기 배를 만졌다.

뒤에서 무슨 소리가 들렸다.

그녀는 고개를 돌렸다. 눈이 휘둥그레졌다.

"어? 여긴 어쩐 일이세요?"

67

"사고였어요."

"그래요?"

"우리 둘이 다퉜어요. 그러다 그녀가 발을 헛디디는 바람에 우물 안으로 떨어졌어요."

"무슨 일로 다퉜는데요?"

"뭐였겠어요?"

"그레이디였겠죠. 당신이 사랑했던 그 남자. 하지만 그는 평범한 20대 교사에게 관심이 없었죠? 더 어린 아이들을 좋아했지. 지배하고 마음대로 주무르고 상처를 줄 수 있는 깜찍하고 귀여운 것들."

"조이가 그이를 유혹했어요."

"그녀는 열다섯 살이었어요."

그녀의 입술이 뒤틀린다. "자기가 무슨 짓을 저지르고 있는지 모르지 않았어요. 성경 공부를 해야 하는 시각에 둘이서 뭘 했는지 내가 직접 *봤어요.*"

"그가 그녀에게 무슨 짓을 저질렀는지 봤겠죠."

"내가 마시한테 알렸어요. 그러면 끝날 줄 알았는데. 그런데 그날 밤에 배낭을 메고 이 앞을 살금살금 지나는 그녀를 봤어요. 그를 만나러 교회에 가는 줄 알고 뒤를 밟았죠."

"그녀는 그레이디를 만나러 가던 길이 아니었어요. 메리를 만나러 가던 길이었지. 둘이서 도망칠 작정이었거든요."

"나도 그렇게 될 줄 몰랐어요."

"그럼 왜 가서 도움을 청하지 않았나요? 저 집으로 찾아가서 문을 두드리기만 하면 됐는데."

"겁이 났어요."

"그녀는 임신 중이었어요. 그걸 알고 있었나요?"

그녀는 시선을 떨어뜨린다. "아뇨, 몰랐어요."

"아이를 가진 열다섯 살짜리를 죽을 때까지 구멍에 방치하다니."

"사고였다니까요."

"사고였다. 그게 아니라 조이를 없애면 그레이디가 마침내 당신에게 관심을 보일지 모른다고 생각한 건 아니고요? 하지만 그는 그러지 않았죠? 다른 나이 어린 제물에게 눈을 돌렸을 뿐."

그녀는 비웃음을 흘린다. "메리는 제물이 아니었어요. 얼마나 골치 아픈 애였다고. 벤저민은 걔를 구해주려고 했어요. 그이는 하느님의 종이었어요."

"진심으로 그렇게 믿었다면 그의 시신을 숨기려고 했던 마시를 도운 이유가 뭐예요?"

그녀는 망설인다. "그날 밤에 마시가 전화를 했어요. 어쩔 줄 몰라 하면서. 절박한 투로. 벤저민이 교회의 허락 없이 구마의식을 거행했는데 그게 잘못됐다고 했어요. 끔찍한 사태가 벌어져서ㅡ"

그녀는 목멘 소리를 내며 시선을 떨어뜨린다. 그녀가 그레이디에게 학대당한 소녀들을 전혀 가엾게 여기지 않았다는 걸 몰랐더라면 나도 그녀에게 연민을 느꼈을 것이다.

"벤저민은 죽고 메리는 도망쳤다고요. 메리의 어머니가 마시에게 경찰에 신고하지 말아달라고 사정했어요."

"그래서 마시가 알겠다고 했고 당신은 그냥 동조했을 뿐이다?"

그녀는 눈을 번뜩인다. "그럴 수만 있었다면 내가 메리 레인을 죽였을 거예요. 하지만 마시가 말하길 무슨 일이 벌어졌는지 밝혀지면 교회가 무너질 거라고 했어요. 벤저민은 손가락질 당하고 명예가 실추될 테고. 그건 견딜 수 없는 일이었어요. 내 힘으로 그의 목숨을 지키지 못했으니 그의 명예라도 지키기로 마음먹었죠."

"그리고 그가 저지른 짓을 은폐하기로요."

"그는 하느님의 일을 하던 사람이에요."

"진심으로 그렇게 믿어요?"

나는 주머니에서 녹음기를 꺼낸다. 안에 카세트테이프가 들어 있다. 결국 내가 고치긴 했지만 후회하는 마음이 없지 않다. 듣기 힘든 내용이 담겨 있다.

클라라는 미간을 찌푸린다. "그게 뭐예요?"

"당신이 애지중지하는 그레이디에 얽힌 진실요. 그날 밤에 무슨 일이 벌어졌는지, 그가 무슨 짓을 했는지. 전부 이 안에 들어 있어요. 내가 지금 이걸 들고 경찰서로 갈 수도 있어요."

클라라는 녹음기를 빤히 쳐다보다 냉랭하게 미소를 짓는다.

"그럴 수도 있겠지만…… 그러지 않을 거라는 걸 우리 둘 다 알잖아요."

"그래요? 어째서요?"

"우물 안의 시신이 조이라면 메리는 어딘가에 살아 있다는 뜻이 되니까요." 그녀의 회색 눈이 내 눈을 똑바로 쳐다본다. "그리고 내가 경찰에 당신의 정체를 폭로할 테니까요."

그녀는 딱딱하게 굳은 자기 배설물을 뒤집어쓴 채 팔다리를 벌리고 침대에 누워 있었다. 엄마가 도망치려는 그녀를 붙잡았다. 이제 이것이 처벌이었다. 이 방에 혼자. 감금되는 것이.

그가 찾아올 때만 예외였다.

애가 마귀에 씌었다고, 그녀의 어머니는 그에게 말했다. 악마에게 조종당하고 있다고. 그의 도움이 필요하다고.

그는 그녀를 내려다보았다. 그녀는 손과 발이 묶여 있었다. 알몸이라 갈비뼈가 거죽 아래에서 뾰족하게 요동쳤다. 지난번에 만났을 때 생긴 멍 자국이 그녀의 하얀 살과 극명한 대조를 이루었다. 자주색과 검은색으로 남은 손자국. 그가 인장 반지를 불에 달궈 몸의 연한 부위에 대고 누른 곳마다 벌겋게 부푼 상처.

그레이디는 미소를 지었다. "오늘 밤에는 더욱 열심히 네 몸에서 악귀를 내쫓아야겠다, 메리."

그는 몸을 돌려서 케이스를 열었다. 빨간색 실크로 안감을 댄 케이스였다. 튼튼한 끈이 내용물을 고정시키고 있었다. 묵직한 십자가, 성수, 성경, 모슬린 천. 그의 도구였다. 그의 장난감이었다. 케이스 반대편에는 메스, 날카로운 톱니가 달린 칼 그리고 검은색의 조그맣고 네모난 물건이 있었다.

그는 먼저 이 물건을 꺼내 안에 들어 있는 것을 확인하고 옆에 달린 버튼을 눌렀다. 이 녹음기를 침대 옆 테이블에 내려놓았다.

그는 그들의 만남을 되새김질하고 싶었다.

"이러지 마세요." 그녀는 애원했다. "더 이상 해치지 말아주세요."

"아, 나는 필요한 조치만 취할 거야."

그는 천을 꺼내 들고 다가와 떡이 진 그녀의 머리채를 잡고 그녀의 입 안 깊숙이 천을 쑤셔 넣었다. 그녀는 켁켁거리며 묶인 채로 날뛰고 반항했다. 그가 그녀의 몸 위로 손을 올려놓았다. 끝도 없이 계속 되는 느낌이었다. 그녀는 몸을 비틀고 침을 뱉었다. 입에서 재갈이 날아가고 굵직한 침방울이 그의 뺨을 때렸다.

그레이디는 얼굴을 닦았다. "네 안에 들어 있는 악귀가 느껴진다. 그 악귀를 몰아내야 해."

그는 케이스가 있는 쪽으로 고개를 돌리고 톱니가 달린 칼을 집으려고 손을 뻗었다.

그런데 칼이 거기 없었다.

그녀의 남동생이 두 손으로 묵직한 칼을 들고 그 앞에 서 있었다.

"애야—"

제이컵은 부제의 가슴에 칼을 내리꽂았다. 그레이디는 휘청거리며 침대를 향해 몸을 비틀었다.

메리는 일어나 앉았다. 손과 발을 묶었던 끈이 헐렁해졌다. 남동생이 일찌감치 풀어놓았기 때문이었다. 그녀는 부제가 속았다는 눈빛을 보이다 다리가 꺾이자 무릎을 꿇고 주저앉는 것을 지켜보았다.

그녀는 침대에서 내려와 바닥을 가로질러 걸어갔다. 그레이디는 칼자루를 움켜쥐고 쌕쌕대며 뜨거운 숨을 토했다. 그녀는 케이스에서 메스를 꺼내 그의 옆에 쭈그리고 앉았다.

"이러지 마." 그는 속삭였다. "나는 하느님의 종이다."

메리는 미소를 지으며 예리한 칼끝을 그의 왼쪽 눈 아래 말랑말랑한 살에 대고 눌렀다.

"너는 역겨운 새끼야."

그녀는 칼날을 그의 안구에 꽂았다. 그레이디는 비명을 질렀다.

그녀는 메스를 다시 들어서……

68

"헛다리 짚으셨는데요."

"아니." 클라라는 고개를 젓는다. "너는 달라졌어. 아주 많이. 하지만 나는 한평생 메리 레인은 어떻게 됐을지 궁금해하며 지냈거든. 그런데 갑자기 네가 등장했지 뭐야. 신문에 네 사진이 실렸더라고. '자기 손에 피를 묻힌 신부'라고. 딱 맞는 표현이라고 생각하지 않아?"

나는 미끼를 물지 않는다. "당신은 브라이언을 설득해서 고든 주교를 통해 내게 이 교회 보직을 제안하게 했죠."

"네가 맡겠다고 할지 자신이 없었는데 수락했다고 해서 놀랐지 뭐야. 그다음에는 화가 났어. 아무 죄책감도 없이 나풀나풀 여기로 내려올 생각을 하다니."

"구마의식 세트, 성경, 버닝 걸스를 놓고 간 사람이 당신이었죠?

그 편지도—"

그녀는 고개를 끄덕인다. "플레처의 유품 중에 그 케이스하고 성경이 있더군. 마시가 벤저민의 시신과 함께 납골당에 숨겼는데 거기서 찾은 모양이야."

"왜 그랬어요, 클라라? 이렇게나 많은 시간이 흘렀는데."

"나도 그게 궁금해. 네가 왜 돌아왔는지가."

나는 망설이다 대답한다. "조이 때문이었어요. 그 친구가 어떻게 됐는지 드디어 알아낼 수 있을지 모른다는 생각이 들어서."

"그리고 나는 네가 벤저민에게 저지른 짓의 대가를 드디어 치를 수 있을지 모른다는 생각을 했지."

"벤저민 그레이디는 소아성애자이자 아동 학대범이었어요. 그자는 죽어도 할 말 없는 인간이에요. 조이는 아니었고."

클라라는 다시 특유의 냉랭한 미소를 짓는다. "우리 둘 다 우리가 저지른 행동을 변명할 방법을 찾을 수 있을지 모르지. 하지만 결국에는 우리 둘 다 살인범이야."

내가 그녀를 잡아챌 수 있겠다는 생각이 든다. 중심을 잃게 만드는 거다. 그녀를 저 어둠 속으로 내동댕이치는 것은 별로 어렵지도 않을 것이다. 거기서 죽을 때까지 방치하는 거다. 조이처럼.

잠시 후에 우리의 시선이 마주친다. 나는 그녀도 똑같은 생각을 하고 있음을 알아차린다.

"그런 죄를 짓고 무슨 수로 고개를 들고 살아요?"

"피차일반이지 않을까?"

우리는 서로 빤히 쳐다본다. 나는 한 발 앞으로 다가가…… 카세트테이프를 우물에 던진다.

"메리는 죽었어요. 그리고 클라라, 당신은 지옥으로 꺼져주길 바라요."

나는 몸을 돌려서 걸음을 옮긴다.

이번이 마지막이다.

69

"신부님이 떠나면 슬플 거예요."

나는 식탁을 사이에 두고 조앤에게 웃어 보인다. "저도 보고 싶을 거예요."

"이렇게 짜릿한 사건은 오랜만에 처음이었는데."

"경찰조사가 당분간 계속될 거예요. 파악해야 하는 일이 워낙 많아서."

특히 그레이디를 누가 죽였는지.

"경찰이 과연 진실을 파헤칠 수 있을까 싶어요."

"죄송해요― 해답을 찾고 싶어 하셨던 거 아는데."

그녀는 셰리주를 향해 손을 내민다. "그럴 것 없어요. 내 나이가 되면 답을 알 수 없는 문제가 더 많다는 걸 알게 되거든요. 그저 받아들일 수 있는 해결책이 나오길 바랄 뿐이죠. 그리고 적어도 매튜의 진실은 알게 됐으니까요."

"하퍼네 가족은 어쩌고 있대요?"

"엠마는 파피를 데리고 당분간 자기 친정에서 지내기로 했어요. 사이먼은 로지가 지은 죄를 여전히 못 미더워하고 있고요. 이 모든 일로 인해 가정이 분해됐죠."

나는 하마터면 그를 동정할 뻔한다. 하마터면.

"우리는 누구나 가족을 위해 최선을 다하려고 하죠."

"신부님은 거처를 옮기는 게 신부님과 플로를 위해 최선이라고 생각해요?"

"그러길 바라죠."

"다시 돌아올 거예요?"

"어쩌면요."

"다음번에는 그렇게 오랫동안 떠나 있지 말아요."

나는 그녀를 빤히 쳐다본다. 그녀는 웃으며 내 손을 토닥인다. "나는 모든 해답을 알지는 못한다 해도 괜찮아요."

70

나는 어떤 여자일까?

알고 보면 착한 여자라고, 열심히 살고 남을 돕고 따뜻한 마음씨를 전파하려고 애를 쓰는 여자라고 대답하고 싶다.

하지만 나는 거짓말을 하고 도둑질과 살인을 저지른 여자이기도 하다.

우리는 누구나 악행을 저지를 만한 능력을 갖추고 있다. 그리고 대부분 거기에 정당한 이유를 부여할 수 있다. 나는 그냥 '악하게' 태어나는 인간이 있다고 생각하지 않는다. 본성보다는 양육이 중요하다. 하지만 남들보다 악행을 저지를 *가능성*이 크게 태어나는 인간은 있다고 생각한다. 어떤 유전자가 환경과 결합하면 괴물이 태어나는지도 모른다. 그레이디처럼. 리글리처럼.

그리고 나처럼?

나는 지금까지 살아온 삶과 지금까지 해온 거짓말에 죄책감을 느낄까? 그로 인해 밤잠을 설칠까? 가끔은 그렇다. 하지만 자주는 아니다. 그렇다면 나는 사이코패스일까? 아니면 생존자일까?

나는 화장실 거울에 비친 내 모습을 쳐다본다. 잭이 나를 마주 본다. 새로운 신분을 취득하는 건 별로 어려울 게 없다. 묘비에서 죽은 사람의 이름을 하나 선택하고. 그럴듯한 위조 서류를 살 수 있을 때까지 구걸하고 훔치며 돈을 모으고. 하지만 어떤 공간에서 탈출하는 것만으로는 부족하다. 자기 자신에게서 탈출해야 한다. 모든 것을 두고 떠나야 한다. 남동생처럼 사랑하는 것들마저.

나는 원래 신부가 될 생각이 전혀 없었다. 하지만 마이크에게 한 이야기 가운데 일부분은 맞다. 신부를 만났다는 것은. 블레이크. 좋은 사람이었다. 그 덕분에 나는 달라질 수 있다는 것을 깨달았다. 속죄할 수 있다는 것을 깨달았다. 그리고 대놓고 숨는 것이 가장 좋은 방법이라는 것도 배웠다. 사람들은 로만칼라의 이면을 보지 않는다. 보더라도 선입견에 눈이 먼다.

나는 칼라를 풀어서 주머니에 넣는다. 그런 다음 셔츠 안으로 손을 집어넣어서 항상 걸고 다니던 싸구려 은목걸이를 꺼낸다. 30년도 더 됐다. 살짝 변색된 J 글자가 목걸이에 매달려 대롱거린다.

단짝 친구끼리는 서로 주고받는 법이니까. 믹스 테이프도 옷도 액세서리도.

나는 그 목걸이를 잠깐 쥐고 있다가 손가락 사이에 넣고 잡아 뜯는다. 개수대에 떨어뜨리고 씻겨 내려갈 때까지 물을 틀어놓는다.

내 뒤 칸막이에서 변기 물 내리는 소리가 들린다. 나는 이제 전

보다 짧게 자르고 뿌리를 염색한 머리를 귀 뒤로 넘긴다. 그런 다음
문을 열고 공항의 인파 속으로 나선다.

마이크와 플로가 북적이는 카페의 한 테이블에 앉아 있다. 마이
크가 여기까지 태워다주겠다고 고집을 부렸다. 교회에서의 그날 밤
이후, 우리 곁을 자주 맴돌고 있다. 그가 보고 싶을 것이다. 하지만
헤어져서 기쁜 마음도 있을 것이다. 가끔 나를 쳐다보는 그의 표정
에서 그가 무슨 얘기를 꺼내려는 것 같다는 예감이 들 때가 있다.
그에게도 나에게도 안 좋은 얘기를.

"왔어요?" 내가 다가가자 마이크가 말한다. "괜찮아요?"

"네, 좋아요."

"저 커피 한 잔 더 마시려던 참인데." 플로가 말한다. "한 잔 사다
드려요?"

"응, 고마워."

그녀는 가서 카운터 앞에 줄을 선다.

"자." 마이크가 말한다. "오스트레일리아로 가려니까 떨려요?"

"네— 신용카드 빚을 어떻게 갚을지 그게 제일 걱정이에요."

"당신은 이런 시간을 누릴 자격이 있어요."

"고마워요. 하지만 기껏해야 한 달인걸요. 여기저기 둘러보려는
거라."

아마도.

"전부터 물어보고 싶었던 게 있는데." 나는 말한다. "저를 교회에
서 끌고 나온 사람이 누구였는지 경찰에서 알아냈어요?"

"아뇨. 그러니까, 자기가 그랬다고 나선 사람이 아무도 없었어

요."

"그렇군요."

"그러다 다쳤으면 병원을 찾은 사람이 있었을 텐데. 안 그래요?"

"그러게요." 나는 얼른 미소를 짓는다. "내가 착각했나 봐요."

"워낙 충격적인 경험이었으니까요."

"맞아요."

하지만 내가 착각한 게 아니다. 나는 그였다는 걸 안다. 제이컵. 내 동생. 그가 나를 다시 찾아냈다. 내 생명을 구했다. 그리고 지금도 저기 어딘가에서 방황하고 있다.

"여기 대령이오. 아메리카노 두 잔." 플로가 커피 두 잔을 테이블에 내려놓는다. "저는 더블 샷으로 주문했어요. 오스트레일리아로 가는 동안 중간까지 보초를 설 수 있게."

"나는 이만 가볼게요." 마이크가 말한다.

"아, 그래요."

우리는 살짝 어색하게 자리에서 일어난다.

"태워다줘서 고마워요." 나는 말한다. "그리고 음, 말 안 해도 알죠?"

"알아요. 코알라 인형 까먹지 말아요."

"알았어요."

"그래요, 그럼."

플로가 눈을 부라린다. "아, 보고 있기 괴롭네."

마이크가 몸을 숙여서 나를 어설프게 얼른 안았다가 놓는다. "몸조심해요. 건강 잘 챙기고."

그는 허리를 펴고 미소를 짓더니 몸을 돌려 성큼성큼 멀어진다.

"완전 좀생이 같다니까." 플로가 커피 뚜껑을 열며 말한다. "엄마한테 딱이에요."

"그건 아니라고 본다."

"왜요?"

"그냥 내 타입이 아니야."

"휴 잭맨을 기다려요?"

"그 사람이 나를 기다리는 게 아니고?"

그녀는 미소를 짓는다. "사랑해요, 엄마."

나는 손을 내밀어 그녀의 손을 꼭 잡는다.

"나도 사랑해."

그녀가 갑자기 미간을 찌푸린다. "칼라 떼셨네요."

"아, 응. 좀 편하게 있고 싶어서. 비행기 타고 가는 동안."

"아, 그렇구나."

우리는 커피를 마신다. 플로는 휴대전화를 체크한다. 나가려고 자리에서 일어났을 때 나는 플로를 앞장세우고 주머니에서 칼라를 꺼낸다. 잠깐 망설이다 빈 커피 컵에 쑤셔 넣고 뚜껑을 다시 닫고는 테이블 위에 둔다.

나는 어떤 여자일까?

이제 그걸 알아볼 시간이 됐을지 모른다.

에필로그

그 환자는 몇 주 전에 입원했다. 헤이스팅스 인근의 어느 도랑에서 간신히 숨이 붙어 있는 상태로 발견됐다. 신분증은 없었다. 상태가 심각했다. 그곳에서 지낸 지 어느 정도 되는 것 같았다.

그는 몸의 오른쪽에 넓게 화상을 입었고 다친 발목 위쪽에는 봉와직염이 번졌다. 그는 약물을 투여해 인위적으로 유도한 혼수상태에서 치료를 받았다. 패혈증과 싸워 이겼다. 하지만 다리는 어쩔 수 없었다. 무릎 아래를 절단했다. 재활은 속도가 더뎠다. 그는 말을 못 하거나 하지 않으려고 했다.

"그래도 진전이 있어요." 미첼 간호사는 새로 온 의사(머리에서 윤기가 흐르고 엄청 열심이다)를 복도 저편으로 안내하며 얘기한다. 고무 밑창이 바닥과 부딪힐 때마다 끽끽거리는 소리가 난다. "얼마 전부터 미술 치료를 받기 시작했는데 도움이 되는 것 같아요."

"다행이네요."

직접 보면 그런 소리를 못 할 테지만. 그녀는 생각한다.

그녀는 치료실 문을 연다. 의사는 눈을 깜빡인다. 옆쪽 테이블에 환자들의 작품이 전시되어 있다. 고리버들 바구니와 종이 반죽으로 만든 모형과 색칠한 접시 사이로 보이는 거의 모든 공간이 나뭇가지로 만든 조그만 인형으로 뒤덮여 있다.

의사는 다가가 인형을 빤히 쳐다본다. "흥미롭네요."

그렇다고 볼 수도 있겠지.

"전부 그 환자가 만든 거예요." 미첼은 말한다. "강박적으로."

의사는 인형 하나를 집어서 들여다보다가 얼른 다시 내려놓는다. "뭘 상징하는지 환자가 얘기하던가요?"

"여기 입원한 뒤로 딱 두 마디밖에 하지 않아요."

그녀는 나뭇가지 인형을 흘끗 돌아보며 몸서리가 쳐지려는 것을 참는다.

"버닝 걸스요."

감사의 글

나는 독실한 사람이 못 되기 때문에—엉덩이가 저리는 걸 견뎌가며 세례식장에 몇 번 앉아 있거나 추수감사절 예배를 드린 게 전부다—신부를 주인공으로 한 소설을 쓴다는 것이 야심찬 과제가 될 수밖에 없었다.

따라서 시골의 조그만 교회와 신부의 일상에 대해 소상히 알려준 마크 타운센드에게 큰 빚을 지고 있다고 해야겠다. 내가 (에헴!) 창의력을 좀 가미하긴 했지만.

이 네 번째 작품을 탈고하기까지 영원의 세월이 걸린 느낌이다. 횟수를 거듭할수록 점점 더 어려워질 줄이야! 따라서 언제나 응원을 아끼지 않는 에이전트 매디, 인내심의 화신인 담당 편집자 맥스와 앤, 그리고 코로나 봉쇄 와중에도 이 책을 다듬고 홍보하고 마침내 출간하기까지 노고를 아끼지 않은 출판사의 모든 분께 큰 소리로 감사를 전하고 싶다.

두말하면 잔소리지만—그래도 그냥 넘어가면 삐칠지 모른다—남편 닐은 애정과 기술적인 조언을 담당하는 마르지 않는 샘물과 같다. 그리고 우리 꼬맹이 베티에게도 한마디 해야겠다. 내 하루하루를 기쁨으로—그리고 레고로—채워줘서 고맙다고 말이다.

그리고 우리가 지금 살고 있는 이 마을의 모든 분에게도 따뜻하게 맞아주어서 고맙다고 인사를 전하고 싶다. 여기서 사귄 친구들에게 들은 마을의 역사가 이 작품에 영감을 불어넣었다.

그리고 이 책을 선택해주신 독자 여러분, 늘 감사합니다. 여러분이 없었다면 저는 이 작품을 완성하지 못했을 거예요. 그러니까—내년 이맘때 다시 만날까요?

옮긴이 **이은선**

연세대학교에서 중어중문학을, 국제학대학원에서 동아시아학을 전공했다. 편집자, 저작권 담당자
를 거쳐 전문 번역가로 활동 중이다. 옮긴 책으로는 『디 아더 피플』 『애니가 돌아왔다』 『초크맨』
『불안한 사람들』 『일생일대의 거래』 『우리와 당신들』 『베어타운』 『하루하루가 이별의 날』 『할머니
가 미안하다고 전해달랬어요』 『브릿마리 여기 있다』 『위시』 『미스터 메르세데스』 『사라의 열쇠』
『셜록 홈즈:모리어티의 죽음』 『딸에게 보내는 편지』 『11/22/63』 『통역사』 『그대로 두기』 『누들 메
이커』 『몬스터』 『리딩 프라미스』 『노 임팩트 맨』 등이 있다.

불타는 소녀들

초판 1쇄 인쇄 2021년 7월 8일
초판 1쇄 발행 2021년 7월 16일

지은이 C. J. 튜더
옮긴이 이은선
펴낸이 김선식

경영총괄 김은영
책임편집 김보람 **책임마케터** 이미진 **크로스교정** 조세현, 이상화
콘텐츠사업2팀장 김정현 **콘텐츠사업2팀** 박하빈, 김보람, 이상화
마케팅본부장 이주화 **마케팅3팀** 이미진, 박태준, 유영은
미디어홍보본부장 정명찬 **홍보팀** 안지혜, 김재선, 이소영, 김은지, 박재연, 이예주
뉴미디어팀 김선욱, 허지호, 염아라, 김혜원, 이수인, 임유나, 배한진, 석찬미
저작권팀 한승빈, 김재원
경영관리본부 허대우, 하미선, 박상민, 권송이, 김민아, 윤이경, 이소희, 이우철, 김재경, 최완규,
이지우, 김혜진
외부 스태프 디자인 김형균

펴낸곳 다산북스 **출판등록** 2005년 12월 23일 제313-2005-00277호
주소 경기도 파주시 회동길 490
대표전화 02-704-1724 **팩스** 02-703-2219 **이메일** dasanbooks@dasanbooks.com
홈페이지 www.dasanbooks.com **블로그** blog.naver.com/dasan_books
종이 아이피피 **인쇄** 민언프린텍 **후가공** 제이오엘앤피 **제본** 정문바인텍

ISBN 979-11-306-3992-5 (03840)